AtV

Franco Mimmi, geboren 1942 in Bologna, hat als Journalist für verschiedene namhafte italienische Zeitungen gearbeitet. Zur Zeit lebt er in Madrid und schreibt für »Il Sole – 24 Ore«. Mit »Unser Agent in Judäa«, seinem fünften Roman, gewann der Autor den *Premio Scerbanenco*, einen der renommiertesten italienischen Krimi-Preise.

Um 783 nach der Gründung Roms taucht in Judäa ein junger Mann namens Jesus auf, der die Thora auf nie dagewesene Art auslegt und Armut und Frieden predigt, anstatt, wie der Rest der jüdischen Bevölkerung, die römischen Besatzer erbittert zu bekriegen. Bei seinem Volk macht er sich damit äußerst unbeliebt, doch der gefürchtete Statthalter Pilatus wird hellhörig. Könnte dieser Jesus fertigbringen, was Jahrzehnte gewaltsamer Unterdrückung nicht vermocht haben: die Befriedung der unruhigsten Provinz des Imperiums? Bald hat der selbsternannte Prediger nicht nur die unversöhnliche subversive Gruppe der Zeloten, sondern auch den Chef der römischen Geheimpolizei auf den Fersen, während der Hohepriester von Jerusalem weitsichtig versucht, seiner skandalösen neuen Lehre den Weg in die Heilige Stadt zu ebnen. Als falsche Freunde Jesus jedoch drängen, sich schon zum nächsten Paschafest nach Jerusalem zu begeben und sein Ansehen dort auf die Probe zu stellen, spitzt sich die Situation dramatisch zu.

In einem respektvollen Tabubruch interpretiert Franco Mimmi die Geschichte des gekreuzigten Menschensohnes auf überzeugende Weise als politische Intrige.

Franco Mimmi

Unser Agent in Judäa

Roman

Aus dem Italienischen
von Esther Hansen

Aufbau Taschenbuch Verlag

Die Originalausgabe unter dem Titel
Il nostro agente in Giudea
ist 2000 bei Edizioni Diabasis in Reggio Emilia erschienen.

ISBN 3-7466-1824-X

1. Auflage 2002

Einbandgestaltung und Bildcomposing
Preuße & Hülpüsch Grafik Design unter Verwendung
eines Fotos von pwe Kinoarchiv, Hamburg
Druck Elsnerdruck GmbH, Berlin
Printed in Germany

www.aufbau-taschenbuch.de

Für Teresa

»Ihre Erzählung ist ungewöhnlich interessant, Professor, obwohl sie ganz und gar nicht mit dem Evangelium übereinstimmt.«

»Ich bitte Sie«, antwortete der Professor und lächelte nachsichtig. »Sie müßten doch am besten wissen, daß nichts, aber auch gar nichts von dem, was im Evangelium steht, tatsächlich passiert ist, und wenn wir anfangen wollen, das Evangelium als historische Quelle zu betrachten ...«

»Stimmt«, antwortete Berlioz, »aber ich fürchte, niemand ist imstande, zu bestätigen, daß das, was Sie uns erzählt haben, sich tatsächlich zugetragen hat.«

M. Bulgakow, *Der Meister und Margarita*

Kapitel 1

»Er heißt Jesus«, sagte der Hohepriester, »Jesus, genannt der Nazaräer.«

Der Präfekt von Judäa schüttelte den Kopf. »Ich weiß nicht, Kaiphas, ich halte das für keinen guten Einfall. Ihr Juden seid zwar schlau, sicherlich schlauer als wir Römer, die wir ein praktisches Volk sind. Aber hin und wieder treibt ihr es zu weit mit eurer Schläue. Wenn dein Volk wieder aufbegehren möchte, so soll es das tun: Es weiß ja, worauf es sich einläßt.«

Joseph, genannt Kaiphas oder Das gute Leben, der wendige Politiker und machtvolle Hohepriester, fühlte, wie ihm trotz der trockenen Hitze, die in diesen ersten Herbsttagen auf Caesarea lastete, ein Schauer über den Rücken lief. Die Mittel, mit deren Hilfe der römische Präfekt in der unbeugsamen Provinz Judäa seit seiner Ankunft den Frieden wahrte, waren tatsächlich nur allzu bekannt. Um sich ihrer zu erinnern, genügte es, einen Hügel im Zentrum Jerusalems zu besteigen, wo allzeit die Kreuze in den Himmel ragten, an welche die Aufwiegler und Rebellen geschlagen wurden.

Man erzählte sich, daß es der Region im dritten Jahr nach der Ankunft des Präfekten allmählich an Oliven mangelte, so viele Bäume waren für die Hinrichtungen gefällt worden. Der Hügel, auf dem die Kreuzigungen stattfanden, trug den makabren und zugleich sarkastischen Beinamen Golgotha; die aramäische Bezeichnung für den menschlichen Schädel war weniger auf die eigenartige Form des Hügels zurückzuführen als auf die weißlich schimmernden Gebeine der Hingerichteten.

Kaiphas senkte den Kopf. »Ganz wie es dir beliebt, Präfekt«, sagte er.

Sein Gegenüber machte eine irritierte Geste. »Wenn du mich mit diesem Titel anredest, anstatt bei meinem Namen«, sagte er, »weiß ich, daß ich nichts Gutes zu erwarten habe. Das war immer so, von unserer ersten Begegnung an.«

Wenige Tage nach seiner Ankunft war Pilatus von Caesarea aufgebrochen in dem festen Entschluß, den Regeln der Besatzer Respekt zu verschaffen und in Judäa für Ordnung zu sorgen: mit einem Heer von dreihundert idumäischen Reitern war er in Jerusalem eingezogen, so unmäßig viele für eine Eskorte, daß es nur als Drohung aufgefaßt werden konnte. Außerdem trugen die Reiter auf ihren Feldzeichen das Bildnis des Imperators, der gleichzeitig auch Gott war und damit für die monotheistischen Juden ein inakzeptabler Götze.

Alle vorangegangenen Regierungen hatten es vorgezogen, die religiösen Bräuche der Gegend zu respektieren, um den Reaktionen dieser Hitzköpfe vorzubeugen, doch Pontius Pilatus stand im Dienste des Lucius Elius Seianus, Roms allmächtigem Prätorianerpräfekten und Pilatus' großem Protektor, der die Juden haßte und ihm aufgetragen hatte, mit starker Hand über sie zu walten. So betrat er Jerusalem mit dem Abbild des Tiberius Caesar Augustus auf den Feldzeichen und erstickte alle aufrührerischen Bewegungen im Keim: Er verdoppelte die Wachen um den Palast, in dem er nächtigte, und umstellte mit seinen Reitern die Burg Antonia, wo die Garnisonskohorte ihr Quartier nahm.

Sieben Tage später kehrte er in die Hafenstadt Caesarea Maritima zurück, unmittelbar gefolgt von einer Delegation

Sadduzäer und Pharisäer, wichtigen Würdenträgern der Stadt. Fünf Tage lang weigerte sich der Präfekt, sie zu empfangen, dann berief er sie in das imposante Amphitheater, das Herodes der Große am Strand hatte erbauen lassen, und wies mit einer weiten Armbewegung auf den Kreis von Legionären, die rund um die Bühne Aufstellung genommen hatten.

»Wer ist euer Anführer?« fragte Pilatus.

Kaiphas trat einen Schritt vor. »Das bin ich, Joseph Kaiphas, Hoherpriester«, sagte er, »zu dem mich dein Vorgänger, Valerius Gratus, vor zehn Jahren ernannt hat.«

»Er hat dich ernannt, und ich kann dich wieder absetzen. Und mehr noch: ich kann euch alle kreuzigen lassen, hier und jetzt, wenn ihr nicht nach Jerusalem zurückkehrt und eure törichten Beschwerden vergeßt.«

Kaiphas blickte zu Boden. »So soll es sein, Präfekt«, sagte er.

Pilatus lächelte verächtlich. »Ich sehe, du bist ein weiser Mann, Kaiphas. Und nun geht.«

Kaiphas blickte auf und sah ihm in die Augen. »Nein, Präfekt«, sagte er, »wir werden nicht gehen; du kannst deinen Männern den Befehl geben, uns zu töten.«

Pilatus war mit Seianus befreundet, und es hieß, daß Seianus allmächtig sei, doch Kaiser Tiberius war noch mächtiger und hätte ein solches Urteil, das nicht nur ungerecht und unnütz, sondern auch gefährlich gewesen wäre, niemals gebilligt. Auf diese Weise ging Kaiphas aus ihrem ersten Zweikampf als Sieger hervor: Der Präfekt versprach ihm, daß seine Soldaten stets das Bildnis des Kaisers von ihren Feldzeichen entfernen würden, bevor sie Jerusalem betraten.

Aber Pilatus war nicht der Mann, der eine Niederlage einfach hinnahm. Kaum ein Jahr später, als die Bewohner Jerusalems unter heftigem Wassermangel litten, fand er eine wundervolle

Gelegenheit zum Gegenstoß: Er ließ ein neues Aquädukt errichten und bestritt die Ausgaben mit dem von seinen Soldaten geplünderten Tempelschatz. So begab sich Kaiphas ein zweites Mal nach Caesarea und bat um Audienz beim Präfekten, der ihn dieses Mal umgehend und mit großer Höflichkeit empfing. »Heute wirst du mir keine Klagen überbringen, so hoffe ich, nach allem, was ich für euch getan habe.«

Kaiphas bebte vor Wut, doch er wußte, daß er seinen Zorn bezähmen mußte, und fand wiederum die Kraft, ruhig zu sprechen: »Unser Tempel, Präfekt, ist von anderer Art als der eure: Er ist nicht nur das Haus unseres Gottes, des einzigen Gottes, sondern auch unser Haus und unsere Geschichte. Sein Schatz ist heilig, und du hast ihn wegschaffen lassen. Wie würdest du ein solches Handeln nennen?«

»Notwendigkeit, Kaiphas, ich nenne es Notwendigkeit«, antwortete der Präfekt seufzend. »Deine Leute brauchten Wasser, sie flehten geradezu um Wasser, aber sie wollten nicht zahlen. Hättest du es vorgezogen, sie verdursten zu sehen? Oder auf die ausgiebigen rituellen Waschungen eurer selbst und eurer Tempelaltäre zu verzichten? Was kann ich anderes tun, Kaiphas, wenn niemand Steuern zahlen will?«

Und dieses Mal war es der Hohepriester, der verstummte. Er wußte, daß der Vorwurf des Präfekten begründet war, und er hatte es aufgegeben, ihm zu erklären, daß es sich dabei weniger um ein wirtschaftliches als vielmehr um ein religiöses Problem handelte: Daß die Juden dem Kaiser keine Abgaben zahlten, weil alles, was existierte, Gott gehörte und sie nur ihm darbrachten, was ihm gebührte, nicht aber einem König, der sich anmaßte, auch Gott zu sein. Alles andere wäre ein Sakrileg gewesen. So war er nach Jerusalem zurückgekehrt und hatte dem Hohen Rat und dem Volke mitgeteilt, daß es diesmal weder Entschuldigungen noch Wiedergutmachungen geben würde.

Daraufhin füllten sich die Straßen mit Menschen, und vergeblich versuchten Kaiphas und die anderen Sadduzäer, die Gemüter zu beruhigen, indem sie an die Tausenden gemahnten, die die vergangenen Aufstände mit der Folter und mit ihrem Leben bezahlt hatten. Zornentbrannt, aufgehetzt von den Essenern, die ihr Wohnviertel um den Berg Zion verlassen und sich unters Volk gemischt hatten, angestachelt von den Zeloten, die sogleich aus ihren Lagern in der Wüste herbeigeeilt waren, strömte eine von unzähligen Gruppierungen aus Galiläa und Samaria, aus Peräa und Judäa angeschwollene Menschenflut durch die Straßen Jerusalems bis hinauf zum Tempel, wo sie sich erfolgreich den römischen Legionären widersetzte, die die Menge zu zerstreuen und zurück in ihre Häuser zu drängen suchten. In Scharen liefen sie vor den Mauern der Burg Antonia zusammen und schrien ihren Haß auf die Leute jenes Königs heraus, der nicht ihr König war, da Gott allein der Herr Israels ist.

Genau das hatte Pilatus erwartet und erhofft. Augenblicklich brach ein Bote nach Rom auf, um einen weiteren der zahllosen Judenaufstände zu melden sowie die dringende Notwendigkeit, ihn niederzuschlagen — koste es, was es wolle. Unzählige Soldaten, rekrutiert vor allem aus den Hilfstruppen, die dem Äußeren nach nicht von den Einheimischen zu unterscheiden waren, hatten ihre Uniformen gegen normale Kleidung getauscht. Sie strömten durch alle Stadttore herein, mischten sich unter die Leute und zogen auf das vereinbarte Signal hin ihre Degen und Messer unter den Umhängen hervor. Noch bevor die Juden begriffen, aus welcher Richtung der Tod über sie hereinbrach, fielen sie zu Dutzenden und

Hunderten, und während sie in alle Richtungen auseinanderstoben, machten die Legionäre aus der Burg Antonia einen Ausfall und verfolgten sie durch alle Gassen, in jeden Winkel, ja bis in ihre Häuser. Die Revolte war beendet, Pilatus hatte die zweite Schlacht gewonnen.

Der Präfekt glaubte, auch den Krieg gewonnen zu haben, doch schon bald mußte er feststellen, daß dem nicht so war: Denn mit beunruhigender Regelmäßigkeit brachen neue Aufstände los, nicht nur in Jerusalem, sondern im ganzen Land. Die Anstifter waren häufig Galiläer, deren auffälligen Akzent selbst Pilatus mittlerweile herauszuhören gelernt hatte, obwohl er des Aramäischen, dessen sie sich bedienten, kaum mächtig war. Dennoch lag das Zentrum der Unruhen nicht in jener fruchtbaren Gegend, sondern in der judäischen Wüste, die auf die Rebellen eine merkwürdige Anziehungskraft auszuüben schien, deren Grund und Ursprung der Präfekt nicht zu erkennen vermochte. Der Kleinkrieg loderte ohne Unterlaß, und trotz des einen oder anderen Hinterhalts, den die Aufständischen den Legionären legten, wirkte er sich für die Juden ungleich grausamer aus als für die Römer, die nicht zögerten, auch den kleinsten Tumult blutig niederzuschlagen und jeden, der ihren Schwertern entgangen war, ans Kreuz zu nageln.

Doch die Unterdrückten schienen ihre Zahl und ihre Kräfte mit jedem Gemetzel zu vervielfachen und immer bereitwilliger jedem Fanatiker zu folgen, der aus der Wüste kam und verkündete, von Gott zum Haupt einer neuen Erhebung erwählt zu sein. Der Präfekt sah ein, daß er zumindest mit einem Teil der einheimischen Bevölkerung eine Übereinkunft treffen mußte, wollte er nicht weiterhin Rapporte nach Rom schicken, die seine Unfähigkeit bewiesen, eine dauerhafte

Ordnung herzustellen. So einigte er sich mit Kaiphas. Denn wer konnte aus dem Frieden größeren Nutzen ziehen als die Sadduzäer, jene Partei, die die Hohenpriester stellte und der die wohlhabendsten und einflußreichsten Familien angehörten? Die Sadduzäer waren die privilegierte Klasse und hatten als solche das größte Interesse an Ausgleich und Stabilität, welche ihre Privilegien sicherten und ihre Geschäfte begünstigten.

Trotz ihres anfänglichen Ringens fanden Pilatus und Kaiphas schnell zu einer Einigung, und die Lage entspannte sich ein wenig, doch die Straßen durch die Wüste waren immer noch unsicher, und hin und wieder flammte erneut ein Tumult auf, der meist größere Ausschreitungen nach sich zog. Dutzendweise fielen dann die Olivenbäume, aus denen Kreuze für die Schauurteile gezimmert wurden.

Pilatus erhob sich aus seinem Stuhl und trat auf die Terrasse, die aufs Meer hinausging. Die Sonnenstrahlen wurden vom weißen Marmor des Palastes zurückgeworfen, den Herodes der Große sich hatte erbauen lassen, als er vor fünfzig Jahren die Stadt gegründet hatte, der er später den Namen Caesarea gab, zu Ehren jenes Caesar Augustus, der, obwohl er die Welt beherrschte, niemals Kaiser genannt werden wollte, dem Herodes jedoch das Königtum zugestanden hatte. Ich hasse diese Stadt, dachte Pilatus. Dann erlaubte er sich einen Augenblick der Aufrichtigkeit und fügte hinzu: Ich hasse diese Menschen.

Mit den von Leinenbinden umwickelten Händen zog er einen Zipfel seines Gewandes über das mittlerweile fast kahle Haupt, um es vor der Mittagssonne zu schützen. Angesichts der blendenden Helligkeit der Wellen kniff er die Augen zusammen, und die spitzen Schreie der Vögel, die über dem

Wasser kreisten, quälten seine Ohren und sein Gemüt, ließen ihn an weit entfernte Orte denken und schmerzliche Erinnerungen in ihm aufsteigen. Er sah eine in strahlendes Weiß gekleidete Gestalt, die am Strand entlangging, während zwei dunkle Schatten ihr in geringem Abstand folgten: Seine Gattin Claudia Procula mit den zwei Legionären, die ihr als Leibwache dienten. Sie ist einsam, dachte er, immer ist sie einsam. Schon seit wir verheiratet sind, also nunmehr über zwanzig Jahre. Zwanzig Jahre! Ein wahrer Rekord für ein römisches Paar!

Wie stets, wenn seine Gedanken um Claudia kreisten, schien alles andere in den Hintergrund zu treten und er selbst in einer namenlosen Beklemmung zu versinken. Sie war das Mädchen, das er von Kindheit an geliebt hatte, in ihrer kleinen Stadt Velletri; sie war die Frau, die er geheiratet hatte, um sie glücklich zu machen, und die er doch immer nur unglücklich gemacht hatte. Könnte ich doch bloß ..., dachte der Prokurator. Aber er wußte, daß er nicht konnte.

Er wandte sich wieder dem Hohenpriester zu, der geduldig im schützenden Schatten wartete. »Du mußt mir alles noch einmal erklären, Kaiphas. Der Präfekt von Judäa ist ein wenig schwer von Begriff, der Hohepriester wird ihm die ganze Geschichte noch einmal erzählen und darlegen müssen. Also, Jesus, genannt der ... wie zum Dämon hast du gesagt, wird er genannt?«

Kaiphas überhörte den Fluch. »Der Nazaräer«, sagte er.

»Der Nazaräer«, wiederholte Pilatus fast einfältig. Er rieb seine leinenumwickelten Hände aneinander, was den fürchterlichen Juckreiz nicht lindern konnte, unter dem er seit einiger Zeit litt. Auf eine knappe Geste des Präfekten hin erschienen sogleich zwei Sklaven, von denen einer eine silberne

Schüssel trug, der andere einen Krug. Sie stellten die Schüssel auf ein rundes Marmortischchen und füllten sie mit einer wohlriechenden Flüssigkeit, in welche Pilatus sogleich seine Hände tauchte, ohne vorher die Verbände abzunehmen. Dies tat er nun ganz langsam, und Kaiphas mußte seine ganze Willenskraft aufbieten, um seinen Ekel angesichts dieses deutlichen Zeichens der Unreinheit zu verbergen: Die Hände waren ganz rot, auf den Rücken mit Wunden überzogen, und um die Fingernägel war die Haut aufgedunsen.

Der Präfekt tauchte sie wieder in das wohltuende Naß und hielt sie anschließend einem der Sklaven hin, damit dieser sie unter größter Vorsicht mit frischen Leinenbinden umwickelte. Dann erst schien er sich wieder auf den Hohenpriester zu besinnen, dem er sich mit einer scheinbar gleichgültigen Geste zuwandte.

»Hast du gesehen? Es begann vor einigen Monaten und wird seitdem immer schlimmer. Mein griechischer Arzt hat eine merkwürdige Theorie dazu, die eher an Hexerei als an Medizin glauben läßt: Er meint, daß mich die Gedanken krank machen, vor allem die Gedanken an die Juden.«

»Willst du damit sagen, daß du das Opfer einer Geisterbeschwörung bist?« fragte Kaiphas mit einem Lächeln.

Der Präfekt schüttelte den Kopf. »Nein, Priester, es sind meine eigenen Gedanken, die mich krank machen, und besonders, wenn ich an euch denke und die Ärgernisse, die ihr mir ohne Unterlaß bereitet.«

Sein Gegenüber zuckte mit den Schultern. »Du weißt sehr gut, daß wir Sadduzäer alles tun, um den Frieden zu wahren«, sagte er.

»Das stimmt, Kaiphas«, gab Pilatus zu, »ihr tut euer Bestes, aber allem Anschein nach ist das nicht genug. Auf, nun, erkläre mir noch einmal deinen Plan und die Rolle, die dieser Jesus darin spielen soll. Doch zunächst sage mir: Was bedeutet Nazaräer?«

Ohne eine Einladung abzuwarten, setzte sich Kaiphas und seufzte. Es war nicht leicht, ein Freund der Römer zu sein, zumindest dieses Römers, der sich nicht einmal die grundlegendsten Dinge von dem Volk, über das er waltete, zu merken vermochte, und zum er wußte nicht wievielten Male seit Bestehen ihres beschwerlichen, doch unverzichtbaren Bündnisses bemühte er sich, dem Statthalter des Kaisers eine Lektion zu erteilen, ohne daß dieser sich dessen bewußt wurde.

»Nazara bedeutet die Wahrheit«, sagte Kaiphas, »und Nazaräer heißt der, der die Wahrheit in sich trägt. Es sind einfache und äußerst zähe Menschen, die den Zustand der Reinheit und Heiligkeit anstreben. Aus diesem Grunde sind sie genügsam mit dem Essen, trinken keinen Wein und schneiden sich niemals die Haare. Weißt du, wer Samson war?«

Auch Pilatus setzte sich nun, doch ohne den Schatten zu suchen: Mit geschlossenen Augen hielt er sein Gesicht in die Sonne, als wolle er sich von der Hitze betäuben lassen. Die fürchterliche Qual an den Händen hatte nachgelassen, und der Präfekt genoß das Gefühl der Erleichterung; nun war er bereit, sich großmütig zu zeigen und sich sogar eine dieser unzähligen Geschichten anzuhören, die die Juden sich andauernd erzählten und über die sie bis zum Zerwürfnis diskutieren konnten. Er bedeutete einem Sklaven, Wein zu bringen, und sagte: »Nein, Kaiphas, das weiß ich nicht. Sage du es mir.«

Der Hohepriester erzählte in aller Kürze die Geschichte dieses Helden, der tausend Jahre zuvor gelebt hatte. Die Treue zu seinem Votum als Nazaräer hatte seine Kraft zusammen mit seinem Haupthaar wachsen lassen und ihn dadurch so stark gemacht, daß er allein und nur mit der Kinnbacke eines Esels bewaffnet über tausend Philister getötet hatte. Doch durch die Liebe zu einer Frau, die von den Philistern gekauft war, wurde er verraten: Im Schlaf schnitt sie ihm die Haare ab, und seine Feinde konnten in gefangennehmen und blenden.

»Ein trauriges Ende«, meinte der Präfekt, während er am Wein nippte und einige Datteln kaute.

Kaiphas bediente sich bei letzteren und wies den Wein zurück. »Traurig für alle«, sagte er, »denn die Haare wuchsen nach, und Samson brachte die Säulen des Dagon-Tempels zum Einstürzen, der Tausende von Philistern unter sich begrub.«

»Auch wir haben solche Geschichten«, sagte Pilatus beiläufig, »sehr gut für die Moral des Volkes. Und dieser Jesus ist so stark, daß er Tempel zum Einstürzen bringt?«

Unvermittelt hatte Kaiphas das Bild des zerstörten Tempels vor Augen: des wunderbaren Tempels von Jerusalem, den Herodes an Stelle seines vergleichsweise bescheidenen Vorgängers hatte errichten lassen, welchen das jüdische Volk fünfhundert Jahre früher dort erbaut und nach der Rückkehr aus der babylonischen Gefangenschaft in Trümmern vorgefunden hatte. Er machte eine brüske Handbewegung, wie um die Vision zu vertreiben. »Aber nein!« rief er aus, »ganz im Gegenteil. Genau darauf beruht ja der Plan. Er wird uns helfen.«

»Jesus, der Nazaräer«, sagte Pilatus.

»Genau der«, bekräftigte der Hohepriester.

Der Präfekt von Judäa seufzte, schob seine Hände unter die Achseln und preßte sie mit den Armen an seinen Leib, da er spürte, wie die lindernde Wirkung des Bades bereits wieder nachließ.

»Nun gut, Kaiphas«, sagte er, »erkläre mir also alles noch einmal.«

KAPITEL 2

Jesus ließ sich erschöpft auf einen Felsen sinken, zog die Sandalen aus, schüttelte einige kleinere Steinchen heraus und schlüpfte wieder hinein, um seinen Weg fortzusetzen. Der Tag brach an: Die Fischer, die zur Arbeit auf das Meer von Galiläa hinausfuhren, nickten ihm grüßend zu, riefen seinen Namen und wünschten ihm einen guten Morgen. Die Straße stieg nun immer steiler an, so steil, daß der erhobene Blick nicht mehr in der Ferne die Linie des Horizontes ausmachen konnte, sondern nur noch die Straße unmittelbar vor sich.

Nach einer weiteren Stunde Wegs durch die mit dichten Olivenhainen bepflanzte Gegend hielt er wieder inne und richtete den Blick hinauf zum Gipfel. Der Fels formte sich dort zu einer Erhebung und verlieh dem Berg im Profil Ähnlichkeit mit einem Kamel, die auch der großen Ortschaft an seinen Hängen den Namen gegeben hatte – Gamala. Der Morgenhimmel war klar und strahlend, selbst für die mächtigen Geier war es noch zu früh, die tagsüber träge am Himmel kreisten, um sich hin und wieder unvermittelt auf eine Beute in einem der vielen blühenden Täler zu stürzen, welche die Hochebene der Gaulanitis durchzogen. Als er sein Zuhause erreichte, eines der ersten Häuser der Stadt, war seine Mutter schon aufgestanden und legte Holz nach, um den Ofen anzuheizen.

Maria sah auf und lächelte. »Sie haben dich also wirklich

gehen lassen«, sagte sie. »Die Nachricht kam gestern, aber ich wußte nicht, ob ich ihr glauben durfte.«

Der Mann lehnte seinen langen Wanderstab an die Mauer, legte den Mantel ab und setzte sich mit dem Rücken zur Wand auf einen Hocker. Er löste die Kordel, mit der er ein weißes Stück Stoff als Sonnenschutz um seinen Kopf gebunden hatte, und fuhr sich mit den langen, knochigen, von seinem Handwerk gezeichneten Händen durch Haare und Bart.

»Für dieses Mal haben sie mich freigelassen, ja«, sagte er, »obwohl ich nicht weiß, warum. Andererseits weiß ich auch nicht, warum sie mich gefangengenommen haben, daher ist es bedeutungslos.«

Er nahm seiner Mutter ein flaches, rundes Brot aus der Hand, das von Olivenöl glänzte, und biß gierig hinein. Dann hielt er inne und stand auf, um die beiden Mädchen, die schweigend eingetreten waren, auf die Stirn zu küssen, und hinterließ dabei einen öligen Abdruck auf ihrer Haut, den er unter dem Gelächter der Schwestern mit dem Daumen wegwischte. Die Mädchen gingen nun der Mutter zur Hand, die ihnen das Feuer überließ und sich dem Sohn zuwandte. »Sie werden dich wieder einsperren«, sagte sie ruhig.

Jesus zuckte mit den Achseln. »Vielleicht auch nicht«, erwiderte er, »aber das kann mich nicht abhalten.«

»Oder«, fuhr Maria fort, »die Zeloten schleppen dich in die Wüste.«

Der Sohn betrachtete sie, während seine Finger in der gewohnten Geste durch den langen, schwarzen Bart fuhren. »Ist Menachem gekommen?« fragte er schließlich.

Sie nickte schweigend. »Da kommt Joseph«, sagte sie dann, »er kann es dir besser erklären.«

Sie trat wieder an den Ofen und begann mit Hilfe der Töchter, die runden Teigfladen, die sie vorbereitet hatte, auf den heißen Ziegeln zu verteilen, während die Brüder sich umarmten. Jesus erkundigte sich bei Joseph, dem dritten der Brüder, der seit einiger Zeit in Kapharnaum lebte, wie es seiner Frau und den Kindern ginge; dann fragte er nach Menachem. Der andere schüttelte den Kopf. »Ich habe ihn nicht gesehen«, sagte er. »Jakobus hat mit ihm gesprochen und mir dann davon berichtet. Aber da kommt er ja, er soll es dir selbst erzählen.«

Ein dritter Mann trat ein, der den beiden anderen auffällig ähnlich sah, dieselben dunklen Augen, dasselbe leicht gebräunte Gesicht mit den scharf geschnittenen Zügen. Wie sie trug auch er einen Vollbart. Seine schwarzen, schulterlangen Haare waren mit Öl glattgekämmt so wie die Josephs, während Jesus noch ganz zerzaust und staubig von der Reise war. Jakobus lebte mit seiner Frau und den zwei Töchtern im Haus nebenan, Simon und Judas, die zwei jüngeren Brüder, wohnten noch bei der Mutter zusammen mit den Schwestern und dem Erstgeborenen. Nun kamen auch sie hinter dem Vorhang hervor, der als Tür zu ihrem Raum diente. Die Begrüßungen und Friedenswünsche wiederholten sich, dann verließen die fünf Männer das Haus und gingen zu der Zimmermannswerkstatt, die unter einer Überdachung auf der Rückseite des Hauses lag. Jesus setzte sich auf einen Hocker, die anderen machten es sich auf dem Boden bequem.

»Wie war's?« fragte Simon.

Der ältere Bruder zuckte die Achseln. »Nicht sehr dramatisch«, sagte er, »du weißt ja, daß unsere Wachen im Vergleich zu den Römern maßvoll vorgehen und nichts übertreiben.«

»Menachem ist hier und will dich sprechen«, sagte Jakobus. »Er hat erfahren, daß der Hohe Rat dich freigelassen hat und du auf dem Weg hierher bist. Er hat gesagt, daß er dich sofort sehen möchte.«

»Was gibt es sonst Neues?« fragte Jesus.

»Immer mehr Leute ziehen in die Wüste«, antwortete Simon.

»Und mit jedem Tag gibt es mehr Übergriffe auf die römischen Soldaten«, fügte Judas, der Jüngste, mit blitzenden Augen hinzu.

Der ältere Bruder betrachtete ihn und konnte angesichts seiner jugendlichen Begeisterung ein Lächeln nicht unterdrücken, das die Falten seines Gesichts vertiefte. Dann aber schüttelte er den Kopf. »Nicht dadurch wird das Reich Gottes kommen«, sagte er zu ihm.

Der andere sprang behende auf, die langen schwarzen Haare flogen durch die Luft. »Aber die Legionäre werden mit jedem Mal vorsichtiger«, rief er aus. »Sie verlassen ihre Garnisonen nur noch, wenn es gar nicht mehr anders geht. Die Römer fürchten uns!«

»Uns?« fragte Jesus belustigt.

Sein Gegenüber errötete. »Fürchten die Zeloten«, sagte er mit unterdrückter Stimme und ließ sich wieder auf dem Boden nieder.

Jesus wandte sich an Jakobus, der zwei Jahre jünger war als er und ihm in Körperbau und Gesichtszügen so ähnlich, daß sie manchmal selbst von den Einwohnern Gamalas verwechselt wurden, die sie von Kind auf kannten. »Was sonst noch?« fragte er.

Jakobus senkte den Kopf, als habe er etwas Unangenehmes zu berichten. Doch dann wiederholte er nur: »Menachem will dich sofort sehen.«

Jesus stand auf und reckte die langen und muskulösen Arme, die unter der Tunika hervorschauten. »Laßt mich jetzt allein«, sagte er. »Ich habe in den vergangenen sechs Tagen kaum ein Auge zugetan.«

Er trat in den hinteren Teil der Werkstatt, schleuderte die Sandalen von den Füßen, streckte sich auf einem niedrigen Lager aus, zog eine dünne Decke über sich und drehte sich zur Wand. Als seine Brüder sich erhoben und leise hinausgingen, war er schon eingeschlafen, ohne sich am Lärm der mittlerweile erwachten Stadt zu stören.

Es waren erst wenige Minuten vergangen, als ein großer Mann von kräftiger Statur die Werkstatt betrat und den Schlafenden laut beim Namen rief. Jesus schnaufte und wälzte sich träge auf die andere Seite, fuhr sich mit den Händen ein paarmal über Augen und Wangen, um den Schlaf zu vertreiben, der ihm schwer auf Lidern und Kiefermuskeln lag, und hob endlich den Kopf, um Menachem, dem Sohn des Judas, ins Gesicht zu sehen. »Konntest du nicht warten?« fragte er.

Der andere stand bedrohlich vor ihm und brachte vor Wut kaum ein Wort heraus. »Ich hätte warten sollen?« stieß er schließlich hervor. »Warten worauf? Daß du uns verrätst? Oder hast du uns etwa schon verraten? Haben die Römer dich deswegen freigelassen?«

»Du bist schlecht informiert«, sagte Jesus ruhig. »Nicht die Römer haben mich festgenommen, sondern die vom Hohen Rat.«

Menachem zuckte verächtlich die Achseln. »Was macht das schon für einen Unterschied!« rief er aus. »Römer oder Sadduzäer, die sind doch alle auf der gleichen Seite, gegen Israel, und du hast mir nicht gesagt, warum sie dich haben laufen lassen.«

»Ich habe es dir nicht gesagt, weil ich es selbst nicht weiß, Menachem. Möchtest du einen Schluck Wasser?«

Er war aufgestanden und ging nun hinaus, um einen Krug mit frischem Wasser zu holen. Der andere schüttelte unschlüssig den Kopf, und als Jesus mit dem Wasser zurückkam, hatte er sich auf dem einzigen Hocker im Raum niedergelassen, mit gesenktem Haupt, die Hände in den Locken vergraben. Jesus legte ihm eine Hand auf den Kopf und fuhr ihm durch die Haare, wie man ein Kind liebevoll streichelt. Er fragte: »Glaubst du wirklich, Menachem, ich könnte meine eigenen Leute verraten? Hast du schon vergessen, daß unsere Väter bei der Revolte gegen die Volkszählung Seite an Seite kämpften und ihr Leben ließen? Hast du vergessen, daß sie zweien ihrer Söhne dieselben Namen gaben, Jakobus und Simon, und daß diese Söhne, zwei deiner und zwei meiner Brüder, mehr als einmal zusammen eingesperrt waren unter dem Verdacht der Aufwiegelei?«

Der andere ergriff endlich den Krug, der ihm angeboten wurde, und nahm einen tiefen Schluck. »Nichts von alldem habe ich vergessen, Jesus«, sagte er dann, »aber unsere Väter sind seit über zwanzig Jahren tot, deine Brüder werden nicht mehr eingesperrt, und als die Wachen des Hohen Rats dich festnahmen, kamst du wenige Tage später wieder frei. Wie soll ich mir das erklären?«

Er richtete sich zu seiner vollen Größe von gut vier Ellen auf und fuhr, von oben auf sein Gegenüber herabblickend, fort: »Ich glaube nämlich, Jesus, daß du uns sehr wohl verraten kannst. Vielleicht nicht willentlich, sondern ohne es zu beabsichtigen; ich glaube nämlich, daß du verrückt bist. Du hast dich von uns Zeloten distanziert, mit denen du aufgewachsen bist, und dann von den Essenern und von demjenigen unter ihnen, der dich am meisten liebte, deinem Verwandten Johannes dem Täufer. Du hältst lautstarke Reden gegen die Pharisäer, ohne zwischen denen zu unterscheiden, die es mit den Sadduzäern halten, und jenen, die auf unserer Seite sind. Und dann wiederum wirst du beobachtet, wie du ganz freundlich mit den Heiden redest, den götzendienerischen Römern. Und deshalb sage ich dir, Jesus: Dein Wahnsinn wird dich noch einmal dazu bringen, uns zu verraten.«

Er packte seinen kurzen Mantel, den er beim Eintreten auf eine Tischlerbank geworfen hatte, und wandte sich zum Gehen. Doch an der Tür, den Kopf bereits gesenkt, um unter der Zarge durchzutreten, drehte er sich noch einmal mit vor Zorn blitzenden Augen um: »Vielleicht irre ich mich aber auch«, rief er, »vielleicht weißt du ja ganz genau, was du tust, und spielst nur perfekt deine Rolle. Vielleicht willst du ja der Messias sein, der Israel in den Krieg und zum Sieg führen wird, du, der du behauptest, vom Stamme Davids zu sein, wie ich, aber der du nicht gleich ihm in Bethlehem geboren bist, wo mich mein Vater zeugte, während man sich bei deinem nicht einmal des Namens gewiß ist!«

Er schrie mit lauter Stimme, so daß die Nachbarn aus ihren Häusern herbeieilten und sich um das Vordach versammelten. Die Frauen schwiegen und beobachteten mit großen Augen die Szene, außer einer im Hintergrund der Menge, die jenen kehligen Ton ausstieß, der dem durchdringenden Klagegesang vorauszugehen pflegte, mit dem sie Schmerzen ausdrückten. Die Männer murmelten leise und schlugen sich auf die Seite mal des einen, mal des anderen, denn sie kannten beide schon von klein auf und verstanden sehr gut, worum der Disput ging. Unter der leichten Bräune war Jesus blaß geworden, seine Fingerknöchel traten weiß aus der geballten Faust hervor, doch er sprach mit fester Stimme: »Ich bin Jesus, der Zimmermann, Sohn Josephs, des Zimmermanns, und auch wir sind Söhne Davids.«

»Du lügst!« schrie Menachem. »Ich, der Sohn Judas des Galiläers, bin vom Stamme Davids und habe das Anrecht auf den Thron Israels! Ich werde das Volk Israel in den Krieg und in die Freiheit führen, während du auf der Seite deiner römischen Freunde und der sadduzäischen Verräter stehst; aber selbst die werden dich dann nicht mehr bei sich dulden!«

Nun heulten die Frauen und Männer auf, denn die Erinnerung an das Leid, das die Römer über ihre Stadt gebracht hatten, war noch frisch, und sie alle warteten auf den Messias, der sie rächen würde. Wer es mit Menachem hielt, schrie: »Soll der Messias etwa aus Galiläa kommen? Steht in der Schrift nicht geschrieben, daß der Messias vom Stamme Davids ist und aus dem Ort Bethlehem kommt, wo auch David lebte?« Und wer zu Jesus hielt, konterte, daß sein Vater Joseph mindestens ebenso tapfer gewesen sei wie Judas und seine Familie keine minderen Rechte habe. Doch während Jesus und Menachem sich noch zähneknirschend und mit geballten Fäusten gegenüberstanden, drängten sich die Angehörigen des ersteren durch die Menge und zogen ihn am Arm fort. »Er ist außer sich«, erklärten sie entschuldigend, und Simon, der fast so groß und schwer war wie Menachem, legte diesem die Hände auf die Schulter, sah ihm in die Augen und rief: »Menachem, mein Freund, unser Freund, hast du denn den Verstand verloren?«

Langsam trat wieder Ruhe ein in den Straßen und steilen Gäßchen, die Menschen kehrten in ihre Häuser und zur Arbeit in den Olivenhainen oder an der gemeinschaftlichen Olivenpresse zurück. In Begleitung von Jakobus und Simon, die immer noch wild auf ihn einredeten, um ihn von ihrer Freundschaft und der Loyalität ihres älteren Bruders zu überzeugen, wandte sich Menachem den steil abfallenden Felsen auf der anderen Seite des Berges zu und folgte einem Ziegenpfad bis zu einem unterirdischen Durchgang, der noch aus der Zeit der Revolte gegen die Römer stammte und ihn in wenigen Stunden ans Meer von Galiläa führen würde. Jesus hingegen ließ seine Brüder und Schwestern zurück und erklomm den Berggipfel, wo er sich niederließ, um hinaufzublicken in den Himmel, an dem die Geier kreisten, und hinab auf die Täler zu seinen Füßen. Er dachte an die syrische Wüste zurück, an die judäische und an diejenige jenseits des Jordans, und verglich sie mit dem Anblick, der sich seinen Augen nun bot: Die von Blüten übersäten Hügel, das schillernde Silber der Olivenbäume, die diamantenen Strudel der Bäche, in denen die Sonne glänzte – alles erschien ihm wie die Quintessenz des Schönen, die Ansammlung aller Reichtümer der Erde. Dann kam ihm der Gedanke, daß er auf all das würde verzichten müssen, und er begann zu weinen.

Kapitel 3

Der alte Mann zog sich den Petasos tiefer in die Stirn und legte sich flach auf den Boden des Bootes, um ein wenig zu schlafen. Auch wenn ihm seine siebzig Jahre nicht anzusehen waren, forderten sie doch ihren Tribut, besonders wenn man wie er den größten Teil davon auf dem Schlachtfeld oder, schlimmer noch, in den kaiserlichen Palästen zugebracht hatte. Er hatte schon manches Mal zuvor dieses Meer befahren, immer aus traurigem Anlaß, und er fürchtete den Anblick von Capris steiler Felsenküste, die allmählich näher rückte, während das Boot mit geblähtem Segel an Geschwindigkeit gewann, so daß die Ruderer ihre Riemen aus dem Wasser ziehen konnten. Er fürchtete auch den Anblick des Tiberius, weil er dem Imperator noch nie etwas hatte abschlagen können, sich jedoch mittlerweile zu alt und zu müde fühlte, um ihm noch einmal seine Unterstützung zuzusagen.

Er nickte ein, aber die Ruhe war nur von kurzer Dauer: Bald schon weckten ihn die Stimmen der Seeleute, und während das Boot die Fahrt verlangsamte und schließlich anlegte, ließ er einen Arm über den Bootsrand hängen und schöpfte ein wenig Wasser, um Gesicht und Gedanken zu erfrischen. Helfende Hände streckten sich ihm entgegen, als er die Mole erklomm, auf deren gegenüberliegender Seite das gewaltige Schiff des Kaisers vor Anker lag, jederzeit bereit zum Ablegen. Er folgte den beiden Soldaten, die, angeführt von einem

Zenturio, zu seinem Empfang gekommen waren, während ein ganz junger Matrose, fast noch ein Kind, seinen Sack mit den wenigen Sachen hinter ihm hertrug, die er aus Rom mitgenommen hatte. Unterwegs lächelte der Mann vor sich hin, und einmal mehr bewunderte er die Intelligenz des Tiberius: Ihm war aufgefallen, daß die Soldaten nicht den Prätorianerkohorten angehörten, die Augustus zur offiziellen Leibwache des Kaisers abgestellt hatte. Sie waren Teil der getreuen Marslegion. Denn während Augustus in Rom immer lediglich drei der insgesamt neun Kohorten gehalten hatte, um von den übrigen stets einige bei sich zu behalten, hatte Tiberius in der Hauptstadt, in der Nähe der Porta Nomentana, die Castra Praetoria errichten lassen und dort fünf Jahre zuvor alle Prätorianer bis auf den letzten Mann unter dem Präfekten Lucius Elius Seianus versammelt. Als er dann entschied, sich nach Capri zurückzuziehen, nahm er jedoch keinen einzigen von ihnen mit. Ganz offensichtlich, dachte der Alte, traut er Seianus keineswegs so sehr, wie man sich erzählt und wie Seianus selbst glauben mag.

Man ließ ihn in einen offenen, vierrädrigen Karren einsteigen, ein eher spartanisches Gefährt. Einer der Soldaten übernahm die Führung der beiden Pferde, der zweite ging neben ihm her, während der Zenturio sich dem alten Mann gegenüber auf eine Bank setzte und respektvoll schwieg. Der Junge hatte mit einer Hand den Reisesack gepackt und ihn sich über die Schulter geworfen, mit der anderen hielt er sich an dem Wagen fest und legte den Weg singend und in großen Sprüngen zurück, die aussahen, als fliege er. Sie kamen an der Villa vorbei, die Augustus am Fuße des Berges Solaro erbaut hatte und die anfänglich auch Heimstatt des Tiberius gewesen war, als dieser auf die Insel kam, und sie fuhren an weiteren Residenzen vorbei, dicht an der Straße gelegen oder etwas zurückgesetzt, die der Kaiser eine nach der anderen hatte errichten lassen, ohne je mit dem Ergebnis zufrieden zu sein.

»Wie viele sind es mittlerweile?« fragte der Alte.

Der Zenturio begriff sofort und lachte. »Elf«, sagte er, »und die zwölfte ist im Bau.«

»Wird es die letzte sein?«

Der andere zuckte immer noch lächelnd mit den Schultern. »Wer kann das sagen? Die Antwort ruht im Schoße des Jupiter, dem das Haus geweiht ist.«

Die Landschaft wurde sanfter, als der Wagen durch ein Tal fuhr, das im Zentrum der Insel eine fruchtbare Senke zwischen zwei felsigen Anhöhen bildete. Der Junge hatte aufgehört zu singen, und als die Straße wieder anstieg, ließ er den Wagen los und setzte sich an den Wegesrand, um Atem zu schöpfen. Der Alte schloß daraus, daß sie ihr Ziel fast erreicht hatten, und tatsächlich verkündete der Zenturio kurz darauf: »Wir sind da.«

Sie hielten vor einer großen steinernen Einfahrt, die von zwei Legionären bewacht wurde, und der Alte ergriff die helfende Hand des Zenturio, um aus dem Wagen zu steigen. Diese letzte halbe Stunde voller Stöße war die Krönung seiner zwanzigstündigen Reise von Rom nach Sorrent gewesen, eine Reise, die er nur an den Poststationen unterbrochen hatte, um die Pferde zu wechseln; auch die Zeit im Boot auf den schaukelnden Wellen war alles andere als erholsam gewesen. Er betrat die Villa und nahm ganz automatisch und instinktiv alle Einzelheiten wahr, aus der jahrelangen Gewohnheit seiner Arbeit heraus, die er gerade aufgegeben hatte. Von wegen, dachte er kopfschüttelnd, eine Arbeit, die aufzugeben mir endlich gewährt wurde. Und jetzt wird er mir den Grund dafür erklären.

Er hatte nun einen sonnendurchfluteten Innenhof erreicht,

in dem der Kaiser vor einem ausladenden, mit wenigen Tellern bedeckten Tisch ruhte. Zur großen Verwunderung der wachhabenden Soldaten grüßte Tiberius den alten Mann mit einer vertraulichen Handbewegung, der seinerseits ohne weitere Ehrerbietungen als ein leichtes Beugen des Kopfes die zweite Liege auf der anderen Seite der Tafel in Beschlag nahm und sich an den Speisen bediente, ohne den Bemühungen des Trikliniarius, ihm zu servieren, Beachtung zu schenken.

»Gute Reise gehabt, Aduncus?« fragte Tiberius.

Der andere nickte zerstreut, während er Salz auf ein hartgekochtes Ei rieseln ließ. »Recht gut, alles in allem, Augustus«, sagte er, »obwohl natürlich nicht ganz das Richtige für einen Mann von fast siebzig Jahren.«

»Du kannst dich nicht beklagen«, entgegnete Tiberius, »ich bin zwei Jahre älter als du und muß sogar noch Kaiser sein.«

»Keine leichte Aufgabe«, gab der andere zu und bediente sich erneut an den verschiedenen Schüsseln. Der Tonfall schien seine Hochachtung Lügen zu strafen, doch nutzte er einen Moment zwischen zwei Bissen, um Tiberius einen freundlich lächelnden Blick zuzuwerfen. Und er nutzte ihn zugleich, die Veränderungen der vergangenen zwei Jahre zu registrieren, die der Kaiser auf Capri verbracht hatte, weit entfernt von den Intrigen der Hauptstadt: Er bemerkte, daß er sich eine neue Frisur zugelegt hatte und die glatten Haare nun nicht mehr in der Mitte der Stirn gescheitelt trug, sondern von rechts nach links über den Kopf gekämmt, um die beginnende Kahlheit zu verbergen. Mitleid stieg in ihm auf, und er wandte den Blick ab und steckte sich einige Bröckchen Ziegenkäse in den Mund, die er von einem mit spanischem Olivenöl getränkten Tablett nahm. »Köstlich«, kommentierte er, »ein Rezept des Apicius?«

Der Kaiser, dem der Blick des Polizisten nicht entgangen war, sagte: »Einmal mehr mißbilligst du mein Verhalten, Aduncus.«

»Sagen wir lieber, einmal mehr kann ich es nicht billigen«, antwortete der andere ruhig, und die vier Soldaten, die an den vier Säulen des Patios auf ihre Lanzen gestützt standen, richteten sich alarmiert auf, während der Sklave erschrocken in den Schatten des Säulengangs zurückwich. Aber Tiberius tat es seinem Tischgenossen gleich und begann, Käsestückchen aus dem goldfarbenen Öl zu fischen. »Du mußt auch meine Muränen probieren«, empfahl er.

»Deine berühmten Muränen«, sagte Aduncus und kam der Aufforderung unverzüglich nach. »Deine wilden Muränen, die du, wie man sich erzählt, mit Menschenfleisch fütterst.«

»Und du glaubst das, Aduncus?«

»Würde ich das glauben, Tiberius, hättest du mich nicht rufen lassen, und hättest du mich nicht rufen lassen, wäre ich nicht hier. Könntest du mir im übrigen ohne lange Umschweife mitteilen, was du von mir verlangst? Dann könnte ich die Angelegenheit schnell erledigen und endlich meinen Abschied nehmen.«

Der Kaiser schüttelte den Kopf. »Es besteht kein Grund zur Eile, Aduncus, denn diese Angelegenheit läßt sich nicht schnell erledigen.«

Er erhob sich von seiner Liege, und der andere tat es ihm sofort gleich, so daß sie einander schon dicht gegenüber standen, ehe die Soldaten Zeit hatten, dem Kaiser zu Hilfe zu eilen. Der alte Polizist schaute sich erstaunt um, wie klein der kaiserliche Hof gehalten wurde: Tiberius mußte wahrhaft das ganze Menschengeschlecht verabscheuen, nicht nur seine Verwandten.

Jenem war, mißtrauisch wie immer, der Blick nicht entgangen. »Was suchst du denn nun wieder?« fragte er schnaubend.

»Die Magier und die Seher, von denen du dich in Regierungsfragen beraten läßt, wie es in Rom heißt.«

Das Lächeln, mit dem Tiberius antwortete, geriet zu einer bitteren Grimasse: »Die könnten mir auch keine größeren Dummheiten mitteilen, als ich sie mir selbst weissagen kann.«

Die beiden Alten, der eine in strahlend weißem Gewand, der andere in seinem grauen, staubigen Reisemantel, begaben sich gemeinsam auf eine Terrasse aus weißem Marmor, unter der die blaue Tiefe des Golfes von Neapel glitzerte. Sie streckten sich auf zwei Liegen in der Sonne aus und schlossen die Augen. Die Hitze wärmte ihre alten Knochen, benebelte allmählich auf angenehme Weise ihre Gedanken und verbreitete in ihnen eine Schläfrigkeit, die der Lohn ihrer Fähigkeit zum Überdauern zu sein schien.

Trotz der Müdigkeit von der Reise erwachte Aduncus zuerst: Aufgrund der ihm gewohnten Wachsamkeit als Polizist hatte es genügt, daß sich der Schatten eines großen Sonnenschirms über sein Gesicht schob, den zwei Sklaven zum Schutz der Schlafenden aufstellten. Doch bald schon öffnete auch Tiberius die Augen, und über eine kleine Treppe stiegen sie zu einer niedriger gelegenen Terrasse mit einem Schwimmbecken hinab. Aduncus schwamm lange mit großen Zügen und versuchte, in dieser ruhigen Bewegung, getragen vom Salzwasser, Entspannung zu finden, während der Kaiser auf einer kleinen Stufe im Wasser saß. Dann streckten sich beide wieder in der Sonne aus, eingewickelt in Tücher aus ägyptischem Leinen.

Nun erst sprach der Kaiser: »Du mußt nach Palästina gehen, Aduncus.«

Lucius Valerius Aduncus wurde am 11. September des Jahres 713 nach der Gründung Roms in Cordoba geboren, der Hauptstadt der römischen Provinz Hispania ulterior. Wie viele junge Leute aus den Provinzen mit bescheidenen finanziellen Mitteln und einer gewissen Bildung, ging er mit siebzehn in die Hauptstadt. Dort nahm ihn ein Freund der Familie auf, Annäus Seneca, Rhetor von Beruf, der ihn in die Redekunst einführte. Doch schon bald tauschte Aduncus – der Beiname »Hakenförmiger« kündete von seiner nicht gerade griechischen Nase – jene Laufbahn gegen die militärische, unter der Befehlsgewalt des Feldherrn Vipsanius Agrippa. Dennoch pflegte er weiterhin Kontakt mit den Männern der schöngeistigen Wissenschaften, vor allem mit dem Kreis um den Rhetor Valerius Messalla Corvinus, der die berühmte Verteidigungsrede des Hypereides übersetzt hatte. Dieser hatte darin einer der Ruchlosigkeit angeklagten Kurtisane zur Absolution verholfen, indem er den Richtern ihre große Schönheit in aller Pracht vor Augen führte.

In diesem Zirkel hatte sich der Soldaten-Literat mit einigen Lebemännern und Freidenkern angefreundet, die bei der Regierung in schlechtem Ruf standen. Besonders vertraut war er mit dem erotischen Dichter Publius Ovidius Naso und der nicht minder skandalträchtigen Julia, Tochter des Kaisers Augustus, die wenig später den Mann heiraten sollte, der zum Nachfolger ihres Vaters bestimmt war, Tiberius Claudius Nero.

Die Heirat – nebenbei bemerkt ihre dritte nach jener mit dem Vetter Marcus Claudius Marcellus und der mit dem Feldherrn Vipsanius Agrippa – vermochte nicht, Julias Lebenswandel zu zügeln, so daß ihr Gatte sie schließlich verließ und sich nach Rhodos zurückzog, während ihr Vater sie ins Exil verbannte. Julia, genannt die Ältere, um sie von ihrer Tochter zu unterscheiden, mußte in aller Eile und in aller Heimlichkeit nach Ventotene aufbrechen, einer kleinen Insel auf der Höhe von Gaeta, begleitet nur von ihrer Mutter Scribonia (und von mir, dachte Aduncus, ich war ihre Eskorte, ohne ihn vorher um Erlaubnis zu fragen, die er mir nicht gewährt hätte, und ohne daß sie versucht hätten, mich zurückzuhalten, da ich in jedem Falle mitgegangen wäre). All ihre Söhne sollte ein unglückliches Los ereilen, ihre Tochter Julia die Jüngere würde sogar ihr eigenes Schicksal teilen.

Als dies alles begann, dachte Aduncus, war ich kaum zwanzig Jahre alt, Ovidius fünfundzwanzig und Julia zwanzig. Eine Ewigkeit her.

Aus seiner Erinnerung tauchten Bilder aus dem Cordoba seiner Kindheit auf, das noch unter der Plünderung ächzte, mit der es Julius Caesar als Strafe dafür überzogen hatte, daß es sich auf die Seite seines Feindes Pompeius geschlagen hatte; Bilder aus dem geistvollen und zügellosen Rom seiner Jugend, wo auch er Dichter werden wollte gleich seinem Freund Ovidius und statt dessen zum Militär gegangen war, um der Frau nahe zu sein, die er liebte, der Frau seines Feldherrn, der Tochter des Kaisers Augustus.

Ein schreckliches Gefühl der Ohnmacht jagte ihm einen Schauer verzweifelter Wut durch die alten Knochen. »Nach Palästina?« fragte er mit so rauher Stimme, daß er sie selbst kaum wiedererkannte. »Bist du des Wahnsinns, Tiberius: Ich werde weder nach Palästina noch sonstwohin gehen, es sei denn nach Cordoba, wo ich schon seit Jahren wäre, um mich auszuruhen, wenn du mich nicht gezwungen hättest, in Rom zu bleiben und deinen teuren Seianus im Auge zu behalten, der mindestens sechsmal versucht hat, mich umzubringen.«

»Nach Palästina, Valerius Aduncus«, bekräftigte Tiberius gleichmütig. »Es handelt sich um eine höchst delikate Angelegenheit, und du bist der einzige, dem ich traue, weil du mir zwar einige Male ein paar Dinge verschwiegen, mich aber niemals belogen hast. Nach Palästina, denn diese besessenen Juden scheinen kurz vor einer neuen Revolte zu stehen, und ich traue dem Urteil unseres Präfekten nicht, diesem Hysteriker Pontius Pilatus. Du mußt nach Palästina gehen, Aduncus, und dich jenem Mann an die Fersen heften, den Pilatus mir als eine Art Geheimagent vorschlägt.«

»Ein Jude?« fragte Aduncus. »Kennst du ihn?«

Der Kaiser nickte zuerst und schüttelte dann den Kopf. »Ein gewisser Jesus aus Gamala«, sagte er, »genannt der Nazaräer. Hast du je von ihm gehört?«

Auch der andere schüttelte den Kopf. Selbstverständlich hatte er sich in seinen vierzehn Jahren als Präfekt von Rom häufig mit Angelegenheiten beschäftigen müssen, die über die engen Stadtgrenzen hinausgingen. So hatte es zum Beispiel auch zu seinen Aufgaben gehört, die Sicherheit von Personen zu gewährleisten, die nach Rom zu Besuch kamen und deren Aufenthalt sich häufig länger hinzog, als diese selbst es wünschten. Einer dieser unfreiwilligen Besucher war Herodes Philippus gewesen, der enterbte Sohn von Herodes dem Großen, der mit seiner Gemahlin Herodias in die Hauptstadt des Imperiums ins Exil gekommen und nur deshalb geblieben war, weil sein Halbbruder Herodes Antipas, der seinerseits von seinem Vater Galiläa und Peräa erhalten hatte, nach Rom gekommen war, um sich von Augustus den Rang des Tetrarchen bestätigen zu lassen, und bei seiner Rückkehr nach Palästina Herodias mit sich genommen hatte.

Der ehemalige *praefectus urbi** lächelte in sich hinein und dachte, daß die ehelichen Verstrickungen der Machthaber des

* lat.: Gouverneur der Hauptstadt

jüdischen Volkes trotz aller religiösen Strenge nicht weniger kompliziert waren als die der Römer. Doch obwohl Herodes Philippus sich immer noch in Rom aufhielt und hin und wieder Besuche von potentiellen jüdischen Verschwörern empfing, die Aduncus stets genauestens ausspionieren ließ, war ihm der Name Jesus der Nazaräer noch nie untergekommen.

»Gut«, sagte Tiberius, »das Problem ist folgendes: Ich kenne ihn nicht, du ebensowenig, und es hat den Anschein, als wüßte auch Pontius Pilatus nicht allzuviel über ihn, abgesehen davon, daß die Nazaräer sich niemals die Haare schneiden. Und trotzdem hat er in seinem letzten Rapport versichert, daß dieser Unbekannte die Lösung für viele der Probleme sein könnte, die Judäa uns ohne Unterlaß bereitet. Die Hartnäckigkeit, mit der diese Menschen Aufstände planen, ist einfach unglaublich. Keine andere Provinz im ganzen Imperium war je so widerspenstig wie diese.«

»Darf ich dich erinnern, daß es erst fünf Jahre her ist, daß in Afrika der Aufstand von Tacfarinas niedergeschlagen wurde, der gut sieben Jahre dauerte? Und in Gallien haben vor acht Jahren Florus und Sacrovirus ein Heer aufgestellt, das wir nur unter schweren Verlusten zu besiegen vermochten.«

»Niemand weiß das besser als ich, Aduncus, und dennoch sage ich dir, daß es in Palästina noch schlimmer ist. Dort hat es zwar noch nie einen Aufstand von den Ausmaßen gegeben, auf die du anspielst, aber auch niemals eine Phase der Ruhe. Ich habe ihnen weitaus großzügigere Gesetze gegeben als den anderen Provinzen, ich habe ihnen ihren fanatischen Monotheismus zugestanden, wenngleich dies zum Schaden unseres höchsten Gottes, also meiner selbst, gereicht, und dennoch hören sie nicht auf, uns zu hassen und zu bekämpfen.«

Der Kaiser machte Anstalten, sich zu erheben, und sogleich erschienen zwei Sklavinnen an seiner Seite, um ihm ein großes Tuch aus weißem Leinen umzulegen. Es schien fast, als hätte der so wenig ehrerbietige Gast alle am kaiserlichen Hof auf Capri übliche Etikette durcheinandergebracht, und die Diener des Tiberius fürchteten, ihren Pflichten nicht ordnungsgemäß nachgekommen zu sein und nun den gnadenlosen Strafen ausgesetzt zu werden, deren sie Augustus in Momenten der Übellaunigkeit für fähig wußten.

Aduncus bewunderte die entblößten Brüste der beiden jungen Mädchen, die beflissen die alten Glieder des Tiberius einhüllten. »Mal abgesehen von den Muränen«, sagte er, »beginne ich doch zu glauben, daß nicht alle Geschichten über die zügellosen Freuden, denen du dich auf dieser Insel hingibst, erfunden sind.«

Der andere zuckte die Schultern, während er sich auf die beiden Sklavinnen gestützt entfernte. »Das eine oder andere Vergnügen steht mir doch wohl zu«, sagte er, »bei diesem undankbaren Amt, das mir obliegt. Erinnerst du dich an die Zeile bei Vergil? ›Also mühevoll war's, das römische Volk zu begründen‹. Doch wenn du mir einen weiteren deiner durchdringenden Blicke gönnst, wirst du merken, daß das Adjektiv zügellos, auf meine Freuden angewandt, nur sehr relativ zu verstehen ist.«

Aduncus lachte. Ihm hatte schon immer diese Art gefallen, die sowohl Augustus als auch Tiberius zu eigen war, gleichgültig, um nicht zu sagen verächtlich mit ihrer unermeßlichen Machtfülle wie auch mit ihrer eigenen Person umzugehen. Er erinnerte sich, daß Augustus auf der Schwelle des Todes seine Freunde gefragt hatte, ob er ihnen das Schauspiel des Lebens gut dargebracht habe. Leise wiederholte er die Worte, die er niemals vergessen würde: »›Hat das Ganze euch gefallen, so klatschet Beifall unserm Spiel, und entlaßt uns alle nun mit Dank.‹«

»Was zum Dämon brummelst du da?« fragte Tiberius, während er sich auf die Liege vor der festlich gedeckten Tafel fallen ließ und mit einer gereizten Handbewegung den Trikliniarius wegschickte, der beflissen herbeigeeilt war, um sie zu bedienen.

»Ich habe nachgedacht«, antwortete Aduncus einfach. Dann, zum Diener gewandt: »Gibt es Wein aus Rätien?«

»Den Lieblingswein des Augustus?« wandte Tiberius mißtrauisch ein. »Warum das? Was fällt dir bloß ein, verrückter Spanier?«

»Nur ein Trinkspruch. Auf ihn und auf dich. Doch ich weiß, daß du mir sowieso nicht glauben würdest. Kehren wir also zu deinen Juden zurück, Tiberius. Sage mir, was du von mir willst.«

Der Kaiser griff nach den Tabletts und bediente sich an den sorgfältig zubereiteten und angerichteten Speisen, die er verächtlich beäugte, bevor er einige Bissen probierte und den Rest wegwarf. Sein Gast nippte an dem rätischen Wein, den man ihm unverzüglich gebracht hatte, begleitet nur von kleinen, in Mehl gewälzten und in Olivenöl ausgebackenen Fischen.

»Unser Pilatus«, sagte Tiberius, »einer der blutrünstigsten Präfekten, den das Römische Reich jemals hatte, beteuert, die einzige Möglichkeit, Palästina davor zu bewahren, von der lokalen Revolte in einen offenen Krieg zu driften, bestehe darin, unter den Juden einen Friedensstifter zu finden, der Einfluß auf seine Landsleute hat und sie davon zu überzeugen vermag, daß die Römer gut und gerecht oder doch zumindest das kleinere Übel sind.«

»Und er schlägt Jesus den Nazaräer vor.«

Der Kaiser nickte, während er achtlos auf irgendeiner einzigartigen Delikatesse herumkaute. »Ich möchte, daß du dort hinfährst«, sagte er, »ohne das Wissen des Pontius Pilatus, und eingreifst, wenn die Dinge schlecht laufen. Behalte diesen Jesus im Auge, Aduncus, Männer mit langen Haaren sind mir nicht geheuer.«

Kapitel 4

Zu jener Zeit hatte sich die antike Siedlung Gamala, die die Juden seit ihrer Rückkehr aus dem Babylonischen Exil nach und nach wieder bevölkert hatten, weitgehend von den Repressalien erholt, die sie zweiundzwanzig Jahre zuvor von seiten der Römer als Strafe dafür hatte erdulden müssen, die Revolte von Judas dem Galiläer gegen die von Kaiser Augustus angeordnete Schätzung des Volkes unterstützt zu haben. Mit ihrer Durchführung war Publius Sulpicius Quirinius betraut gewesen, Statthalter von Syrien, der auf Quinctilius Varus gefolgt war, beides Männer, deren Zukunft mit Blut getränkt war: Varus sollte zwei Jahre später mitsamt seinen Mannen im Teutoburger Wald in einem Hinterhalt des Germanen Hermann den Tod finden, und Quirinius kostete es all seine Kraft, den von den Zeloten in Galiläa ausgerufenen heiligen Krieg beizulegen.

In Wahrheit hatte Quirinius niemals den tatsächlichen Grund dieses Aufstandes begriffen und war bis zuletzt davon überzeugt gewesen, daß wirtschaftliche Interessen ihn bestimmten. In der Tat diente die Volkszählung steuerlichen Belangen, und als die Römer mit brutalsten Mitteln eine Anhebung der Abgaben vollzogen, widersetzte sich Galiläa unter der Führung des Judas. Dieser war Schriftgelehrter und bezeichnete sich und seine Anhänger als Zeloten, als Eiferer, aufgrund des Ehrgeizes, mit dem sie dem Herrn dienten. Andere aber nannten ihn und die Seinen schlicht Galiläer, da er Judas der Galiläer war, und wieder andere sprachen verschwörerisch von der vierten Philosophensekte, weil die Zeloten auf die Sadduzäer, die Pharisäer und die Essener folgten.

Judas war Gesetzeslehrer, doch um seine Thesen zu verbreiten, bediente er sich nicht der Synagoge: Er zog durch die Gassen und über die Plätze der Städte und Dörfer, nach Gamala und Jericho, Kapharnaum und Pella, und schrie den Bewohnern ins Gesicht, daß er sie verabscheute, weil sie den Römern bereitwillig Steuern zahlten und sie damit als ihre Herren anerkannten und vergaßen, daß ein Jude keinen anderen Herrn haben durfte als Jahwe, König des Volkes Israel und König der Welt. Die Volkszählung, so verkündete Judas der Galiläer, war der Beweis, daß die Juden Sklaven waren und um so verachtenswerter, als sie nichts unternahmen, um ihre Freiheit zurückzuerobern. Doch wenn sie dem Römer den Gehorsam verweigerten – diesem Gottlosen, der sich Gott nannte –, wenn sie gegen das Reich des Augustus und des Belial in den Kampf zögen, würde Gott selbst auf das Schlachtfeld herabsteigen und ihnen zur Seite stehen, und der Sieg wäre gewiß und sein Reich nahe: »Herr, o Herr, König des Himmels, der du gebietest über die gesamte Schöpfung, einziger, allmächtiger Herrscher …«

Die Revolte brach los. Die Zeloten gingen dem Tod gleichgültig entgegen, und gleichgültig ließen sie den Tod von Verwandten und Freunden geschehen, die als Geiseln genommen wurden. Der Legat Quirinius glaubte, daß sie ihre Steuern nicht bezahlen wollten, doch sie waren sogar bereit, ihr Leben hinzugeben, nur um niemanden Herr nennen zu müssen außer Jahwe, der ihr Gott war, der einzige Gott. Vor ihnen lag nicht nur der Sieg, sondern auch die Erlösung, und diese mußte wie der Sieg mit den Waffen in den Händen errungen werden. Der Feind, das waren die römischen Eroberer und deren Verbündete, und zu diesen zählten die Zeloten nicht nur die Zöllner, die sich dafür hergaben, für den Eindringling die Steuern einzutreiben, sondern alle Juden, die lieber die Pax romana akzeptierten, als sich dem Aufstand anzuschließen.

Jesus schloß die Augen und rief sich noch einmal die Worte des Judas in Erinnerung, die er auf dem Platz in Gamala und dann am Ufer des Meeres von Galiläa vernommen hatte, beide Male inmitten einer dichtgedrängten Menschenmenge. Noch einmal spürte er die Wärme, die ihn durchströmt hatte, ausgelöst durch den Traum vom Opfergang und vom Sieg im Bund mit Gott. Er zählte damals vierzehn Jahre, war fast schon ein Mann, doch hatte er die gleiche Empfindung auch in den Augen der jüngeren Brüder entdeckt. Jakobus war damals zwölf, Joseph gerade mal neun, und Jesus trug ihn auf den Schultern, damit er über die Menge der Erwachsenen hinwegschauen konnte.

Eine Empfindung, die sich vor allem im Gesicht seines Vaters gespiegelt hatte, den er nach jenem Tag nur noch ein einziges Mal gesehen hatte. Der militärische Befehlshaber Syriens hatte den Aufstand niedergeschlagen und die Wälder des fruchtbaren Galiläa in Kreuze verwandelt: Zusammen mit Judas, ihrem Anführer, wurden zweitausend Zeloten hingerichtet. Als die Frauen Joseph von einem der von den Römern aufgerichteten Kreuze genommen und in ein Grab gelegt hatten, wollte ihre Mutter nicht, daß die Söhne ihn so sahen, doch Jesus war schon fast ein Mann: Er war vorgetreten, und er würde diesen Anblick niemals vergessen.

Um neuen Erhebungen zuvorzukommen, leitete Quirinius Strafaktionen gegen verschiedene Orte Galiläas ein und ließ sie zerstören und niederbrennen. Voller Schrecken flohen die Menschen überallhin, wo sie Unterschlupf finden konnten: Fast alle Männer überquerten den Jordan, um sich in der Wüste jenseits des Toten Meeres den Zeloten anzuschließen, auch wenn sie deren Ideen nur bedingt teilten; der Großteil der Frauen hingegen suchte mit den Kindern Zuflucht bei Verwandten und Freunden in den Städten und Dörfern, die vom Zorn der Römer verschont geblieben waren.

Gamala hatte es mit am schwersten getroffen, da Judas und seine Familie hierherkamen. Doch nach und nach waren die Menschen zurückgekehrt und hatten die Häuser und Straßen wieder aufgebaut, so daß sich die Stadt nun erneut reich nennen konnte. Da sie von Olivenhainen umgeben war (welche die Römern in der Gewißheit ausgespart hatten, daß sie die Lebensgrundlage ihrer Untergebenen nicht zerstören durften, sollten diese dem Reich Steuern zahlen), florierte die Ausfuhr von Öl, wie die große Ölkelter am Eingang der Stadt bezeugte. Die Einwohner versuchten, die Schrecken der Vergangenheit zu vergessen, ohne jedoch den Kontakt zu den Zeloten zu verlieren, unter denen zahlreiche Verwandte und Freunde waren, und die Frauen trugen den neuerworbenen Wohlstand zur Schau, indem sie sich mit Geschmeide aus Horn und Elfenbein schmückten, sich Goldringe an die Finger steckten und ihre langen schwarzen Haare mit kostbaren Parfümen bestäubten.

Im Zentrum von Gamala, wo die Überreste des alten und bescheidenen Versammlungshauses lagen, war eine wunderschöne Synagoge errichtet worden, verziert mit geometrischen Figuren (die Religion verbot die Darstellung von Menschen) und mit drei aufsteigenden steinernen Bankreihen im Innern, die das gesamte Rund der Wände entlangliefen. Den übrigen Raum bedeckte ein ebenfalls steinerner Fußboden. Der quadratische Platz in der Mitte, wo sich die Männer versammelten, um die heiligen Texte zu lesen, wurde von einer Reihe einfacher runder Säulen begrenzt – lediglich jene in den Ecken hatten einen herzförmigen Querschnitt. Die Hauptstraße führte aus dem Tal direkt zur Synagoge und dann weiter bis auf die Anhöhe des Berges.

Dort saß Jesus, mal in den Anblick der Stadt versunken, mal über das Tal schauend, auf die spiegelnde Oberfläche des Sees, der von den einen See Genezareth und von den anderen Meer von Galiläa genannt wird. Auch er war mit seinem unerschöpflichen Fischreichtum eine Quelle des Wohlstands der umliegenden Ortschaften: von Chorazin und dem dicht bevölkerten Kapharnaum im Norden, wo sich Menschen verschiedener Kulturen und Religionen trafen, bis Bethsaida am östlichen Ufer und, auf der gegenüberliegenden Seite, Genezareth und Tiberias. Letzteres war vor wenigen Jahren von Herodes Antipas zu Ehren des Kaisers Tiberius gegründet und zur Hauptstadt Galiläas erhoben worden.

Es ging auf Mittag zu, und der See glänzte wie ein riesiger blendender Spiegel, so daß die Fischerboote darauf kaum zu erkennen waren. Jesus schirmte die Augen mit der Hand ab und sah erst auf den See und dann in den wolkenlosen Himmel, der ebenso still wirkte wie das Wasser, in dem er sich spiegelte, dann stützte er den Kopf in die Hände und verharrte lange in Gedanken versunken.

Nach einiger Zeit tauchte die jüngere der beiden Schwestern auf und brachte ihm Brot und auf der Glut gegrillten Fisch, der in Wahrheit ziemlich verkohlt war. Der Mann aß zerstreut, doch mit wachsendem Appetit, und anstatt die verbrannten Stellen zu entfernen, kommentierte er sie mit einigen scherzhaften Bemerkungen. »Bei dir«, sagte er lächelnd zu seiner Schwester, »wird die Liebe sicherlich nicht durch den Magen gehen.«

Das Mädchen lachte hell auf. »Du hast es gerade nötig, dich zu beschweren!« rief sie. »Ich will gar nicht wissen, welche Schweinereien du in der Wüste gegessen hast, Grashüpfer und Skorpione, die um einiges schlechter waren als dies hier!«

Jesus nahm einen tiefen Schluck aus dem kleinen Weinschlauch, den sie mitgebracht hatte, wischte sich mit dem Handrücken über den Mund und nickte dann. »Schweinereien, ganz recht, obwohl sie nicht so schlecht sind, wie die Leute annehmen. Zu Skorpionen kann ich nichts sagen, so weit bin ich nicht gekommen, aber die Grashüpfer sind gar nicht mal so übel. Über der Flamme geröstet sind sie sogar ziemlich gut. Gekocht hingegen schmecken sie nach gar nichts.«

Das Mädchen schüttelte sich vor Ekel. »Willst du etwa behaupten, daß man diese widerlichen Insekten auf verschiedene Arten zubereiten kann?«

Der andere nickte, während er einen Bissen Brot hinunterschluckte, in den er das letzte Stück verbrannten Fisch gewikkelt hatte. »Natürlich«, sagte er. »Man kocht sie in Salzwasser und legt sie in die Sonne. Wenn sie ganz trocken sind, werden sie zerstoßen und in einem Beutel aufbewahrt, wo sie sich mehrere Tage halten. Wer in der Wüste lebt, ob Mann oder Kamel, weiß, daß die Grashüpfer keine Plage, sondern ein Segen sind.«

Sie sah ihn angewidert an. »Und das soll schmecken?« fragte sie ungläubig.

»Das habe ich nicht gesagt«, verbesserte sie Jesus, während er aufstand. »Geröstet sind sie gut, sagte ich, gekocht hingegen völlig geschmacklos, und wenn du dich erst mal ein paar

Tage von diesen getrockneten Krümeln ernährt hast, sind sie eine echte Schweinerei.«

Ins Dorf kehrten sie über einen steilen Abhang zurück, von dem man die Dächer der Häuser überblicken konnte – die eigentlich nur zerbrechliche, über die gemauerten Wände gespannte Terrassen aus Rohr und Lehm waren – und der sie zwang, sich seitlich zum Hang gewandt vorsichtig hinab zu bewegen. Dennoch plauderte das Mädchen fröhlich weiter. »Hast du unseren Vetter Johannes getroffen?« fragte sie. »Wandert er immer noch mal diesseits, mal jenseits des Jordans, struppig und in sein stinkendes Kamelfell gehüllt?«

Jesus lachte. »Ich fürchte ja«, sagte er. »Deine Beschreibung trifft es genau. Dennoch«, fügte er mit veränderter Stimme hinzu, als bereue er, gelacht zu haben, »dürfen wir uns deshalb nicht über ihn lustig machen. Er ist ein sehr guter und sehr aufrichtiger Mensch, und seine Lehren sind voller Wahrheit.«

Er hielt inne und drehte sich zu der Schwester um, die ein paar Schritte hinter ihm ging: »Und außerdem«, meinte er nun wieder fröhlich scherzend, »brauchst du nicht zu glauben, daß ich viel anders aussah, als ich mit ihm unterwegs war.«

Lachend erreichten sie das Haus, wo Maria ihnen liebevoll lächelnd entgegensah, doch kaum war das Mädchen weg, breitete sich ein besorgter Ausdruck über ihr Gesicht. Sie trat zu ihrem Sohn und sagte: »Jetzt haßt Menachem dich, Jesus, und fast alle aus Gamala sind auf seiner Seite. Und obgleich du ein Meister der Schriften bist und ich mir nicht anmaßen darf, dir etwas vorzuschreiben, weiß ich doch, daß dein Vater Joseph auf der Seite des Vaters von Menachem stand und daß er und Judas gemeinsam umkamen, und ich weiß nicht, was ich von all dem zu halten habe. Sicher ist nur, daß ich nicht will, daß auch du stirbst wie er, daß auch du uns allein läßt mit unserem Schmerz, wie er es getan hat.«

Jesus umarmte sie. »Ich muß meinen Weg gehen, Mutter«, sagte er leise mit sanfter Stimme, als bitte er sie um Vergebung.

»Ich weiß«, sagte sie, ohne sich zu rühren, »und deshalb habe ich Angst. Man hat mir erzählt, du hättest dich mit deinem Vetter Johannes überworfen, und auch das macht mir angst. Und es geht die Rede, daß die Essener von Qumran dich fortgejagt haben, und auch das macht mir angst. Und sie sagen, daß du nicht nur mit Schriftgelehrten und Pharisäern redest, sondern auch mit Römern und Samaritanern, und auch das macht mir angst. Und ich weiß, daß die Tempelpriester in Jerusalem dich eingesperrt und dann wieder freigelassen haben, ohne Anklage zu erheben, und das macht mir am meisten angst.«

Der Mann löste sich von seiner Mutter und schob sie mit sanfter Entschlossenheit von sich weg. In seiner Stimme schwang ein Anflug von Gereiztheit mit, als er sprach: »Mit der Angst lebt es sich schlecht, Mutter, mehr noch, es lebt sich gar nicht. Und auch sie kann dich nicht vor dem Tode retten, deshalb vergiß all deine Befürchtungen.«

Dann fügte er mit ruhiger, fast flüsternder Stimme hinzu: »Ich glaubte, wenigstens du würdest mich verstehen, wenigstens du würdest begreifen, daß ich das Leben und den Frieden suche.«

Maria schüttelte den Kopf, und ihre Augen suchten seinen Blick. »Die Zeloten«, sagte sie, »erwarten einen Messias, der sie in den Krieg führt, und auch die Essener wünschen den Krieg ebenso wie viele der Pharisäer. Und in der Zwischenzeit peinigen uns die Römer, schlagen uns ans Kreuz, und die

Sadduzäer helfen ihnen dabei, und du redest von Leben und Frieden. Sage mir, mein Sohn, solltest du vielleicht wirklich außer dir sein, wie wir es der Menge zurufen mußten, um dich vor ihr zu bewahren?«

Jesus machte eine enttäuschte Bewegung. Er nahm den Umhang vom Nagel, wo er ihn am Morgen aufgehängt hatte, und zog ihn über die ärmellose Tunika, dann legte er sich das weiße Stück Stoff auf den Kopf und band es mit der Kordel fest, ergriff seinen Stab, der an der Mauer lehnte, trat aus dem Haus und schlug den Weg ins Tal ein.

Die Straße wand sich in sanften Kurven hinab, und die Sonnenstrahlen, die sich im See spiegelten, trafen das Gesicht des Wanderers mal von der einen, mal von der anderen Seite. Jesus lief und dachte nach, dachte nach und lief und versuchte, die Zweifel gemeinsam mit der Wegstrecke hinter sich zu lassen. Dann plötzlich, als die Sonne sich schon dem Horizont zuneigte, hielt er an. Es ist zu früh zum Gehen, sagte er sich, eine Probe muß ich vorher wenigstens noch machen.

Er drehte um und erreichte die Tischlerwerkstatt, die er von seinem Vater geerbt hatte, als es bereits dunkel war. Langsam ging er auf und ab, getaucht in den Schein des Mondes, der von Anbeginn der Welt an seinem Volk als Zeitmaß gedient hatte. Mit der Hand strich er liebevoll über Hobel und Bohrer, die neben einer unfertigen Arbeit auf der Werkbank lagen, dann warf er sich auf die niedrige Bettstatt, das Gesicht zur Wand gedreht, deckte sich mit einem dünnen Laken zu und schlief ein.

Als er erwachte, war Sabbat. Er stand auf und traf Simon und Judas, die bereits auf ihn warteten. Sie begaben sich zur Synagoge, wie es die Juden seit den Zeiten der Babylonischen Gefangenschaft zu tun pflegen, und hielten unterwegs nur kurz an, um Jakobus vor seinem Haus zu erwarten. Als sie die Synagoge durch den Haupteingang auf der Jerusalem zugewandten Seite betraten, ging ein Raunen durch die Menge: Die Leute erinnerten sich an den Streit vom Vortag, und fast alle Männer waren auf seiten Menachems, wie Maria gesagt hatte, während die Frauen, die in dem für sie bestimmten Teil der Synagoge saßen, zu schwanken schienen.

Die vier Brüder nahmen nebeneinander in einer der Bankreihen Platz und verfolgten aufmerksam die Lesungen und Auslegungen der Schriftgelehrten. Sie wußten, daß auch Jesus an die Reihe kommen würde, und obwohl ihnen auffiel, daß sein Auftritt sich verzögerte, weil jüngeren und weniger bekannten Rednern der Vorzug gegeben wurde, warteten sie ungerührt und geduldig ab. Schließlich erhob sich Jesus, trat in den von Säulen begrenzten, quadratischen Raum hinab und bekam die Schriftrolle des Propheten Jesaja zugeteilt. Er entrollte sie und las:

»Der Geist des Herrn ruht auf mir, denn der Herr hat mich gesalbt. Er hat mich gesandt, damit ich den Armen eine frohe Botschaft bringe und alle heile, deren Herz gebrochen ist, damit ich den Gefangenen die Entlassung verkünde und den Blinden das Augenlicht; damit ich die Zerschlagenen in Freiheit setze und ein Gnadenjahr des Herrn ausrufe.«

Als er zu Ende gelesen hatte, rollte er das Schriftstück zusammen, reichte es dem Synagogendiener und setzte sich. Die Augen aller Anwesenden waren gebannt auf ihn gerichtet, der nach einigen Augenblicken des Schweigens zu sprechen begann. »Heute«, sagte er, »hat sich das Schriftwort, das ihr gerade gehört habt, erfüllt.«

Sofort erhob sich ein gewaltiges Gemurmel: die Weissagung war stets als Verheißung des Messias gedeutet worden, der

Israel befreien würde, und die Worte Jesu schienen zu besagen, daß er sich für jenen Messias hielt und dessen Mission erfüllen wollte. Aber das Bild, das Jesus im folgenden malte, war so ganz anders als jenes, das ihnen für gewöhnlich präsentiert wurde. Denn zum großen Erstaunen seiner Zuhörer, für die sich die Textstelle nur auf die Rettung der Kinder Israels beziehen konnte, stellte er heraus, daß Jesaja niemals einen Unterschied gemacht hatte und die Armen und die Gefangenen und die Blinden und die Unterdrückten jedem beliebigen Volk der Erde angehören konnten und der Gesandte des Herrn nicht notwendigerweise ein Messias des Krieges sein mußte.

Kaum hatte er geendet, erhob sich das Raunen erneut und schwoll gewaltig an, da die Menschen die Vorstellung, die Armen und Blinden – und sogar die Unterdrückten, welch eine Ironie! – könnten aus den Reihen ihrer Unterdrücker kommen, mehr verwirrte als alles andere. Auch die Besonnensten unter ihnen wunderten sich über die Kühnheit dieser Auslegung, die fast schon an Gotteslästerung grenzte, und sie fragten voll Erstaunen: »Was ist das für eine Weisheit, die ihm gegeben ist? Ist das nicht der Zimmermann, der Sohn der Maria und der Bruder von Jakobus, Joseph, Judas und Simon? Leben nicht seine Schwestern hier unter uns? Woher also hat er das alles?«

Jesus sah sie an und schüttelte den Kopf. »Kein Prophet«, sagte er, »wird in seiner Heimat anerkannt.«

Doch der sanfte Tadel konnte die Gemüter nicht beruhigen. Aus dem allgemeinen Gemurmel wurden nun einzelne Stimmen laut. Die Brüder Jesu sprangen instinktiv auf und stellten sich schützend vor ihn, doch er schob sie mit der Hand zur Seite und trat einen Schritt vor. »Zu Zeiten des Elias«, hob er mit ruhiger Stimme an, als die Unruhe trotz der Bemühungen seiner Anhänger nicht nachließ. Es gelang ihm, die Aufmerksamkeit aller auf sich zu ziehen, und er mußte nur den Satz mit durchdringender Stimme wiederholen, damit endlich Schweigen eintrat.

»Zu Zeiten des Elias«, sagte er, »fiel drei Jahre und sechs Monate lang kein Tropfen Wasser vom Himmel, und ganz Palästina litt unter einer großen Hungersnot. Es gab damals viele Witwen in Israel, doch Elias ging zu keiner von ihnen, um sie zu besuchen. Einzig die arme Witwe Sarepta suchte er auf, die in dem Gebiet von Sidon lebte. Und zu Zeiten des Propheten Elisäus gab es in Israel viele Aussätzige, doch keiner von ihnen wurde geheilt außer der Syrer Naaman.«

Als die Leute in der vollen Synagoge diese Worte hörten, gerieten sie in Wut: Die Berufung auf Stellen der Schrift, in denen die Propheten zwei Heiden, nämlich eine Phönizierin und einen Syrer, dem Volke Israel vorzogen, war eine Provokation für all jene, die es mit den Zeloten hielten, und Blasphemie in den Augen der Gelehrten, da Jesus sich die Autorität eines Elias und eines Elisäus anzumaßen schien. »Gottloser«, hallte es durch den Säulenraum. »Gottloser! Verräter!« scholl es von den Rängen, auch in den hellen Stimmen der Frauen. Die Menge begann zu wogen, da alle auf die Gruppe der Gelehrten zustürzten – die Gegner Jesu, um ihn anzugreifen, seine wenigen Anhänger, um ihn zu schützen –, und wie ein Fluß, der seine natürliche Mündung gefunden hat, bildete sich ein Strom laut schreiender Menschen, der die kleine Gruppe um Jesus und seine Freunde zum Ausgang der Synagoge drängte.

Die Pforte führte auf die zum Berg ansteigende Straße, und dort hinauf drängte sie die herausquellende Menge, und sie flohen nicht einmal, sondern ließen sich einfach treiben, unausweichlich dem Gipfel und dem Abgrund entgegen, der sich an der Rückseite des Berges auftat. Doch als sie oben auf dem Felsen standen, vor sich nur noch die Leere, geschah etwas. Die Menge blieb keuchend stehen, bereit, Jesus und seinen Anhängern den letzten Stoß zu versetzen und sie hinabzustürzen, und in diesem Moment des Zögerns gelang es der ebenfalls keuchenden Gruppe von Getriebenen endlich, sich umzudrehen und der Menge entgegenzutreten, und der Blick des Nazaräers, der so ruhig war, als kenne er keine Gefahr, senkte sich in die Augen seiner Verfolger.

Es trat eine Stille ein, in der nur die schweren Atemzüge zu hören waren, mit denen die vom Aufstieg geweiteten Lungen neue Luft schöpften, dann machte sich Jesus gelassen an den Abstieg, gefolgt von seinen Brüdern und einigen Freunden. Er bahnte sich seinen Weg mitten durch die Menschenmenge und verschwand.

Kapitel 5

Das große, rechteckige Fenster öffnete sich auf den sternklaren Himmel Palästinas. Davor schritt Claudias weiße Gestalt auf und ab, durchmaß unzählige Male die Terrasse auf ihrer nicht enden wollenden Flucht vor dem Alptraum, den sie nicht abschütteln konnte, der Teil ihres Lebens war. Der Präfekt beobachtete sie, im schwachen Schein des Lichts erriet er die ihm so vertrauten Gesichtszüge, erkannte in ihnen das kleine Mädchen mit den schwarzen Haaren wieder, das ihm versprochen war, die junge Frau, die er am Hochzeitstag auf den Armen über die Schwelle ihres gemeinsamen Hauses getragen hatte, damit ihre Füße den Boden nicht berührten. Einen Tag zuvor hatte Claudia ihre *toga praetexta* der Göttin Fortuna geweiht und für die Hochzeitsnacht mit einer weißen Tunika getauscht, die von einem eng um die Hüften geschlungenen Wollgürtel festgehalten wurde. Ihr Haar war mit der Spitze einer Lanze in sechs Zöpfe geteilt, die mit Blüten des Eisenkrauts geschmückt waren, schließlich hatte sie sich das Haupt mit einem feuerfarbenen Schleier bedeckt. Nach dem Hochzeitsbankett begleitete sie das Gefolge von Verwandten und Freunden, den Hymen singend, von ihrem Haus zu seinem, dessen Tür sie mit Wollbinden umwickelte. Er trat heraus und fragte: »Wer bist du?«, worauf sie lächelnd antwortete: »Wo du bist, da will auch ich sein.« Dann hatte er sie über die Schwelle getragen.

Was war danach passiert? fragte sich Pilatus, während sein Blick der hellen Gestalt folgte. War das wirklich er, dieser Mann, der hier auf den schweißgetränkten Bettüchern lag? War er der Mann, der sich an allen Enden des Imperiums in der Kunst des Regierens ausgebildet hatte, diesem Geschäft aus Gewalt und Tod, während Claudia ihm getreu ihrem Versprechen überallhin gefolgt war, ihn beobachtet hatte und ihn, ohne aufzuhören, ihn zu lieben, hassen gelernt hatte? Er fuhr sich mit der verbundenen Hand über die Stirn und schloß die Augen, doch die Vision verfolgte ihn hinter den geschlossenen Lidern: hin und her, ohne Ende. Ich könnte sie verlassen, dachte der Präfekt, ich könnte sie verstoßen, sie nach Rom zurückschicken. Doch er wußte, daß dies die einzige Grausamkeit war, zu der er niemals fähig wäre.

Er erhob sich und trat ebenfalls auf die Terrasse, streckte dem Gespenst, das seine Frau war, die ausgebreiteten Arme entgegen, in die sie sich für einen Augenblick flüchtete, doch dann hob sie das Gesicht und schien den Ehemann nicht wiederzuerkennen. Sie löste sich von ihm und nahm ihre ewige Wanderung ohne Ziel und Hoffnung wieder auf, bis sie schließlich entkräftet zu Boden sank und einschlief. Der Morgen graute schon.

Der Präfekt hatte sie die ganze Zeit über beobachtet, den Rücken an die Mauer gelehnt, die Beine angezogen und das Kinn auf die über den Knien gekreuzten Arme gestützt. So merkwürdig das klingen mochte, er mußte zugeben, daß diese nächtlichen Stunden, die er in die Betrachtung eines Gespenstes versunken verbrachte, die besten des Tages waren. Die stille Verzweiflung, die ihn dann erfüllte, wirkte wie ein Balsam auf seine Unrast, aus der er in der übrigen Zeit des Tages seine Lebenskraft zog und die ihm Antrieb war im Ringen um eine immer bedeutungsloser werdende Macht. Die nächtliche Welt war erfüllt vom Tosen der Brandung, den Schreien kleinen Getiers, dem unruhigen Fußscharren des Wachlegionärs, doch in das Herz des Präfekten kehrte endlich Leere ein und eine völlige Stille, die man mit Frieden verwechseln konnte. Als es von den Hügeln Galiläas her allmählich heller wurde und das Grau des Meeres sich nach und nach in Azurblau verwandelte, erhob sich Pilatus, nahm seine Frau auf die Arme und trug sie in ihr Bett.

Der folgende Tag war wie alle anderen, mit Ausnahme dieses neuen Elements, das in den gewöhnlichen Ablauf eingebunden werden mußte: Jesus der Nazaräer. Manch einer, so hatte ihm Kaiphas berichtet, nannte ihn auch Jesus den Galiläer, worauf Pilatus zusammengezuckt war: Der Aufstand jenes anderen Galiläers lag zwar einige Zeit zurück, doch die Auswirkungen hatte er täglich vor Augen. Es gab immer noch Anhänger des Judas, angeführt von seinen eigenen Söhnen, und die Ärgernisse, die sie dem Reich bereiteten, waren weit größer, als ihre geringe Zahl und Bedeutung gerechtfertigt hätten. Schlimmer noch, Jesus von Gamala, hatte der Hohepriester ihn genannt, worauf der Präfekt ein Aufbrausen nicht hatte unterdrücken können: Wie, was! Aus dem Ort selbst, dem Herzen der Revolte, dem Zentrum der Aufständischen! War Kaiphas denn verrückt geworden?

»Hast du den Verstand verloren, Kaiphas?« hatte der Präfekt von Judäa ausgerufen.

Doch der Priester hatte selbstsicher den Kopf geschüttelt: Er hatte nicht den Verstand verloren, alles war gut durchdacht, und auch sein Schwiegervater Hannas, ehemaliger Hoherpriester und noch immer das eigentliche Haupt der Sadduzäer sowie geistiger Führer der Partei, war einverstanden.

Unzweifelhaft mußte ein Mittel gegen die wachsenden Spannungen gefunden werden, schließlich war es nicht seine Schuld, wenn der Präfekt diese noch verschärfte, indem er die wirtschaftlichen Probleme der Menschen durch Abgaben und nicht entgoltene Arbeitstage auf den öffentlichen Feldern mehrte.

Pilatus hatte mit den Schultern gezuckt. »Rom braucht Geld für seine Kriege.«

»Und auch der eine oder andere Römer«, hatte sein Gegenüber eingeworfen, worauf der Präfekt ihm am liebsten gedroht hätte, mit harter Hand durchzugreifen, härter denn je, wäre ihm nicht nur zu bewußt gewesen, wie schnell sich die Zeiten ändern konnten, wie schnell das Glück des Seianus sich wenden konnte und daß Nachrichten über Aufstände in Palästina ihm selbst sowohl in Rom als auch auf Capri große Schwierigkeiten bereiten würden. So hatte er nur geantwortet: »Aber mir will scheinen, Kaiphas, daß auch du deinen Teil einstreichst, ebenso wie deine Freunde, bei dem Verkauf von Opfertieren, auf die ihr das Tempelmonopol haltet.«

Der andere hatte mit einem einfachen Nicken zugestimmt: »Und darum, Präfekt, mache ich dir einen Vorschlag.«

Pilatus verließ das Schlafzimmer und tauchte mit einem Sprung in das große, mit Meerwasser gefüllte Schwimmbecken ein, in das die von der hellenistischen Kultur durchdrungene Bauleidenschaft Herodes' des Großen ein ehemaliges Bad für rituelle Waschungen verwandelt hatte. Zwei Legionäre, die Pilatus zu seinen Missionen in Germanien und Spanien begleitet hatten, die einzigen, denen er vertraute, sahen schweigend zu. Hinter ihnen tauchte Marcus auf, ein riesenhafter Zenturio, der die beiden Soldaten um einen Kopf überragte, was seine verunstaltete Nase noch hervorhob. Die

Germanen hatten sie ihm zertrümmert, mit einem Keulenschlag in der Schlacht bei Idistaviso, im Tal der Jungfrauen, als er mit seinem Fußtruppenmanipel in einen Hinterhalt geraten war: Um die Oberhand zu gewinnen, hatten sie ihn an Hals, Armen und Beinen gleichzeitig gepackt, doch in diesem Moment war eine Reiterschar unter dem Befehl des Pilatus eingefallen und hatte ihn befreit. Seitdem wich Marcus dem Präfekten nicht mehr von der Seite, zu seinem Schutz und seinen Diensten, ganz gleich, ob es um eine Gerechtigkeit oder eine Gemeinheit ging.

Der griechische Medicus, dickleibig und mit heiterem Gesichtsausdruck, saß bereits wartend am Rand des Beckens, um Pilatus die Hände zu verarzten, und während der Präfekt durch das Wasser tauchte und die mythologischen Figuren der Mosaiken auf dem Grund des Beckens bewunderte (Herodes hatte die religiösen Vorschriften nie sehr streng befolgt), kam ein Mann von kaum vierzig Jahren und gedrungener Statur heran, den die Soldaten gut zu kennen schienen und ohne weiteres passieren ließen.

Er setzte sich neben den Medicus, und beide begannen eine lebhafte Unterhaltung auf Griechisch, frei von dem schwerfälligen Akzent, den fast alle Bewohner Palästinas, des Aramäischen gewohnt, der Sprache Homers aufbürdeten, die sich von Syrien bis Ägypten als Lingua franca durchgesetzt hatte.

Die zwei besprachen ausführlich die neuesten Nachrichten aus dem Imperium und die jüngsten medizinischen Entdekkungen. Dem neu Hinzugekommenen war es endlich gelungen, eine Ausgabe vom »Leben des Augustus« zu ergattern, einer Biographie, die etwa fünfzehn Jahre zuvor von Nikolaus von Damaskus verfaßt worden war und die er für sehr glaubwürdig hielt, da der Autor, wie er erklärte, obwohl Jude, ein intimer Vertrauter des Kaisers gewesen war. Wie das? Nun, die Zufälle des Lebens: Augustus, in Essensdingen sehr genügsam, ernährte sich ausschließlich von gebackenem Fisch, Brot und frischem Obst und pflegte eine spezielle Vorliebe für syrische Datteln, mit denen ihn der Historiker belieferte, keiner weiß warum.

Der Medicus behauptete, daß die Schule von Alexandria, wenngleich viele seiner Kollegen nach Rom gegangen waren, immer noch die beste sei: Ein Erbe aus der glorreichen Zeit, als Ptolemaios I. den griechischen Ärzten die Erlaubnis zum Sezieren von Leichen erteilt hatte, wie es auch den ägyptischen Priestern gestattet war. Dem verdankte man unter anderem die Fähigkeit, Nerven von Sehnen zu unterscheiden, und das Wissen um die Funktion des Blutkreislaufes.

Beide bedauerten die mangelnde Qualität der Theatergruppen, die hin und wieder nach Caesarea kamen und in schändlicher Manier antike Tragödien oder an sich schon schändliche moderne Komödien aufführten, in dem Theater, das Herodes am Strand hatte erbauen lassen. Gemeinsam amüsierten sie sich über einige Epigramme, die gerade aus Athen herübergekommen waren und in denen die senilen Vorlieben des Tiberius für die raffiniertesten Speisen und die vulgärsten Mädchen aufs Korn genommen wurden.

»Dafür könnte ich euch ans Kreuz schlagen lassen«, sagte der Präfekt, als er aus dem Becken stieg, doch die beiden hörten nicht auf zu lachen. »Wegen einer solchen Kleinigkeit wirst du dich nicht meiner Kuren berauben«, sagte der Medicus und begann die Hände des Pilatus zu untersuchen. »Und mir zuliebe wirst du auch meinen teuren Landsmann hier aussparen, den ich nicht kenne und von dem ich nicht weiß, auf welche Weise er dir dienlich ist.«

»Eben darin besteht mein Dienst«, sagte der andere lächelnd, und dem Schüler des Hippokrates genügte ein Bruchteil seines griechischen Scharfsinns, um zu begreifen. Schlagartig verstummte er und machte sich eilig an den kranken Händen zu schaffen. »So«, sagte er wenige Minuten später, »gesäubert und verbunden, bereit zur Machtausübung. Fahre mit den Meerwasserbädern fort sowie mit den Waschungen in dem Balsam, den ich dir gab, und vor allem denke nicht an die Juden: Sie sind es, die dir den Juckreiz verursachen.«

Dann ging er davon, erfreut über seinen kleinen Seitenhieb, und der Präfekt bat den anderen an die Frühstückstafel, die inzwischen bereitet war: Brot mit Honig, Milch, Oliven, Datteln und süße Zitronen. Der schmächtige Mann aß mit großem Appetit, während Pilatus nach jedem Bissen innehielt, um Fragen zu stellen, die sein Gast mit vollem Mund beantwortete.

»Weshalb bist du gekommen, Afranius?« fragte der Präfekt.

»Ich wußte, daß du mich rufen würdest.«

»Wie zum Dämon konntest du das wissen?«

»Weil ich erfahren habe, daß der Hohepriester dich aufgesucht hat.«

Pilatus war das Spiel leid. »Nun pack endlich aus, verdammter Grieche«, sagte er, doch die Müdigkeit in seiner Stimme strafte die Gewalt der Worte Lügen.

Afranius, der sich brüstete, nichts und niemand könne ihn in Erstaunen versetzen, bedachte den Präfekten mit einem neugierigen Blick, legte den Brotfladen mit Honig, den er gerade aß, beiseite, wusch sich die Hände in einer Schüssel mit lauwarmem Wasser, in dem Blütenblätter schwammen, und trocknete sie an seiner Tunika ab.

»Einverstanden«, sagte er, »ich packe also aus. Vor acht

Tagen hat das Laubhüttenfest begonnen, eine der drei Feierlichkeiten im Jahr, die von den jüdischen Männern die Pilgerfahrt nach Jerusalem verlangen.«

Pilatus schnaufte ungeduldig. »Ich bin nicht gänzlich uninformiert über die hiesigen Gebräuche«, sagte er. »Du vergißt, daß ich schon seit drei sehr langen Jahren hier lebe.«

»Das habe ich nicht vergessen, und dennoch könnte man häufig meinen«, entgegnete der kleine Grieche kühn und offenbar seiner Unantastbarkeit gewiß, »daß du von jüdischen Dingen wenig verstehst und dich nicht im mindesten dafür interessierst. Also, das Laubhüttenfest. Um Jahwe zu danken, sammeln sie die schönsten Stücke der Obst- und Traubenernte, Palmwedel und Zweige der Trauerweide, und legen sie für sieben Tage, solange das Fest andauert, auf die Altäre. Am ersten Tag tragen sie die Palmen in einer Prozession um den Altar und singen einen ihrer Psalmen: ›Ach, Herr, bring doch Hilfe! Ach, Herr, gib doch Gelingen!‹«

Der Präfekt spürte, wie seine Hände in den Leinenbinden wieder zu jucken begannen, und schob sie unter seine Achseln, eine Bewegung, die ihm allmählich zur Gewohnheit wurde. Afranius tat, als bemerke er nichts, und fuhr fort:

»Wie du wohl weißt, ist Jerusalem während der Festtage voll mit Menschen: Der Tempel ist dicht besetzt, und die Händler mit ihrem Zubehör für die Opfergaben verdienen sich eine goldene Nase, obgleich der größte Anteil an die Sadduzäer geht und vor allem an das Haus des Hannas. Und wie du auch weißt, treiben sich in der Menge stets Dutzende von Fanatikern herum, von denen jeder einzelne der selbsterklärte König über ein Stückchen Wüste ist und versichert, der Messias zu sein, den Jahwe als sein Instrument auf Erden nutzen wird, um den Feind zu vernichten. Also euch.«

»Du könntest wenigstens uns sagen, Afranius«, entgegnete der Präfekt mit ungewöhnlich sanfter Stimme, und der andere zog zum ersten Mal die Möglichkeit in Betracht, selbst in Gefahr zu schweben.

»Also uns«, lenkte er ein. »Sie postieren sich vor dem Tempel oder auf irgendeinem Platz und verfluchen den Kaiser, der Opfergaben und Gebete verlangt, als sei er ein Gott, wo doch alle Juden wissen, daß der einzige Gott Jahwe ist. Sie suchen sich Anhänger, um sie auf die Berge in der Wüste zu schleppen, als müßte sich ausgerechnet dort das Wunder der Befreiung ereignen, oder um sie davon zu überzeugen, stehenden Fußes einen kleinen Aufstand zu organisieren. So geht das sieben Tage lang, und die Garnisonskohorte in der Burg Antonia hat alle Hände voll zu tun, die Dinge unter Kontrolle zu halten, und am Ende muß doch immer jemand ans Kreuz geschlagen werden. Aus diesem Grund verlegst du deinen Standort in jenen Tagen auch nach Jerusalem und bringst eine beachtliche Verstärkung mit. Nicht jedoch dieses Mal. Darf ich fragen, warum?«

Pilatus machte eine Handbewegung, die Gleichgültigkeit, Müdigkeit, »es gibt wichtigere Dinge« und auch »was geht dich das an« ausdrückte.

»Doch da der Krieg der Feind aller Geschäfte ist«, fuhr Afranius fort, indem er sich mit dieser Antwort zufriedengab, »versuchen auch die Sadduzäer, die Gemüter zu besänftigen, und die Tempelwachen bemühen sich nicht weniger als deine sechshundert Legionäre. Sie sind nicht ganz so gewalttätig, doch sie lassen nichts durchgehen. Einige dieser vom Herrn Gesalbten müssen sich einen gebrochenen Schädel verarzten lassen, andere gehen für ein paar Tage ins Gefängnis, wo sie ihren messianischen Rausch auskurieren.«

Die Sonne stand nun hoch am Himmel, und Pilatus versuchte, sich mit den Händen vor ihren Strahlen zu schützen. Das Licht machte ihn zornig, verfolgte ihn bis hinter die geschlossenen Augenlider. Ein paar Diener, genauestens überwacht von den zwei reglosen Legionären, traten aus dem Haus und entrollten eine breite Zeltplane, die der Terrasse Schatten spendete. Der Präfekt atmete erleichtert auf und leerte einen großen Becher mit dem frischen Saft von Orangen, und ohne zu wissen warum, kamen ihm plötzlich die Datteln in den Sinn, die Nikolaus von Damaskus dem Augustus immer dargebracht hatte, und er mußte lächeln. Er gab Afranius einen Wink, der daraufhin unverzüglich seine Ausführungen wieder aufnahm, ebenso wie er zuvor begriffen hatte, daß er dem Präfekten eine Pause gönnen mußte.

»Deshalb wunderte sich auch niemand, als vor drei Tagen zwei oder drei Verrückte gefangengenommen wurden, Essener oder Zeloten – drei, um genau zu sein –, die im Tempel Unruhe gestiftet und Kaufleute und Sadduzäer beschuldigt hatten, mit den römischen Unterdrückern gemeinsame Sache zu machen. In der umstehenden Menschenmenge befanden sich auch einige Pharisäer der konservativen Faktion, die von Rabbi Schammai angeführt wird, andere wiederum gehörten zur liberalen Faktion in der Tradition des Rabbi Hillel. Ein paar ungepflegte und stinkende Fratzen mußten zur Sekte der Täufer gehören, gleich jenem Johannes, der dem Herodes Antipas gerade in diesen Tagen so viele Schwierigkeiten bereitet, außerdem waren Essener aus Jerusalem da, die recht befremdlich aussahen, mit einigen noch befremdlicheren Kollegen aus Qumran. Es gab Ebioniten und Hellenisten, Masbotheer und Galiläer, Nazaräer und Herodianer, Samariter und Hemerobaptisten. Kurz, der ganze bunte Reigen von

Sekten war anwesend, in dem sich der streitbare und unruhige Geist unserer jüdischen Freunde so schön spaltet und eint.«

Es ist zu früh, dachte Pilatus, kaum eine Stunde ist vergangen, vielleicht weniger, ich kann nicht schon wieder einen neuen Verband anlegen, ich muß warten, muß stark sein. Er ließ sich gegen die Rückenlehne des Stuhls sinken, schob die Hände unter die Achseln und drückte die Arme fest an den Körper, indem er vorgab, sich zu entspannen.

Afranius tat, als glaube er ihm, und fuhr fort: »All diese Leute waren also da, und natürlich wetterten viele von ihnen gegen die Soldaten, die zwar auch Juden sind, aber sich offenbar dem Kaiser oder Belial oder allen beiden verkauft haben. Sie schimpften mal mehr, mal weniger, je nachdem, ob der Festgenommene einer der ihren oder der anderen war, doch griff niemand ein, die Gemüter waren noch nicht erhitzt genug, und drei von ihnen endeten in *vinculis atque tenebris**. Ich hoffe, du weißt meine Kenntnisse des Lateinischen zu schätzen.«

»Und des Aramäischen, Afranius, und des Hebräischen, und des Syrischen, doch nun kehre ruhig zu deiner griechischen Muttersprache zurück und sage mir endlich, warum du gekommen bist.«

»Weil gestern«, sagte der kleine Mann und nahm sich ein paar Rosinen, »der letzte Tag des Laubhüttenfestes war und alle Pilger wieder aus der Stadt strömten, in Richtung Judäa und Samaria, Peräa und Galiläa. Jerusalem kehrte allmählich zur Normalität zurück, die Legionäre sammelten sich wieder in der Burg Antonia, um die Rüstungen abzulegen und sich bei einem Becher Wein zu erfrischen, die untergehende Sonne ließ die Goldplatten auf den Mauern des Tempels erstrahlen,

* lat.: in Ketten und Finsternis

und die Pforten des Gefängnisses des Hohen Rats öffneten sich, um auch die Aufrührer nach Hause gehen zu lassen, nun, wo die Gelegenheit, Unruhe zu stiften, vorbei war.«

»Wohlan, Afranius«, sagte der Präfekt, der mittlerweile von einem fürchterlichen Juckreiz gepeinigt wurde, »ich bewundere auch deine poetische Ader. Weit weniger hingegen bewundere ich deine sehr mäßig ausgebildete Fähigkeit zur Synthese.«

»Wir sind ja schon am Ende, Präfekt. Die Tore der Gefängnisse öffnen sich also, und aus der Düsternis treten die Gefangenen hervor: ein Gefangener, zwei Gefangene ... Schluß. Auf den dritten warten einige Anhänger, geduldige junge Männer, hocken dort auf ihren Fersen und warten und warten, doch der dritte Gefangene des Hohen Rats kommt nicht heraus. Also erheben sich die Jünger, nähern sich dem Wachhabenden und fragen weshalb und warum, doch der weiß nichts, interessiert sich auch nicht dafür, er seufzt und zuckt mit den Achseln. Morgen, sagt er, doch man sieht, daß er das nur sagt, um sie loszuwerden. Die Jünger entfernen sich. Eigentlich ist nichts dabei: Der dritte Mann kann krank geworden oder gestorben sein, oder er wird für weitere Vernehmungen dabehalten, oder er wartet schon auf seinen Prozeß. Es wäre nichts weiter dabei, wenn da nicht ...«

»Wenn da nicht«, fuhr Pilatus an seiner Stelle fort, während er die Hände unter den Armen hervorholte und mit einem Wink die Sklaven mit der Schüssel und dem Balsam herbeirief, »der Hohepriester Joseph, genannt Kaiphas, seinen Karren bestiegen und siebenhundert Stadien nach Caesarea zurückgelegt hätte, ohne anzuhalten, außer, um die Pferde zu wechseln, wenige Minuten mit dem Präfekten von Judäa geredet, dann wieder seinen Karren bestiegen und siebenhundert Stadien zurückgelegt hätte, ohne anzuhalten, außer, um die Pferde zu wechseln, und so gerade rechtzeitig in Jerusalem angelangt wäre, um noch vor Ende des letzten Tages vom Laubhüttenfest den dritten Gefangenen freizulassen, auf den mittlerweile, wie ich glaube, nicht einmal seine Jünger mehr warteten.«

»Sie nicht, aber ich«, sagte Afranius einfach, »und so habe ich, nachdem Jesus der Nazaräer in sein Heimatdorf aufgebrochen war, ebenfalls meinen Karren bestiegen und siebenhundert Stadien zurückgelegt, ohne anzuhalten, außer, um die Pferde zu wechseln.«

Pilatus tauchte die Hände in das Heilwasser und schloß vor Erleichterung die Augen. »Was kannst du mir über ihn berichten, Afranius? Ich will alles wissen.«

Kapitel 6

Die drei Frauen und Jesus saßen auf dem Karren: vorne Maria, daneben der Sohn, hinten die beiden Mädchen, eingeklemmt zwischen dem Hausrat, den sie auf allzu unebenen Wegstrecken mit den Armen abzusichern suchten. Judas, der neben dem Fahrzeug herlief, hielt die Zügel fest in der Hand und verhinderte so, daß sie bergab zu viel Fahrt gewannen. Hinten folgte Simon, während Jakobus in Gamala geblieben war: Er wollte mit seiner Familie, die immer zahlreicher wurde, in das Haus der Mutter umziehen, und da alle Brüder den Beruf des Tischlers erlernt hatten, würde er sich dort in der Werkstatt betätigen können. Das eigene Haus wollte er verkaufen und das Geld Joseph schicken, der davon in Kapharnaum ein Haus für die Mutter und die Schwestern erwerben sollte. Natürlich würde der Verkauf in dem Dorf auf dem Land nicht den Preis ergeben, den sie für ein Haus in der Stadt würden aufbringen müssen, zumal Kapharnaum mittlerweile das Verwaltungszentrum des »Galiläa der Heiden« geworden war – der ungläubigen Juden ebenso wie der Phönizier, der Araber, der Syrer, der griechischen Perser – mit einer römischen Garnison, der ein Zenturio vorstand. Doch benötigten sie auch nicht mehr soviel Platz, da Jesus sich sowieso bald auf den Weg machen würde, wie mittlerweile allen klar war, und Simon und Judas ihm wahrscheinlich folgen würden.

Jedoch nicht sofort. Als sie ankamen, war es bereits dunkel, und nach einer ruhigen Nacht in Josephs Haus bedeckte allein Jesus sein Haupt mit dem weißen Tuch, warf sich den Umhang über die linke Schulter der ärmellosen Tunika und begab sich auf den Weg. Er ging mit den gleichmäßigen, weit ausgreifenden Schritten desjenigen, der es gewohnt war, zu Fuß große Strecken zu bewältigen, und obgleich sie einem unerfahrenen Beobachter langsam erscheinen mochten, konnte er doch auf diese Art zwanzig Stadien pro Stunde zurücklegen und das viele Stunden lang.

Er kam an das östliche Ufer des Sees, an das die sorgsam bestellten Felder der galiläischen Bauern grenzten, und als er allmählich Hunger verspürte, hatte er Bethsaida und Magdala bereits hinter sich gelassen und befand sich in Sichtweite Tiberias'. Die neu errichteten Gebäude dieser Stadt, die Herodes Antipas in Nachfolge seines Vater vor einigen Jahren gegründet und zu seiner bevorzugten Residenz gemacht hatte, erstrahlten in der hochstehenden Sonne. Gruppen von Maurern hatten sich schwatzend und scherzend in den Schatten der Palmen oder der halbfertigen Gebäude zurückgezogen, um dort ihr Mittagessen einzunehmen, während die Betriebsamkeit und der Verkehr der mit Baustoffen beladenen Karren kaum vermindert weiterging.

Jesus schenkte den weißen hellenistischen Palästen keine Beachtung und folgte dem Ufer bis zum Hafen, der aus nichts als einer Mole bestand, näherte sich einer Gruppe von Fischern und Fährleuten, zog aus seiner Umhängetasche etwas Brot und Käse hervor und machte Rast, um zu essen und sich mit den Männern zu unterhalten. Sie redeten über das von Tag zu Tag teurer werdende Leben, über die Abgaben, die sie an die Römer zahlen mußten und die stetig erhöht wurden, über die steigenden Preise, welche die Sadduzäer im Tempel für die Lämmer und Turteltauben verlangten. Einer stimmte ein kleines Lied an, das ihn sein Vetter aus Jerusalem gelehrt hatte und das die Betrügereien der Mächtigen verballhornte:

Weh ist's mir vor dem Haus des Hannas:
Weh ist's mir vor ihren Denunziationen!
Denn sie sind Hohepriester,
und ihre Söhne Schatzmeister,
und ihre Schwiegersöhne Verwalter,
und ihre Diener schlagen das Volk mit Stöcken.

Alle lachten, wenn auch mit einer gewissen Bitterkeit, dann standen sie auf und wünschten sich Frieden. Einer von ihnen, der wußte, daß Jesus Richtung Süden unterwegs war, bot ihm an, ihn ein Stück auf seinem Boot mitzunehmen. Gemeinsam lösten sie die Taue, und Jesus sprang so ungeschickt an Bord, daß seine Tunika fast bis zum Bauch durchnäßt wurde. Sie lachten und hißten das Segel, dann glitten sie ruhig über das klare Wasser des Sees, während sie sich über den Zustand der vorüberziehenden Felder austauschten und über den Verkehr von Booten und Menschen, der täglich zunahm.

Als er an der Stelle, wo der See sich verengt und in den Fluß Jordan übergeht, das Segel einholte, klagte der Bootsmann über seine Schulter, die ihm bei dieser Bewegung stets Schmerzen bereite. Jesus hieß ihn sich hinsetzen und untersuchte mit den Fingerkuppen die schmerzende Stelle, bis er schließlich eine Art Knoten ertastete, den die Muskeln unter der Haut bildeten. Als er dort mit den Fingern leichten Druck ausübte, jammerte der Mann vor Schmerz auf.

»Bleib, wie du bist«, sagte Jesus, »es dauert nur einen Moment«, und schon löste sich der Knoten, und der Bootsmann stieß einen Schrei aus, der mehr Überraschung als Schmerz ausdrückte, dann genoß er reglos die Massage und die Wärme, die von den Händen des anderen auszugehen schien.

»Wo hast du das gelernt?« fragte er schließlich, nachdem er seinem Heiler gedankt hatte, und Jesus zeigte mit einer unbestimmten Handbewegung auf einen Ort jenseits des Jordans.

»Ach so, bei den Essenern«, sagte der Bootsmann, und der andere nickte.

Sie vertäuten das Boot und wünschten sich Frieden, dann nahm Jesus seine zügige und gleichmäßige Gangart wieder auf und schlug sich am linken Flußufer in die hügelige Hochebene von Peräa. Als die Dunkelheit hereinbrach und er sich bereits in Sichtweite der Befestigungen befand, die Pompeius Magnus bei Pella auf den Ruinen wieder aufgebaut hatte, welche Alexander Jannaios hinterlassen hatte, bog er vom Ufer ab. Er wandte sich in Richtung einiger fünf oder sechs Stadien entfernter Hügel, wo seine geübten Augen den Eingang zu einer Höhle ausgemacht hatten, die ihm als Unterschlupf für die Nacht dienen konnte.

Wie es häufig vorkam, war sie bereits besetzt, von einer Rebellengruppe, die sich der sicheren Verurteilung durch Flucht entzogen hatte und auf die wahrscheinlich ein Kopfgeld ausgesetzt war. Die Lagerwache ließ ihn herankommen, ließ sich seinen Namen nennen und führte ihn dann zu der Grotte, wo rund ein Dutzend Personen gerade ein karges Mahl zubereiteten. Sie stellten ihm einige Fragen und luden ihn dann ein, am gemeinsamen Essen teilzuhaben, zu dem Jesus seinen restlichen Käse beisteuerte. Der offensichtliche Führer der Gruppe aß schweigend, während er im roten Licht der Flamme den Neuankömmling eingehend musterte. Schließlich sagte er: »Man spricht viel von dir, Jesus Nazaräer.«

Der andere lächelte, weil auch er sein Gegenüber erkannt hatte. »Und mehr noch von dir, Jesus Barabbas«, antwortete er.

Der Anführer der Bande ging nicht darauf ein. »Menachem, der Sohn des Judas, sagt, daß du ein Freund der Römer bist, unserer Feinde.«

Jesus schüttelte den Kopf. »Ich will niemandes Feind mehr sein, Barabbas, das ist alles. Wenn du das hinnehmen kannst, werde ich die Nacht in dieser Grotte verbringen, und morgen früh verabschieden wir uns in Frieden. Wenn du allerdings glaubst, daß wir deswegen auf verschiedenen Seiten stehen, gehe ich und suche mir einen anderen Unterschlupf oder schlafe im Freien.«

In der verrauchten Höhle herrschte nun tiefes Schweigen. Die Krieger warteten mit angehaltenem Atem auf die Entscheidung ihres Anführers und fragten sich angesichts der Gelassenheit des Gastes, ob sie ihn wegen seiner Selbstsicherheit bewundern oder wegen seiner Dummheit verachten sollten, die ihn anscheinend nicht begreifen ließ, in welcher Gefahr er schwebte. Sie staunten auch über den Blick, mit dem die beiden Männer gleichen Namens sich ansahen: nicht wie Freunde, aber auch nicht wie Feinde, am ehesten vielleicht wie Komplizen, wie Leute, die sich mit einem einzigen Blick verstehen und sich auch zulächeln können. Endlich erhob sich Barabbas, wünschte Jesus Frieden und sagte: »Heute nacht kannst du in dieser Grotte schlafen, Nazaräer, aber suche keine weiteren Zusammentreffen mit uns.«

Auch Jesus stand nun auf, wünschte ihm Frieden und sagte: »Wenn es dazu kommen wird, so wird es Gottes Wille sein.«

Er streckte sich in einer Ecke aus, wickelte sich in seinen Umhang und war innerhalb weniger Augenblicke eingeschlafen.

Er wurde durch einen unsanften Stoß geweckt. Jemand beugte sich über ihn. »Wach auf und fliehe«, sagte eine Stimme, die in Eile, aber nicht furchtsam klang, »die Soldaten kommen. Wenn du dich beeilst, kannst du mit uns kommen.«

»Ich habe von den Soldaten nichts zu befürchten«, sagte Jesus, während er sich aufsetzte.

»Das wirst du aber haben«, entgegnete der andere, »wenn sie dich in einem unserer Lager finden, wo die Asche noch glüht.«

Dann verschwand er und ließ Jesus in völliger Dunkelheit und Stille zurück. Der stand auf, ertastete seinen Wanderstab und den Beutel und bewegte sich, mit einer Hand der Mauer folgend, auf den Ausgang der Grotte zu, bis der Stollen eine Kurve machte und sich zu einem hellen Dreieck weitete, wo die Höhle in den sternenklaren Himmel hinausging.

Barabbas hatte recht gehabt: Zwischen den schwachen Schatten, die der Mond auf die kaum weniger dunkle Wüste warf, blitzte es hin und wieder kurz auf, wenn die Sterne sich in einer Waffe oder dem Beschlag einer Rüstung spiegelten. Die Soldaten mochten noch ungefähr drei Stadien entfernt sein. Jesus stieg vorsichtig den kurzen, steilen Pfad von der Öffnung der Grotte hinab, darauf bedacht, kein Steinchen ins Rollen zu bringen, das ihn hätte verraten können, und umrundete dann gelassen den kleinen Berg, um sich erneut zum Jordan zu begeben. Wie der Gesetzlose, der ihn geweckt hatte, verspürte auch er, Sohn eines Volkes, das seit fast einem Jahrhundert mit dem Besatzer lebte, keinerlei Angst. Doch es reute ihn, nicht am Abend bereits die Fragen gestellt zu haben, die er sich für den Moment des Abschieds aufgespart hatte: ob sie Johannes den Täufer kannten und wußten, wo er sich in diesen Tagen aufhielt, und wenn ja, ob es sehr weit von hier sei.

Dann fiel ihm plötzlich ein, daß es sicher keine römischen Soldaten waren, die sich der Höhle näherten. Schließlich befand er sich nicht auf der rechten Seite des Jordans, in Samaria, das unter der Verwaltung des kaiserlichen Präfekten stand, sondern auf der linken Seite, dem Herrschaftsgebiet des Herodes Antipas, so daß die Soldaten ihm unterstehen mußten, und obgleich die Vorsicht dem Barabbas geraten hatte, mit den Seinen das Weite zu suchen, war es doch wenig wahrscheinlich, daß der Tetrarch sich damit aufhalten würde, Rebellen zu verfolgen, von denen er wenig zu befürchten hatte. Ziel der Jagd, so dachte Jesus, mußte viel eher Johannes sein.

Er beschleunigte seine Schritte und suchte im Schatten der Wolken Deckung vor dem Mondlicht. Seine Augen hielten nach den vertrauten Orten Ausschau, an denen Johannes und er so lange gemeinsam gelebt hatten, doch bald schon überkamen ihn neue Zweifel, und er verlangsamte sein Tempo. Die Sandbänke bei Bethanien und Bethabara, an denen die großen Wasserläufe vorbeiströmten, in denen Johannes seine Jünger zu taufen pflegte, mußten mindestens zweihundert Stadien weiter südlich liegen: Es war kaum wahrscheinlich, daß der Vetter sich so weit von seinem Judäa entfernte, nur um in eine Falle zu laufen, wenn es doch viel weiser war, an das rechte Jordanufer zurückzukehren, in Sicherheit vor Herodes. Andererseits war Johannes durch nichts aufzuhalten, wenn er glaubte, in einer bestimmten Gegend gebraucht zu werden, und niemand wußte das besser als Jesus.

Johannes war nur wenige Monate älter als er. Maria, die damals noch sehr jung war, hatte gerade erst erfahren, daß sie ein Kind empfangen hatte, als sie nach Hebron zu ihrer Verwandten Elisabeth aufbrach, der Frau des alten Priesters Zacharias. Es war eine lange Reise, über tausend Stadien, doch Elisabeth erwartete zum ersten Mal und in fortgeschrittenem Alter ein Kind und würde Hilfe brauchen. Alles ging gut, und das Neugeborene bekam den Namen Johannes, was soviel heißt wie Jahwe hat sich erbarmt. Dann hatte Maria sich auf die Rückreise begeben und nur wenige Wochen danach selbst ihren Erstgeborenen zur Welt gebracht. Sie hatten ihn Jesus genannt, das bedeutet Jahwe ist Hilfe.

Viele Jahre sollten die beiden Frauen sich nicht sehen, wegen der großen Entfernung und vor allem wegen Marias Schwangerschaften. Der Anlaß des Wiedersehens und des ersten Zusammentreffens von Johannes und Jesus war ein trauriger: Josephs Tod beim Aufstand der Zeloten gegen die römische Volkszählung zwang die Witwe, das unsicher gewordene Galiläa, das von den Soldaten des Tiberius Cäsar mit Feuer und Schwert verheert worden war, zu verlassen und in Judäa für einige Zeit Zuflucht zu suchen.

Die Kinder aus Gamala zogen nach dem schrecklichen Ende des Vaters viel Trost aus der Freundschaft mit ihrem jungen Verwandten, und Jesus eiferte ihm in den Studien nach, wo jener ihm weit voraus war. Tatsächlich war er bereits in der Lage, mit anderen über die streng konservativen Thesen von Rabbi Schammai und jene liberalen von Rabbi Hillel zu disputieren. Die beiden Jugendlichen fühlten sich dem Letzteren viel näher, dessen milden Charakter sie bewunderten, seine ruhige Kraft, mit der er die Armut ertrug, seine Energie, mit der er sich gegen die Falschheit mancher Priester und frommer

Menschen wehrte, die heimlich und aus den Augenwinkeln heraus sicherstellten, daß immer jemand Zeuge ihres intensiven Gebets war.

Doch vor allem spürte der heranwachsende Jesus in dieser Stadt, die eine der ältesten der Welt war – laut den Schriften sogar noch sieben Jahre älter als das ägyptische Tanis, die traditionelle Brücke zu Asien –, die Faszination der Zeit, die der Weg ist, den man beschreiten muß, um an die Seite Gottes zu gelangen. Er und Johannes gingen durch die Gassen der vier Viertel, in die Hebron unterteilt war, und diskutierten über die Anakiter, jene Riesen, die vor Jahrhunderten die Stadt bewohnt hatten; sie gedachten der Zerstörung durch Josue, der sieben Jahre, die David dort verbracht hatte, bevor er nach Jerusalem ging, des Todes des Absalom, der sich gegen seinen Vater erhoben hatte. Sie gingen unter den uralten Olivenbäumen einher, die zwischen den Ruinen der Häuser der Riesen wuchsen; an den Mauern entlang, die Johannes Hyrkan errichtet hatte, der Gründer der Dynastie der Hasmonäer; durch die Katakomben, in denen die Grabstätte eines antiken Richters verehrt wurde; über den Pfad, der zu den Gräbern von Ruth und dem Vater Davids führte; rund um den Weiher, in den David die beiden Mörder von Sauls Sohn warf, nachdem er sie getötet hatte; zu dem beeindruckenden Felsheiligtum, das Herodes über der Höhle von Makpela hatte errichten lassen, da es in der Bibel hieß, Abraham habe sie gekauft, um sie zur Grabstätte seiner Familie zu machen.

Dann hatte Maria entschieden, daß sie die wüstengleiche Gegend Judäas nun wieder verlassen und in das grüne und schattenreiche Galiläa heimkehren konnten, in die blühende Hügellandschaft der Gaulanitis, zu den sauberen Kieseln des Meeres von Galiläa, zu den Lerchen und den Falken, zu den reichen Fischgründen. Zurück in Gamala, das sich im Wiederaufbau befand, hatte der mittlerweile fünfzehnjährige Jesus den Lektionen des Hazzan beigewohnt, des Vorlesers der Synagoge, der in den kleineren Städten die Aufgaben eines Rabbi übernahm. Zugleich führte er die Tischlerwerkstätte seines Vaters weiter, da es beim Volke Israel Brauch war, daß auch der gelehrteste unter den Meistern ein Handwerk erlernte. So konnte er die Brüder und Schwestern ernähren, bis diese wie er selbst erwachsen waren.

Lange Jahre hatte er Johannes nicht gesehen und nichts von ihm gehört, bis sich in ganz Palästina der Ruf von einem jungen jüdischen Asketen verbreitete, der in der Wüste nördlich des Toten Meeres weilte, diesseits und jenseits des Jordan, und der die Menschen um sich versammelte. Ein Nazaräer, der, in grobe Kamelfelle gehüllt, sein Haar wachsen ließ und von Honig und Heuschrecken lebte, und der allen Juden, welcher Schicht sie auch angehören mochten, anbot, sich in den Wassern des Flusses zu reinigen, um die Gewißheit zu haben, beim bevorstehenden Jüngsten Gericht die göttliche Vergebung zu erlangen. Ein Essener, der seine Jünger in einer strengen Lehre unterwies und keinerlei Milde kannte, wenn er gegen die reichen Priester der Sadduzäer predigte, gegen die kleinlichen Schriftgelehrten, gegen die heuchlerischen Pharisäer und vor allem gegen den schändlichen Herodes Antipas, der seine erste Frau verleugnet hatte, um Herodias zu ehelichen, seine Nichte und die geschiedene Gattin seines Halbbruders Herodes Philippus.

In der Stille der nächtlichen Wüste glaubte Jesus den Widerhall seiner Verwünschungen zu hören, und plötzlich verflogen alle Zweifel: Johannes der Täufer war nahe, und die Wachen des Tetrarchen wußten, wo er zu finden war.

Kapitel 7

Einmal mehr verschwieg Aduncus dem Tiberius die Wahrheit: Anstatt umgehend in Sorrent ein Schiff zu besteigen, das ihn auf direktem Weg nach Palästina brachte, begab er sich die Halbinsel hinauf bis nach Capua und schlug von dort die Via Appia Richtung Apulien zum Hafen von Brindisi ein. Dies geschah weniger, um die äußerst beschwerliche Seereise zu verkürzen, wo der Schnelligkeit zuliebe auf alle Annehmlichkeiten verzichtet wurde, und auch nicht, um der Gefahr von Scylla und Charybdis und ihren unberechenbaren Wutausbrüchen zu entgehen, sondern vielmehr aus ganz persönlichen Gründen, die er niemals mit dem Kaiser besprochen hätte. Denn jener kannte sie zur Genüge und konnte sie nur akzeptieren, indem er sie ignorierte.

Zusammen mit dem jungen Matrosen, der sich auf Capri um sein Gepäck gekümmert hatte und nun glücklich war, ihn gegen Kost und einen ansehnlichen Sold zu begleiten, hatte der Alte sich auf einem bequemen Karren niedergelassen, der von zwei Maultieren gezogen wurde und mit einer Plane zum Abdecken sowie Matratzen ausgestattet war, um die wenig empfehlenswerten Hotels neben den Poststationen zu ersetzen. Innerhalb weniger Tage hatten sie den Apennin überwunden und danach die Hauptstraße verlassen, um dem Vorgebirge des Gargano entgegenzueilen.

Dort hatte Aduncus einen Fischer dafür bezahlt, daß er sie

auf die Insel Tremetis übersetzte, die in der Antike Diomedes-Insel genannt wurde und wo der Legende nach eben jener Held begraben lag. Doch die Ruhestätte, der sich der alte Polizist voller Ehrfurcht näherte, war eine andere: Unter einem Grabstein, der bescheidener und unauffälliger kaum hätte sein können, lag Julia die Jüngere, Tochter der Tochter des Augustus und gleich ihrer Mutter zum lebenslangen Exil verurteilt.

Lediglich einen Luxus hatte man jener Frau zugestanden, die ein Jahr zuvor nach zwanzig Jahren Exil gestorben war und die ihr Großvater testamentarisch sogar von der Beisetzung im Familiengrab ausgeschlossen hatte: Sie ruhte am äußersten Rand eines Hügels, vor sich das offene Meer, dessen salzige Brise sie auf ewig umspielen würde. Aduncus hielt sein faltiges Gesicht in den Wind, um ein paar verdächtige Tropfen trocknen zu lassen.

Der Spanier hatte sich geschworen, dem Grab vor seiner Rückkehr nach Cordoba einen Besuch abzustatten, um dann heiter dem Tode entgegenzusehen, getröstet durch die feingeistige und gebildete Korrespondenz mit seinem alten Freund und Landsmann Annäus Seneca. Doch um so zwingender war der Besuch erschienen, als sich seinem hohen Alter nun die Reise in ein Land von Aufständischen zugesellte und Aduncus nicht einmal den Schutz eines offiziellen Auftrags genoß, so daß seine Rückkehr alles andere als gewiß war.

Endlich erreichten sie Brindisi, den Brückenkopf der römischen Ausbreitung in Richtung Orient und natürlicher Einschiffungshafen nach Palästina. Auch dort lauerten die Gespenster der Vergangenheit. Hier in Brindisi war Aduncus im Jahre 734 nach der Gründung Roms gemeinsam mit Vergil gelandet, als sie beide im Gefolge des Octavianus Augustus aus Athen kamen. Der plötzliche Tod des großen Dichters, kaum daß sie an Land gegangen waren, hatte dasselbe Jahr, welches die Chronisten bis dahin *mirabilis* genannt hatten – ein Jahr der Wunder, in dem Augustus zum Konsul auf Lebenszeit ernannt worden war und Ovidius die fünf Bücher seiner »Amores« veröffentlicht hatte –, in ein *annus horribilis* verwandelt. Hier in Brindisi hatte Aduncus an einem kalten Februarmorgen des Jahres 761 seinen Freund Ovidius verabschiedet – den Mann, der gleich ihm Julia die Ältere geliebt hatte und der vielleicht der Vater von Julia der Jüngeren war –, nachdem jener in Ungnade gefallen war und zu einer Reise von der Hauptstadt der Welt an die Grenzen des Nichts aufbrach. Der edle erotische Dichter, der galante Ästhet, hatte sein Leben im Exil in einer kleinen Garnison im Schwarzen Meer beschlossen, wo die Menschen ein barbarisches Idiom sprachen, wo ein ungesundes Klima herrschte, wo man nicht das kristallklare Wasser des Anio trank, sondern ein fast salziges Gesöff, und wo das Essen rustikal war und wenig elegant die Frauen.

An jenem Februartag war für Aduncus und vielleicht für ganz Rom eine Epoche zu Ende gegangen, in der die Liebe und die Poesie der Staatsräson noch etwas entgegensetzen konnten. Wollte man sich und seine Erinnerungen nicht aufgeben, blieb nur die Möglichkeit, weiterhin treu den antiken Idealen zu dienen, die von so vielen mit Füßen getreten wurden.

Ich lebe schon zu lange, dachte Aduncus kopfschüttelnd, und fast hätte er den Ruf des jungen Matrosen überhört, der im Durcheinander des Hafens sein Schiff gefunden hatte und ihn nun drängte, an Bord zu gehen. Ihre Verbindung sollte hier enden, und der Junge würde eine neue Anstellung finden oder nach Hause zurückkehren. Eine zweckmäßige und oberflächliche Bekanntschaft, dachte Aduncus, wie so oft.

An Bord waren so viele Menschen, daß sie die Matrosen an den Segeln bei der Arbeit behinderten: junge reiche Römer, die zum Studium nach Athen gingen, griechische Weinhändler auf dem Weg nach Kreta, Soldaten, die den Garnisonen von Achäa und Judäa Verstärkung bringen sollten, und viele Juden – Nachkommen derer, die Pompeius ein Jahrhundert zuvor nach der Eroberung Jerusalems mit dem besiegten König Aristobulus nach Rom verschleppt hatte –, die mit Hilfe von Schmiergeldern den Passierschein für eine Reise in die Heimatländer erhalten hatten.

Die verschiedenen Gruppen mischten sich kaum untereinander, und das einzige Gefühl, das hin und wieder für kurze Augenblicke Römer, Griechen und Soldaten einte, war das des Spotts gegen die Juden, die Brot und Schinken zurückwiesen, was schon Augustus zum Lachen gebracht hatte. Zum Ausgleich tranken alle reichlich Wein, ganz gleich ob aus Italien, Griechenland oder Safed.

Aduncus beobachtete alles und sprach wenig, gemäß seiner Natur, die sich in den fünfzehn Jahren an der Spitze der römischen Polizei noch stärker ausgeprägt hatte. Alles, was er hörte, verwahrte er sicher in seinem Gedächtnis, das trotz der bald siebzig Jahre tadellos arbeitete. Als Augustus gestorben war, hatte er Tiberius aufgesucht, seinen alten Befehlshaber und neuen Kaiser, und ihn gebeten, Ovidius und Julia die Jüngere aus dem Exil heimkehren zu lassen (für ihre Mutter, Julia die Ältere, war es zu spät: Sie war wenige Tage vor ihrem Vater gestorben, und auch dabei war Aduncus der einzige Zeuge gewesen, der einzige anwesende Freund). Der andere hatte ihn mit gespielter Verwunderung angesehen und festgestellt: »Du vergißt wirklich niemanden, Lucius Valerius, nicht einmal deine Freunde, du hast wahrlich das Gedächtnis eines Elefanten. Ich wage fast zu sagen, das eines Spions. Was würdest du davon halten, wenn ich dich zum Praefectus urbi machte?«

Aduncus hatte den Kopf geschüttelt: »Das kannst du nicht, Claudius Tiberius Nero, jenes Amt setzt den Rang eines Senators voraus, und ich bin gerade mal *legatus legionis*, ein einfacher Soldat. Doch trotz meines niederen Ranges wage ich es, dich für diese beiden um Gnade zu bitten.«

Der Kaiser war über die Unverfrorenheit des Aduncus hinweggegangen, ihn nicht Tiberius Julius Caesar zu nennen, wie es ihm eigentlich seit der Adoption durch Augustus zustand, und hatte ebenfalls den Kopf geschüttelt: »Ich kann nicht, Aduncus. Kein Gesetz verbietet es mir, das ist wahr, doch ich glaube, daß Augustus recht getan hat. Jener Mann und jene Frau wie auch ihre Mutter vor ihr haben mit dem, was sie schrieben und was sie taten, einen Skandal heraufbeschworen: Sie zurückkehren zu lassen wäre ein gefährliches Zeichen von Schwäche, ein schlechtes Beispiel für alle Römer, die auf die Gesetze vertrauen.«

Und dann hatte er in aller Ruhe hinzugefügt: »Statt dessen werde ich das Gesetz zur Ernennung der Magistrate brechen und dich zu meinem Praefectus urbi machen.«

Die Überfahrt nutzte Aduncus dazu, sich Informationen zu beschaffen, die ihm bei seiner Mission dienlich sein würden. Abgesehen von dem kargen Austausch mit dem verbannten Herodes Philippus und seiner unbeständigen Frau Herodias sowie von seinem schlichtenden Einschreiten als Stadtpräfekt, wenn ihn die ständigen Unruhen der jüdischen Gemeinde mal wieder zwangen, das eine oder andere Mitglied aus der Hauptstadt auszuschließen, wußte der alte Polizist nicht viel über das jüdische Volk, unter das er sich bald mischen würde. Er beobachtete die Juden in dem Versuch, sie zu begreifen, doch machte er sich keine Illusionen, wie schwierig das sein würde, wo sie sogar die Zeit auf andere Art maßen als der Rest der Welt: Gleichgültig gegenüber der Kalenderreform, die Julius Caesar 708 durchgeführt hatte und die das Jahr in beinahe völlige Übereinstimmung mit dem Lauf der Sonne brachte, richteten sie sich immer noch nach dem Mond, so daß sie hin und wieder einen Monat zusätzlich einschieben mußten, um die Dinge wieder zurechtzurücken. Außerdem behaupteten sie nicht nur zu wissen, wann eine Stadt gegründet und ein König geboren wurde, sondern auch, wann ihr Gott die Welt geschaffen hatte, bis auf den Tag und den Monat genau; da sie ganz selbstverständlich bei jenem Zeitpunkt ansetzten, zählten sie nun das Jahr 3789, welches für die Römer 782 *ab urbe condita* – seit Gründung der Stadt Rom – war.

Auch über ihr Land wußte er nur wenig. Er war erst einmal dort gewesen, vor fünfundzwanzig Jahren, als er den jungen Caius Caesar auf der letzten Unternehmung dieses unglückseligen Mannes in den Orient begleitet hatte. Er erinnerte sich an den weißen Glanz der neuerbauten Häuser von Caesarea und die überfüllten antiken Gassen von Jerusalem, er erinnerte sich an das skeptische Lächeln der Griechen und die glühenden Augen einer über die Maßen schönen Jüdin, die ihn verflucht und ihm einen Stein nachgeworfen hatte. Wer weiß, warum gerade mir, fragte sich Aduncus, von all den sechstausend Soldaten der Legion.

Sein gutes Gedächtnis hielt auch noch eine Vielzahl an aramäischen Wörtern bereit, und er versuchte, mit der jüdischen Gruppe ins Gespräch zu kommen, um weitere hinzuzulernen. In meinem Alter, tröstete er sich seufzend, ist man zwar nicht gerade prädestiniert, eine Sprache zu lernen, doch

Cato war noch zehn Jahre älter, als er das Griechische zu studieren begann.

Griechisch hatte er glücklicherweise schon als Junge in Cordoba studiert und lieben gelernt, in Athen hatte er es bei Ovidius und dessen Bruder Lucius vervollkommnet, und er sprach es immer noch fließend mit perfektem attischen Akzent, so daß ein Kaufmann aus Piräus, der des Aramäischen mächtig war und lächelnd seine nutzlosen Versuche verfolgt hatte, mit den Juden anzubändeln, ihm von da an intensiven und ergiebigen Unterricht erteilte. Gegen Entlohnung, versteht sich.

In Piräus stiegen die jungen Römer aus, begierig auf ihre Studien und mehr noch auf die Vergnügungen in sicherer Entfernung von ihren Familien, und das Schiff füllte sich mit allerlei Händlern: Griechen auf dem Weg nach Caesarea und Alexandria, Phönizier, die von Tyrus und Sidon zurückkehrten, Juden, die zwischen den Kolonien ihrer Landsleute in Griechenland, Ägypten und Spanien hin und her fuhren, sowie Römer, die von Garnison zu Garnison zogen in der Hoffnung, für sich und ihre Waren aus Liebe zum Vaterland gute Aufnahme zu finden. Sie ließen keinen Versuch aus, ein Geschäft zu machen und sich gegenseitig übers Ohr zu hauen. Aduncus fühlte sich von ihnen bedrängt, und ihm kam der Gedanke, daß sie die wahren Invasoren darstellten.

Doch er war fest entschlossen, den Platz zu verteidigen, den der junge Matrose aus Sorrent ihm vor der Abfahrt in Brindisi erobert hatte, und sein gelassenes und entschiedenes Auftreten sowie das robuste Äußere nebst seinem Dolch aus bestem Stahl, den er unaufdringlich, aber deutlich sichtbar bei sich trug, verschafften ihm einen gewissen Respekt. Dennoch entfernte er sich so wenig wie möglich von seiner Matratze, die er aus dem Karren mitgenommen hatte, und ließ niemals den kleinen, zylinderförmigen Korb unbeaufsichtigt, in dem er die Papyrusrollen aufbewahrte, die er sich von dem Schreiber des Tiberius hatte aushändigen lassen, jede einzelne mit einer Lederhülle geschützt.

»Der muß ja äußerst wertvoll sein, dein Korb da«, stellte der griechische Händler nach einer Lektion fest.

»Nur für mich«, entgegnete Aduncus, während er ihm als Lohn eine Münze in die Hand drückte. »Doch nimm dich in acht: Ich schätze ihn nicht wert genug, um einer Erpressung nachzugeben, wenn er mir gestohlen würde, und würde dennoch jeden umbringen, der es versuchte.«

Diese Nachricht verbreitete sich auf dem ganzen Schiff, und dem alten Polizisten schien es, als lichte sich das Gedränge um seine Matratze ein wenig, das ihm schon verdächtig vorgekommen war. Der Dolch ruhte dennoch stets sicher an seinem linken Unterarm, nur leicht von der geschmeidigen Scheide gehalten und halbverdeckt von einer Falte des Umhangs, mit dem er sich vor den Windböen des Meeres schützte.

Die Rollen waren Abschriften der Rapporte der Prokuratoren und Präfekten des Imperiums, die, seit Tiberius auf Capri lebte, eigens für ihn angefertigt wurden. Die Originale gingen an das kaiserliche Archiv in der Hauptstadt, womit auf diplomatische Weise zum Ausdruck gebracht wurde, daß sie für Seianus bestimmt waren, doch viele Funktionäre mit Regierungsaufgaben – wie Pilatus, seitdem er ahnte, daß auch sein Beschützer, der Prätorianerpräfekt, Feinde hatte, die ihn an Machtfülle durchaus übertrafen – schickten als Zeichen der Achtung eine Abschrift an Tiberius.

Auf der parthenopeischen Insel hatte sich Aduncus nach einer kurzen Durchsicht alle Berichte der judäischen Statthalter aushändigen lassen – Coponius, Marcus Ambivius, Annius Rufus, Valerius Gratus und nun Pontius Pilatus –, beginnend mit der Zeit, als der Ethnarch Archelaus, einer der Söhne, unter denen Herodes der Große sein Reich aufgeteilt hatte, abgesetzt worden war. Das war im Jahre 759 gewesen, und Judäa, Samaria und Idumäa waren in römische Provinzen umgewandelt worden; sie unterstanden einem Präfekten mit dem Rang eines Ritters, der in den wichtigeren Angelegenheiten vom syrischen Herrscher abhängig war.

Natürlich waren Aduncus auch die Ereignisse der Zeit davor bekannt, sowohl jene, die auf die Zeit vor seiner Geburt zurückgingen, als auch die, deren unmittelbarer Zeuge er immer wieder geworden war. Aus seinen Studien wußte er von der Einmischung der Römer im Jahre 689 auf Wunsch der Hasmonäer selbst, um die Bruderkämpfe jener Dynastie beizulegen. Sie endeten mit dem Vordringen des Pompeius Magnus bis in das Allerheiligste des Tempels von Jerusalem. Er wußte, daß Julius Caesar, nachdem er den Bürgerkrieg gegen Pompeius gewonnen hatte, den Idumäer Antipater zum Prokurator von Judäa ernannt und ihm sogar gestattet hatte, die Mauern von Jerusalem wieder aufzubauen, die Pompeius niedergerissen hatte. Er wußte, daß von den beiden Söhnen des Antipater der eine, Phasael, zum Statthalter in der Hauptstadt und der andere, Herodes, zum Statthalter in Judäa ernannt worden war, doch nur der zweite hatte die Invasion der Parther überlebt und mit der Hilfe von Marcus Antonius die Führungsmacht in der Provinz zurückerobert.

An diesem Punkt lösten die persönlichen Erinnerungen des Aduncus mehr und mehr die Kenntnisse des fleißigen Provinzschülers ab, dessen Familie immer sehr aufmerksam die politischen Entwicklungen der Republik verfolgt hatte. Er erinnerte sich an das schmerzliche Gefühl – er war damals zehn Jahre alt gewesen –, mit dem Cordoba die Nachricht vom Sieg des Octavianus über Marcus Antonius und die ägyptische Königin Kleopatra in der Seeschlacht von Actium aufgenommen hatte. Die Menschen hegten keine große Sympathie für das Geschlecht der Julier, da die Erinnerung an die Plünderung durch die Soldaten Caesars noch zu frisch war. Einige Jahre darauf hatte Augustus ihn abgelöst und mit denselben gewaltsamen Mitteln versucht, die Provinz zu befrieden.

Marcus Antonius hatte Herodes zum *rex socius* – zum verbündeten König – Roms ernannt, und der hatte ihm den großen Festungspalast in Jerusalem gewidmet. Doch der gerissene idumäische Herrscher ließ sich auch von Caesar Augustus umfassender Autonomien versichern, zu denen in Rom höchst unterschiedliche und widersprüchliche Nachrichten eintrafen. Aduncus, der mittlerweile in der Hauptstadt des Imperiums wohnte und die bestinformierten Kreise in nächster Nähe zur Macht frequentierte, erinnerte sich, daß die Funktionäre und die Offiziere aus Palästina voller Bewunderung von den großen Bauwerken des Herodes gesprochen hatten und voller Bestürzung von grausamsten Ausschreitungen, die selbst vor seinen eigenen Söhnen Alexander und Aristobulus nicht haltmachten: Sie wurden wegen des Verdachts auf umstürzlerische Aktivitäten erwürgt. In diesem Zusammenhang konnte sich Aduncus wieder einer ganz persönlichen Erinnerung rühmen, wie nämlich Augustus diese Nachricht in dem ihm eigenen Zynismus mit der Bemerkung kommentiert hatte, daß er in dem Haus des Herodes lieber ein Schwein wäre als ein Sohn: Er würde sich sicherer fühlen, da die Juden ja kein Schweinefleisch anrührten.

Auf den Tod so bedeutender Persönlichkeiten hin hatte Augustus zugestimmt, das Testament zu bestätigen, in welchem das Reich unter den drei hinterbliebenen Brüdern aufgeteilt wurde: Archelaus bekam Judäa, Samaria und Idumäa, Antipas Galiläa und Peräa, und das Gebiet östlich des Jordans mit den Städten der Dekapolis ging an Philippus. Man schrieb das Jahr 749. Nur zehn Jahre später begab sich eine Abordnung von Judäern und Samaritanern nach Rom, um Klage gegen Archelaus zu erheben, und erreichte seine Absetzung. Seine Länder fielen nun unter die direkte Verwaltung Roms. Antipas nahm den Namen der Dynastie Herodes an und entwickelte mit der Zeit die gleiche bauliche Leidenschaft wie sein Vater, nicht jedoch dessen Charakterstärke.

Am erfolgreichsten war Philippus. Vielleicht lag es daran, daß seine Gebiete allesamt außerhalb Palästinas lagen oder daß seine Untergebenen beinah ausschließlich tolerante Polytheisten waren, vielleicht hielt er sich einfach möglichst fern von den Angelegenheiten und Schwierigkeiten der Juden, jedenfalls ergab sich der wohl einzigartige Fall, daß er nicht nur den Respekt, sondern auch die Liebe seiner Einwohner gewann.

Dies waren die geschichtlichen Daten, Aduncus kannte sie, doch er wußte auch, daß ihm zum wirklichen Verständnis das interne Wissen fehlte: die eigentlichen Auseinandersetzungen innerhalb dieser schwierigen Region, der eine größere Widerstandskraft gegen die römischen Herrscher innezuwohnen schien als allen anderen Provinzen des Reiches. Das holte er nun nach, indem er Rolle für Rolle aus ihrer Hülle zog und das bürokratische Kauderwelsch überflog, das ihm nur zu vertraut war. In der ersten stand:

An Caesar Augustus, Imperator und Pontifex maximus
Von Publius Sulpicius Quirinius, Statthalter von Syrien

Rapport 7
Kategorie: geheim
Datum: Monat Juni, im Jahr 759 nach der Gründung
Subjekt: Judas aus Gamala, genannt der Galiläer
Urteil: eliminieren

Die Volkszählung in der neuen Provinz Judäa, durchgeführt zu steuerlichen Zwecken, um Einwohner, Einkünfte und Besitzstände zu registrieren, löste beim Volke heftigen Widerstand aus, der zunächst überwunden wurde dank dem weisen Eingreifen des Hohenpriesters Joazar, der uns geneigt ist wie der gesamte priesterliche Adel der Partei der Sadduzäer.

Doch genügte dies nicht, die Fackeln der Unzufriedenen zu löschen, so daß es notwendig erschien, Joazar abzusetzen, um die Radikalsten der Gruppen zu besänftigen.

Unglücklicherweise wählten einige unserer Steuerbeamten eben jenen äußerst delikaten Zeitpunkt für ihre Eintreibungen, die sie mit rigorosen Mitteln unter Einsatz der Truppen bewerkstelligten. Die Tatsache, daß die Sammlung in den Händen von Unterbeamten lag, sogenannten Zöllnern, welche fast immer Juden sind, hat die Lage noch verschärft und zu einigen Reibungen innerhalb der Bevölkerung geführt.

Obwohl die Volkszählung nur Judäa betraf, wurde auch in anderen Gegenden heftiger Widerstand registriert, vor allem in Galiläa. Hier waren es insonderheit ein gewisser Zadok, Lehrer von Beruf und der Partei der Pharisäer zugehörig, und ein Schriftgelehrter namens Judas aus der Stadt Gamala in der Gaulanitis (man wisse, daß die Juden mit Schriftgelehrten nicht die

Schreibkundigen und Kopisten bezeichnen, sondern diejenigen, die ihre heiligen Bücher auslegen), die eine Protestbewegung heraufbeschworen haben, als deren glühendste Anhänger die Zeloten ausgemacht wurden.

Der erste der beiden war binnen kurzem wieder untergetaucht, während der zweite mit seinen Handlungen fortfährt und darauf besteht, das Problem gründe nicht in der Verwaltung, sondern in der Religion. Er behauptet, daß ihr Gott, den sie Jahwe nennen, der einzige Herr über das Volk Israels sei und jeder, der einem fremden Herrscher Steuern zahle, das Privileg verliere, sich Israelit zu nennen.

Ein Scheinargument, da die allen Völkern des Imperiums gewährte Religionsfreiheit im Falle der Bewohner dieser Provinz noch weitreichender ist, aufgrund der ihnen zugestandenen privilegia judaica. *Dessen ungeachtet gewinnt die Bewegung der Zeloten an Stärke und scheint immer mehr Anhänger und Freunde selbst in der entfernten, aber bedeutenden jüdischen Kolonie von Alexandria zu finden.*

Um sie niederzuschlagen, erscheint die Eliminierung des erwähnten Judas als absolut unabdingbar.

Und das ist erst der Anfang, dachte Aduncus, als er die Rolle wieder in dem Lederbehältnis verwahrte. Anstatt die nächste hervorzuziehen, verharrte er nachdenklich ein paar Minuten, wie er es häufig tat, den Blick starr auf die blauen Fluten der Ägäis gerichtet: Schon immer waren sie ihm mit ihren von Legenden erfüllten Tiefen, mit ihren kulturbringenden Entdeckungsfahrten wie der fruchtbare Schoß eines weltumspannenden Abenteuers erschienen, an dem er dankbar teilnahm. Doch dieses Mal wurde er von einem Gefühl der Düsternis erfaßt, einer Ahnung von drohendem Übel und

Leid, die nicht einmal der glanzvolle Anblick der kretischen Küste vertreiben konnte, von welcher der Schrei des Matrosen im Mastkorb kündete.

KAPITEL 8

Die langen Schatten der Berge, an deren Hängen die Stadt Gerasa lag, zeichneten sich schon zu seiner linken auf dem Wüstensand ab, als Jesus das Bett eines der schmalen Flüsse durchwatete, die sich zum Jordan hinabschlängelten. Auf der anderen Seite entdeckte er zahlreiche Fußspuren von Menschen. Er folgte dem zu Beginn des Herbstes noch spärlichen Wasserlauf. Die Sandbänke am Ufer wurden allmählich höher, und als er endlich auf Johannes und seine Gruppe junger Männer stieß, befand er sich ein gutes Stück oberhalb von ihnen. Er hielt inne, ließ sich auf die Fersen nieder und stützte sich auf seinen Stock. Mit einem Lächeln beobachtete er einige der Männer, die sich im Fluß wuschen und denen die konzentrierte und beinah feierliche Haltung, die ihr Meister bei diesem Akt der Reinigung einnahm, nicht so recht gelingen wollte. Die übrige Gruppe hielt sich am Ufer auf und lauschte aufmerksam den Worten eines Mannes, der in ihrer Mitte saß. Er war barfuß, abgemagert, in ein grobes Kamelfell gehüllt, und er sprach mit erregter Stimme und wilden Gesten. Als er den Vetter so sah, kam Jesus wieder die Beschreibung seiner Schwester in den Sinn und er konnte ein Schmunzeln nicht unterdrücken.

Er stand auf, und sein Schatten legte sich auf die kleine Gruppe. Einer der jungen Männer hob den Blick, sah ihn und lief schreiend und lachend auf ihn zu. Seine Füße wirbelten große Staubwolken auf, als er mühsam die Uferböschung erklomm. »Es ist Jesus!« rief er. »Es ist Jesus!« Bei ihm angekommen, schien er einen Moment zu schwanken, ob er sich ihm zu Füßen werfen oder ihn umarmen sollte, dann wählte er die zweite Möglichkeit, und seine Umarmung wurde fröhlich erwidert.

Sie stiegen gemeinsam zu den anderen hinab, wo die ganze Gruppe sich wieder niederließ, und selbst über das von Falten zerfurchte Gesicht des Johannes strich ein Ausdruck der Freude. Die beiden Männer reichten einander die Hände und setzten sich dann in den Kreis.

Auf die Frage, ob er schon etwas gegessen habe, schüttelte Jesus den Kopf: »Ich bin fast die ganze Nacht gewandert«, sagte er, »um rechtzeitig bei euch zu sein.« Dann wandte er sich an seinen Vetter: »Sie suchen dich, Johannes, ich habe sie gesehen.«

»Die Männer des Herodes?« erwiderte jener fragend.

Jesus nickte, während er von dem Brot mit wildem Honig abbiß, das die Jünger des Täufers ihm reichten. »Es war Nacht, und ich konnte nicht viel erkennen«, sagte er dann, »aber sie waren zahlreich, und wahrscheinlich werden sie bald hier sein. Ich habe mich beeilt und mußte nicht das Gewicht der Waffen tragen wie sie, doch weit können sie nicht mehr sein.«

Die jungen Männer unterbrachen die Unterhaltung mit einer Reihe von Fragen und sorgenvollen Ausrufen, doch es genügte ein Zeichen des Johannes, damit wieder Stille eintrat.

»Und was soll ich deiner Meinung nach tun?« fragte er entrüstet. »Soll ich vor dem Tetrarchen fliehen, als sei ich der Schuldige und er der Richter? Antipas hat gefrevelt, nicht Johannes, und das weiß er. Warum schickt er seine Soldaten, mich zu suchen, anstatt seine inzestuöse Beziehung zu Herodias zu bereuen? Warum will er mich ins Gefängnis bringen, anstatt sich selbst im Wasser reinigen zu lassen?«

Die Stimme des Täufers war immer lauter geworden, schließlich sprang er auf und lief hin und her, die zur Faust geballte Hand wirbelte durch die Luft, als müsse er seiner übergroßen Wut auf irgendeine Weise Luft machen.

»Habe ich ihn denn nicht gewarnt?« rief er. »Habe ich ihn denn nicht aufgefordert zu bereuen, und zwar schnell, da das Reich Gottes nahe ist? Und habe ich ihm nicht gesagt, daß ein großer Zorn auf ihn herabkommen wird wie auf alle Unreinen und daß die Axt den Stamm fällen und der Stamm schon bald in die Flammen geworfen werden wird?«

Die schöne, sonore Stimme des Täufers schien die Wüste zu erfüllen, und unzählige Echos verliehen ihr einen fast unwirklichen Widerhall. Seine Jünger – und Jesus nicht minder, der jedoch fürchtete, der Klang würde die Soldaten anlocken – waren wie gebannt von ihr und konnten nicht anders, als ihr weiter zuzuhören in der Hoffnung, diese Botschaft möge niemals enden bis zu ihrer Erfüllung.

Doch plötzlich verstummte Johannes, starrte reglos auf das flache Wasser, das im trägen Lauf zum Jordan hinab seine Füße umspielte. Da löste sich sein Vetter aus der Gruppe der jungen Männer, trat zu ihm und legte ihm eine Hand auf die Schulter.

»Geh nach Hause, Johannes«, sagte er, »kehre nach Hebron zurück. Erinnerst du dich an unsere Spaziergänge durch die Ruinen der Anakiter? An unsere Diskussionen über Hillel und Schammai? Auch in Hebron gibt es genug Menschen, die deine Botschaft hören müssen, um zu verstehen, daß Hillel recht hatte und Schammai unrecht. Und dort kann Herodes Antipas dir nicht schaden.«

Der Täufer schwieg einige Augenblicke, so als bedächte er die Worte Jesu, doch in Wahrheit betrachtete er nur das Wasser, das dem Jordan zustrebte und das ihm zur Reinigung diente. Er sagte, ohne aufzublicken: »Die Familie des Herodes ist verflucht, sie kennt das Gesetz nur, um es zu brechen, und Antipas ist der Schlimmste von allen. Er weiß, daß er schuldig ist vor Gott, und um dieser Sünde willen, derer ich ihn öffentlich anklage, haßt und fürchtet er mich, haßt und fürchtet er die Menschen, die zu mir kommen und sich taufen lassen. Er bezahlt die Priester und Schriftgelehrten, damit sie verbreiten, ich sei verrückt, und mich in der Öffentlichkeit schlecht machen, doch die Menschen wissen die Wahrheit von der Lüge zu unterscheiden und kommen immer zahlreicher zu mir, der ich ihn anklage.«

Er schwieg wieder, dann sah er seinen Vetter an und sagte: »Gott ist auf meiner Seite, Jesus. Was soll ich tun? Vor Herodes Antipas und seinen Soldaten fliehen, wenn auf meiner Seite die Heerscharen Gottes kämpfen?«

Er kehrte zu den anderen zurück und nahm vom Boden einen kleinen Beutel auf. Man hätte denken können, daß also selbst Johannes der Täufer, Johannes der Asket, Johannes der Essener Besitztümer auf dieser Welt hatte, an die er sein Herz hängte, und seien sie noch so gering, doch Jesus wußte, daß die Tasche leer war, daß sie immer leer gewesen war und sein würde: eine Ermahnung an seinen Träger, eine Erinnerung, daß es weder Zeit noch Grund gab, etwas zu besitzen. Er trat einen Schritt vor und zog den Vetter in seine Arme.

»Komm mit mir, Jesus«, flüsterte Johannes an seinem Ohr. »Laß uns unsere Kraft und unsere Hoffnung aufs neue vereinen, wie damals, als du das erste Mal kamst und darum batest, getauft zu werden. Gemeinsam können wir die Mauer des

Unglaubens durchbrechen, den falschen Glauben besiegen, mit dem sogar unser eigenes Volk seinen Gott demütigt, den einzig wahren, den einzigen. Wir werden die reichen Priester und die falschen Gesetzeslehrer der Lüge überführen, mit ihren scheinheiligen Opfergängen und Zeremonien. Die Menschen werden immer zahlreicher herbeiströmen, und wir werden ihnen Läuterung bringen und den rechten Weg weisen für die nunmehr kurze Zeit des Wartens.«

Gerührt drückte Jesus ihn einen Augenblick fest an sich, doch dann löste er sich eilig von ihm und schüttelte den Kopf. »Nein, Johannes«, sagte er, »du weißt, daß ich das nicht kann, daß wir das nicht können. Ich bewundere deine Kraft, ich bewundere deinen Glauben, und die Zeit, die ich mit dir verbracht habe, war die wichtigste meines Lebens, doch nun muß ich allein weiterwandern. Nichts trennt uns, mein Bruder, und dennoch unterscheidet uns etwas. Etwas ...«

Er hielt plötzlich inne, und zufällig blieb seine Hand in einer Kordel von Johannes' Tasche hängen. Da ergriff er die Tasche und hielt sie ihrem Besitzer hin. »Dieser Beutel hier«, sagte er, »der von völliger Entsagung und bedingungsloser Hingabe erzählt, trennt uns, und deine Verwünschungen desjenigen, der beides für sich zurückweist. Mir, Johannes, ist das Fasten nicht das Wichtigste, viel eher denke ich, daß eine gute und mit Freude genossene Mahlzeit uns zu besseren Menschen macht. Ich glaube nicht, daß ein Kamelfell uns dem Reich Gottes näher bringt oder daß ein Duftöl in den Haaren uns davon entfernt. Ich glaube, daß es Körper und Geist guttut, am Sabbat auszuruhen, aber wenn du dem nicht nachkommst, wird deine Seele keinen Schaden nehmen. Und ich will nicht, daß nur die Juden kommen und um die Taufe bitten, weil sie gesündigt haben, die Zöllner und Ungläubigen, sondern auch die Heiden von Tyros und Sidon, die Kanaanäer und die Samaritaner, und selbst die Römer, die ihr Imperium gegen das Reich des Gottes vom Volke Israel eintauschen möchten. Ich glaube, Johannes, daß die Vergebung allen offensteht, sogar den erwählten Klassen, und auch Herodes Antipas mag ein wenig Nachsicht deinerseits verdienen.«

Die zwei Männer blieben lange so stehen, Auge in Auge, dann hob Johannes den Arm und drückte flüchtig die Hand, die der Vetter ihm hinhielt, drehte sich um und ging in die Wüste hinein. Sofort folgten seine Jünger ihm nach, bis auf zwei, die bei Jesus blieben: jener, der ihm bei seiner Ankunft entgegengelaufen war, und ein anderer, der sich neben ihn gesetzt hatte. Mit den Blicken folgten sie den sich entfernenden Freunden, dann wandten sie sich um und schlugen den Weg entlang des mageren Flüßchens in Richtung Jordan ein.

Im Laufen machten die beiden jungen Männer endlich ihrer Freude über die Rückkehr Jesu Luft, den sie für tot gehalten hatten. Der eine, der einen starken galiläischen Akzent hatte, sagte: »Wir haben zwei Tage vor dem Gefängnis auf dich gewartet, dann sind wir gegangen, weil die Wache behauptete, sie würden dich erst am Tag darauf freilassen. Doch als wir wiederkamen, warst du schon weg, so erfuhren wir, daß man dich schon hatte laufen lassen. Mehr konnten sie uns allerdings nicht sagen, und gesehen hatte dich niemand. Wir wußten nicht, ob wir dich suchen oder für tot halten sollten, und waren verzweifelt. Nicht wahr, Johannes?«

Der andere nickte und mischte sich nun auch in die Unterhaltung ein. »Genau so war es, Andreas.« Und dann zu Jesus gewandt: »Selbst meine Familie, die zur Priesterklasse Jerusalems gehört, konnte nicht mehr in Erfahrung bringen. Schließlich entschieden wir, uns den anderen anzuschließen, in der Hoffnung, daß du uns schon in die Wüste vorausgeeilt wärst. Als wir dich dann nicht antrafen, haben wir befürchtet, sie hätten dich wirklich umgebracht.«

»Ganz so dramatisch war's nicht«, sagte Jesus lächelnd, »denn letztendlich sind die Richter des Hohen Rates in der Ausübung des Rechts nicht ganz so nachlässig wie in der Einhaltung der Gesetze. Einer von ihnen, ich glaube Kaiphas, hat mir ein paar Fragen gestellt, und mehr ist nicht passiert. Sie haben mich allein in eine Zelle gesteckt, mir zu essen und zu trinken gegeben, und gar nicht mal zu knapp, und als das Laubhüttenfest dem Ende zuging, haben sie mich freigelassen.«

Als er den Namen Kaiphas hörte, konnte Johannes seine Überraschung nicht verbergen. »Soll das heißen«, fragte er, »daß dich der Hohepriester persönlich verhört hat?«

»Das will ich doch meinen, mein Lieber«, antwortete Jesus und warf sich zum Scherz wichtigtuerisch in Positur.

Doch der andere lachte nicht. »Und was hat er dich gefragt?«

Jesus winkte ab. »Die üblichen Banalitäten«, sagte er, »es lohnt kaum, darüber zu reden.«

Sie hatten die Wüste nun hinter sich gelassen, und der Sand wich allmählich Gras und niedrigen Sträuchern. Der Jordan war schon in Sichtweite. Die Sonne stand im Zenith, und Jesus verlangsamte den Schritt, löste die Kordel seiner Kopfbedeckung und wischte sich mit dem Tuch den Schweiß von der Stirn. »Lassen wir uns Zeit«, sagte er, »wir wollen etwas zu essen auftreiben und uns über Mittag ausruhen, dann wandern wir weiter. Wir brauchen auf jeden Fall noch mindestens zwei Tage, fast dreihundert Stadien liegen vor uns.«

Bis zu jenem Augenblick hatten die beiden jungen Männer sich nicht darum gekümmert, wohin Jesus unterwegs war, sondern sich blind seiner Führung anvertraut, und Andreas interessierte es auch jetzt noch nicht. Doch Johannes der Priester stellte eine kurze Berechnung an und blieb unvermittelt stehen. »Wohin gehen wir?« fragte er.

»Zu einem Ort, den du gut kennst«, sagte Jesus im Weitergehen.

Der andere kam ihm hinterhergelaufen. »Ist das denn wirklich nötig?« fragte er.

»Niemand wird uns vorwerfen, daß wir uns von ihnen getrennt haben, und wenn doch, werden wir es eben über uns ergehen lassen. Ihre Vision schien uns zu eng, deshalb sind wir gegangen, und doch stehen wir in ihrer Schuld, Johannes. Sie haben uns aufgenommen und uns eine Vielzahl von Dingen gelehrt, und dank ihnen sind wir in der Lage, den Kranken Hilfe zu bringen und ihre Körper von den Dämonen zu befreien, die sie bewohnen. Außerdem haben wir auch Freunde in Qumran, die uns erwarten.«

In einer der zahllosen engen Windungen, in denen der Jordan sich durch das tiefe Tal vom See von Galiläa bis zum Toten Meer schlängelt, hatte ein Fischer eine kleine Anlegestelle für sein Boot gebaut und nahe am Ufer eine Hütte errichtet. Dort spielte ein wenige Jahre altes Kind, das von seiner Mutter aus dem Augenwinkel heraus beaufsichtigt wurde, während sie den im Freien gemauerten Ofen anheizte. Die drei Wanderer begrüßten sie und baten um die Erlaubnis, dort auf dem Boden lagern zu dürfen, doch die Frau forderte sie auf, ihr zu folgen, und führte sie hinter das Haus, wo neben dem Küchengarten einige Bänke und ein Tisch standen.

Sie setzten sich und nahmen dankend Brot und Datteln, die ihnen die Frau anbot, dann hörte man, wie ein Boot an der Mole vertäut wurde. Kurz darauf setzte sich der Fischer zu ihnen. »Ich kenne dich«, sagte er zu Jesus. »Ich habe dich in der Wüste mit Johannes dem Täufer gesehen.« Dann wies er auf seine Frau, die neben ihm stand, mit dem Kind vor sich, dem sie leicht die Hände auf die Schultern gelegt hatte: »Wir alle«, fügte er stolz hinzu, »haben uns von ihm taufen lassen im Wasser des Jordan.«

Während die Männer noch sprachen, löste sich das Kind von der Mutter und näherte sich Jesus, angezogen von seinen wilden Haaren, das seit vielen Jahren nicht mehr geschnitten worden war. Es streckte eine Hand aus, um sie anzufassen, doch der Vater rief ihm zu, die Gäste in Ruhe zu lassen, während die Mutter schon eilig nach dem Kind griff. Auch Andreas und Johannes hatten sich erhoben, um zu verhindern, daß der Kleine Jesus belästigte, doch dieser schüttelte nur den Kopf und streckte dem Kind die offenen Arme entgegen, in die es sich freudig hineinwarf. Auf seinem Schoß packte es eine Strähne der verführerischen Mähne und zog daran, doch ohne dem neuen Freund weh zu tun.

Jesus lachte. »Seht nur«, sagte er, »so gelangt man ins Reich Gottes: indem man weiß, was man will, und es mit aller Kraft fordert, und sei es ruhig mit ein wenig sanfter Gewalt wie dieser.«

Sie ruhten sich eine Weile aus und setzten dann ihren Weg den Fluß hinab fort. An jenem und dem darauffolgenden Abend fanden sie bei Bauern eine Mahlzeit und eine Bettstatt aus Stroh in den Ställen, und nachdem sie am dritten Tag früh aufgebrochen waren, konnten sie bald schon den Abstieg in die weitläufige Senke des Toten Meeres beginnen. Sie überquerten den Jordan, und um die Mittagszeit erreichten sie Qumran am Rand der judäischen Wüste.

Die Stadt der Essener-Meister erstreckte sich auf einer Felsenterrasse, zu deren Füßen der Wasserlauf floß, nach dem die

Stadt benannt war. Im Rücken der Siedlung erhob sich eine steile Felswand, in der zahlreiche Grotten verborgen lagen. Hierhin hatte sich vor fast zweihundert Jahren, so erzählte man, eine Gruppe von Priestern geflüchtet, nach gewalttätigen Auseinandersetzungen um die richtige Lehre zwischen ihrem Anführer Judas dem Essener, den sie den Meister der Gerechtigkeit nannten, und dem Hohenpriester Jonathan, der bei ihnen nur der gottlose Priester hieß. Sie waren die Söhne des Lichts und der Wahrheit, Männer der Partei Gottes; die anderen waren Söhne der Finsternis und der Lüge, Angehörige der Partei Belials.

Als die Zeiten wieder sicherer waren, hatten sie die Grotten verlassen und ein Dorf errichtet, um sich neben dem Studium der heiligen Schriften vor allem der Landwirtschaft und dem Handwerk zu widmen, und so gründeten sie eine Gemeinschaft, die wegen ihrer außergewöhnlichen Regeln bald berühmt wurde. Unter der Dynastie der Hasmonäer waren sie verfolgt worden und hatten immer wieder in der Wüste Zuflucht suchen müssen, doch Herodes der Große war ihnen zugetan gewesen, da ihm als Kind einer von ihnen, Menachem, vorausgesagt hatte, daß er einmal König werden würde. So war unter seiner Herrschaft Qumran niemals besetzt worden, und viele der Essener waren sogar nach Jerusalem zurückgekehrt, um dort im Viertel auf dem Zionsberg zu leben.

Treu geblieben waren der Gemeinschaft ungefähr dreihundert Männer, die streng nach den Vorschriften lebten, das Zölibat befolgten und alle Güter teilten. Dort hatte auch Johannes der Täufer sich geschult, bevor er aufgebrochen war, um die Nähe der Menschen zu suchen, was die Essener ablehnten. Auch Johannes der Priester war in diese Gemeinschaft eingetreten, und selbst Jesus hatte eine Weile hier gelebt: ein ganzes

Jahr der Ausbildung, das den Führern zufolge der erste Schritt war, um ein Bewußtsein dafür zu erlangen, daß man kurz davor stand, in den Bund mit Gott zu treten. Bei seiner Ankunft hatte er sich einer Prüfung vor seinem künftigen Tutor unterziehen müssen, dann vor all jenen, die den Rat bildeten, und schließlich war er aufgenommen worden.

Sie näherten sich nun dem Tor in der Umfriedungsmauer, zu dessen Linken noch die Ruinen des alten Verteidigungsturms lagen, den ein Erdbeben sechzig Jahre zuvor niedergerissen hatte. Andreas war von einer großen Neugierde auf jene unnahbaren Menschen erfüllt, von denen er so viel gehört hatte, insonderheit von ihren Teufelsaustreibungen, ihrem Wissen über die Ursprünge der Medizin und den Gebrauch bestimmter Steine.

Jesus und Johannes hingegen rief der Anblick jener Hütten eine Reihe noch frischer Erinnerungen und Bilder vor Augen. Sie dachten an die täglichen rituellen Bäder, denn Wasser war den Essenern Symbol des Lebens und der Erlösung, was auch in den Regeln der Gemeinschaft festgehalten war, die von den Neulingen wiederholt werden mußten, bis sie sie auswendig kannten. Sie dachten an den Unterricht, in welchem sie die Gebote der Weisheit lernten sowie den korrekten Kalender, der auf dem Lauf der Sonne und nicht des Mondes beruhte. Sie dachten an die langen Stunden der Schriftexegese, in denen jeder versuchte, sich von seiner eigenen Wirklichkeit als Mensch zu lösen und in diejenige Gottes einzutreten, um ihre wahre Bedeutung zu begreifen, so daß zu diesem Zwecke manchmal ganze Nächte im Gebet verstrichen. Sie dachten an die Konzentrationsübungen, um die körpereigenen Kräfte zu sammeln und sie dann über die Hände in Form therapeutischer Wärme abzugeben.

Schließlich dachten sie an die tägliche Versammlung um den gemeinsamen Tisch, wo sie jedoch, gleich den anderen Novizen, nur Zuschauer waren, da es ihnen im ersten Jahr nicht erlaubt war, an den rituellen Mahlzeiten teilzunehmen. Die Tafel wurde mit wenigen einfachen Speisen gedeckt, den Wein gab es aus Schalen, doch niemand bediente sich davon, bevor der älteste Priester nicht die Mahlzeit gesegnet und die ganze Versammlung den Segen wiederholt hatte, nacheinander in der Reihenfolge ihres Ranges.

Für Jesus und Johannes war es nie soweit gekommen. Der erste hatte sich entschlossen, Qumran zu verlassen, da er nicht die Ablehnung teilen konnte, welche die Essener gegen all jene hegten, die sie für Söhne der Finsternis hielten, und auch nicht die Obsession der rituellen Waschungen, die Johannes der Täufer später zu einem mächtigen Lockmittel für die gemeinen Leute machen sollte. Der zweite hatte entschieden, ihm zu folgen, da die Worte, die Jesus zu ihm sprach, ihm ungleich überzeugender erschienen waren: überzeugender als jene der Essener, überzeugender auch als die des Täufers.

Die Sonne neigte sich bereits dem Horizont zu, die niedrigen Häuser und wenigen Bäume warfen lange Schatten auf den Weg der drei Wanderer. Sie nahmen die Pfade zwischen den Feldern und Nutzgärten hindurch, die die Stadtbewohner der Wüste abgetrotzt hatten, überquerten einen Hof und kamen an einer Werkstatt vorbei, wo Arbeitsgeräte repariert wurden und in der auch Jesus und Johannes einst gearbeitet hatten. Sie gingen am Kanal entlang, der die Zisterne mit Wasser versorgte, und betraten schließlich einen großen, rechteckigen Saal. Auf ihrem Weg waren sie zahlreichen Personen begegnet, ausschließlich Männern, die meditierend umherwandelten und sie gar nicht zu bemerken schienen, doch einige machten kehrt und schlossen sich den dreien wortlos an. Auch andere gingen in ihre Richtung, so daß nun fast eine kleine Prozession den Saal betrat. Obwohl sich hier bereits eine große Menschenmenge eingefunden hatte, herrschte fast vollständiges Schweigen, wie im übrigen in der ganzen Stadt: eine Atmosphäre, die Andreas unwirklich vorkam, tatsächlich irgendwie näher an Gott, während Johannes sie noch deprimierender empfand, als er es in Erinnerung hatte.

Jesus trat an eine Gruppe heran, welche die gesamte Rückseite des Raumes einnahm. Die rund fünfzehn Personen bildeten den Rat der Gemeinschaft. Sie begrüßten einander knapp, dann ließen die fünfzehn sich auf den einzigen Stühlen des Raumes nieder.

»Du weißt, daß du nicht zurückkehren kannst«, sagte der älteste von ihnen.

»Ich möchte auch nicht zurückkehren«, entgegnete Jesus, »doch genausowenig möchte ich euch verlassen. Eure Unterweisungen begleiten mich stets in meinem Herzen. Doch ich glaube, ich habe noch mehr gelernt, und ich will es nicht für mich behalten, wie ihr es tut. Ich glaube, daß meine Zeit gekommen ist, um die Menschen teilhaben zu lassen, und es will mir nicht gelingen, die Sünder zu hassen, wie es euer Schwur verlangt. Ich glaube an die Freundschaft, nicht an die Trennung, und ich glaube auch nicht, daß es gerecht ist, andere Juden zu verdammen und als Feinde zu betrachten, nur weil sie uns nicht nahe sind. Und ich kann nicht glauben, daß die Unreinheit eine so äußerliche Sache ist und so zahlreiche Waschungen erfordert. Nicht, was durch den Mund in den Menschen hineinkommt, macht ihn unrein, denn es gelangt nicht in sein Herz, sondern in seinen Magen, und wird dann wieder ausgeschieden. Doch was von innen herauskommt, das kommt aus dem Herzen und macht den Menschen unrein: böse Gedanken, Unzucht, Diebstahl, Mord, Ehebruch, Habgier, Betrug, Schamlosigkeit, Neid, Verleumdung, Hochmut, Torheit.«

Darauf schüttelten die fünfzehn die Häupter, und ein leises Raunen ging durch den Saal, das auf eine Handbewegung des Ältesten schlagartig verstummte. »War es wirklich notwendig, zurückzukehren und uns das mitzuteilen?« fragte der Alte. »Hoffst du vielleicht, so unseren Haßschwüren zu entgehen?«

Jesus schüttelte den Kopf, und auf seinem Gesicht machte sich Mutlosigkeit breit. Doch dann blickte er fest jene Kinder des Lichts an, welche die Gnade verleugneten, und sagte: »Ein Mann, ein Heide, kam zu Rabbi Schammai und sagte: Ich werde zu deinem Glauben übertreten, wenn es dir gelingt, mich die ganze Thora zu lehren in der Zeit, die ich mich auf einem Bein halten kann. Schammai erwiderte, das sei eine absurde Forderung, und jagte ihn davon. Dann ging der Heide zu Rabbi Hillel und stellte ihm die gleiche Frage. Was du nicht willst, das man dir zufüge, sagte ihm Hillel, das füge auch deinem Nächsten nicht zu. Und dann sagte er: Das ist die ganze Thora, der Rest ist nur Kommentar. Geh und studiere ihn.«

Die fünfzehn verharrten in Schweigen, der ganze Saal verharrte in Schweigen, und schließlich drehte Jesus sich um und bahnte sich seinen Weg durch die Menge. Andreas und Johannes folgten ihm, und nicht sie allein: Zwei, drei, vier Essener kamen ihnen nach, und alle traten sie in die Nacht hinaus, die über der Wüste lag.

Kapitel 9

In der Verwirklichung seiner architektonischen Träume war Herodes der Große nur wenige Male gescheitert. Er hatte das antike phönizische Städtchen zum größten Hafen Samarias machen wollen, und nun, rund sechzig Jahre nach Beginn der Planungen, war Caesarea dazu geworden. Die große Mole mit den massiven Kalksteintürmen, die dem Leuchtturm von Alexandria Konkurrenz zu machen schienen, war Anlaufhafen für einen ständig zunehmenden Verkehr aus Italien, Griechenland, Lykien und Illyricum, der sich von dort aus über den Landweg in Richtung Palästina, Syrien und Ägypten verteilte oder einfach die Stufen des großen Hippodroms füllte, das einundzwanzigtausend Zuschauer faßte und dessen Pferderennen im ganzen Imperium berühmt waren.

In Caesarea, das die Zeitläufte sogar zum Sitz der kaiserlichen Präfekten erhoben hatten, gingen Passagiere aus den zahlreichen jüdischen Kolonien an Land, die sich in allen wichtigen Handelszentren an den Küsten des Mittelmeeres angesiedelt hatten. Sie kamen aus Alexandria, wo Erzählungen zufolge mittlerweile mehr Juden wohnten als in Palästina und wo der Pentateuch auf Griechisch gelesen wurde, nachdem es auf Betreiben des Ptolemaios Philadelphos von siebzig gelehrten Juden übersetzt worden war, oder aus Ephesus, der Hauptstadt der Provinz Asia, die Tausende von Malen den Herrscher gewechselt hatte. Sie kamen aus Korinth, wo man

Latein sprach, weil es zu der bedeutenden Kolonie gehörte, die Julius Caesar auf den Trümmern der antiken griechischen Stadt errichtet hatte, und aus Rom, wo die Juden ein ganzes Stadtviertel jenseits des Tibers bewohnten, ja sogar schon über den Fluß drängten und sich um die große Brücke herum niederließen, die Augustus seiner Schwester Octavia gewidmet hatte, nahe dem Theater, das nach seinem Neffen Marcellus benannt war.

Pilatus und Afranius bahnten sich ihren Weg durch die Menschenmenge in Richtung Mole. Die Soldaten der Eskorte unter dem Zenturio Marcus hatten sie im Palast zurückgelassen. Obwohl der Präfekt natürlich wußte, daß man ihn nicht liebte, war er sich doch sicher gewesen, kein Risiko einzugehen, denn statt von seinen Legionären, wurden sie von den Männern der Geheimpolizei überwacht, versteckt in der Menge und fast unsichtbar, die über eine ungleich größere Sachkenntnis verfügten und deren Dolche, die sie in den Ärmeln ihrer Tuniken trugen, flinker und zielgenauer waren als die Schwerter und Lanzen der Soldaten.

Für jenen Morgen wurde die Ankunft eines Schiffes aus Rhodos erwartet. Die Wirtschaft auf der Roseninsel erholte sich allmählich von der Krise, in die die Konkurrenz mit Delos sie getrieben hatte, dem die Römer zwei Jahrhunderte zuvor den Status eines Freihafens eingeräumt hatten. Die Statuen und der Wein aus Rhodos waren immer noch sehr beliebt, und auch Pilatus erwartete einige verkleinerte Reproduktionen von Skulpturen wie der Victoria von Samothrake, dem Werk des Pythokritos, oder gar von Monumentalwerken wie dem Koloß, den der Chares von Lindos als Wächter im Hafen der Insel postiert hatte. Afranius hingegen wollte einfach nur seine Arbeit tun, indem er auf alles und jeden ein Auge hatte.

Wie durch einen Zauber wurden zwei der Stühle frei, die der Betreiber einer Taverne nach draußen gestellt hatte und die eine ideale Sicht auf den Hafenverkehr versprachen; hier ließen die beiden Männer sich nieder. Der eiserne Stab einer Sonnenuhr auf der Außenwand des Gebäudes, in dem die Hafenbüros untergebracht waren, zeigte an, daß die vierte Stunde gerade vorüber war. Bis zur Ankunft des Schiffes würde es noch dauern, und die Männer bestellten Wein und Oliven. Afranius aß mit Zurückhaltung, nagte wie ein Mäuschen die Oliven ab und ließ die Kerne dann in einer Falte seines Gewandes verschwinden, als habe er beschlossen, das Leben zu durchschreiten, ohne die geringste Spur zu hinterlassen. Er trank wenig und in kleinen Schlucken, ganz im Gegensatz zum Präfekten, der sich schon bald ein zweites Glas kommen ließ. Davon nahm er ein paar große Züge und sagte: »Du bist mir noch einen Bericht schuldig, Afranius.«

Jener streckte sein Gesicht der Sonne entgegen, schloß die Augen und legte die Fingerspitzen aneinander. Er schwieg einige Augenblicke, als müsse er seine Erinnerungen ordnen, und begann dann: »Jesus ist der Sohn des Joseph, beide Zimmermann von Beruf. Die Familie ist aus Gamala, stammt aber, so wird gesagt, vom König David ab, der aus Bethlehem war. Dieser Anspruch ist natürlich völlig unbegründet, gleichwohl für uns nicht ungefährlich, denn ein jeder, der sich dieser Herkunft rühmt, kann sie offiziell als Rechtfertigung dafür nutzen, einen Aufstand anzuzetteln, und je unbegründeter die Anmaßung, desto verdächtiger der Aufrührer. Joseph starb vor dreiundzwanzig Jahren am Kreuz, weil er an der Revolte der Zeloten unter Judas dem Galiläer beteiligt war. Jesus war damals vierzehn Jahre alt. Die Familie floh nach Hebron zu Verwandten, von denen einer, gleichaltrig mit Jesus, später unter dem Namen Johannes der Täufer bekannt werden sollte.«

Der Präfekt zuckte zusammen, nicht heftig, aber doch ausreichend, um einige Tropfen Wein auf seine Verbände zu verschütten. »Also nicht nur Judas aus Gamala«, rief er aus, »sondern auch noch Johannes der Täufer. Er muß verrückt sein, dieser Kaiphas!«

Afranius hatte die Augen wieder geöffnet und sah Pilatus fest an. Offensichtlich lag ihm eine Frage auf der Zunge, doch der Präfekt schüttelte den Kopf: »Noch nicht, Afranius, noch nicht. Fahre mit deinem Bericht fort.«

»Sie kehren nach Gamala zurück«, sagte Afranius, »und Jesus übernimmt die Werkstatt seines Vaters. Er studiert ein wenig und arbeitet viel, denn er muß eine Mutter, zwei Schwestern und vier Brüder ernähren. Allerdings tragen auch die anderen das Ihre dazu bei, so daß man nicht wirklich von beengten Verhältnissen reden kann. Er hat einen offenen und freundlichen Charakter, er ißt und trinkt gerne, aber ohne das rechte Maß zu überschreiten. Er feiert gerne, macht dem einen oder anderen Mädchen den Hof, heiratet aber keine.«

»Verdächtige Bekanntschaften?« fragte Pilatus.

»Du machst wohl Witze, Hegemon!« rief Afranius aus, indem er die ungebührliche Vertrautheit des Ausrufs mit dem ins Lateinische übertragenen griechischen Titel zu mildern suchte. »In Galiläa ist es unmöglich, ohne verdächtige Bekanntschaften zu leben, es sei denn, man hat gar keine Freunde. Er ist mit den Söhnen des Judas befreundet, vor allem mit Menachem, dem jüngsten. Und zwei seiner Brüder, Joseph und Simon, waren oder sind Mitglieder der Bande der Zeloten.«

Der Präfekt schüttelte den Kopf und machte dem Wirt ein Zeichen, mehr Wein zu bringen. Die Menschenmenge wurde immer dichter, da nunmehr am Horizont ein weißer Fleck zu erahnen war, in dem erfahrene Augen sofort ein Segel erkannten, doch um Pilatus und Afranius blieb es wunderbarerweise ruhig, wofür einige diskret agierende Gestalten sorgten, die zu der Masse zu gehören schienen, jene in Wirklichkeit jedoch zurückhielten und umleiteten. Der Präfekt bewunderte ihre Arbeit und dankte im stillen seinem Vorgänger Valerius Gratus, der ihm diese kostbare Erbschaft hinterlassen hatte.

»Die Jahre vergehen«, fuhr Afranius fort, »und wenn man bedenkt, wie politisiert diese Leute im Durchschnitt sind, kann man sagen, daß unser Freund sich herzlich wenig um Politik kümmert. Doch eines Tages, vor einigen Jahren, läßt mein Mann in Gamala mir die Nachricht zukommen, daß Jesus das Städtchen verlassen hat. Wohin will er? Das weiß keiner. Doch glücklicherweise kann mein Mann, der sich in die Gruppe von Jüngern um den Täufer eingeschlichen hat, mir die Ankunft Jesu in Bethabara mitteilen, wo er ein langes Gespräch mit seinem Vetter führt. Danach verschwindet er wieder.«

»Doch glücklicherweise ...«, begann Pilatus.

Afranius lächelte: »... übermittelt mein Mann, der bei den Meistern der Essener geschult wird, mir die Ankunft Jesu in Qumran, wo er die Prüfung besteht und in die Gemeinschaft aufgenommen wird.«

In dem weißen Fleck war mittlerweile ein großes Trapezsegel zu erkennen. Die Lastenträger bereiteten sich auf ihre Arbeit vor, indem sie sich einen Lappen um den Kopf wickelten und die Riemen prüften, mit denen sie ihre Ladung festzurren würden. Der oberste Zollbeamte trat aus dem Gebäude und hob den Blick zur Sonnenuhr. Der Hafenkommandant stieß eine letzte Schimpftirade aus, damit die kleinen

Boote, die unter der Mole umherschipperten, endlich den Weg für das Handelsschiff freigaben. Der für die Sicherheit verantwortliche Beamte setzte, seufzend bei dem Gedanken an die Hitze, seinen Lederhelm auf, den er unter dem Arm getragen hatte, und sicherte den Kinnriemen, während er einen prüfenden Blick über seine zehn Männer gleiten ließ, die er an strategischen Punkten plaziert hatte: Es wäre nicht das erste Mal, daß das Einlaufen eines Schiffes als Anlaß zu einem Tumult diente, an dessen Ende wie zufällig ein Dolch im Rücken eines Legionärs steckte.

»In mancher Hinsicht«, fuhr der Grieche fort, »verschafft er sich Anerkennung. Im Studium der Heilpflanzen zum Beispiel, doch vor allem in den exorzistischen Techniken. Mein Mann versichert mir, daß selbst die Essenerrabbis über seine Fähigkeiten erstaunt sind, den Leuten ihren inneren Frieden wiederzugeben. In anderen Fällen wiederum beschwört er eine schlimme Krise herauf mit Schreien und wilden Verrenkungen, die zuletzt einer großen Schlaffheit weicht und dann einem heilenden Schlaf, aus dem die Kranken wunderbar ruhig und entspannt erwachen.«

»Eben das«, sagte Pilatus verächtlich, »was sie das Austreiben von Dämonen nennen.«

»Ich an deiner Stelle würde das nicht unterschätzen, Hegemon«, meinte Afranius. »Wir alle, der eine mehr, der andere weniger, tragen einen Dämon in uns, den wir nicht verjagen können, weil wir seinen Namen nicht kennen. Wenn jemand anbietet, uns von ihm zu befreien, warum sollten wir seine Hilfe dann zurückweisen?«

Der andere zuckte mit den Schultern. »Du redest schon wie der Medicus«, stellte er fest, »man sieht, daß ihr beide Griechen seid.« Doch spürte er plötzlich wieder diesen Schatten auf seinem Herzen lasten, der ihm so vertraut war und den er niemals für mehr als ein paar Stunden vertreiben konnte: Das Bild von Claudia, die stumm und weiß wie die Lemuren umherwanderte, von einem Dämon besessen, den Pilatus lieber nicht zu benennen versuchte.

In diesem Moment löste sich schreiend ein Mann aus einer großen Gruppe, die bis dahin still und dicht beieinander auf das Schiff gewartet hatte, und rannte los, allem Anschein nach in Richtung Mole; doch würde ein kleiner Schlenker zum richtigen Zeitpunkt genügen, um zum Präfekten von Judäa zu gelangen. Pilatus war ein kriegserprobter Mann und gewahrte sofort die mögliche Gefahr, doch während er dies noch dachte, hatte sich bereits wie zufällig einer der Männer des Afranius von seinem Stuhl erhoben und zwei Schritte nach vorn getan: Sollte der Hitzkopf tatsächlich den Präfekten angreifen wollen, so saß der Dolch locker genug, um ihn aufzuhalten.

Doch jener verfolgte seinen Lauf weiter geradeaus, gefolgt von der Gruppe, die nun auf Aramäisch Schreie und Verwünschungen ausstieß. »Was rufen sie da?« fragte Pilatus.

»Sie protestieren gegen die Schiffsladung«, übersetzte der Spion. »Es sind Weinbauern aus Safed. Sie sagen, daß meine Landsmänner aus Rhodos ihnen unlautere Konkurrenz machen, und sie fordern eine Erhöhung der Steuer auf griechischen Wein.«

Pilatus beobachtete die lärmende Gruppe, die sich mittlerweile in den Händen der Legionäre befand. Diese zogen ihre Schwerter aus den Scheiden und schlugen, da die Demonstrierenden sich den Befehlen des Offiziers nicht fügen wollten, mit der flachen Seite hart auf Rücken und Köpfe ein. Jemand fiel unter den Schlägen zu Boden, Blut spritzte auf, wo der Hieb versehentlich mit der Schneide geführt wurde, und das Stimmengewirr schwoll an, da die Zuschauer sich im Schutze der anonymen Masse den antiimperialistischen Verwünschungen der Angegriffenen anschlossen.

Afranius warf eine Münze auf den Tisch und erhob sich, während er den Präfekten mit einer Handbewegung aufforderte, es ihm gleichzutun. »Laß uns gehen, Hegemon«, sagte er, »deine Anwesenheit hier wird die Gemüter nur noch mehr aufbringen.«

Pilatus warf einen Blick auf das weiße Segel, das nun eingeholt wurde, damit das Schiff langsam in den Hafen einlaufen konnte, dann zuckte er mit den Schultern: Eigentlich hatte er es nicht besonders eilig, die Statuen zu sehen, er bereute den Kauf sowieso schon. Der Widerstand der Juden gegenüber Bildnissen nicht nur des Kaisers, sondern jeglicher menschlichen Gestalt hatte ihm schon genügend Probleme bereitet; bisher hatte er dem keine besondere Aufmerksamkeit geschenkt, da er sich unter dem Schutz des Seianus stark gefühlt hatte, doch allmählich begriff er, daß die Lage in Rom sich vom einen auf den anderen Moment verändern und etwas Vorsicht zur Zeit nicht schaden konnte. Das war auch der Grund, warum er begonnen hatte, eine Abschrift seiner Rapporte direkt an Tiberius zu senden, und warum er sich auf die verrückte Idee des Hohenpriesters eingelassen hatte.

»Wo waren wir stehengeblieben, Afranius?« fragte er.

Unauffällig von einigen Polizisten gefolgt, schlugen sie den Weg ein, der aus den Wohnvierteln heraus zum Theater am Strand und dann zum Palast des Präfekten führte, und der kleine Grieche setzte seinen Bericht fort.

»Bei Qumran«, antwortete er. »Dort blieb unser Mann ein Jahr und dann, in der Nacht vor der Prüfung, die ihn für ein weiteres Jahr zugelassen hätte, ging er fort und nahm einen anderen Schüler mit sich, einen gewissen Johannes den Priester, Sproß einer reichen Jerusalemer Sadduzäer-Familie. Sie kehren zu Johannes in die Wüste zurück – dem anderen Johannes, dem Vetter –, der sie tauft. Die beiden Neuankömmlinge schließen sich der Gruppe an und teilen sich mit ihnen stinkende Felle und gegrillte Heuschrecken. Doch bald schon wird deutlich, daß Jesus dem Johannes die Schau stiehlt: Immer mehr Leute wollen von ihm in das Wasser des Jordans getaucht werden anstatt vom Täufer, und der eine oder andere Jünger wechselt die Seite. Nichtsdestotrotz verstehen die beiden sich bestens und verkünden gemeinsam ›Kehret um‹ und ›Das Reich Gottes ist nahe‹. Die Beleidigungen gegen unseren armen Freund Antipas, der sich schuldig gemacht hat, indem er sich heillos in unsere schöne Freundin Herodias verliebt hat, überläßt Jesus jedoch dem Johannes.«

Sie gingen nun an den abfallend angelegten Stufen aus weißem Kalkstein vorbei, mit denen sich die Zuschauerränge des Theaters elegant in die Neigung des Strandes schmiegten, um unweit des Wassers bei *orchestra* und Bühne zu enden. Über die dahinterliegende Kulisse und Rückwand hinweg konnten Pilatus und Afranius von ihrem erhöhten Standpunkt aus auf das Meer sehen und ein wenig rechts auf den Hafen, wo das griechische Schiff inzwischen vor Anker gegangen war. Die zwei Männer hielten inne und betrachteten eine schlanke, weiß gekleidete Gestalt, die aus den Kulissen hervorgetreten war, dicht gefolgt von den massigen, dunklen Silhouetten zweier Legionäre, die in merkwürdigem Kontrast zu ihr standen.

Der Präfekt folgte ihr mit seinem Blick, während ein Gedanke ihm keine Ruhe ließ: ›Wenn jemand anbietet, uns davon zu befreien, warum sollten wir seine Hilfe dann zurückweisen?‹ Und sofort begannen seine Hände, die ihm an jenem Tag weniger Qualen bereitet hatten als üblich, entsetzlich zu jucken, und er schob sie eilig unter die Achseln. Ich hasse sie, dachte er in müdem Zorn, ich hasse sie alle. Seianus hat recht. Wenn er noch ebensoviel Macht besäße wie vor Jahren, als er mich hierher schickte, würde ich keinen Moment zögern, doch nun ...

Er ging nun schnelleren Schrittes weiter, um möglichst bald Erleichterung bei den heilenden Handbädern zu finden, und der kleine Grieche hatte einige Mühe, Schritt zu halten. »Fahre fort, Afranius.«

»An diesem Punkt«, sagte jener, »zieht sich Jesus in die Wüste zurück. Das ist absolut nichts Ungewöhnliches, da das alle Juden tun, die sich zu Höherem berufen fühlen. In der Wüste wohnen die Dämonen, und wer herausfinden will, ob er ihren Verführungen widerstehen kann, muß sich dort auf die Probe stellen. Wüste bedeutet Einsamkeit, Wüste bedeutet Enthaltsamkeit, Wüste bedeutet Größe. In der Wüste lebte vor nur tausend oder wer weiß wie vielen Jahren ihr großer Prophet Elias, der die Könige Israels ernannte und absetzte und dessen Rückkehr auf demselben Feuerwagen, auf dem er in den Himmel aufstieg, alle erwarten, damit er das Volk von dem Übel befreie, welches die Römer ihm bedeuten.«

»Dieser Jesus«, sagte Pilatus, »fühlt sich also zu Höherem berufen?«

Afranius zuckte mit den Schultern. »Wie du weißt, gibt es unzählige Juden, die sich zu Höherem berufen fühlen, so viele, daß es selbst in ihrer Wüste, die zu den ungemütlichsten Orten gehört, die ich jemals gesehen habe, vor Menschen wimmelt. Und tatsächlich ...«

»… hat einer deiner Männer«, unterbrach ihn Pilatus, »die Schritte des Jesus in der Einsamkeit der Wüste verfolgen können.«

»Das machen wir immer«, gab Afranius zu, »um zu verhindern, daß ein neuer Judas von Gamala auftaucht, ohne daß wir vorbereitet sind, doch in Wirklichkeit gibt es da nicht viel zu verfolgen, weil sie alle dasselbe tun: Sie fasten, beten, sitzen Stunde um Stunde reglos da, während die wilden Tiere um sie herumstreifen, und ab und zu verfallen sie in Raserei und verfluchen alle Dämonen, von denen sie sich bedroht fühlen. Und davon haben sie ein ganzes Heer. Angefangen beim Fürsten der bösen Mächte, den sie mal Belial, mal Satan nennen, über den Ziegenbock Azazel und den Blutsauger Alukah, bis zu der schönen Lilith, die des Nachts die Männer verführt und am Morgen entschwindet.«

Sie hatten nun die Treppe erreicht, die vom Strand zur Terrasse des Palastes hinaufführte, die Wächter standen stramm zum Gruße, und die treu ergebenen Legionäre des Pilatus erschienen wie gerufen, um wieder ihre Aufgabe als Eskorte zu übernehmen, während die Männer des Afranius sich zurückzogen. Endlich konnte der Präfekt seine Hände in das lindernde Bad tauchen, und in dieser nicht sehr würdevollen Haltung verharrend, sagte er zum Chef seines Geheimdienstes: »Ich hoffe, du findest bald zu einem Ende, Afranius.«

Dieser nickte. »Nur noch ein paar Worte. Er blieb vierzig Tage in der Wüste, dann kam er mit ein paar Jüngern, die zu ihm gestoßen waren, nach Jerusalem, genau zu Beginn des Laubhüttenfestes. Von da an weißt du mehr als ich, doch ich bin sicher, daß du meine Lücken schließen wirst.«

»Noch nicht, Afranius, noch nicht. Mir fehlt noch ein kleines Porträt von unserem Mann, wenige Sätze sollen genügen.«

»Ein Durchschnittstyp«, sagte Afranius. »Mittelgroß, hellbraune Haut, lange schwarze Haare und Vollbart. Er kann Hebräisch, spricht aber den syrischen Dialekt gespickt mit einigen hebräischen Wörtern, den fast alle benutzen, kann halbwegs Griechisch, kaum Latein. Wenige Studien, und wenn, von der Sorte, wie diese Leute sie absolvieren: Sie beschäftigen sich mit den heiligen Büchern, und zwar nur mit ihren heiligen Büchern, als läge darin alle Weisheit dieser Welt verborgen, und wenn du ihnen von der aristotelischen Logik erzählst, glauben sie, es handele sich um eine Verwünschung.«

»Dennoch will mir scheinen«, sagte Pilatus schließlich, »daß er das gewisse Extra hat, das gewisse Extra, das uns sehr nützlich sein könnte.«

Afranius, der sich gerade eine Dattel in den Mund gesteckt hatte, schluckte sie schnell herunter. »Nun«, sagte er, »genau das wollte ich wissen. Was hat Kaiphas dir gesagt?«

»Er hat mir sehr wenig gesagt, Afranius, und vielleicht war es ein Fehler, ihn anzuhören und ihm zu versprechen, daß wir auf diesen Jesus vertrauen. Aber du weißt, wie delikat die augenblickliche Lage ist, wir dürfen einfach keine neue Revolte riskieren.«

Er nahm die Hände aus der Schüssel und hielt sie einem Sklaven hin, der sie mit Leinenbinden umwickelte. Mit dem Rücken zu Afranius fuhr er fort: »Kaiphas hat mir gesagt, daß wir diesen neuen Wüstenkönig, ein weiterer jener zahllosen von ihrem Gott Gesalbten, weder einsperren noch bestrafen dürfen, sondern im Gegenteil alles zu seinem Schutz tun sollen. Er sagt, die Situation sei äußerst angespannt, die Juden erwarteten einen Messias, der die Römer auslöscht, und es gebe eine Vielzahl von Anwärtern auf diese Rolle, die allesamt vom Krieg redeten, und einzig Jesus der Nazaräer spreche vom Frieden.«

Einige Minuten verstrichen, während derer der Sklave Pilatus die Hände verband, Afranius auf seinen Datteln kaute und niemand sprach. Schließlich wandte sich der Präfekt von Judäa an den Polizisten. »Was hältst du davon, Afranius?«

Der kleine Grieche nahm einen Dattelkern aus dem Mund und zuckte mit den Schultern. »Was haben wir schon zu verlieren?« fragte er. »Wenn es nicht funktioniert, können wir ihn immer noch töten.«

Kapitel 10

An der Weggabelung verabschiedeten sie sich voneinander. Johannes der Priester und einer der jungen Essener wandten sich nach links in Richtung Jerusalem, wo sie bei ihren Familien auf Jesus warten wollten, der versprochen hatte, zum Tempelweihefest im Winter nachzukommen. In der Zwischenzeit sollte Johannes beginnen, ihre Ideen in der Hauptstadt zu verbreiten: nicht nur unter den Leuten auf der Straße, sondern auch unter seinen Verwandten und Freunden von Verwandten, unter Sadduzäern und Pharisäern, in deren Händen die Macht lag.

»Sie wirken unnahbar, wie eine festgefügte Gruppe«, erzählte er Jesus, »doch in Wirklichkeit ist es anders: Viele von ihnen sind durchaus bereit, zuzuhören, selbst von den Mitgliedern des Hohen Rates. Ich kann dir zum Beispiel versichern, daß einer der Richter, der alte Gamaliel, mich gerne anhören wird und nicht minder glücklich sein wird, mit dir zu reden. Er ist ein Pharisäer aus der Schule des Hillel, und ihr dürftet viele Ansichten gemeinsam haben. Dann gibt es noch einen anderen Richter, Nikodemus, Sohn des Gorion, der einer der reichsten Patrizier Jerusalems ist und dennoch offen für den Dialog. Gleiches gilt für Joseph von Arimathäa.«

Jesus seinerseits begab sich mit Andreas und den anderen Essenern, die sich ihnen angeschlossen hatten, nach Jericho, der Stadt im Schatten des Berges Nebo, von dessen Gipfel aus

Gott Moses das Land gezeigt hatte, das seinen Nachfahren, aber nicht ihm selbst bestimmt war. Sie erreichten die Stadt nach einem dreistündigen Fußmarsch, der sie durch die riesigen Plantagen mit Balsambäumen führte, die einst Herodes dem Großen gehört hatten. Sie umrundeten die Ruinen der Zyklopenmauer, die tausend Jahre zuvor durch die Trompeten des Josue zerstört worden waren – ein Wimpernschlag im Vergleich zum Bestehen der ältesten Stadt der Welt –, durchquerten die Gewürzgärten, für die die Oase von Jericho berühmt war, und wandten sich der Synagoge zu, denn es war Sabbat.

Die Synagoge war erst kürzlich fertiggestellt worden und zum Großteil aus den Steinen des großen Versammlungshauses erbaut, das bei demselben Erdbeben zerstört worden war wie der Turm von Qumran. Die Ältesten in Jericho pflegten auf ihrem Weg zur neuen Synagoge in ehrendem Gedenken vor den Überresten der alten innezuhalten. Sie glaubten, in ihr den gewaltigen Komplex wiederaufgerichtet zu sehen, den Königin Alexandra Salome im Innern ihres Winterpalastes hatte erbauen lassen, auch wenn nunmehr nur noch die Stümpfe der vier Säulenreihen übrig waren, die den Versammlungsraum des Hauptsaales begrenzt hatten: ein Quadrat, dessen Seiten fünfzehn Schritte maßen.

Die fünf Männer durchquerten den mit Blumenmustern verzierten Innenhof und betraten die Synagoge. Sie bestand aus einem rechteckigen Saal, der alles andere als geräumig und bereits vollbesetzt war, so daß kein Platz mehr frei blieb. Ein Mann hielt eine der heiligen Rollen in der Hand, die in der Mitte des Raumes in einer kleinen Holzlade verwahrt wurden; aus ihr las er vor und kommentierte. Die Menschen um ihn herum stellten Fragen und machten Einwände, und es entstand ein intensives Gespräch.

Als das Thema abgehandelt zu sein schien, ging Jesus nach vorn, setzte sich auf den Stuhl, der dem Vorleser vorbehalten war, und hielt dem Hazzan die Hand hin, damit er ihm eine der Rollen reichte. Er las und begann seine Erläuterungen. Nachdem er geendet hatte, herrschte einige Minuten völlige Stille, und es gab weder Fragen noch Einwände. Es war üblich, daß der Vorleser in seinem Kommentar den eigenen, ganz persönlichen Ansichten ohne Vorbehalt Ausdruck gab, doch dieses Mal war die Gemeinschaft von etwas völlig Neuem überrascht worden, etwas Unerwartetem, das sie nicht einzuordnen wußte.

Gemurmel hob an, man beugte sich zu seinem Nachbarn, um sich seiner eigenen Meinung zu vergewissern. Sollte der Messias vielleicht kein Mann des Krieges sein? Würde er nicht, wie König David, das Land von den heidnischen Invasoren befreien? Befahl ihm nicht Jahwe selbst, zu den Waffen zu greifen? Doch, doch, doch, lautete die Antwort, und so wandten sich die Einwohner Jerichos an jenen Fremden, der mit dem Akzent der unkundigen Galiläer sprach, und begannen, ihn zu verspotten und über ihn herzuziehen. Andreas und die anderen drängten dichter an Jesus heran, aus Angst, jemand könne ihm Übles wollen, doch die Menschen zeigten keinerlei Feindseligkeit. Verfolgt von allgemeinem Gelächter, verließen sie die Synagoge.

Auch Jesus lachte und schien überhaupt nicht beleidigt angesichts dieses Empfangs. »Es ist nur eine Frage der Gewohnheit«, erklärte er seinen jungen Freunden, »die Leute sind eben an die Denkart der Pharisäer gewöhnt, die die Tradition vor das Gesetz stellen und so durch ihre Interpretation die Gebote zu ihren Gunsten verdrehen. Auf nun, laßt uns gehen, wir haben viel zu tun.«

Doch ein lauter Ruf hielt sie zurück: »Ah, sieh mal einer an, der große Kommentator der Thora, der Gesalbte des Herrn hat am Sabbat viel zu tun!«

Eine kleine Gruppe war ihnen vor die Synagoge gefolgt. Derjenige aus ihrer Mitte, der den ironischen Kommentar vorgebracht hatte, lachte sie jetzt erwartungsvoll an. Jesus stimmte in sein Lachen ein, wandte sich ihm zu und fragte: »Denkst du, daß ich eine große Sünde begehe, indem ich am Sabbat etwas tue?«

»Aber sicher«, antwortete jener. »Weißt du denn nicht, du Neunmalkluger, daß das Gesetz es verbietet? Weißt du nicht, daß ein strenger Richter dich dafür zum Tode verurteilen könnte?«

»Und doch«, erwiderte Jesus, »besagt das Gesetz, daß die Priester, die im Tempel die Ruhe des Sabbats brechen, ohne Schuld sind. Wie erklärst du dir das?«

Darauf wußten der Mann und seine Freunde nichts zu sagen und lachten verlegen, während andere Leute, die aus dem Versammlungshaus herauskamen, stehenblieben und die neue Auseinandersetzung verfolgten.

»Ich will dir helfen«, begann Jesus wieder, »und ich sage dir, daß die Priester nicht sündigen, weil sie das tun, was sie tun müssen. Der Sabbat ist für den Menschen da, nicht der Mensch für den Sabbat.«

Mit diesen Worten winkte er einen aus der Gruppe zu sich, der seinen durch ein Mißgeschick steif und nutzlos gewordenen Arm in einer Schlinge trug. Der Mann kam zögernd näher, und Andreas und die anderen traten zu Seite, um ihn vorzulassen. Jesus wollte das kranke Glied berühren, worauf der Mann unwillkürlich einen Schritt zurückwich, doch Jesus kam ihm nach und nahm mit ruhigen Bewegungen den steifen Arm in seine linke Hand. Mit geschlossenen Augen und tief konzentriert ließ er die Finger seiner Rechten den Arm hinauf- und hinuntergleiten, bis er glaubte, die Verletzung gefunden zu haben. Auf diese Stelle legte er nun beide Hände, und eine Hitze ging von ihnen aus, die dem Verwundeten wohlzutun schien. Nach wenigen Minuten löste sich die Versteifung und der Mann konnte den Arm wieder bewegen.

Dann wandte sich Jesus erneut an jenen, der ihn ausgelacht und angegriffen hatte. »Nun wollen wir mal sehen«, sagte er, »ob du verstanden hast. Heute ist Sabbat, der Tag, sagst du, für den das Gesetz absolute Ruhe vorschreibt. Doch diesem Mann ging es schlecht, und ich habe ihn geheilt. Ich frage dich: Ist es erlaubt, am Sabbat Gutes zu tun?«

»Und wenn ich dir sagte, daß es nicht erlaubt ist?« entgegnete der andere herausfordernd.

»Dann könnte ich dir entgegnen, daß ich, hätte ich ihn nicht geheilt, ihm Böses angetan hätte, also in jedem Fall etwas am Sabbat getan hätte, aber eben das Üble anstatt des Guten. Ein kleines Übel, wirst du sagen, es war ja nur ein Arm, der auch bis morgen hätte warten können. Ich glaube nicht, daß das stimmt, doch ich will es dir mal zugestehen. Nehmen wir aber an, dieser Mann wäre in einer schlimmeren Verfassung gewesen, nehmen wir an, daß es nicht um den Gebrauch seines Arms, sondern um sein Leben gegangen wäre. Nun frage ich dich wieder: Ist es erlaubt, am Sabbat jemandem das Leben zu retten, oder soll man ihn sterben lassen?«

Der Mann murmelte eine unverständliche Antwort und wandte sich seinen Freunden zu, um sich gegen deren Spötteleien zu wehren, da sie inzwischen begriffen hatten, daß er unterlegen war, und über ihn herzogen. Dann versuchte es Jesus erneut: »Du scheinst ein bißchen verwirrt zu sein«, sagte er, »und nicht zu unrecht: Leben retten oder sterben lassen, das sind große Worte. Wollen wir also mal nicht übertreiben und lieber von alltäglicheren Dingen reden. Hast du Tiere? Einen Ochsen, einen Esel?«

Als der andere nickte, fuhr Jesus fort: »Und was wirst du heute tun, am Sabbat? Wirst du sie auf die Weide führen und sie saufen lassen oder wirst du sie dürsten lassen, bis sie schwach werden und an Wert verlieren?«

Jetzt brachen die Freunde des Unglückswurms in lautes Gelächter aus und machten sich einen Spaß, ihn mit ihren Sticheleien zu ärgern: »Das will ich sehen«, riefen sie, »wie Carete, der alte Geizhals, es zuläßt, daß seine Tiere an Wert verlieren! Eher arbeitet er an allen Sabbaten im Jahr und läßt sich von den Priestern auspeitschen!« Und sie klopften ihm kräftig auf die Schultern, so daß er nicht mehr wußte, ob er sich gegen die scherzhaften Worte oder die scherzhaften Knüffe wehren sollte.

Auch die Stimmung der Menschen Jesus gegenüber hatte sich verändert. Man grinste ihn an, lobte ihn und gab zu, daß in seiner ungewohnten Art der Auslegung der Schriften doch auch ein Körnchen Wahrheit steckte. Einige junge Männer kamen näher, um ihm Fragen zu stellen, andere gesellten sich zu der Gruppe um Andreas und die Essener, während der Mann, dessen Arm geheilt worden war, überall herumlief und vorführte, Sabbat hin, Sabbat her, wie leicht und schmerzlos sein Arm sich bewegen ließ.

Doch genau in diesem Moment näherte sich ein anderer Trupp von Männern der Synagoge. Sie waren erschöpft, abgemagert, und an den groben Fellen, die sie übergeworfen und mit einem Ledergürtel um die Taille zusammengebunden hatten, konnte in ihnen jeder, auch wer sie nie zuvor gesehen hatte, leicht die Jünger von Johannes dem Täufer erkennen. Jesus und Andreas gingen ihnen entgegen, umarmten sie und ließen sich die Nachricht überbringen, die sie befürchtet hatten.

»Du hattest recht«, sagte einer von ihnen, »die Männer des Herodes Antipas waren uns dicht auf den Fersen. Nachdem wir uns getrennt hatten, sind wir weiter Richtung Süden gewandert. Johannes wollte nach Ennon, denn er wußte, daß es dort reichlich Wasser gab und viele Menschen darauf warteten, getauft zu werden, doch am nächsten Morgen waren die Soldaten über uns und nahmen ihn fest. Sie wollten nur ihn, und obwohl wir schrien, daß wir sein Los teilen möchten, haben sie uns nicht beachtet. Johannes selbst hingegen hat uns aufgetragen, zu gehen und die Nachricht seiner Festnahme überall herumzuerzählen und vor allem dir davon zu berichten. Er sagte: Ihr könnt mir nur helfen, wenn ihr frei seid, und Jesus der Nazaräer kann mein Werk fortsetzen, auch wenn unsere Ansichten nicht in allem übereinstimmen. Er ist stärker als ich, und er wird euch nicht mit Wasser taufen, sondern mit dem Feuer des Himmels.«

Die Leute um sie herum flüsterten miteinander. Johannes war inzwischen in ganz Palästina bekannt und unbeliebt nur bei den höheren Klassen: bei den Reichen, weil er sie aufforderte, sich von all ihrer Habe loszusagen, bei den Priestern und Schriftgelehrten, da sie fürchteten, seine ständige Berufung auf die Propheten und seine messianischen Verkündigungen könnten Unruhe stiften. Doch selbst sie waren sich seiner Popularität bewußt und wagten nicht, gegen ihn zu sprechen.

»Aber was hat er denn verbrochen?« riefen die Menschen. »Wie lautet die Anklage? Kann man jemanden ohne Anklage einsperren?«

»Aufwiegelei«, antworteten die Jünger des Täufers. »Der Kommandant der Soldaten sagte, Johannes hetze die Leute gegen den Tetrarchen auf.«

»Lüge! Lüge!« Alle schrien durcheinander, Männer und auch Frauen, die aus der Synagoge geströmt waren und sich zu einer großen Menge versammelt hatten. »Es ist wegen Herodias!« rief einer von ihnen. »Das ist wahr, ja, das ist es!« stimmten alle zu. »Weil Johannes den Herodes des Inzests beschuldigt hat. Deshalb haben sie ihn eingesperrt!«

Einmal mehr erklang in der antiken Stadt Jericho ein Aufschrei des Zorns, doch dieses Mal fühlten sich seine Einwohner auf der Seite Gottes, der sie unterstützte: Dieses Mal befand sich der Feind Gottes außerhalb der Mauern und belagerte Jericho und ganz Judäa mit der Macht des Frevels und der Anmaßung. Viele wollten sich bewaffnen, die Soldaten verfolgen und Johannes den Nazaräer befreien, denn er mußte der Prophet Elias sein, der endlich zurückgekehrt war, um die Ankunft des Messias zu verkünden, wenn er nicht gar selbst der Messias war. »Wo ist er?« riefen sie. »Wohin haben sie ihn gebracht?«

»Nach Machaerus«, sagten die Jünger traurig, und tiefes Schweigen legte sich über den Platz vor der Synagoge. Die Festung von Machaerus, die die Grenzen Peräas vor den Nabatäern aus Petra schützte, war einer der Eckpfeiler des Verteidigungssystems des Landes. Schon der Ort, an dem sie sich befand – eine fast vier Stadien hohe Felsenterrasse, die an allen vier Seiten von tiefen Wasserläufen umgeben war –, machte sie fast uneinnehmbar, und nachdem dies vor fast einem Jahrhundert zu Zeiten des Konsuls Aulus Gabinius noch möglich gewesen war, hatte Herodes der Große sie mit einem Mauerwerk von unvergleichlicher Stärke befestigt. Das

Bauwerk, das sich auf dem erhabensten Punkt der Hochebene befand, wurde von vier gewaltigen Türmen bewacht, und auch die etwas tiefer gelegene Siedlung war durch eine Mauer mit vier Türmen geschützt. Und doch war sie nicht nur eine karge Festung, sondern zugleich ein luxuriöser Palast, der mit ionischen und dorischen Säulen, mit Mosaiken und Fresken geschmückt war und zudem noch über wunderbare Thermen verfügte. Hier liebte es Herodes Antipas mit seiner Eskorte längere Zeit zu verweilen.

Unsicher, was nun zu tun sei, wandten sich die Menschen an Jesus, als sähen sie in ihm nun plötzlich ihren neuen Führer, doch der Nazaräer sah sie nur an und antwortete nicht. Schließlich wandte er sich an die Jünger des Johannes und sagte: »Nun, wo ihr eure Nachricht überbracht habt, müßt ihr an die Seite meines Vetters zurückkehren, denn er wird euch brauchen und kann uns auf diese Weise weitere Nachrichten zukommen lassen.«

Jene bereiteten sich also auf den Aufbruch vor bis auf einige, die bei Jesus bleiben wollten, als aus der Menge ein Ruf erklang: »Soll das etwa heißen, daß wir zusehen, wie Herodes einen Unschuldigen einsperrt, und nichts zu seiner Befreiung tun?«

Jesus sah dem Mann, der gesprochen hatte, direkt in die Augen. »Glaubst du«, fragte er, »daß du den Johannes mehr liebst als ich?«

»Das habe ich nicht gesagt«, antwortete jener, »doch ich meine, daß es falsch ist, nichts zu unternehmen.«

»Wir«, erwiderte Jesus, »tun genau das, was Johannes von uns gewollt hätte: Wir leben nach dem Gesetz, wir tun Gutes, wir bringen das Wort auch demjenigen, der es nicht hören will. Dies ist der einzige Kampf, den wir kämpfen müssen, und denselben Kampf kämpft auch Johannes, der selbst im Gefängnis in Machaerus nicht untätig ist und versucht, Herz und Verstand von Herodes und Herodias zu gewinnen.«

Die Männer schwiegen nicht ganz überzeugt, doch die Frauen, die gefürchtet hatten, ihre Männer zu einem hoffnungslosen Unterfangen aufbrechen zu sehen, von dem kein einziger zurückgekehrt wäre, gaben dem Galiläer recht. Es war wohl wahr, er sprach in einem versöhnlicheren Ton als Johannes der Täufer, der diejenigen als Schlangenbrut bezeichnet hatte, die seiner Aufforderung zur Umkehr keine Folge geleistet hatten, und diese Nachgiebigkeit erschien auf den ersten Blick irgendwie merkwürdig und wenig effektiv. Doch an jenem Tag hatte er schon wenigstens zweimal bewiesen, daß er ein weiser Mann war, der gleichwohl für die Aufgabe gerüstet war, die bis dahin sein Vetter auf sich genommen hatte. »Geh nun, geh nach Hause«, sagte die Frau des Carete zu ihrem Mann, »oder hast du schon vergessen, daß du die Tiere zur Tränke führen mußt?« So gelang es ihr, den Anwesenden trotz der allgemeinen Trauer ein Lachen zu entlocken.

Die Menschenmenge zerstreute sich. Die Familien kehrten langsam in ihre Häuser zurück, falteten ihre Gebetsmäntel zusammen und besprachen die Dinge, die sich an diesem Morgen zugetragen hatten. Auch Jesus machte sich mit den Seinen wieder auf den Weg. Mittlerweile waren sie zu einer großen Gruppe angewachsen, da sich ihnen auch in Jericho wieder einige junge Männer angeschlossen hatten, die nun im Gehen die älteren baten, etwas von dem Nazaräer zu erzählen, was er bis jetzt getan und welche Pläne er hatte. Natürlich, er war mit Johannes dem Täufer verwandt, doch anscheinend waren sie nicht in allem der gleichen Meinung. Was hielt Jesus von den Sadduzäern? Und den Pharisäern? War er ein Freund der Zeloten? Und war er für oder gegen einen Aufstand gegen die Römer?

An der Spitze der Gruppe schritt Jesus im Rhythmus seines Wanderstabs zügig aus, den Kopf gesenkt, in traurige Gedanken versunken. Er wagte kaum zu hoffen, Johannes lebend wiederzusehen, denn die große Begeisterung, die Johannes unter den Menschen entfacht hatte, machte ihn in den Augen der Machthabenden zu einer Gefahr. Das Herz zog sich ihm zusammen, als er an den Heranwachsenden aus Hebron dachte, der sich schon früh entschieden hatte, Nazaräer zu werden, und in den kargen Horizonten der Wüste von Judäa eine Verheißung der Reinheit und Heiligkeit erblickte.

Er schüttelte die Gedanken ab. Nun war Johannes in Machaerus eingesperrt, und er, Jesus, mußte ihrer beider Aufgabe übernehmen. Er wandte sich an Andreas, der neben ihm herging, und sagte: »Wir hatten uns vorgenommen, nur in den Synagogen zu lehren, Andreas, doch wir haben uns geirrt. Nun werden wir dem Beispiel des Johannes folgen und immer und überall zu den Menschen reden. In den Versammlungshäusern, natürlich, aber auch im Freien. Am Jordan, in den Straßen und auf den Plätzen, und nicht nur zu den Männern, sondern auch zu den Frauen und Kindern, nicht nur zu denjenigen, die dem Gesetz folgen, sondern auch zu den Zöllnern, die es verworfen haben, und auch zu denen, die es niemals akzeptiert oder kennengelernt haben.«

Er blieb stehen, und ein begeistertes Leuchten lag in seinen Augen, als er zu der Gruppe sprach, die sich rasch um ihn scharte. »Wir müssen noch mehr werden«, sagte er, »viel mehr. Wir müssen zu Dutzenden, zu Hunderten sein und alle Städte im ganzen Land aufsuchen. Wir werden in unseren eigenen Dörfern anfangen, in Galiläa, bei jenen, die uns kennen und uns aus diesem Grund anhören, doch bald schon wird es überall so sein: in Samaria, in Peräa, in ganz Judäa und auch in Jerusalem.«

Seine Worte wurden mit Freudenrufen aufgenommen, doch bei der Nennung Jerusalems trat schlagartig Stille ein. Die jungen Männer sahen ängstlich diesen Mann an, der fast doppelt so viele Jahre zählte wie sie, und es schien, als hätten sich die Eigenarten des Alters verkehrt: Sie waren unsicher und er enthusiastisch, sie waren vorsichtig und er kühn, sie feige und er idealistisch.

Unter Kopfschütteln und mit einer Miene, in der sich zu der Trauer ein Funken Wut gesellte, nahm Jesus seinen Marsch entlang der staubigen Straße wieder auf, die nach Galiläa führte, und nur Andreas blieb an seiner Seite. Doch schon bald kamen die anderen ihm eilig nach, baten ihn um Verzeihung und versicherten, daß sie ihn überallhin begleiten würden.

»Du mußt sie verstehen«, sagte Andreas zu ihm, »Jerusalem ist der Ort, wo sich die Mächtigen aufhalten, die zugleich unsere mächtigsten Feinde sind. Jerusalem einzunehmen ist weitaus schwieriger und gefährlicher, als Machaerus zu erobern, da ist es nur verständlich, daß sie Angst haben.«

Ohne innezuhalten oder ihn nur anzusehen, sagte Jesus: »Glaubst du denn, Andreas, ich hätte keine Angst?«

Kapitel 11

Eine weitere Papyrusrolle landete im Meer und vertraute ihren Inhalt allein dem guten Gedächtnis des Aduncus an. Der Alte hatte sich die langen Tage der Überfahrt mit der Lektüre der Rapporte vertrieben und mehr noch mit den Unterrichtsstunden im Aramäischen, dank derer er endlich in der Lage gewesen war, die Mauer des Mißtrauens zu durchbrechen und ein paar Worte mit den jüdischen Mitreisenden zu wechseln. Nun wußte er schon einiges über das Land, in dem er von Bord gehen würde, doch zugleich erschienen ihm die Schwierigkeiten, die ihn erwarteten, noch unüberwindlicher als zu dem Zeitpunkt, als er den Auftrag des Tiberius angenommen hatte. Er betrachtete die Rolle, die leicht auf den Wellen tanzte und langsam in der Ferne verschwand. Dieses letzte Abenteuer glich einem Abstecher in die Jugend, einer Unterbrechung im Herbst des Lebens, so dachte er, doch eigentlich war er viel zu müde dafür und zog den Herbst der Jugend vor.

In den vergangenen Tagen hatte er in den Rapporten gelesen, wie sich alle Präfekten, einer nach dem anderen, über Tumulte und Aufstände beklagten und wie sie alle, einer nach dem anderen, keinen besseren Ausweg gefunden hatten als skrupellose Gewaltanwendung und Kreuzigungen. In den dreiundzwanzig Jahren, die Judäa nun unter der direkten Herrschaft der Römer stand, waren auf Anordnung der Präfekten Hunderte und Tausende von Juden an die Stämme der Olivenbäume genagelt worden, und dem alten Polizist schien es, als müsse er ein Land betreten, das ganz von einem Wald aus Kreuzen überzogen war, an denen die gesamte tragische Last des Menschseins hing.

In seinen siebzig Lebensjahren war Aduncus jeder Art von Grausamkeit begegnet. Als junger Offizier, der dem Julius Caesar Augustus Bericht erstatten mußte, war ihm die Aufgabe zugefallen, die Tausenden von Leichen zu zählen, die nach dem Hinterhalt des Verräters Hermann den Boden des Teutoburger Walds bedeckten. Er erinnerte sich noch gut an die Leiche des Quinctilius Varus, dessen Augen für immer in ungläubigem Staunen erstarrt, dessen Arme zu einer schicksalsergebenen Geste ausgebreitet waren. Nun fragte er sich, ob dies nicht die Vergeltung für die zweitausend Juden gewesen war, die derselbe Varus wenige Jahre zuvor als Herrscher von Syrien um Jerusalem herum hatte kreuzigen lassen, weil sie es gewagt hatten, ihren geschändeten Tempel zu verteidigen.

Er, der Legatus legionis Lucius Valerius Aduncus, hatte selbst an fürchterlichen Schlachten in Germanien und Asien teilgenommen, er hatte gesehen, wie Frauen und Kinder vor ihren geplünderten und in Flammen gesetzten Häusern niedergemetzelt wurden; er hatte unsäglichen Folterungen beigewohnt, mit denen Gefangenen die Pläne ihrer Anführer entrissen werden sollten; er hatte selbst den Befehl gegeben zur Hinrichtung von Abtrünnigen oder auch einfach von Menschen, die das römische Heer – aus Mangel an Mitteln, Zeit oder gutem Willen – nicht hatte mitschleifen wollen. Und er hatte schließlich, als Praefectus urbi, für die innere Ordnung Roms sorgen müssen, und die Strafen, die das Gesetz für Diebe oder Mörder in der Hauptstadt des Imperiums vorsah, unterschieden sich nur wenig von denen, die dem Heer zur Verfügung standen. Aber nichts war ihm jemals so schrecklich erschienen wie die Kreuzigungen: das *summum supplicium*, die Todesstrafe, die den Barbaren vorbehalten war – also denjenigen, die nicht die Sprache der Römer sprachen – und die Cicero als das grausamste und furchtbarste aller Urteile bezeichnet hatte.

Der griechische Händler, der Aduncus im Aramäischen unterwies und der die meiste Zeit seines Lebens in Palästina verbracht hatte, hielt unter seinen ausführlichen Erzählungen, mit denen er die Lektionen ausschmückte, unter anderem auch eine detaillierte Beschreibung jenes Grauens bereit. Einige der Verurteilten, so erzählte er heiter, wurden mit überkreuzten Füßen angenagelt, andere mit einem Fuß auf jeder Seite des Stammes, während die Arme entweder festgenagelt oder nur mit Stricken an die Querbalken gebunden wurden.

»Wenn dann die Dunkelheit hereinbricht«, fuhr er fort, »zerschmettern die Soldaten denjenigen, die noch am Leben sind, die Beine, doch glaubst du, sie tun das, um ihr Leiden zu verkürzen? Nein, nein: Es soll sie lediglich an der nächtlichen Flucht hindern. Es ist unglaublich, welchen Widerstands diese Juden fähig sind. Man erzählt sich, daß einige von ihnen, die sich Zeloten nennen, dem Schmerz und dem Tod mit Verachtung und sogar lachend ins Antlitz sehen. Ich selbst habe das nie erlebt, dennoch glaube ich es sofort: Sie sind einfach verrückt, diese Juden.«

Das Schiff segelte auf den ruhigen Gewässern des Mittelmeers, angetrieben von den knatternden Segeln. Über einen Monat waren sie nun schon unterwegs, seit sie Brindisi verlassen hatten, und an Bord hatten sich auf den verschiedenen Etappen immer wieder andere Menschen eingefunden, die es dem alten Polizisten erlaubten, jeden Tag etwas Neues zu erfahren, so wie Solon es lehrte.

Er mußte zugeben, er hatte sich amüsiert. Von den Matrosen

hatte er nicht nur die Namen der Winde gelernt – diese konnte man auch bei den Poeten erfahren, deren Versen Worte wie Austro, der Südwind, und Zephir, der Westwind, erst den richtigen Klang gaben –, sondern auch, wie sie auf Wellen und Segel einwirken. Er hatte Retsinawein mit den griechischen Kaufleuten getrunken, die Summen dafür verlangten, als handele es sich um einen alten Falerner; er hatte Würfel gespielt mit den Rekruten, die zu den Garnisonen von Achaia und Judäa unterwegs waren, und wie ein Anfänger verloren; und er hatte einem phönizischen Schmuckhändler zu einem exorbitanten Preis seinen Schund abgekauft, der es ihm erlauben würde, sich in Palästina selbst als Händler auszugeben. Bei einem Schleuderer von den Balearen jedoch, der meinte, mit diesem Alten, der sich ungeachtet ihrer Abneigung gegen Schinken mit den Juden abgab, seinen Spott treiben zu können, hatte er in einem Wettkampf seine Fähigkeiten im Messerwerfen unter Beweis gestellt; seitdem machte der Söldner einen großen Bogen um ihn.

Aduncus verglich seine Reise mit jener der kaiserlichen Boten, die dem Tiberius den letzten Rapport des Pilatus überbracht hatten: zu Pferd von Caesarea nach Alexandria mit kurzen Aufenthalten an den Poststationen, um das Roß zu wechseln oder, wenn ein Bote zu ermattet für den Weiterritt war, um die Schriftrollen einem anderen zu übergeben, bis zu jenem, der endlich das Militärschiff von Alexandria nach Ostia bestieg, mit inoffiziellem Halt auf Capri. Immer unterwegs, jede Begegnung vermeidend, verschwiegen selbst gegenüber den Kollegen: schnell, heimlich, Bewohner einer Welt, die nichts mit jener gemein hatte, in der die Menschen Familien hatten, in Tavernen Wein tranken, sich auf den Plätzen trafen und im Tempel beteten. Die Boten der Macht, dachte Aduncus, flüchtige Abbilder der Macht selbst.

Es schien ihm, als habe er selbst sehr viele Jahre so gelebt, und er atmete nun mit stillem Vergnügen die Meeresbrise ein, die erfüllt war von den Schreien der Möwen und dem Geschwätz der Reisegefährten, von ihrem Lachen, von irgendeinem Zank, der seinen Anfang und sein Ende in einem Trinkgelage fand. Seine Reise in diesem Mikrokosmos war um einiges länger als die der Boten des Pilatus, mindestens drei- oder viermal so lang, und für einen Mann von siebzig Jahren alles andere als erholsam. Doch nun, da sie ihrem Ende entgegenging, da am Horizont schon ein dunkelblauer Streifen auftauchte, der vielleicht Palästina war, wäre Aduncus gern noch weitergefahren, für immer weitergefahren; er wollte nicht als flinker und geheimer Bote wieder in diese Welt eintauchen müssen, wo jedes Wort Gefahr bedeutete, jedes Lachen Betrug und jeder Streit die Gelegenheit für einen tödlichen Stoß.

Er schüttelte den Kopf, um diese Gedanken zu vertreiben, in denen er das Zeichen von Müdigkeit und Schwäche erkannte, und zog die letzte Rolle aus dem Korb hervor. Er befreite sie von ihrer Hülle, wunderte sich über die ungewöhnliche Länge des Textes und begann zu lesen.

An Tiberius Julius Caesar, Imperator
Von Pontius Pilatus, Präfekt von Judäa

Rapport 744
Kategorie: geheim
Datum: Monat September, im Jahr 782 nach der Gründung
Subjekt: Jesus von Gamala, genannt der Nazaräer
Urteil: unterstützen und beschützen

Die Lage in der Präfektur Judäa bleibt gleichsam angespannt, sowohl was die öffentliche Ordnung als auch was die politischen

Unruhen anbelangt. Zu ersterer muß die Präsenz von Räuberbanden erwähnt werden, welche eine solche Stärke aufweisen, daß sie die Kräfte des Imperiums bisweilen in regelrechte Schlachten zu verwickeln vermögen. Es gibt Gebiete wie die Trachonitis, wo die Räuberei trotz der von Herodes dem Großen vorgenommenen Säuberungen noch immer die vorrangige Beschäftigung der Bevölkerung darstellt. Teile der Garnisonskräfte müssen als Verstärkung für die Eskorte abkommandiert werden, sobald ein Funktionär oder eine hochrangige Persönlichkeit die Region östlich des Jordans durchquert.

Sehr oft verstecken sich hinter diesen Erscheinungsformen der Räuberei jedoch aufrührerische Banden, deren eigentliches Ziel die Revolte ist. Von den zahlreichen Beispielen sei nur das wichtigste angeführt: die Bande der Zeloten um Menachem von Gamala. Dieser ist der Sohn des Judas, genannt der Galiläer, welcher im Verlauf der Tumulte nach dem Tod des Herodes das königliche Arsenal von Sepphoris in seine Gewalt brachte und zehn Jahre später die Erhebung gegen die Volkszählung anführte, wofür er hingerichtet wurde. Judas wiederum war der Sohn des Ezechias, eines Räubers, der zu Beginn der Herrschaft des Herodes ebenfalls mit seiner Bande hingerichtet wurde, den die Juden jedoch als Märtyrer feiern. Es kann leicht verfolgt werden, wie sich regelrechte Dynastien bilden, deren Mitglieder sich vom Gott Israels gesandt fühlen, die Römer zu bekämpfen.

In der jüngsten Vergangenheit haben nun die räuberischen Zwischenfälle mit politischem Hintergrund und die Erhebungen zugenommen, was sowohl dem unterzeichnenden Präfekten von Judäa als auch der Patrizierschicht des Landes, repräsentiert durch die Sadduzäer, welche in Hinblick auf ihre Geschäfte an Frieden und Stabilität in der Region interessiert sind, größte Sorgen bereitet. Die bedeutendste Familie ist die des Hannas, Sohn des Set, der vom Prokurator Publius Sulpicius Quirinius zum Hohenpriester des Tempels von Jerusalem ernannt wurde und dieses Amt bis zum Jahr 768 innehatte, als der Präfekt Annius Rufus dessen Sohn, Eleazar, auf seinen Posten stellte; ein Jahr später berief Valerius Gratus den Joseph, genannt Kaiphas, in das Amt. Dieser wiederum ist der Schwiegersohn des Hannas und seinem Schwiegervater treu ergeben, welcher in Wahrheit immer noch die größte Autorität besitzt, sei es in der Familie oder in der Klasse der Priester.

In Anbetracht der Tatsache, daß der Hohepriester vom Präfekten ernannt wurde, ist offensichtlich, wie eng diese Familie an das Imperium gebunden ist. Hinweise, die Kaiphas dem Unterzeichneten bezüglich der sozialen und politischen Lage zukommen läßt, sind somit als vertrauenswürdig einzuschätzen und haben sich schon mehrere Male im Rahmen der alltäglichen Provinzadministration bewährt. Dennoch schien der letzte dieser Ratschläge zu ungewöhnlich, um nicht der Erwähnung an höchster Stelle zu bedürfen.

Der Hohepriester hat aus dem langen Verhör eines der vielen Fanatiker, die sich mit hitzigen, mystischen Reden an das Volk wenden, geschlossen, daß jener Mann sich nicht so sehr als gefährlich, sondern vielmehr als äußerst nützlich für das Imperium erweisen könnte. Er heißt Jesus der Nazaräer und kommt, gleich dem Judas, aus Gamala. Natürlich stand er in Kontakt mit den Zeloten und mit anderen Sekten, die den Befreiungskrieg predigen, doch Kaiphas beteuert, daß seine Lehre sich von der ihren grundlegend unterscheidet. Im Gegensatz zu den anderen Juden, die sich von ihrem Gott erwählt fühlen, die Herrschaft über die Welt zu erlangen, behauptet er – immer dem Kaiphas zufolge –, daß alle Menschen gleich seien, so daß er also auch keine Vorurteile gegen die Heiden im allgemeinen hegt (wie die

Juden all jene nennen, die nicht an ihren Gott, besagten Jahwe, glauben) oder gegen die Römer im besonderen. Außerdem behauptet er, daß einem Gerechtigkeit nicht unbedingt im Laufe des irdischen Daseins widerfahren müsse, sondern daß dies auch auf das Leben verschoben werden könne, das dem Tod folge, und andere Sachen mehr, die, wenn das Volk sie akzeptierte, in ganz entscheidender Weise zu einer Entspannung zwischen Juden und Römern beitragen könnten.

Deshalb auch darf laut Kaiphas der genannte Jesus keinesfalls festgenommen und verurteilt, sondern muß unterstützt und beschützt werden. Dies jedoch ohne sein Wissen, zum einen, damit er seine Haltung nicht plötzlich gänzlich ändert, und weiter, um zu verhindern, daß er von den anderen Juden entdeckt und getötet wird.

Dennoch darf auch das Risiko nicht verschwiegen werden, welches diese Operation in sich birgt. Wenn Kaiphas und Hannas die Lage falsch einschätzen, könnte damit das Gegenteil erreicht und gerade jene Revolte ausgelöst werden, die es zu verhindern galt. Somit hat dieser Rapport nicht nur zum Ziel, zu informieren, sondern auch an höchster Stelle Rat und Beistand zu erbitten.

Ave atque vale
Pontius Pilatus, Praefectus Judeae

Aduncus hatte diesen Rapport mindestens ein dutzendmal gelesen, um sicherzugehen, daß ihm kein Detail und keine Nuance entgangen war, und entschied sich nun, ihn dem gleichen Schicksal zuzuführen wie die anderen vor ihm. Die Rolle begann gerade ihren Tanz auf den Wellenkämmen, als wie durch einen Zauber der griechische Kaufmann auftauchte und sich die Lederhülle und auch den nun leeren Korb schenken ließ. Doch dieses Mal hielt er sich nicht länger auf, um einige Worte auf Aramäisch mit Aduncus zu wechseln, mit denen er normalerweise solch kostbares Material bezahlte. Er mußte sich beeilen, seine Siebensachen zusammenzupacken, denn die großen Türme des Hafens von Caesarea waren schon in Sichtweite.

Die Matrosen hatten bereits begonnen, einige Segel einzuholen, und mit dem Druck des Windes ließ auch das fürchterliche Knarren nach, das die Passagiere während der ganzen Überfahrt in den Ohren geschmerzt hatte. Auch der Polizist mußte eilig seine Vorbereitungen treffen: Er hängte sich seine Tasche um den Hals, die neben einigen persönlichen Kleinigkeiten verschiedene Dinge enthielt, deren Dienste er im Laufe der Jahre zu schätzen gelernt hatte und denen er nun noch die falschen Schmuckstücke hinzufügte, welche ihn als Händler ausweisen würden; die Matratze schenkte er dem Matrosen, der seinen Winkel bewacht hatte. Einmal mehr kontrollierte er den sicheren Sitz der Dolchscheide und des Gürtels aus grobem Leintuch, in den er sein Geld eingenäht hatte, dann war er bereit.

Er gesellte sich wieder zu den anderen Passagieren an die Reling, um dem faszinierenden Anlegemanöver des großen Segelschiffs beizuwohnen. Er bewunderte, mit welcher Präzision die Segel eingeholt wurden, damit das Schiff genau mit dem letzten Windstoß in den Hafen trieb und vom Anker in der richtigen Position zum Stillstand gebracht wurde, dann reihte er sich in die Schlange vor dem Landungssteg ein.

Zuerst stiegen die Soldaten aus. Ein Korporal, der sich zu ihrem Empfang eingestellt hatte, rief kurz ihre Namen auf, ließ sie in einer Reihe antreten und führte sie mit wenigen trockenen Befehlen fort, in deren babelischem Gemisch aus

Griechisch und Aramäisch, aus Syrisch und Phönizisch nur wenige Brocken Latein durchklangen.

Aduncus nutzte die Wartezeit und die erhöhte Position, um das großartige Wogen der Massen zu beobachten, welches die Mole und ihre Umgebung erfaßt hatte und das nur einem oberflächlichen Betrachter chaotisch erscheinen mochte. Zufrieden nahm er die Schnelligkeit wahr, mit der das Hafenpersonal die Kontrolle der Ladung und der Reisenden durchführte, ebenso wie die strategische Aufstellung der Legionäre des Sicherheitsdienstes. Dann machte er anhand minimaler Merkmale einige Personen in der Menge aus, die sich für jeden anderen in nichts von den übrigen Anwesenden unterschieden, sehr wohl aber für sein geschultes Agentenauge. So sah er, daß einer von ihnen, der sich etwas abseits hielt und dessen tiefbraunes Gesicht mit dem blonden Haar kontrastierte, hin und wieder ein Zeichen gab, auf das der Zenturio seine Stellung verließ und an diesen oder jenen Passagier herantrat.

Nun ging eine Bewegung durch die Schlange und Aduncus mußte seine gesamte Aufmerksamkeit auf den steilen Abstieg den schmalen Steg hinab richten, doch war er sicher, aus dem Augenwinkel heraus ein ebensolches Zeichen bemerkt zu haben, das nun ihm galt, und tatsächlich legte sich im selben Moment, in dem er endlich den Fuß auf den Boden Judäas setzte, die schwere Hand des Zenturios auf seine Schulter.

»Freund«, sagte der Soldat, »du siehst nicht aus wie ein Jude. Sage mir, wer du bist, woher du kommst und was du an diesem von den Göttern verlassenen Ort tust.«

»Ich heiße Valerius und bin Spanier«, antwortete Aduncus ruhig, »ich komme aus Cordoba und habe in Brindisi dieses Schiff bestiegen.«

Er öffnete seinen Beutel, um den Inhalt zu zeigen, und fuhr

dann fort: »Ich handele mit Geschmeide, doch lediglich, um mir die Ausgaben für die Reise zu verdienen. Ich bin gekommen, um am Grab meines Sohnes zu beten, der Soldat war wie du und hier in Palästina gestorben ist.«

»Tatsächlich?« fragte der andere ironisch. »Und wie soll der geheißen haben, dein Sohn? Und zu welcher Legion gehörte er? Wer war sein Befehlshaber? Und wo ist er gestorben?«

»Darf ich mich setzen?« fragte Aduncus, und zur Überraschung des Zenturios ließ er sich auf dem Rand der Hafenmauer nieder, ohne eine Antwort abzuwarten. »Die Jahre vergehen«, fuhr er fort, während der andere ungeduldig schnaufte, »und die Reise war lang und ermüdend. Also, mal sehen: Mein Sohn nannte sich Valerius, natürlich, Gaius Valerius. Seine Legion war die zwölfte, genannt ›die Fulminante‹, und ihr Kommandant war Aulus Sabinus. Er starb in Galiläa – will sagen mein Sohn – bei einem Judenaufstand. Ein Kamerad von ihm sagte mir, er sei am Fuße eines Berges begraben, der sich Tabor nennt.«

Der Soldat schien verunsichert und wandte einen Augenblick den Kopf. Aduncus folgte mit dem Blick seiner Bewegung und sah, wie der Mann mit dem blonden Haar dem Zenturio ein Zeichen gab, woraufhin dieser sofort mit seinem Verhör fortfuhr.

»Ich weiß nicht, ob ich dir glauben kann, Alter«, sagte er grob, »dieser Dolch, den du dort auf so geübte Art am Arm trägst, paßt nicht zu deinem unschuldigen Gebaren. Ich habe nicht übel Lust, dich festzunehmen und noch ein wenig mehr erzählen zu lassen.«

Aduncus berührte mit dem Finger die Spitze seiner Adlernase, der er seinen Beinamen verdankte, eine Geste, die den Untergebenen des Praefectus urbi Gefahr signalisiert hätte, doch war die Bewegung, mit der er sich erhob, frei von Ungeduld, und seine Stimme klang absolut gelassen, als er sprach: »Du vergißt zwei Dinge, mein Sohn«, sagte er zu dem Zenturio und sah ihm direkt in die Augen. »Erstens war auch ich Soldat, was den Dolch erklärt. Zweitens kannst du mich nicht nach deinem Belieben ohne Anlaß einsperren, ohne einen gewichtigen Grund zu haben, denn dies verbietet dir eben die Grundlage deines Hierseins, die Basis, auf der das Imperium fußt, nämlich das römische Recht. Vergiß eines nicht, mein Sohn: *Civis romanus sum.* *«

* lat.: Ich bin römischer Bürger.

Kapitel 12

Unterbrechungen der Reise gab es genug: sei es, um mit anderen Wanderern einige Worte zu wechseln oder eine Frau zu grüßen, die ihre Zinnteller in einem Nebenarm des Jordan spülte, sei es, um die Gastfreundschaft der Fischer und Bauern in Anspruch zu nehmen. Auf ihren Wanderungen und während der nächtlichen Rasten hingegen vertiefte sich die Gruppe in lange, leidenschaftliche Diskussionen, die manches Mal aufgrund des jugendlichen Alters fast aller unter ihnen in hitzigen Wortgefechten endeten und fast immer, aus demselben Grund, in fröhlichem Gelächter. Im ersten Fall riefen sie Jesus, damit er ihren Streit schlichtete, im zweiten stimmte er mit den anderen in das Lachen ein. Es war der Klang dieser Fröhlichkeit, der Widerhall ihrer Diskussionen, in die auch zufällige Beobachter mit einbezogen wurden, die bewirkten, daß die Gruppe häufig mit ein paar Wanderern mehr im Gefolge ein Dorf verließ.

Sie waren mittlerweile rund dreißig, die Jünger um Jesus den Nazaräer. Irgend jemand, niemand wußte mehr wann und wo, hatte ihnen ein Maultier geschenkt, auf dem Jesus stolz einherritt, von dem er jedoch sofort bereitwillig abstieg, wenn ihn eine Stimme aus der Gruppe zum Scherz einen Faulpelz nannte. So ging ihre Reise in Richtung Galiläa gemächlich voran, durch das üppige Grün des Jordantals, das mal von einfachen Steinhäusern, mal von jenen prunkvollen hellenistischen Monumentalbauten unterbrochen wurde, mit denen

Herodes der Große und seine Söhne ihre Distanz zum Volke Israel zum Ausdruck gebracht hatten.

Sie waren nun in Sichtweite des Berges Sartaba, wo König Alexander einst einen Tempel errichtet hatte, den Herodes in ein Gefängnis umwandelte, um dort seine Frau Mariamne einzusperren und hinzurichten, dieselbe Frau, um derentwillen er vor ihrer Hochzeit alle möglichen Verrücktheiten und Frevel begangen und deren Vater er sogar zum Hohenpriester ernannt hatte, einzig um ihr den Anschein einer edlen Herkunft zu geben. Von dem tristen Gebäude und seiner nicht minder tristen Geschichte schweiften die Gedanken Jesu ab zu einer anderen Festung und einem anderen Gefangenen, und da Herodes Antipas zwar von seinem Vater nicht dessen furchterregende Größe geerbt hatte, ihm an Argwohn und Grausamkeit jedoch nicht nachstand, konnte es wenig Zweifel geben, daß auch Johannes dem Täufer Schlimmeres bevorstand als das Gefängnis.

Andreas versuchte, ihn zu trösten, doch er wußte, daß seine Befürchtungen berechtigt waren. Welchen Grund sollte diese halbjüdische Sippe schon haben, demjenigen gegenüber großzügig zu sein, der mit seinen Anklagen vor den Augen des Volkes die Rechtmäßigkeit ihrer Herrschaft anzweifelte?

»Einen Hoffnungsschimmer gibt es immerhin«, stellte Andreas fest, »daß Johannes nämlich den Weg ins Herz des Antipas findet.«

Jesus schüttelte den Kopf und meinte betrübt: »Jener Weg, Andreas, ist ganz und gar von der Herodias versperrt.«

»Vielleicht«, insistierte der andere, »hält ihn aber die Furcht ab, der Tod des Täufers könne eine Revolte auslösen …«

Doch auch diese Hoffnung schien Jesus wenig begründet: »Nein, Andreas, so gefährlich er ihm als Toter werden mag, noch gefährlicher ist Johannes auf jeden Fall als Lebender. Nur wenn er nachgäbe und verspräche, Antipas nie wieder anzugreifen, könnte er sein Leben retten. Aber dafür kenne ich meinen Vetter viel zu gut: Er wird sich niemals beugen.«

An diesem Punkt konnte Andreas nur noch schweigen, denn er wußte, daß auch Jesus, der doch um einiges nachgiebiger auftrat als Johannes, sich in einer vergleichbaren Situation niemals selbst verleugnen würde.

Sie setzten ihren Weg fort. Zum Erstaunen aller lenkte Jesus eines Tages sein Reittier geradewegs in das Tal, das zur Linken des Jordans in das Hügelland von Samaria führt. »Aber was wollen wir denn im Land der Heiden?« fragten ihn einige Jünger, und andere meinten empört: »Du wirst doch nicht etwa nach Sebaste gehen wollen, in jene Stadt, die den Namen des römischen Kaisers trägt und wo sogar ein ihm geweihter Tempel steht?!«

Aber Jesus gab entschieden zurück: »In ihrem Tempel auf dem Berg Garizim beteten die Samaritaner einst, bevor sie sich den falschen Göttern der Griechen zuwandten, zu dem gleichen Jahwe wie wir im Tempel von Jerusalem. Und fast alle von ihnen lesen immer noch, ebenso wie wir, aus dem Pentateuch. Und auch sie warten wie wir Juden auf den Messias.«

»Aber ihr Dienst an Gott ist nicht wie der unsere«, erwiderten jene, »sie feiern das Paschafest auf ganz andere Art als wir!«

»Ihr habt ganz recht«, sagte da Jesus, nachdem er lange nachgedacht hatte, »einzig die Kleinigkeiten zählen. Und vergeßt nicht, daß sich in ihrem Dialekt einige andere Wörter finden als in unserem und daß sie häufig blonde Haare und blaue Augen haben, während unsere doch eher dunkel sind.

Es stimmt: Wir müssen ihnen wahrhaft den Eintritt in das Himmelreich verwehren und ihre Feinde sein!«

Beschämt von seinen Worten spürten die jungen Männer, die an die endlosen Rivalitäten ihrer Erde und ihrer Geschichte gewöhnt waren, plötzlich so etwas wie Reue in sich aufsteigen. Was Jesus gesagt hatte, brachte sie zum Nachdenken und bewog sie schließlich, ihn nachzuahmen, wie er durch Samaria wanderte, mit seinen Bewohnern sprach, sie einlud, seinen Ideen zu lauschen, und, wenn er von einem Erkrankten hörte, sich anbot, ihn mit seinen Händen und den Kräutern aus seinem Beutel zu heilen.

Die Samaritaner staunten über sein Verhalten, das so ganz anders war als das der meisten Juden ihnen gegenüber, und viele von ihnen blieben stehen und lauschten, boten dieser ungewöhnlichen Gruppe von Wanderern Wasser und Nahrung, und der eine oder andere unter den jungen Männern entschied sich sogar, seinerseits die Kluft zu überwinden und sich ihnen anzuschließen.

An allen Orten geschah dasselbe, bei den Samaritanern und den Kanaanitern, und bald wurden sie, wenn sie ein Dorf betraten, von den Menschen bereits erwartet, die die Worte Jesu hören wollten und ihn baten, seine Kräfte als Wunderheiler einzusetzen und mit seinen Aufgüssen die Krämpfe eines Epileptikers oder die Bauchschmerzen eines Schlemmers zu lindern.

So kamen sie nach Sichem, das auch Kreuzweg von Palästina genannt wurde, weil dort die Straßen aufeinandertrafen, die zum Meer und zum Jordan, nach Galiläa und nach Jerusalem führten, und sie wandten sich in Richtung Sebaste. In Sichtweite jener Stadt, die, auf einer Anhöhe gelegen, das ganze umliegende Land beherrschte und der Herodes den

Namen der griechischen Übersetzung von Augustus gegeben hatte, beschloß das Maultier, sich nicht dort hinaufmühen zu wollen, und mit dem schweigenden Einverständnis seines Reiters und der belustigten Zustimmung aller anderen trabte es geradewegs auf Dothan zu, wo viele Jahrhunderte zuvor Joseph von seinen Brüdern in einen Brunnen geworfen und dann an eine nach Ägypten ziehende Karawane verkauft worden war. Sie erreichten Jenin, im Herzen einer von Palmen und Feigenbäumen begrünten Oase. Dann folgte Megiddo, die gewaltige Festung an der Straße, die tausend Heere auf dem Weg von Ägypten nach Mesopotamien passiert hatten, Zeugin von tausend Schlachten. Man sah noch die Überreste der riesigen Ställe, die König Salomo dort hatte errichten lassen.

So durchwanderten sie tagsüber die Geschichte ihres Landes, und während der nächtlichen Pausen unterwies Jesus die jungen Leuten in der Kunst des Heilens, die er bei den Essenern gelernt hatte, und erklärte ihnen die Botschaft des Buches Daniel. Jenen Worten konnten sie entnehmen, daß viele Schlachten und viele Reiche nichts anderes als Meilensteine des Volkes Israel gewesen waren auf seinem glorreichen Weg ins Himmelreich, in das Reich des Friedens, das ewig währen würde.

Endlich stiegen sie in das Tal hinab, das nach Galiläa führte, und wandten sich dem See zu. Sie waren nun alle begierig, anzukommen, denn Andreas hatte gesagt, daß sie sich organisieren würden, um auf die bestmögliche Art ihre Botschaft zu verkünden, und am liebsten hätten sie den kürzesten Weg südlich des Berges Tabor gewählt. Doch das Maultier schlug entschieden, und dieses Mal auf Geheiß seines Herrn, die Straße ein, die über Sepphoris führte.

Die Sonne stand im Zenit, und die Stadt, die sich am Horizont erstreckte, schien aus purem Licht erbaut. Sie leuchtete wie eine Erscheinung, wie eine Fata Morgana, wie ein Symbol, von dem Jesus, in seine Erinnerungen vertieft, nicht hätte sagen können, ob es ein Symbol des Guten oder des Bösen war. Denn in ihr lebten die Söhne der zwölf Söhne Jakobs friedlich mit den Nachkommen des Romulus zusammen, und genauso mußte der Gott Jakobs mit den Götzenbildern der Griechen und Römer zusammenleben.

Schweigend und in den Anblick der Stadt versunken, blieb die Gruppe stehen, ohne genau zu wissen, warum, und Jesus, der vor dem Weitergehen eine Rast wünschte, sagte: »Es gibt etwas, dessen Lösung ich nicht finde. Ihr müßt mir helfen, es zu begreifen.«

Sie ließen sich im Kreis nieder, er in der Mitte. Sepphoris, erzählte Jesus, war dreiunddreißig Jahre zuvor durch die Truppen des Varus zerstört worden, nachdem Judas der Galiläer an der Spitze einiger Aufrührer die Waffenkammern der Stadt unter seine Gewalt gebracht hatte. Die Revolte wurde niedergeschlagen und Hunderte von Juden ans Kreuz genagelt, doch Judas hatte sich mit seinem Trupp von Zeloten in die Wüste retten können.

»Es vergingen einige Jahre«, erzählte Jesus, »und Herodes Antipas entschloß sich, Sepphoris wieder aufzubauen, es zu seiner glanzvollen Hauptstadt zu machen. Dies bedeutete viel Arbeit für viele Menschen, also genau das, was nach den Zerstörungen und dem Elend, das die Aufstände in Galiläa hinterlassen hatten, benötigt wurde. Mein Vater war Zimmermann, und ich war rund zehn Jahre alt und half ihm schon seit einiger Zeit in der Werkstatt, doch das Geschäft lief schlecht. Ich weiß noch, wie er und meine Mutter lange darüber redeten, weil die Vorstellung, sich trennen zu müssen, sie beide traurig stimmte, doch am Ende kamen sie überein, daß es notwendig sei: Mein Vater würde nach Sepphoris gehen, um dort Arbeit zu finden, und ich mit ihm als sein Gehilfe und auch, um hin und wieder nach Gamala zurückkehren und der Familie das verdiente Geld überbringen zu können.«

Jesus beschrieb den Feuereifer, mit dem die großen Bauwerke der neuen Stadt auf den Ruinen der alten errichtet wurden. Die jüdischen Arbeiter ließen die hellenistische Architektur erstehen, die durch die Nachfolger Alexanders des Großen nach Palästina gekommen war und die Herodes und seine Söhne so liebten. Doch neben den Amtspalästen und Theatern, den Geschäften und Banken der Heiden entstanden auch Bäder für die vorgeschriebenen Waschungen der wahrhaft Gläubigen. Sepphoris gehörte allen.

»Die Leute arbeiteten Seite an Seite«, fuhr Jesus fort, »und nichts bringt Menschen einander näher als die gemeinsame Arbeit. Auf den Baustellen hörte man vielerlei Sprachen, die Architekten jedoch bedienten sich meist des Griechischen, und wer gut arbeiten wollte, mußte Griechisch können. Dort, neben meinem Vater, habe ich die Geheimnisse meines Berufes gelernt, und obwohl meine Aufgaben beschränkt waren und entsprechend gering mein Bedarf an Verständigung, habe auch ich ein wenig Griechisch gelernt.«

Ein allgemeines Gemurmel erhob sich, darunter auch deutliche Töne der Mißbilligung. Jesus lächelte und sagte: »Ich weiß, ich weiß: Verflucht sei, wer Schweine züchtet und seinen Sohn das Griechische lehrt. Doch mein Vater lehrte es mich nicht, ich habe es allein gelernt, einfach indem ich zuhörte, so daß ich nicht einmal gegen das Gebot verstoßen habe, welches es verbietet, Griechisch zu studieren, sei es bei

Tag oder bei Nacht, weil man bei Tag und bei Nacht das Gesetz studieren soll. Dennoch beherrsche ich es nun, und ich bin froh darüber.«

Während er zu seinen Jüngern sprach, saß er mit dem Rücken zur Stadt, doch nun erhob er sich und drehte sich zu diesem glänzenden und fesselnden Anblick um. Er schwieg eine Zeitlang, dann sprach er, immer noch der Stadt zugewandt, weiter: »Ich bin froh darüber, und ich bin froh, all diese Menschen kennengelernt zu haben, die sich so sehr von jenen unterschieden, unter denen ich aufgewachsen war. Die römischen Funktionäre und die jüdischen Großgrundbesitzer, die griechischen Händler und die phönizischen Bankiers.«

Er wandte sich lächelnd der Gruppe zu: »Denn alles, was mir erlaubt, mich einem Menschen zu nähern, sei es seine Sprache oder sein Glaube, gibt mir die Gelegenheit, ihm von der Ankunft des Himmelreichs zu erzählen und davon, wie man daran teilhaben kann, und das macht mich glücklich.«

»Aber«, fragte einer der Jünger, »was ist es nun, das du nicht begreifst? Worin können wir dir behilflich sein?«

Sie traten näher heran und bildeten einen engen Kreis um ihn, als müßten sie ihn vor der Stadt beschützen. Jesus löste die Schnur um seinen Kopf und streifte das Tuch ab, um sich damit Staub und Schweiß von der Stirn zu wischen.

»Judas der Galiläer war ein Freund meines Vaters«, sagte er, »und es war seine Schuld, daß Sepphoris zerstört wurde. Mein Vater half bei ihrem Wiederaufbau, doch dann kehrte Judas zurück, und mein Vater folgte ihm, und sie wurden gemeinsam gekreuzigt. Ich frage mich nun: Wer irrte? Und in welchem Punkt? Wann? Auf welche Weise?«

Ein allgemeines Geschrei erhob sich aus der Gruppe: »Die

Tyrannen irrten sich, Jesus, die Heiden! Judas und dein Vater waren Helden, Märtyrer!«

Jesus sah sie nachdenklich an und schüttelte den Kopf. »Das ist sicher wahr«, sagte er, »und dennoch …«

Er drehte sich erneut um, und die Jünger um ihn herum traten unwillkürlich beiseite, um ihm nicht die Sicht auf diese blendende Schönheit zu verstellen, zu deren Errichtung auch er beigetragen hatte. Sie hörten ihn wiederholen: »Und dennoch …«

Dann kamen sie nach Kana und erreichten endlich die große Via Maris, die am See entlang und dann bis ganz hinauf nach Damaskus in Mesopotamien führt; dabei passierten sie die kleineren Orte, deren Anblick für Jesus und Andreas bereits bekannt und vertraut war: Magdala, Bethsaida, und schließlich ihren Heimatort, Kapharnaum. Sie schritten durch die schachbrettartig angelegten Gassen, die die Stadt in mit Rohr und Schlamm gedeckte Häuserblöcke aus schwarzem Basalt aufteilten, welche kleine Innenhöfe umschlossen. Die reicheren Häuser leisteten sich von einfachen Kolonnaden getragene Säulengänge, während sich die anderen, der weitaus größere Teil, mit Blumen schmückten, die im milden Klima von Galiläa den fortgeschrittenen Herbst nicht zu fürchten brauchten.

Aus den Häusern liefen Menschen herbei, um zuerst mit Erstaunen, dann mit Freude der Ankunft dieser mehr müden und zerlumpten als euphorischen Gruppe junger Menschen beizuwohnen, die von einigen reiferen Männern und einem scheinbar herrenlosen Maultier angeführt wurde. Jesus hielt sein Zaumzeug, das er dann Andreas übergab, um Joseph, Simon und Judas zu umarmen, die ihm entgegengelaufen kamen. Dann küßte er seine Schwestern auf beide Wangen, ebenso die Frau und Kinder des Joseph; nun erst trat er zu Maria, die ihn auf der Türschwelle erwartete, und beugte sich nieder, um sich von seiner Mutter auf die Stirn küssen zu lassen.

Rundherum herrschte große Freude, die Menschen feierten begeistert die Fremden, deren Ruf ihnen weit vorauseilte: von ihrer Wanderung und dem freundlichen Empfang, der ihnen überall bereitet wurde, von der Dankbarkeit der Menschen – sowohl der Juden als auch der Heiden – angesichts der Linderung, die manch ein Kranker durch sie erfuhr. Jede Familie wollte einen der Reisenden aufnehmen im Tausch gegen eine ausführliche und wieder und wieder vorgetragene Erzählung, und jene ließen sich lachend umarmen, obwohl sie kaum glauben konnten, daß all der Überschwang tatsächlich ihnen galt. »Habe ich wirklich diese Dinge getan?« fragte sich jeder von ihnen, und sie begannen, ihre Erinnerungen zu ordnen, um mit ihnen das Abendessen zu bereichern.

Als plötzlich ein Mann um die vierzig in der Menge auftauchte und den suchenden Blick umherschweifen ließ, löste sich Andreas von den anderen und lief ihm rufend entgegen: »Simon! Bruder!«

Sie umarmten sich lange, der jüngere lachte, weil er fast erdrückt wurde, und als er sich endlich befreien konnte, legte er seinem Gegenüber die Hände auf die Schultern und rief mit vor Freude glänzenden Augen: »Wir haben einen Mann gefunden, der uns führen wird, den Gesalbten des Herrn, unseren Messias!«

Dann führte er ihn unverzüglich zu Jesus. Der sah ihn eine Weile an und sagte dann: »Du bist Simon, der Sohn des Jona. Aber ich werde dich Petrus nennen.«

Am Tag danach, als die Wanderer sich ausgeruht und die

Gastgeber ihre Begeisterung für die Ankömmlinge im Schlaf besänftigt hatten, erklärte sich Jesus ihm: »Ich weiß, daß du Barjona genannt wurdest«, sagte er, »womit die Zeloten den Vogelfreien bezeichnen, doch ich will keine Bande von Flüchtigen, sondern ein marschierendes Heer, und du wirst sein erster Offizier sein. Du siehst nun, daß eine solche Aufgabe als Grundlage einen sehr viel solideren Namen braucht.«

Sie befanden sich am Ufer des Sees, Jesus saß im Schatten eines Baumes auf der Erde, und Petrus, der gerade vom Fischfang zurückgekehrt war, prüfte zusammen mit Andreas die Netze. Schweigend ließ er das Geflecht durch die Finger gleiten, bis es ordentlich auf einem Haufen lag, dann fragte er: »Werde ich das überhaupt können?«

Jesus stand auf, ging zu den Männern und schloß sie beide in seine Arme. »Folgt mir nach«, sagte er, »ich werde euch zu Menschenfischern machen.«

Von einem gerade anlegenden Boot aus hatten einige andere die Szene beobachtet und näherten sich ihnen. Es waren zwei junge Männer, die Petrus und Andreas mit den Namen Jakobus und Johannes begrüßten, und außerdem ein älterer Mann, dessen Gesichtszüge ihn als ihren Vater auswiesen und der Zebedäus hieß. Am Abend zuvor hatte ihre Familie einige Jünger Jesu beherbergt, und die beiden jungen Männer – doch auch ihre Mutter Salome – hatten andächtig den Erzählungen gelauscht: wie die Menschen ihnen zuhörten und sie ehrten, die Heilmethoden, in denen sie sich ausbilden ließen, und ihr fester Wille, immer zahlreicher zu werden und eines Tages Jesus bis nach Jerusalem zu folgen und dort auch die größten Zweifler – die Sadduzäer, die nicht an die Auferstehung der Toten glaubten, die Pharisäer, die nur zum äußeren Schein das Gesetz respektierten, die Händler im Tempel, die mit dem

Glauben der Menschen Geschäfte machten – davon zu überzeugen, daß das Himmelreich nahe war und daß nur die, die reinen Herzens waren, Frieden finden würden.

Als die zwei jungen Männer erfuhren, daß auch Simon seinen Beruf als Fischer aufgeben und, wie sein Bruder Andreas, Jesus folgen wolle, entschlossen sie sich auf der Stelle, es ihnen gleichzutun. Lachend verkündete Jesus, auch ihnen müsse man einen anderen Namen geben, und er nannte sie Boanerges, Söhne des Donners.

Sie gingen nun, ins Gespräch vertieft, am Meer von Galiläa entlang. Jesus weihte sie in seine Pläne ein, fragte sie um Rat, nach Namen von Bekannten, die willens sein könnten, bei ihrem Abenteuer mitzumachen. »Denn wir dürfen nicht vergessen«, sagte er, »daß auch die Friedliebenden in Gefahr geraten können, wie wir es am Schicksal des Johannes gesehen haben.«

Am nächsten Tag ging Jesus nach Bethsaida, auf den Ratschlag von Petrus und Andreas hin, die dort geboren waren, um einen gewissen Philippus zu suchen, von dem sie ihm erzählt hatten. Er fand ihn, als jener gerade eine große Holznadel in der Hand hielt, um seinen beiden Söhnen zu erklären, wie man ein Netz flickt; Jesus nannte ihm die gemeinsamen Freunde und legte ihm seinen Plan dar. Zur Antwort erhob sich Philippus und trat an die Tür des Nachbarhauses. Dort saß ein Mann, zu dem sagte er: »Wir haben die Person gefunden, die wir suchten, Nathanael. Es ist der Sohn des Joseph aus Gamala, der gemeinsam mit Judas dem Galiläer starb.«

»Und wie heißt er?« fragte der andere.

»Jesus, genannt der Nazaräer.«

Nathanael zuckte mit den Schultern. »Ist es denn möglich, daß ein Nazaräer etwas Gutes zustande bringt?« fragte er skeptisch.

Doch Philippus ließ nicht locker. »Komm und sieh selbst«, sagte er.

Sie gingen zu Jesus hinüber, der auf sie wartete. Er drückte Nathanael die Hand und sagte zu ihm: »Das ist mal ein wahrer Israelit, in dem sich keine Falschheit verbirgt.«

Der andere sah ihn mißtrauisch an und fragte: »Und woher willst du das wissen?«

Jesus zuckte die Achseln. »Ich habe dich schon vorhin vorübergehen sehen, bevor Philippus dich gerufen hat.«

Der Mann sah ihn lange an, blickte zu Philippus, dann wieder zu Jesus hin, dann ging er in sein Haus und kam wenige Minuten später mit einer Tasche heraus, die er sich über die Schulter gehängt hatte. »Gehen wir«, sagte er schlicht.

Die Frau des Philippus stand auf der Türschwelle, und ihr Mann erklärte ihr, was vor sich ging. Er stellte ihr Jesus vor, küßte dann sie und die Kinder und ging nach drinnen, um gleich Nathanael seinen Beutel zu packen.

Gegen Abend erreichten sie Kapharnaum, wo sie im Hause des Petrus einkehrten, um ihm vom Tag zu berichten. Als sie eintraten, saßen Petrus und seine Frau am Kopfende des Bettes ihrer Mutter, die von einem heftigen Fieber geschüttelt wurde. »Wir haben auf dich gewartet«, sagte Petrus, »so liegt sie schon seit heute morgen, und weder Andreas noch den anderen ist es gelungen, das Fieber zu vertreiben.«

Jesus berührte die glühende Stirn der Frau und strich ihr über die weißen, schweißnassen Haare. Aus seiner Tasche zog er einige Päckchen hervor, wählte eins aus und entnahm ihm ein paar getrocknete Blätter, die er der Frau des Petrus reichte. »Bring Wasser zum Kochen«, trug er ihr auf, »und tu diese Kräuter hinein.«

Als der Aufguß bereitet war, gaben sie ihn der Alten zu trinken, die schon bald große Erleichterung verspürte. Einer der Söhne des Petrus lief los und verkündete überall laut die Tat, und die Leute, die angesichts der Machtlosigkeit des Andreas und der anderen schon Zweifel geäußert hatten, versammelten sich vor der Tür des Hauses und verkündeten ihr Vertrauen in Jesus und seine Jünger und baten ihn um weitere Wunder. Erfolglos versuchte Jesus, sie abzuwehren und ihnen zu versichern, daran sei überhaupt nichts Wunderbares: Sie zerrten an seiner Tunika, baten ihn, zu kommen und einen Bruder oder eine Tante zu heilen, ein gestauchtes Bein zu richten oder einen Toten aufzuwecken.

Er flüchtete sich in das Haus seines Bruders Joseph, in dem seine ganze Familie wohnte, und am nächsten Morgen erhob er sich noch vor Tagesanbruch und stieg auf den Berg, um in der Einsamkeit zu beten. Doch es war nicht einfach, sich zurückzuziehen, in einem so kleinen Ort, wo jeder jedes Stück Strand und jede Schlucht des Berges kannte: Schon bald entdeckten Petrus und die anderen, die ihn zu Hause gesucht hatten, seinen Schlupfwinkel. »Los, komm«, forderten sie ihn auf, »alle suchen dich bereits.«

Jesus schüttelte den Kopf, der Belagerung müde. »Laßt uns woanders hingehen«, schlug er vor, »in die nahen Dörfer, damit ich auch dort predigen und den Kranken Hilfe bringen kann.«

Sie schlugen die Straße nach Chorazin ein. Als sie Kapharnaum verließen, kamen sie an der Stube des Zöllners vorbei. Dort saß Levi, der Sohn des Alphäus, der lesen und schreiben konnte und Griechisch und Latein sprach; als ein römischer Steuerbeamter vorbeigekommen war und ihm den Posten des Eintreibers angeboten hatte, hatte er zugestimmt. Als Zöllner hatte er den Namen Matthäus angenommen, doch genügte dies selbstverständlich nicht, um sich vor den Augen seiner Bekannten zu verbergen, so daß er den Großteil seiner Zeit damit zubrachte, mit jenen zu streiten, die nicht zahlen wollten, oder die Kinder wegzuscheuchen, die ihren Spott mit ihm trieben, oder mit gesenktem Kopf vor den Erwachsenen zu stehen, die ihn ein Stück Schweinefleisch und einen Abtrünnigen schimpften.

An jenem Morgen jedoch stand vor der kleinen Stube des Levi Matthäus nur eine einzige Person: ein Unbekannter, der seinen blonden Haaren nach zu urteilen gewiß kein Jude war und der mit leiser Stimme eindringlich auf den Zollpächter einredete. Als Jesus und seine Freunde herankamen, bog er mit ruhigen Schritten in eine Gasse ein, die ihn schnell den Blicken entzog, und Matthäus sah nachdenklich auf das Rechnungsbuch herab, das aufgeschlagen vor ihm lag.

Er war so in Gedanken versunken, daß er kaum den höflichen Gruß erwiderte, den Jesus ihm im Vorübergehen zuwarf, dann schreckte er plötzlich hoch, als ihm bewußt wurde, daß man ihn gegrüßt hatte. Es geschah einem Zöllner nicht häufig, von einem Juden freundlich angeredet zu werden, da sein Beruf ihn automatisch aus der Gemeinschaft ausschloß: Tatsächlich wurde seine Tätigkeit als Verbrechen angesehen, das fast der Räuberei gleichkam, und schlimmer noch, als Symbol der Unterwerfung des Volkes Israel unter den heidnischen Kaiser.

Selbstverständlich waren auch die Gefährten Jesu über den an den Zöllner gerichteten Gruß erstaunt – ausgenommen Andreas, der in Erinnerung an vorangegangene Szenen mit einem vergnügten Schmunzeln die Reaktionen der Kameraden beobachtete –, und ihr Staunen wuchs, als jener seinen Stand verließ, hinter der Gruppe herlief und vor Jesus auf die

Knie fiel, um ihn am Weitergehen zu hindern. Er versuchte, ihm den Saum der Tunika zu küssen, doch Jesus entzog sich ihm lachend und reichte ihm die Hände, um ihm aufzuhelfen.

»Du kannst deine Zuneigung auf sinnvollere Art ausdrücken«, sagte er lächelnd, »zum Beispiel, indem du mich heute abend zum Essen einlädst. Und vergiß nicht, daß ich gutes Essen, guten Wein und gute Gesellschaft schätze.«

Sie gingen weiter, und in Chorazin, wo sie feierlich empfangen wurden, fanden sie die vier, die sie suchten: Jakobus, Sohn des Kleophas, Thaddäus, Thomas, der auch Didymus genannt wurde, und schließlich Simon, genannt der Zelot, den Jesus gut kannte, weil er ein Anhänger des Judas von Gamala gewesen war. Alle stimmten sofort zu, sich der Gruppe anzuschließen, und ihre Mitbürger feierten sie, da sie zu den Auserwählten gehörten. Doch die ganze Zeit über sah Jesus sich unruhig um, als vermisse er noch jemanden.

»Wen suchst du, Herr?« fragten sie ihn.

»Ich weiß es nicht«, erwiderte Jesus unter Kopfschütteln. »Ich weiß nur, daß noch einer fehlt, weil es zwölf sein müssen, die ich in die Welt sende, wie die zwölf Stämme Israels, doch ich weiß nicht, wo ich suchen soll. Aber egal, wir wollen nun umkehren: Ihr wißt doch noch, daß wir zum Essen eingeladen sind.«

So gingen sie nach Kapharnaum zurück, und alle setzten sich an die Tafel mit Zöllnern und anderen Personen von üblem Ruf, denn Matthäus hatte die einzigen Menschen dazugebeten, die er in seiner Situation noch aufsuchen konnte. Am späten Nachmittag hatte es geregnet, einer dieser heftigen Schauer, die der Segen Galiläas sind, doch der Abend war wieder trocken und schwül, so daß das Bankett in einem Hof stattfand, der zur Straße hin offen war. Bald schon wurde die

Unterhaltung, nachdem sie ob der Verlegenheit vieler nur zögerlich begonnen hatte, fröhlich und ausgelassen, und der Klang von Stimmen und Gelächter erscholl in der ganzen Umgebung. Daraufhin näherten sich einige Schriftgelehrte aus der Partei der Pharisäer und fragten die Jünger Jesu, die sich ebenfalls zum Mahl im Hof versammelt hatten: »Wie kann er zusammen mit Zöllnern und Sündern essen?«

Schon wollte Jesus selbst mit ihnen ein Gespräch anfangen, wie es seine Gewohnheit war, als ihm die Nachricht überbracht wurde, daß ein Wanderer da sei und nach ihm frage, geschickt von einem gemeinsamen Freund. Jesus trat in das Haus und ging zur Tür, wo ihn ein Mann mit von der langen Reise schmutzigen Kleidern erwartete. Er war so müde, daß er sich auf seinen langen Wanderstab stützte und den Kopf gesenkt hielt, als schlafe er, doch als Jesus vor ihm stand, hob er den Blick und fixierte ihn mit Augen, in denen ein Feuer loderte.

Angesichts dieses Blickes wurde Jesus von einer tiefen Unruhe gepackt, einem alarmierenden Gefühl wie angesichts einer Gefahr, doch er faßte Mut und fragte: »Dich schickt ein Freund, wurde mir mitgeteilt, möchtest du mir seinen Namen nennen?«

Der andere antwortete, ohne die Lider nur ein Mal über seinem stechenden Blick zu senken: »Menachem, der Sohn des Judas, Anführer der Zeloten.«

Jesus nickte. »Und du?« fragte er. »Wie lautet dein Name?«

»Ich heiße Judas«, antwortete jener, »Judas von Karioth.«

Kapitel 13

Da draußen, dachte Pilatus, waren diese widerwärtigen Ameisen – Hunderte, Tausende von widerwärtigen Ameisen –, die er am liebsten allesamt zerdrückt hätte, gäbe es da nicht in dieser erbärmlichen Provinz gewisse politische Spitzfindigkeiten, die den Präfekten faktisch jeder Befehlsgewalt enthoben, ja ihn nun sogar dazu verpflichteten, einem dieser fanatischen Monotheisten seinen Schutz zu gewähren. Da draußen, dachte Pilatus, gab es vom Provinzleben gelangweilte römische Matronen, exquisite griechische Hetären, wunderschöne syrische Sklavinnen und sogar die eine oder andere jüdische Prostituierte, doch es war nun einmal so, daß sein Begehren ausschließlich beim Anblick Claudias erwachte und daß sie – oder ihre Erscheinung, ihre äußere Hülle –, wann immer er sich ihr näherte, aus dem Traumzustand emporschrak und heulte und schrie, sich auf der Erde wälzte und die Haare ausriß.

Der Präfekt von Judäa betrachtete das Meer, um sich vom Anblick seiner auf dem Bett schlafenden Frau zu lösen und von dem der Häuser, in denen diese widerwärtigen jüdischen Ameisen wohnten. Er spürte, wie ihn ein schreckliches Gefühl der Machtlosigkeit überkam, das den Wunsch nach Blut und Gewalt in ihm weckte. Sein Vater hatte es richtig gemacht, war sein Leben lang Soldat geblieben, hatte in dem blutigen Feldzug gegen die Kantabrier Berühmtheit erlangt und war schließlich sogar mit dem *pilum*, dem Speer, ausgezeichnet worden; er hatte sich damit zufriedengegeben, seinem Namen Marcus den Nachnamen Pontius und den Spitznamen Pilatus hinzuzufügen. Er hatte niemals eine glänzende Laufbahn in den Provinzen angestrebt, die ihm schließlich ein wichtiges Amt in verantwortlicher Stellung am kaiserlichen Hofe eingebracht hätte. Er selbst hingegen war diesen Träumen gefolgt und saß nun hier, Herrscher über eine erbärmliche Präfektur, die von ungebildeten Fanatikern bewohnt wurde, weiter denn je von Rom entfernt, in hoffnungsloser Liebe an eine Frau gebunden, die ihn verabscheute und die er vielleicht selbst in den Wahnsinn getrieben hatte.

Er trat zwischen den Wachsoldaten hindurch, hinter denen die Gestalt des Zenturios Marcus mit seinem verunstalteten Gesicht aufragte, und lief zum Strand hinab und über den Sand, bis er schließlich am Wasser stand. Den Anweisungen des Arztes folgend, tauchte er die schmerzenden Hände in das Salzwasser; nachdenklich sah er den Verbänden nach, die sich lösten und langsam davonschwammen und seine immer kränkeren, immer schmerzenderen und immer nutzloseren Hände ihres Schutzes beraubten. Als er sie aus dem Wasser nahm und in der Sonne trocknen ließ, begann das Salz unerträglich auf seiner angegriffenen Haut zu brennen und zwang ihn, eilig zurückzukehren und sie unter dem Wasser des Brunnens abzuwaschen.

Zornentbrannt und leidend strich er durch die Säle des Palastes wie ein Löwe durch seinen Käfig: ein Palast, der ausgestorben zu sein schien wie die Wüste, da die Sklaven und Mägde sich versteckten, um ihm nicht zu begegnen. Die einzig sichtbaren Bewohner dieses marmornen Alptraums schienen die reglosen und schweigenden Wachposten zu sein sowie die reglose und schweigende Claudia. Wo waren nur alle? Wo war dieser verfluchte Arzt, der sich brüstete, ein Nachfahre des Hippokrates zu sein und dem es trotzdem nicht gelingen wollte, seine Hände zu heilen? Wo war Afranius, der einzige, der ihn über Verschwörungen und Komplotte auf dem laufenden hielt?

Auf seine Rufe hin erschien eine Frau mit einer silbernen Waschschüssel, und ein Sklave versuchte mit vor Angst zitternden Händen, die seinen zu verbinden. Dann bemerkte er, daß auch Afranius anwesend war, wie aus dem Nichts aufgetaucht, und nach und nach fiel der glühende Block aus Haß und Verzweiflung, der ihm in der Brust brannte, in sich zusammen und kühlte ab, und alles war wieder in Ordnung: Der Ritter Pontius Pilatus, Präfekt von Judäa, besprach mit dem Chef seiner Geheimpolizei die politische Lage.

»Ich bringe dir keine guten Nachrichten, Hegemon«, sagte der kleine Grieche. »Es hat sich etwas ereignet, was unseren Plänen zuwiderläuft und sie zunichte machen könnte. Herodes Antipas hat Johannes den Täufer hinrichten lassen.«

Der Präfekt erhob sich und begann, in dem großen Raum, der ihm als Arbeitszimmer diente, auf und ab zu laufen. Sein verrauchender Zorn verhinderte eine weitere heftige Reaktion, zu der es auch kaum Grund gab: Antipas hatte lediglich die Anweisung befolgt, jegliche aufständische Bewegung im Keim zu ersticken, und keiner hatte dem idumäischen König mitgeteilt, daß nun eine andere Strategie verfolgt wurde, nämlich die der Weitsicht und des Friedens.

Er schob seine Hände unter die Achseln und drückte sie kräftig, dann drehte er sich wieder zu Afranius um und forderte: »Berichte!«

»Da gibt es nicht viel zu berichten«, antwortete der Spion achselzuckend, »Johannes hat nichts getan, außer die Leute gegen uns und gegen Antipas aufzuhetzen, und dieser dachte eben, es sei sicherer, ihn zu eliminieren. Seine Soldaten haben den Täufer in der Wüste gefangengenommen und ihn zu der Festung Machaerus gebracht. Dort hielt sich auch Antipas auf. Er sprach mit diesem verrückten Essener und versuchte, ihn davon abzubringen, ihn und seine Frau anzuklagen. Ich glaube, er versuchte es mit allen Mitteln, denn wie ich hörte, hegte er eine gewisse Sympathie für den Mann, die Götter mögen wissen warum, aber es war nichts zu machen. Dann hat er die Zelle verlassen und die Wachen eintreten lassen. Sie haben Johannes erwürgt und ihm den Kopf abgeschnitten, um ihn dem Volk zur Warnung vorzuführen.«

Pilatus zwang sich, nicht auf den quälenden Juckreiz zu achten, sondern klaren Kopfes die Situation einzuschätzen. Schließlich reckte er die Schultern, als wolle er die Last der Entscheidung abschütteln, und sagte: »Ach was, vielleicht war es richtig so. Sie werden ihn bald vergessen haben und irgendeinem anderen Irren hinterherlaufen, vielleicht ja sogar unserem Mann, dessen Lehre uns weitaus dienlicher ist. Zumindest hat das Volk gesehen, daß Aufrührer verurteilt werden.«

»Genau hier«, seufzte Afranius, »liegt leider das Problem: in dem, was das Volk denkt. Als sich nämlich die Nachricht von der Hinrichtung verbreitete, begriffen die Zeloten sofort, daß sich alles eher zu ihren Gunsten wenden würde, wenn eine etwas abstoßendere Version der Geschichte in Umlauf käme.«

Pilatus sah ihn verständnislos an. »Was soll das heißen? Eine Hinrichtung ist eine Hinrichtung, was gibt es da zu deuteln?«

»Nun«, erklärte Afranius, »der Unterschied liegt auch nicht in der Hinrichtung, sondern in ihrer Begründung. Ein Jude, der hingerichtet wird, weil er einen Aufstand gegen die Römer angezettelt hat, ist nur ein Opfer unter vielen, doch ein

Prophet, den man vernichtet hat, weil er den Ehebruch eines jüdischen Königs anprangert, ist ein Märtyrer, und sein Blut ist ein fruchtbarer Samen, aus dem weitere Glaubenskrieger erwachsen werden.«

Nun begriff Pilatus, doch fehlten ihm noch die Details. Er setzte sich und seufzte vor Müdigkeit. »Dann erzähle mir, Afranius«, sagte er.

»Ich habe einen meiner Männer unter die Jünger des Täufers geschmuggelt, und er hat mir mitgeteilt, daß sie völlig ratlos vor der Festung herumstanden und unsicher waren, was zu tun sei, als ein paar Zeloten daherkamen und zu schreien anfingen, sie wüßten, wie alles vonstatten gegangen sei, einer von ihnen diene dem Antipas und habe die ganze Szene miterlebt. Mein Verbindungsmann sagt, daß von überall Menschen herbeiliefen, und derjenige, der behauptete, ein Diener des Antipas zu sein, stieg auf einen Felsen und begann, seine Geschichte zu erzählen.«

Der Präfekt schnaufte ungeduldig. »Weiter, Afranius, weiter, laß auch mich sie hören.«

Und Afranius erzählte. Der Zelot hatte der Menschenmenge berichtet, wie Johannes zu Herodes gesagt habe: »Du hattest nicht das Recht, die Frau deines Bruders zur Frau zu nehmen.« Herodias sei so aufgebracht gewesen, daß sie seinen Tod gefordert habe, doch Herodes habe ihr nicht nachgegeben, da er Johannes gegenüber Respekt empfunden und gewußt habe, daß jener ein gerechter und heiliger Mann war. Er soll ihn sogar verteidigt haben: Er sprach mit ihm und war sehr erstaunt über das, was Johannes ihm sagte, und er lauschte andächtig seinen Worten.

»Eine raffinierte Lüge, will mir scheinen«, warf der Präfekt ein.

Afranius nickte und fuhr mit der Erzählung des Zeloten fort: Der entscheidende Tag war angeblich gekommen, als Herodes anläßlich seines Geburtstages Heiden und wichtige Beamte Judäas zu einem Bankett lud und Salome, die Tochter derselben Herodias, einen Tanz darbot, der den Geladenen und vor allem Herodes ganz außerordentlich gefiel. So hatte jener zu dem Mädchen gesagt: »Wünsche dir, was du willst, ich werde es dir geben.« Sie fragte, ob sie wirklich jeden Wunsch äußern dürfe, und er bestätigte noch einmal: »Was du auch von mir verlangst, ich will es dir geben, und wenn es die Hälfte meines Reiches wäre.«

Der Präfekt vergaß beinah die Qual, die ihm seine Hände bereiteten. Er lauschte der Geschichte und wußte schon, was da kommen würde, und er war voller Bewunderung für die Zeloten, die sie erfunden hatten. Das hier, dachte er, wird uns wirklich schaden. Ganz enorm schaden.

Afranius fuhr fort. Salome hatte den Saal verlassen, um ihre Mutter um Rat zu fragen: »Was soll ich mir wünschen?« Worauf jene antwortete: »Den Kopf von Johannes dem Täufer.« Das Mädchen kehrte zum König zurück und brachte ihre Bitte vor: »Ich will, daß du mir sofort auf einer Schale den Kopf des Johannes bringst.« Da wurde der König traurig, und doch mußte er, wollte er seinem geleisteten Schwur nicht untreu werden und vor allen Gästen sein Wort brechen, ihren Wunsch erfüllen. So schickte er nach einem Henker mit dem Befehl, ihm den Kopf des Johannes zu bringen. Jener ging ins Gefängnis, enthauptete den Johannes und trug den Kopf auf einem Tablett zu dem besagten Mädchen, das ihn der Mutter brachte.

Pilatus schwieg lange, während er über die düstere Geschichte nachsann. »Eine wirklich raffinierte Lüge«, murmelte er. Er versuchte, die möglichen Konsequenzen zu erfassen, die daraus erwachsen konnten, sowohl für die Situation in der Provinz als auch für den Plan, den er und Kaiphas gerade erst eingeleitet hatten, doch er konnte sich nicht entscheiden, ob er die Garnisonen alarmieren oder den Dingen ihren Lauf lassen sollte.

Afranius' Stimme riß ihn aus seinen Überlegungen. »Das war noch nicht alles«, sagte der Grieche, »eine Kleinigkeit fehlt noch.«

»Und die wäre?«

»Nachdem die Jünger des Johannes seine Leiche beerdigt hatten, brach einer von ihnen auf, um Jesus die Nachricht zu überbringen.«

»Einer deiner Männer, nehme ich an«, sagte Pilatus lächelnd, doch der andere schüttelte den Kopf. »Nein, keiner der meinen. Ein gewisser Judas von Karioth, ein Zelot und zudem einer der fanatischsten. Unser Mann ist in Gefahr, Pilatus.«

Augenblicklich wurde Pilatus wieder von einem Zorn erfaßt, der ihm die Sicht trübte, während seine Hände brannten wie glühende Holzscheite. Er sprang auf, stieß dabei die Schüssel mit dem Heilwasser um, die der Sklave in seiner Nähe abgestellt hatte, und schrie außer sich: »Der Medicus! Wo ist dieser Dämon von einem Arzt? Er soll sofort herkommen!«

Doch es schien, so dachte Pilatus im nächsten Moment, als hätten diese verdammten Griechen, die immer so selbstsicher von der Höhe ihrer Kultur auf alles herabschauten, die Gabe, auf die bloße Nennung ihres Namens hin zu erscheinen. Schon tauchte der Kopf des Arztes auf der Treppe auf, dann folgte der massige Leib, dann der ganze Körper, und der Mann beugte den Kopf vor dem Präfekten.

»Wo hast du dich versteckt, du Irrwitz von einem Heiler?« schrie Pilatus ihn an.

»Ich mußte die Ankunft eines syrischen Händlers erwarten«, antwortete jener ruhig, »den ich gebeten hatte, etwas für dich mitzubringen.«

»Ein Heilmittel?« fragte der Präfekt begierig.

Der andere zuckte die Schultern. »Ein Schmerzmittel«, erwiderte er, »ich sagte dir doch bereits, daß es keine Arznei gegen deine Krankheit gibt.«

»Erspar mir deinen philosophischen Unsinn, Medicus. Ist er denn wenigstens angekommen, dein Händler?«

»Er ist angekommen und brachte auch dein Mittel mit. Hier ist es.«

Der Grieche entnahm seinem Beutel einen eckigen Gegenstand, der in einen Leinenlappen gewickelt war. Er stellte ihn auf dem Tisch ab und wickelte ihn so behutsam aus, als handelte es sich um ein zerbrechliches und kostbares Schmuckstück, doch zum Vorschein kam lediglich eine zu einem Würfel gepreßte Substanz, die die Farbe der Wüste hatte.

»Was zum Teufel ist das?« fragte Pilatus.

»Man nennt es Brot von Aleppo«, antwortete jener, »obwohl es eigentlich aus Mesopotamien kommt. Es ist aus Pflanzen gemacht, die mit Oliven- und Lorbeeröl gestampft werden, dann lange in einem Kessel gekocht und zum Trocknen neun Monate in die Sonne gelegt werden, genau die Zeit, die es braucht, um ein Kind auszutragen.«

»Und wozu dient dieser Würfel?«

»Die römischen Matronen wären glücklich über ihn und seine günstige Wirkung auf ihre Schönheit.«

Der Arzt hatte kaum den Satz zu Ende gesprochen, als er sich schon auf die Lippen biß, weil ein Schatten Pilatus' Gesicht verdüsterte. Was die Wutanfälle des Hegemons nicht vermocht hatten, gelang diesem Schatten: Der Arzt, dessen Wissen gegen

Claudias Geistesabwesenheit noch weniger hatte ausrichten können als gegen den Ausschlag ihres Mannes, fiel in verlegenes Schweigen und wußte keinen Ausweg mehr.

Da kam ihm Afranius zu Hilfe: »Es reinigt und duftet«, sagte er, »die Babylonierinnen verwenden es schon seit einigen Jahrhunderten.«

Pilatus schüttelte sich: »Was also soll ich tun?« fragte er.

Der Arzt bedeutete dem Sklaven, der eingetreten war, um den Boden trockenzuwischen, die Schüssel mit frischem Wasser zu füllen. Dann nahm er Pilatus' Hände und befreite sie von den Binden, tauchte sie in das Wasser und fuhr sanft mit dem kleinen, erdfarbenen Kubus über die Haut; er glitt mit großer Leichtigkeit darüber und hinterließ eine dünne Schaumschicht, während ein feiner Lorbeerduft den Raum erfüllte. Auf ein Zeichen des Arztes hin wusch sich Pilatus im Wasser die Hände und hielt sie dann dem Sklaven hin, damit er sie wieder mit frischen Leinenstreifen verband.

»Und wenn auch das nicht wirkt?« fragte Pilatus.

»Dann«, sagte der Medicus achselzuckend, »werden wir den Balsam besorgen, mit dem die ägyptischen Priester die Haut ihrer toten Pharaonen konservieren, wir lassen Pferdefett herbeischaffen, mit dem sich die Schiiten einreiben, oder wir fragen einfach diesen verrückten Juden, von dem überall geredet wird, ob er nicht eines seiner Wunder an dir vollbringen kann.«

Unberechenbar wie immer sammelte er dann eilig seine Sachen zusammen, machte eine tiefe, aber wenig respektvolle Verbeugung vor dem Hegemon und ging mit einem Lied auf den Lippen davon, das erst vor kurzem Athen erreicht hatte und von einem alten römischen Herrn erzählte, dessen Vermögen ebenso groß war wie sein Unvermögen.

Nach einigen Augenblicken sagte Pilatus: »Es wird also überall von ihm geredet.«

Afranius nickte. »Die Dinge entwickeln sich, wie Kaiphas es vorausgesagt hat«, sagte er. »Unser Mann ist erfolgreich, seine Ideen mögen den einen oder anderen Sadduzäer und Pharisäer verärgern, beim Volk jedoch treffen sie auf breite Zustimmung. Viele Juden, und seien sie auch noch so aufrührerisch, wünschen sich Frieden, und wenn ihnen jemand sagt, daß sie sich nicht über die Herrschaft der Heiden aufregen sollen, weil ihnen im Himmelreich Gerechtigkeit widerfahren wird, ist das selbst für sie eine willkommene Erleichterung.«

»Nicht aber für die Zeloten, soviel steht fest.«

»Nicht für die Zeloten. Das ist auch der Grund, warum Menachem dem Jesus diesen Judas von Karioth auf die Fersen gesetzt hat.«

»Ich bin sehr enttäuscht, Afranius: den Zeloten ist gelungen, was du nicht vermocht hast.«

Der kleine Grieche grinste. »Das habe ich nicht gesagt. Wir haben auch jemanden vor Ort, einen unserer Besten. Doch ist er ein Mann der Schrift oder, besser noch, der Zahlen, nicht der Aktion. Wenn die Zeloten beschließen sollten, Jesus in einem Handstreich zu eliminieren, bezweifle ich, daß er in der Lage wäre, ihn zu verteidigen. Doch sage mir eins, Hegemon, welche Reaktion hast du auf deinen Rapport erhalten?«

Pilatus signalisierte mit einer Kopfbewegung, daß es Neuigkeiten gab. Der Bote aus Rom war mehrere Male dagewesen, doch erst beim letzten Mal, vor zwei Tagen, hatte er endlich eine Antwort auf seine Bitte um Rat überbracht: ein deutliches Zeichen, daß Seianus, der sonst alle Ereignisse in jedem Winkel des Reiches aufmerksam verfolgte – von den iberischen Räuberbanden bis zum Handel mit Indien –, bis zum

Hals in den Ränken des Palastes verstrickt war. Der Präfekt machte einem der Wächter ein Zeichen, der hinausging und nach wenigen Momenten mit einem Sekretär wiederkam.

»Die Nachricht«, sagte Pilatus, und der Mann zog eine Lederhülle aus seiner Tasche und reichte sie dem Präfekten. Dann setzte er sich auf einen kleinen Hocker, legte eine Wachstafel auf seine Knie und nahm einen Stilus für Notizen zur Hand, doch der Präfekt verabschiedete ihn mit einem kleinen Wink und übergab das Etui Afranius, der ihm die Papyrusrolle entnahm und las.

Von Lucius Elius Seianus, Prätorianerpräfekt
An Pontius Pilatus, Präfekt von Judäa

Rapport 2.070
Kategorie: normal
Datum: Monat Oktober, im Jahr 782 nach der Gründung
Subjekt: Jesus von Gamala, genannt der Nazaräer
Urteil: den Umständen entsprechend handeln

Das war alles. Afranius sah Pilatus fragend an, der nickte. »Sonst nichts«, sagte er.

»Und was bedeutet das?« fragte der Grieche.

»Daß er sich nicht mit Kleinkram abgeben kann, weil er in das größte Unternehmen seines Lebens verwickelt ist, doch genau deswegen darf nichts von dem Kleinkram zum Problem werden, weil dies der Verantwortliche teuer bezahlen müßte.«

»Will er Nachfolger des Tiberius werden?«

Der Präfekt nickte. »Genau das nehme ich an«, sagte er, »und ich möchte nicht einmal ausschließen, daß es ihm gelingen wird. Inzwischen ist gewiß, daß Tiberius ihn im kommenden

Jahr neben sich zum Oberbefehlshaber des Heeres im Reich machen wird, und wahrscheinlich auch zum Konsul. Dies wird jedoch die Reaktion jener herausfordern, die ihm feindlich gesinnt sind, und das sind viele und viele mit Einfluß, angefangen bei Antonia, der Schwägerin des Tiberius. Seianus ist mächtig und vielleicht wird er sehr mächtig werden, doch er darf sich nicht den kleinsten Fehltritt erlauben, oder die *lex maiestatis**, die der Kaiser auch von seinem selbstgewählten Exil auf Capri aus so ungezwungen anzuwenden pflegt, könnte den Traum des Prätorianerpräfekten um einen Kopf kürzer machen.«

»Ich kann mir denken, daß du diesen Ausdruck nicht ohne Grund gewählt hast«, sagte Afranius mit einem feinen Lächeln.

Der kleine Grieche war viel zu intelligent, um nicht das Gefälle zu erahnen, das zwischen den Scherereien in den Provinzen, in denen er sich so wendig zu bewegen wußte, und jenen ungleich größeren Angelegenheiten lag, in die seine Arbeit ihm immer mal wieder kleine Einblicke gewährte. Wenn Pilatus unter anderem mit seiner Hilfe nach Rom zurückkehrte und eine wichtige Position einnähme, dachte er, dann würde er ihm folgen können, um ebenfalls bei diesen ungeheuerlichen Intrigen mitzumischen. Doch damit dies geschehen konnte, mußte Seianus zuerst seine Pläne verwirklichen. Und darum war es notwendig, daß kein Kleinkram aus der Provinz zu einem Problem anwuchs.

»Keine Sorge, Hegemon«, sagte er, »unser Agent wird nach Gebühr beschützt, und Palästina wird weder dem Prätorianerpräfekten noch dir Ärger bereiten. Ich wiederhole: Der Plan des Kaiphas funktioniert, und ich werde dafür sorgen, daß uns niemand in die Quere kommt.«

* Kraft dieses Gesetzes konnte Tiberius über jeden, der ihn auch nur geringfügig bedrohte, die Todesstrafe verhängen.

In diesem Moment durchschritt, weiß und stumm wie stets, Claudia den Raum, dicht gefolgt von einer Magd, und als sie zwischen den beiden Posten hindurchkam, die die Tür bewachten, verließ einer davon seine Stellung und schloß sich der kleinen Prozession an. Die Anweisung lautete, ebenso durchsichtig zu werden wie sie, ohne sie dabei aus den Augen zu verlieren, und sie immer zu beschützen, auch vor sich selbst.

Pilatus ergriff die Lederhülle, die Afranius ihm reichte, und klopfte damit gedankenverloren auf die Tischkante. »Das will ich hoffen«, sagte er schließlich, »das will ich wirklich hoffen. Wenn ein weiterer Aufstand losbrechen sollte, wäre ich gezwungen, mit Gewalt zu reagieren, und dann ...«

Afranius hütete sich zu fragen, was dann passieren würde. Er wartete geduldig ab, bis der Präfekt aufhörte, das Etui im Rhythmus seiner Gedanken auf den Tisch zu schlagen, und ihn fragte: »Der Plan funktioniert also, sagst du. Erzähle mir mehr.«

Der Grieche begann seine Erzählung mit der ihm eigenen scheinbaren Sprunghaftigkeit: »Unser Mann ist sehr aktiv, er wandert durch ganz Galiläa und weiter bis nach Caesarea Philippi und Phönizien. Am Sabbat predigt er in den Synagogen, doch sonst ist ihm jeder Tag und jeder Ort recht, um seine Friedensbotschaft unter die Menschen zu bringen, und sei es in einem Boot. Er wird als Heiler sehr geschätzt, und du weißt selbst, wie schnell aus einer erfolgreichen Heilung ein Wunder wird.«

»Aus einer erfolgreichen ebenso wie aus einer mißglückten«, sagte Pilatus schmunzelnd. »In Rom gab es genügend Menschen, die bei allen Göttern schworen, Augustus in den Himmel auffahren gesehen zu haben.«

»Auf der anderen Seite«, fuhr Afranius fort, »ist für diese Leute ein Wunder absolut nichts Ungewöhnliches. Da sie die Grundzüge der Medizin nach Hippokrates nicht kennen und Krankheiten als göttliche Strafe ansehen, müssen sie, um geheilt zu werden, lediglich die Vergebung ihres Gottes erhalten, der diese Aufgabe delegieren kann, an wen immer er möchte. Die Juden haben wunderbare erotische Gedichte verfaßt, in denen die Liebe deliziöser ist als Wein und der Name des Geliebten ein süßer Duft, Gedichte, die meiner Sappho in nichts nachstehen, doch haben sie noch niemals etwas von deinem Lucretius oder den Naturgesetzen gehört.«

Pilatus winkte ungeduldig ab: »Nun fang nicht wieder zu philosophieren an, Afranius, bleib bei den Fakten.«

Der Grieche schloß die Augen, legte die Fingerspitzen aneinander und schwieg einige Augenblicke, dann sagte er: »Beginnen wir mit den Wundern. Er hat mehrere Blinde sehend gemacht, einen in Bethsaida und zwei in Jericho, und in Kapharnaum hat er ein paar Gelähmte geheilt, unter ihnen auch den Diener deines Zenturios. Einige Tote hat er zum Leben erweckt, er hat das Meer von Galiläa auf dem Wasser gehend überquert, und einmal hat er ein paar Brote und Fische derart vermehrt, daß einige tausend Menschen davon satt wurden, die gekommen waren, um ihn anzuhören. Dann natürlich die Besessenen, in Hülle und Fülle: ein Mädchen in Tyrus, ein Mann in Kapharnaum, weitere in Magdala, Bethsaida, Chorazin und Dalmanutha. Viele auch in Dekapolis, nur in Gerasa ist ihm ein Mißgeschick unterlaufen: nachdem er nämlich zwei Unglückselige von ihren Dämonen befreit hatte, gingen diese – die einen sagen die Dämonen, die anderen die Unglückseligen – hin und schlugen eine Herde von Schweinen in die Flucht, die ins Meer stürzten und allesamt umkamen. Da haben die braven Bürger von Gerasa ihn natürlich gebeten, ihr Dorf zu verlassen.«

»Beeindruckend«, sagte Pilatus gleichgültig.

»Wohl wahr«, stimmte der andere ihm zu. »Auf der Ebene der Lehre läuft es noch besser. Er erzählt Geschichten von Arbeitern, die mehr als die anderen arbeiten, aber gleich bezahlt werden und sich nicht darüber beklagen dürfen, was unseren Sadduzäer-Freunden große Freude macht. Er rät den Dienern, für ihre Herrschaft zu arbeiten, soviel sie können, denn was zählt, sei die Freiheit der Seele und nicht des Leibes, und das wiederum macht uns große Freude. Er versichert, daß unsere Körper eines Tages auferstehen und Gott dann über alle richten wird, für immer, und das macht allen übrigen große Freude. Ich würde nicht behaupten wollen, daß seine Geschichten immer ganz klar sind, doch offensichtlich wiegt seine persönliche Ausstrahlung eine gewisse Undeutlichkeit vollkommen auf, und die Zahl seiner Jünger wird ständig größer. Vertreten sind übrigens alle Klassen, ja sogar alle Geschlechter: Auch die Frauen lassen sich von dieser, wie sie es nennen, frohen Botschaft gefangennehmen und folgen ihm in großer Zahl.«

Nun war der Präfekt doch beeindruckt: »Wie denn das! Wo sie doch selbst in ihren Synagogen getrennt von den Männern stehen?«

»Das ist wahr«, sagte Afranius, »doch in Galiläa sind die Bräuche weniger streng als in Jerusalem, oder weniger scheinheilig, ganz wie du willst. Jedenfalls befinden sich bei der Gruppe, die mittlerweile weit über hundert Menschen zählt, auch viele Frauen, und einige von ihnen gehören zum engsten Kreis um Jesus. Seine Mutter Maria zum Beispiel, dann eine andere Maria, Schwester seiner Mutter, außerdem die Mutter von zweien der Zwölf, die Jesus seine Gesandten nennt, mit Namen Salome, dann eine Susanna und eine gewisse Maria aus Magdala, der er, wie man sich erzählt, nicht weniger als sieben Dämonen ausgetrieben hat. Und ich sage dir noch etwas, Hegemon, es sind nicht nur Frauen aus dem Volk: Johanna zum Beispiel ist die Frau des Chusa, eines Beamten des Herodes, und einige von ihnen sind reich und unterstützen die Gruppe, die ja bei aller Enthaltsamkeit auch von etwas leben muß, mit ihrem Geld.«

Afranius schwieg nun, doch der Präfekt schien es nicht zu bemerken, und sie verharrten einige Minuten, ohne ein Wort zu sagen, bis eine Böe salziger Luft den machtvollen Atem des Himmels und des Meeres zu ihnen hereintrug.

»Alles hängt von Gott ab«, sagte da der Präfekt gedankenversunken. »Aber das ist doch im großen und ganzen bei uns genauso, nicht wahr? Worin also liegt der Unterschied zwischen ihrem Gott und den unseren?«

»Der Unterschied, Hegemon«, sagte Afranius, »liegt darin, daß sie an den ihren glauben.«

Kapitel 14

Obwohl der Mann groß war und der Esel klein, erfüllte letzterer würdevoll seine Aufgabe und trug Aduncus in nur sechs Tagen und ohne zu bocken die vierhundert Stadien von Caesarea bis zum nördlichen Ufer des Meeres von Galiläa.

Eigentlich hätten sie viel früher ihr Ziel erreichen können, doch der Polizist ließ sich Zeit, um möglichst viel von Land und Leuten zu sehen und zu erfahren und um sich seine alten Knochen nicht auf dem Rücken eines Esels zu ruinieren. Auch das Klima machte ihm zu schaffen: Es war heißer, als er es von der Jahreszeit erwartet hätte, hin und wieder jedoch fiel ein kurzer Regen, und die Nächte waren kühl. Der erste Teil der Strecke hatte sich angenehm gestaltet, zwischen den grünen, mit Rebstöcken und Olivenbäumen bepflanzten Hügeln hindurch, abgelöst von kurzen Höhenzügen, die zur Rechten Megiddo erblicken ließen und zur Linken den Berg Karmel. Doch dann, nachdem er die Jizreel-Ebene durchquert hatte, erklomm der Weg immer größere Höhen, und Aduncus, der unerfahren und manchmal schlecht beraten war, fand sich mehr als einmal auf der Spitze irgendeines kahlen Berges wieder, den er hätte umgehen können.

Zum Glück stieß er auf der Anhöhe, die er gerade erstiegen hatte, auf eine kleine Taverne inmitten von Feigenkakteen und beschattet von einer Weinranke, die der Besitzer dem steinigen Boden abgetrotzt hatte, und dort ließ Aduncus sich genußvoll an die Lehne einer Bank zurücksinken.

Er nippte an dem Wein, der ihm aus einer ungewöhnlich gestalteten, rundlichen Amphore eingeschenkt worden war, die er neugierig untersuchte. Oben hatte sie anstelle des Mundes einen Griff nebst zwei kleinen Wölbungen, durch welche sich die Flüssigkeit ausgießen ließ und gleichzeitig Luft ein- und austrat, um den Inhalt länger frisch zu halten. Plötzlich entsann er sich, daß er in seiner Kindheit ähnliche Gegenstände gekannt hatte, und er fühlte sich an die drückenden Sommernachmittage in Cordoba erinnert: an das frische Wasser, das aus dem Terracotta-Gefäß plätscherte, in einem klaren Strahl, von dem er durstig trank oder den er sich unter dem Gelächter seiner Freunde über das Gesicht strömen ließ. Jenes Haus, das Haus seiner Kindheit, schien ihm die einzig mögliche Heimat zu sein, und seufzend fragte er sich, was zum Dämon er hier in Palästina zu suchen hatte.

Der Wirt war ein schweigsamer Mann, der sich sofort, nachdem er den Gast bedient hatte, wieder auf den Boden hockte, den Rücken an den Stamm des Rebstocks gelehnt, den Blick fest auf den abgeflachten Gipfel des Berges Tabor geheftet. Doch als Aduncus eine Frage an ihn richtete, antwortete er sehr zuvorkommend: Nein, das Meer von Galiläa sei nicht mehr weit, etwa hundert Stadien noch und nur wenige Hügel dazwischen; nein, Aduncus würde nicht im Norden, sondern im Süden des Sees herauskommen, etwas unterhalb von Tiberias; ja, natürlich könne er die Stadt auch umgehen, dann müsse er die Via Maris etwas weiter nördlich nehmen, kurz vor Magdala. Und schließlich: Jesus der Nazaräer? Von dem habe er wohl schon gehört, wahrscheinlich von irgendeinem Wanderer, doch er lebe so zurückgezogen hier oben auf seinem

Berg, daß er wenig von den Geschehnissen im Land wisse. Und er hob entschuldigend die Schultern, während er sich fragte, was wohl ein Heide von einem Nazaräer wollte.

Sobald er wieder bei Atem war, setzte Aduncus seine Reise fort und ließ die langen Beine zu beiden Seiten des kleinen Esels herabbaumeln. Er war gut ausgerüstet: Auf dem Markt im Hafen von Caesarea hatte er die Schmuckstücke verkauft und dafür robuste Sandalen erstanden, hatte seinen viel zu feinen Wollmantel durch einen Umhang aus grobem Wollstoff ersetzt, der ihn vor der Hitze des Tages und der Kälte der Nacht schützen würde, er hatte sich mit einer Kordel ein Stück Stoff um den Kopf gebunden und einen langen Wanderstab gekauft. Um nicht aufzufallen, hatte er seinen Lederbeutel gegen einen aus Tuch getauscht und darin einige Vorräte verstaut. Nachdem er noch ein paar Informationen eingeholt und dabei recht erfolgreich seine Kenntnisse des Aramäischen auf die Probe gestellt hatte, war er so schnell wie möglich aus Caesarea verschwunden.

Der alte Polizist hoffte, daß es ihm gelungen war, die Zweifel des Zenturios zu zerstreuen, Sorgen bereitete ihm jedoch der junge Kerl mit den blonden Haaren, der ganz offensichtlich ein Spitzel war. Ihm war bewußt, welches Risiko er einging, denn dadurch, daß seine Mission streng geheim war, war er dem Urteil des Pontius Pilatus schutzlos ausgeliefert: Wenn dieser entdeckte, daß ein Spion des Tiberius über ihn wachte, würde er keinen Moment zögern, die Anonymität des Aduncus für sich auszunutzen und ihn umzubringen. Ach was? würde der Präfekt dann erstaunt tun, das war ein ehemaliger Praefectus urbi? Der alte Aduncus? Und was zum Dämon suchte er dann hier in Galiläa, ohne jemandem ein Wort zu sagen? Da mußte er ja das Mißtrauen der Polizei auf sich ziehen, Pech für ihn, wenn er sich nicht zu erkennen gibt.

Natürlich waren Aduncus und Pilatus sich mehr als einmal in Rom begegnet, und sie hatten sich nicht besonders gemocht: Während ersterer kraft seines Amtes dafür zu sorgen hatte, daß die Gesetze eingehalten wurden, war letzterer als Schützling des Intriganten Seianus stets bereit, unter dem Schild der Immunität jegliche Norm zu brechen. Wenige Monate nach seiner Ankunft in Judäa war in Rom ein Protestschreiben seiner Verwaltungsbeamten eingegangen, das Seianus in der Flut der Korrespondenz mit den Provinzen hatte verschwinden lassen, von dem aber eine Abschrift im Archiv des Tiberius gelandet war, an die Aduncus sich noch genau erinnerte: »Korruption, Übergriffe, Diebstahl, Mißhandlungen, Beleidigungen, systematische Hinrichtungen ohne Prozesse und endlose, unerträgliche Grausamkeiten.«

Auf dem Schiff hatte Aduncus gegen Ende der Überfahrt einige Worte mit einer Gruppe von Juden gewechselt, die aber ganz offensichtlich zu vorsichtig waren, um einem fremden Römer zu erzählen, was sie von dem Präfekten hielten, der ihr Land regierte. Doch der griechische Kaufmann, der ihn im Aramäischen unterrichtet hatte und nichts mehr zu fürchten schien als das Schweigen, hatte in seiner gewohnt zynischen Art erklärt: »Die Sadduzäer stellen sich immer hinter die Machthabenden, in deren Schatten sie ihre Geschäfte zur Blüte bringen; natürlich gilt das nicht für alle. Weißt du, wie die jüdischen Schriftgelehrten deinen Landsmann nennen?«

Aduncus wußte es nicht.

»Sie nennen ihn Amon!« hatte der andere lachend ausgerufen und, als er sah, daß Aduncus die Anspielung nicht begriff, hinzugefügt: »Aber ja, wie der antike jüdische König, der die Götzen anbetete. Und ich weise dich darauf hin, Römer, daß König Amon durch eine Verschwörung ums Leben kam.«

In Erinnerung an diese Erzählung hob der Alte gleichgültig die Schultern: Es interessierte ihn wahrlich wenig, welchem Ende Pilatus entgegenging, viel mehr würde es ihn stören, wenn Pilatus ihm selbst dieses Ende bereitete. Nun gab er seinem Esel sanft die Sporen, damit er sich über die Höhen kämpfte, von denen der Wirt gesagt hatte, es seien die letzten vor dem Meer von Galiläa.

Dieses Mal war er richtig informiert. Nach ein paar Stunden erblickte er von der Höhe eines kahlen Hügels vor sich das fruchtbare Tal, das sich bis zum See erstreckte. Selbst aus dieser Entfernung erkannte er die Klarheit des Wassers, und als er es endlich erreicht hatte, streckte er wohlig die schmerzenden Glieder auf den Kieseln und Muscheln des Ufers aus. Kleine Wellen leckten an seinen Füßen, die er von dem Schuhwerk befreit hatte, der Nachmittagshimmel über ihm erstrahlte tiefblau, kaum verdeckt von einigen Palmwedeln, und wenn er den Blick nach rechts oder links wandte, sah er Gras und bunte Blütenkissen. Etwas in ihm ließ ihn erzittern, vielleicht war es die Müdigkeit. Der Alte ertappte sich dabei, wie er ›Frieden‹ dachte. Vielleicht, so dachte er, hat dieser Mann ja tatsächlich recht.

Doch die Pflicht rief ihn, die forderndste der menschlichen Gewohnheiten. Aduncus stand auf, zog die Sandalen wieder an und marschierte los, den Esel neben sich her führend. Noch bevor es Nacht wurde, wollte er den Nazaräer ausfindig machen und sich eine Unterkunft in irgendeiner Herberge suchen. Am nächsten Morgen würde er das Maultier verkaufen, da es wenig Sinn hatte, sich mit einem so auffälligen Reittier einer Gemeinschaft anzuschließen, die zu Fuß unterwegs war.

Er kam wieder auf die Straße und fand sich zwischen einer

Gruppe von rund zehn Männern und einem Paar wieder, um das drei Kinder herumsprangen, während weiter vorne und weiter hinten eine, wie er fand, ungewöhnlich große Zahl von Leuten zu sehen war. In der Ferne erkannte er die weißen Umrisse der Bauten von Tiberias, und er sandte einen mißgünstigen Gedanken an den Mann, nach dem diese Stadt benannt war. Er wiederholte ihn, als er merkte, daß es weit schwieriger sein würde, als erwartet, in der großen Stadt eine Unterkunft zu finden. Denn, so erklärte ihm ein jüdischer Gastwirt, der fließend griechisch sprach, dieser Tage kamen sehr viele Menschen aus dem Süden herauf.

»Sie kommen aus Jizreel, aus Sepphoris, aus Kana«, sagte der Mann mit der Begeisterung des Kaufmanns, »aus Skythopolis und sogar aus Sichem. Und ich sage dir noch etwas: Ich bin mir ganz sicher, daß ich zwischen den Leuten auch Samaritaner gesehen habe, und Judäer und sogar einige Idumäer. Gläubige und Heiden, alles durcheinander, kannst du dir das vorstellen? Noch nicht einmal Johannes der Täufer hat so viele Leute angelockt, so viele Leute ...«

Hier schwieg der Wirt, beeindruckt von seinen eigenen Worten. »Ja, ja«, sagte er gedankenverloren, »nicht einmal der Täufer.«

»Was meinst du damit?« hakte Aduncus nach.

Doch der Mann hatte auf einmal jeden Überschwang abgelegt und schaute den Fremden mißtrauisch an, der sich als Spanier vorgestellt hatte, aber doch immer noch ein Bewohner des Imperiums war, also ein Römer. Was der wohl hier suchte?

»Tut mir leid«, sagte er, »ich habe kein Bett mehr frei.«

Doch Aduncus war schon alle Gasthäuser abgegangen und verspürte nicht die mindeste Neigung, die Nacht im Freien neben seinem Esel zu verbringen. Deshalb hielt er den anderen mit einem Handgriff zurück, den dieser für so einen alten Mann als unerwartet kräftig empfand, und sagte: »Dann gibst du mir eben deins.«

»Du mußt verrückt sein«, entgegnete jener und versuchte, die Pranke auf seiner Schulter abzuschütteln.

»Ganz und gar nicht«, sagte Aduncus, »es ist alles nur eine Frage des Preises. Was kostet dein Bett für eine Nacht?«

Jener starrte ihn an, begriff, daß er es mit keinem Irren zu tun hatte und daß sich ihm gegen eine kleine Unbequemlichkeit ein gutes Geschäft bot. »Ich will den Esel«, sagte er, »deinen Esel gegen mein Bett.«

»Das scheint mir gerecht«, erwiderte Aduncus und reichte ihm die Zügel.

Der andere dachte plötzlich, daß er noch mehr hätte verlangen können, und sagte: »Und zwei Schekel.«

»Das Geschäft ist gemacht mit dem Esel«, sagte Aduncus, »zeige mir nun dein Zimmer.«

Der Gastwirt schüttelte den Kopf: »Nein, nein, nein, ich habe gesagt der Esel und zwei Schekel oder gar nichts.«

»So ist es, mein Freund«, sagte der alte Polizist lächelnd, »oder gar nichts. Du hast die Wahl.« Mit diesen Worten streckte er die linke Hand aus, um sie dem anderen freundschaftlich auf die Schulter zu legen, wobei er darauf achtete, den Arm weit genug zu heben, damit der darunter gesicherte Dolch zum Vorschein kam.

Der Wirt akzeptierte die Niederlage würdevoller, als Aduncus es ihm zugetraut hätte: Er zuckte mit den Schultern, lachte und rief einen Burschen, dem er die Bezahlung für das Bett anvertraute. »Komm«, sagte er dann und führte seinen Gast zu einem winzigen Zimmer, das fast vollständig von einer Liege ausgefüllt war, über die eine wenig einladende Decke gebreitet war.

Aduncus schob sie weg und setzte sich auf die erbärmliche Bettstatt. »Warum gönnst du dir nicht etwas Besseres?« fragte er. »Da hätte ich es ja fast noch bequemer, wenn ich draußen bei meinem warmen Esel schliefe.«

Doch entsprach dies nicht der Wahrheit. Natürlich würden heute viele Menschen im Freien nächtigen, und er hätte auch sicher bald Gesellschaft gefunden, um sich interessante Geschichten erzählen zu lassen, doch was draußen eine Hoffnung blieb, war in der Taverne Gewißheit: Im Tausch gegen die zwei Schekel, die er an dem Bett nicht hatte verdienen können, würde der Wirt gewiß seine Zurückhaltung ablegen und Aduncus die Anspielung erläutern, die dieser zu gerne verstehen würde: »Nicht einmal der Täufer …«

In der Herberge gab es einen kleinen Saal mit ein paar Tischen, weitere standen in der Einzäunung hinter dem Haus. Alle waren vollbesetzt. Die Gäste waren größtenteils Männer, doch einige von ihnen hatten Frau und Kinder dabei. Sie alle würden in den wenigen Räumen schlafen, über die das Gasthaus verfügte und in denen heute zusätzlich zu den jeweils vier bis fünf Betten noch einige Strohsäcke lagen. Jemand beschwerte sich über die Wucherpreise für eine so bescheidene Unterkunft, doch alle waren sich einig, daß es sich immer noch um die billigste Herberge in ganz Tiberias handelte, und sie hatten vor, das am Bett Gesparte ins Abendessen zu investieren. Eine bereits verheiratete Tochter des Hausherrn kam mit ihrem Kind herbei, um mit anzupacken, und zusammen mit dem Burschen trugen sie Brot und Käse zu den Tischen, getrocknete Feigen und Wein, während an einem Spieß über dem offenen Feuer prächtige Fische brieten.

Aduncus beherrschte das Aramäische keineswegs perfekt, doch zumindest dem Sinn nach konnte er alles verstehen, was um ihn herum gesprochen wurde. »Er ist bestimmt in Magdala«, versicherte jemand, »denn dort haben sich die Frauen versammelt, die mit ihm reisen.« – »Was für ein Unsinn«, widersprach ein anderer, »es ist doch bekannt, daß der Treffpunkt die Sieben Brücken sind.« Ein dritter rief: »Er ist in Safed, er ist in Safed, dreimal dürft ihr raten, warum«, und mit einem Lachen zeigte er auf seine volle Schale mit Wein aus jener Stadt. Ein vierter erklärte hingegen, daß, wer Gewißheit wolle, sich nach Baram begeben müsse: »Dort in der Synagoge liest und kommentiert er das Buch Daniel.«

Doch alle fielen einmütig mit großem Geschrei und Gelächter über einen Unglücklichen her, der es gewagt hatte, den Namen Gamala fallenzulassen: »Aber ja, natürlich«, verteidigte er sich, »dort ist er schließlich geboren, oder etwa nicht?« – »Das ist wahr, du Rindvieh«, antwortete ihm ein großer bärtiger Mann unter allgemeinem Gelächter, »doch wahr ist auch, daß die Bewohner seiner Heimatstadt die einzigen sind, die ihn nicht haben hören wollen. Oder sage mir, hast du auf deinem Weg vielleicht jemanden aus Gamala gesehen?«

Der andere bemühte sich erfolglos zu erklären, warum er das natürlich nicht getan hatte: Denn wohin sollten die aus Gamala schon gehen, wenn sich alle anderen in ihrer Stadt versammelten? Doch es war vergeblich, und am Ende zog sich der Unglückswurm mit versteinertem Gesicht in eine Ecke zurück.

Aduncus näherte sich ihm, entschlossen, sein Aramäisch nun endgültig auf die Probe zu stellen. »Sprecht ihr von Jesus aus Gamala?« fragte er.

»Von wem sonst?« entgegnete ihm der andere grob, wurde dann aber sofort freundlicher: »Natürlich von ihm, dem Messias.«

»Ich bin Spanier«, sagte Aduncus, »ich bin gekommen, um am Grab meines Sohnes zu beten, der nun schon viele Jahre tot ist, doch seit ich hier bin, höre ich andauernd von diesem Jesus reden. Man erzählt sich ja wahre Wunder über ihn, daß er Kranke heilt und böse Geister vertreibt. Stimmt das denn?«

»Ob das stimmt?« wiederholte jener in prahlerischem Ton. »Das ist bei weitem noch nicht alles: Er treibt Dämonen aus, heilt Kranke und erweckt Tote zum Leben.«

»Und er wird das Volk gegen die Römer führen«, mischte sich der große bärtige Mann, der alles mit angehört hatte, mit lauter Stimme ein, »und wird dem Gott Israels sein Reich zurückgeben.«

Vergeblich machte der Wirt händeringend Zeichen, sich diesem Heiden gegenüber zurückzuhalten: Alle schrien durcheinander, die einen gegen die Römer, die anderen wiederum gegen jene mit dem Vorwurf, überhaupt nichts begriffen zu haben, weil Jesus nicht den Krieg, sondern den Frieden verkünde und weil das Reich, dessen Ankunft er vorbereite, nicht von dieser Welt sei und weil vor Jahwe alle gleich seien, solange sie sich nur zum wahren Glauben bekehrten: sogar die Heiden, auch die Spanier, auch die Römer selbst. War etwa unter den treuesten Schülern Jesu nicht auch ein Zenturio, der die Garnison von Kapharnaum befehligte, wo er sogar eine Synagoge hatte errichten lassen?

Allmählich ließ das Geschrei nach, während die Sterne am Himmel aufgingen, und die Leute, zuerst die wenigen Frauen mit den Kindern auf dem Arm, dann die Männer, legten sich schlafen, die einen in den Räumen, die anderen unter dem freien Himmel im Garten neben dem Feuer, das bereits heruntergebrannt war. Aduncus ließ sich Zeit, seine Weinschale zu leeren, an der er sparsam genippt hatte, bis sich schließlich auch die Tochter des Wirts ins Haus zurückzog, an der Hand den halbeingeschlafenen Sohn, und der Bursche, der die Tische abgewischt und die Reste weggekehrt hatte, sich den Schlafenden am Feuer zugesellte.

Nun war nur noch der Wirt anwesend, der gähnend die Glieder reckte und sich mit der Decke von der Matratze, die er Aduncus überlassen hatte, ein Lager bereitete. Der alte Polizist schlenderte langsam zu ihm hinüber, als sei auch er schrecklich müde, und wünschte ihm eine gute Nacht; doch anstatt sich abzuwenden, fragte er dann: »Nebenbei bemerkt, was wolltest du sagen, als du all die Menschen erwähntest, die niemals für Johannes den Täufer zusammengekommen wären?«

Der Gastwirt war schon so müde, daß er alle Vorsicht vergaß: »Ich meinte«, antwortete er gähnend, »daß dem Täufer weniger Leute gefolgt sind und er dennoch getötet wurde.« Er drehte sich auf die Seite und war schon eingeschlafen.

Das Bett war schrecklich unbequem, doch Aduncus, in seinen Mantel gewickelt, schlief trotzdem tief und fest und hätte noch um einiges länger geschlafen, wäre er nicht bei Morgengrauen von den Stimmen der Menschen geweckt worden, die sich im Aufbruch befanden. Er stand auf und sprang in den nur wenige Schritte entfernten See, um in dem klaren Wasser eine Runde zu schwimmen. Erfrischt kleidete er sich an und machte sich auf den Weg, einen Bissen Brot und Käse in der einen Hand, seinen langen Wanderstab in der anderen.

Auf der Straße waren schon viele Menschen unterwegs, und von Stunde zu Stunde wurden es mehr. Im Vorübergehen fragte Aduncus diesen und jenen nach dem Ziel der großen

Wanderung, doch niemand schien es genau zu kennen. Alle waren jedoch guter Dinge, und von Zeit zu Zeit füllte sich die Luft mit Gesängen, die ein einzelner anstimmte und Hunderte aufgriffen und beantworteten.

»Das sind Psalmen unseres Königs David«, erklärte ihm eine junge Frau, die Aduncus angesprochen hatte, und wandte sich dann sogleich wieder ihrem Chor zu.

Er wartete, bis der Gesang zu Ende war, und richtete erneut das Wort an sie: »Ich fürchte, ich verstehe die Sprache nicht, in der ihr singt. Ich vermute, es ist Hebräisch. Könntest du mir die Bedeutung der Worte übersetzen?«

»Es ist ein Psalm«, erklärte das Mädchen freundlich, »der die Güte Gottes preist, mit der er den Menschen über die übrige Schöpfung gestellt hat. Er lautet: ›Was ist der Mensch, daß du an ihn denkst, des Menschen Kind, daß du dich seiner annimmst? Du hast ihn nur wenig geringer gemacht als Gott, hast ihn mit Herrlichkeit und Ehre gekrönt. Du hast ihn als Herrscher eingesetzt über das Werk deiner Hände, hast ihm alles zu Füßen gelegt: all die Schafe, Ziegen und Rinder und auch die wilden Tiere, die Vögel des Himmels und die Fische im Meer, alles, was auf den Pfaden der Meere dahinzieht. Herr, unser Herrscher, wie gewaltig ist dein Name auf der ganzen Erde!‹«

Ohne die Stimme zu erheben, hatte die junge Frau den Psalm halb singend übersetzt, mit gefühlvoller Schlichtheit, und als sie geendet hatte, schenkte sie Aduncus ein Lächeln, das auf ihn eine ähnlich magische Wirkung ausübte wie die Psalmen auf sie. Er dankte ihr, und sie schloß sich eilig wieder ihrer Gruppe an, während der Polizist sich auf einem Stein am Straßenrand eine Rast gönnte.

Er saß noch nicht lange dort und beobachtete die Vorübergehenden – Juden zum größten Teil, doch auch Syrer, Araber und sogar ein paar Griechen –, als plötzlich ein immenses Zittern durch die bunte Menschenschlange ging, das sich sofort in einem Schrei Ausdruck verschaffte: »Er ist nicht fern, kurz hinter Magdala, noch vor Chorazin!«

Schneller als jeder Wanderer hatte sich die Nachricht verbreitet, ausgehend von jenen ganz vorn, die bei Jesus angekommen waren, und in wenigen Minuten hatte sie die Entfernung zurückgelegt, für die man zu Fuß Stunden benötigte.

Aduncus erhob sich und fädelte sich wieder in den Strom ein, der sich nun, angetrieben von dieser Ankündigung, schneller voranbewegte. Doch bald schon fiel man in den stetigen Rhythmus der Wanderer zurück, und der alte Polizist bat einen Mann um Aufklärung, der seine Frau an der Hand führte und den Sohn auf den Schultern trug.

»Es mögen noch rund sechzig Stadien sein, vielleicht etwas weniger«, sagte jener, »drei Stunden für den, der rasch geht«, und trotz des Gewichts auf seinen Schultern ließ er den Alten schnell hinter sich zurück.

Kein Grund zur Eile, dachte Aduncus, überhaupt kein Grund zur Eile. Letztlich befand er sich ja noch in Ferien, die letzten Stunden der Ferien, danach würde alles anfangen, obwohl er noch nicht einmal genau wußte, was, aber zum Spazierengehen würde dann keine Zeit mehr sein. Instinktiv wurde er langsamer, um diesen Zeitraum zwischen seiner Vergangenheit und seiner letzten Mission noch ein wenig zu verlängern, und er betrachtete die Palmen und Olivenbäume, den See jenseits der Bäume, die Fischerhütten zu seiner Rechten und die Bauernhäuser zu seiner Linken, und vor allem die Menschen, all diese Menschen, die sich ihres Ziels so sicher zu sein schienen.

Da fehlt doch etwas, dachte der alte Polizist. Die Soldaten fehlen. Bei so vielen Menschen, die am Treffpunkt zu einer wahren Masse anschwellen werden, muß doch irgendein Wachkommando zu sehen sein. Tiberias verfügt über eine große Garnison, und das Gebäude, das ich dort vor mir sehe, am Eingang zu jenem Ort, der Magdala sein dürfte, ist ganz sicher eine Kaserne, und dennoch kann ich nicht einen einzigen Legionär entdecken. Sie haben offensichtlich die Anweisung, nicht einzugreifen, ja sich nicht einmal blicken zu lassen. Eindeutig der Plan des Pilatus.

Die Voraussage des Mannes mit dem Kind auf den Schultern erwies sich als richtig, noch drei Stunden Fußweg, hätte die zunehmende Menge nicht den Schritt gehemmt. Die Herbstsonne stand schon hoch im Zenith und brannte gnadenlos herab, ohne daß sich jemand daran zu stören schien, als Aduncus sah, wie die Leute die Straße verließen und sich nach links einer Anhöhe zuwandten, an deren Fuß bereits Hunderte oder gar Tausende von Menschen lagerten, die aus allen Richtungen herbeigeströmt waren. Über allem lag die friedliche Atmosphäre aus Gesang und Freude, die ihm mittlerweile schon vertraut war, doch seine Augen begannen sofort, in dem beeindruckenden Schauspiel nach möglichen Anzeichen für Gefahr zu suchen.

Dann ging plötzlich eine Bewegung durch die Menge, aus unzähligen Kehlen stieg ein einstimmiger Schrei empor, und er sah, wie drei, vier Frauen und einige Männer den Hügel vor ihm erklommen, der bis auf ein paar Palmen kahl war. Die Menschen schrien ihnen Worte zu, die Aduncus nicht verstand. Hände streckten sich nach ihnen aus, um sie zu berühren, vor allem nach einem Mann von ungefähr vierzig Jahren, der sie lachend abwehrte, und alle riefen den Namen, den Aduncus mehrere Male bei sich wiederholte, bevor er ihn verstand: »Jesus! Jesus! Jesus!«

Auch seine Gefährten, die ihn abzuschirmen versuchten, schrien aus vollem Halse. Sie forderten die Menge auf zu schweigen, ihn durchzulassen, sich nicht an seinen Kleidern festzuklammern. Schließlich war die Gruppe auf dem Hügel angekommen, wo nur ein kleiner Abstand sie von den vorderen Reihen der Menge trennte. Dort setzten sich alle auf den Boden, außer Jesus, der immer noch lächelnd mit den Nächststehenden sprach. Hin und wieder zwängte sich ein Kind durch die Menge nach vorn und schlang die Arme um seine Beine, um dann wieder juchzend davonzurennen.

Nach und nach ließen sich alle Anwesenden auf der Erde nieder, und Aduncus, der es gewohnt war, auf einen Blick eine Menschenmenge zu schätzen, vermutete, daß es einige tausend sein mußten, vier-, vielleicht auch fünftausend. Sie besetzten den ganzen Hügel, bis hinunter in die Ebene, armlose Tuniken und leichte Mäntel, die weißen Flecken der Tücher auf den Köpfen der Männer, die farbigen auf denen der Frauen, dazwischen der eine oder andere schwarze Punkt von einem unbedeckten Haupt, die Unruhe der Kinderköpfe, die erwartungsvolle Stille, die allmählich eintrat. Jesus sah auf sie herab und lächelte.

Da spürte Aduncus die Gefahr. Mit der rechten Hand kontrollierte er, ob sein Dolch griffbereit in der Scheide steckte, gleichzeitig drehte er langsam den Kopf in alle Richtungen und suchte nach dem Auslöser für seine Unruhe. Er sah einen jungen Mann, der den Gesichtszügen und der Hautfarbe nach Jude hätte sein können, wenn ihn seine blonden Haare nicht verraten hätten, und er erkannte, daß auch jener ihn gesehen hatte; doch die Gefahr ging nicht von ihm aus, auch das spürte er. Er folgte dem Blick des anderen und blieb an einem Mann von kleiner Statur und griechischen Gesichtszügen hängen. Sie sahen sich an, und jeder von ihnen wußte, daß der andere ein Gegner war, doch im selben Moment wurde ihre Aufmerksamkeit von der angenehmen Stimme des Mannes auf dem Hügel abgelenkt, der in dem mittlerweile eingetretenen Schweigen zu sprechen begonnen hatte.

»Selig, ihr Armen, denn euch gehört das Himmelreich!«

Kapitel 15

»Selig, die hungern und dürsten nach Gerechtigkeit; denn sie werden satt werden.«

Vom Gipfel des Berges verkündete Jesus seine Botschaft, und als Antwort warf die Menge die Arme in die Höhe und stieß wilde Schreie aus. Das Schauspiel des Mannes mit den glatten, schulterlangen Haaren und den breiten Handwerkerhänden, die er den Anwesenden entgegenstreckte, hatte eine hypnotische Wirkung, die Aduncus einen Moment lang alle Gefahr vergessen ließ. Doch nur einen Moment lang: Ein schneller Blick zu der Stelle, wo der kleine Mann gestanden hatte – der ganz eindeutig den gleichen Beruf ausübte wie er, nur für einen anderen Herrn –, zeigte ihm, daß er verschwunden war. Mit ein paar raschen Schritten war er bei einem Baum und lehnte sich zur Deckung mit dem Rücken daran, die Hand fest um den Griff des Dolches geschlossen.

»Selig, die ihr jetzt weint; denn ihr werdet lachen«, ertönte wieder die Stimme Jesu.

Die Frage ist nur, wann, kommentierte Aduncus bei sich, als neben ihm eine ironische Stimme denselben Gedanken in Latein wiederholte, wie ein Echo: »Die Frage ist nur, wann.«

Das Gefühl der Gefahr ließ nach, doch die Hand blieb sicherheitshalber auf dem Dolch liegen. »Pilatus?« fragte der alte Polizist.

»Tiberius?« fragte der andere zurück.

»Selig, die keine Gewalt anwenden; denn sie werden das Land erben.«

Die ruhige Stimme Jesu erschütterte wieder das Volk, das mit Freudenschreien reagierte. Kaum hatten sie sich gelegt, erreichte sie eine neue Mahnung von der Spitze des Hügels herab: »Selig die Barmherzigen; denn sie werden Erbarmen finden. Selig, die ein reines Herz haben; denn sie werden Gott schauen. Selig, die Frieden stiften; denn sie werden Söhne Gottes genannt werden.«

»Soll er sie nennen, wie er will«, sagte die ironische Stimme, »solange er die Leute nur ruhigstellt. Darf ich deinen Namen erfahren?«

»Lucius Valerius.«

Der kleine Grieche warf einen schnellen Blick auf die Nase seines Gegenübers und konnte einen leisen Ausruf nicht unterdrücken: »Du bist doch nicht etwa Aduncus, der Polizeichef von Rom?«

»Im Ruhestand«, antwortete jener, »doch leider, wie du siehst, immer noch im Dienst.«

»Ich«, sagte der Grieche, »heiße Afranius, du wirst mich kaum kennen. Wir leben hier in der Provinz, verdammt zur Anonymität.«

Beim Klang dieser etwas wehleidigen Stimme, die ihr unverdient trübes Schicksal beklagte, nahm Aduncus die Hand vom Dolch: Sein Gegner schien, zumindest für den Augenblick, nicht gefährlich zu sein. Vielleicht würden sie sogar zusammenarbeiten können.

Die Hosannas der Menge verebbten, und sofort klang Jesu Stimme wieder durch die Stille. »Selig, die um der Gerechtigkeit willen verfolgt werden; denn ihnen gehört das Himmelreich. Selig seid ihr, wenn ihr um meinetwillen beschimpft und verfolgt und auf alle mögliche Weise verleumdet werdet. Freut euch und jubelt: Euer Lohn im Himmel wird groß sein.«

»Hast du damit etwas zu tun?« fragte Aduncus.

»Aber nein, das hat er sich alles ganz allein ausgedacht. Was hältst du davon?«

Der andere zuckte mit den Schultern: »Ich kann es kaum glauben.«

»Aber weh euch, die ihr reich seid.«

Auf diesen Ruf Jesu stieß die Menge ein fürchterliches Gebrüll aus, und der alte Polizist verzog das Gesicht zu einer Grimasse. »Es wäre auch zu schön gewesen ...«

»Warte nur ab«, riet ihm Afranius lächelnd. »Es geht noch weiter.«

»Weh euch, die ihr reich seid; denn ihr habt keinen Trost mehr zu erwarten. Weh euch, die ihr jetzt satt seid; denn ihr werdet hungern. Weh euch, die ihr jetzt lacht; denn ihr werdet klagen und weinen.«

»Wenn ich die Situation richtig einschätze«, sagte Aduncus, »richtet sich das also wohl gegen die Sadduzäer.«

»Die wie alle Reichen lieber das Leben in dieser Welt genießen, als sich um jenes in einer anderen zu kümmern. Genau so ist es.«

Die Menschen waren mittlerweile aufgesprungen und schrien mit hochroten Gesichtern, die Männer hatten die Hände zu Fäusten geballt, die Frauen hielten die Handflächen geöffnet. Dazwischen hörte man die hellen, spitzen Schreie der Kinder, die verwirrt und mit weit aufgerissenen Augen zusahen, während manche der kleineren erschrocken weinten und sich an die Beine der Eltern klammerten. Auch die Gruppe auf dem Hügel war nun aufgestanden, und Aduncus zählte genau zwölf Männer und vier Frauen.

»Wissen wir, wer sie sind?« fragte er, und der verwendete

Plural schmeichelte dem anderen: Sie waren Kollegen, sie arbeiteten zusammen.

»Alle«, entgegnete er zufrieden, »wir kennen sie alle.«

Der Ältere wandte sich um und sah ihn an. »Und einer von ihnen ...?«

Afranius nickte zustimmend mit einem stolzen Lächeln, und er wollte gerade den Namen nennen, als sich das Getöse der Menge in ein allgemeines Luftholen auflöste und Jesus erneut die Stimme erhob.

»Ihr habt gehört, daß gesagt worden ist: Auge um Auge und Zahn um Zahn. Ich aber sage euch: Leistet dem, der euch etwas Böses antut, keinen Widerstand, sondern wenn dich einer auf die rechte Wange schlägt, dann halt ihm auch die andere hin. Und wenn dich einer vor Gericht bringen will, um dir das Hemd wegzunehmen, dann laß ihm auch den Mantel. Und wenn dich einer zwingen will, eine Meile mit ihm zu gehen, dann geh zwei mit ihm.«

Da erhob sich ein unsicheres Gemurmel, denn die Vorschrift, daß jeder beliebige Römer von einem Juden verlangen konnte, ihm das Gepäck eine Meile weit zu tragen, war eines der demütigendsten Statuten der Besatzer. Doch die Stimme des Predigers setzte sich erneut durch:

»Ihr habt gehört, daß gesagt worden ist: Du sollst deinen Nächsten lieben und deinen Feind hassen. Ich aber sage euch: Liebt eure Feinde und betet für die, die euch verfolgen, damit ihr Söhne eures Vaters im Himmel werdet; denn er läßt seine Sonne aufgehen über Bösen und Guten, und er läßt regnen über Gerechte und Ungerechte.«

Endlich, nach einer Weile, deren Dauer Aduncus nicht abzuschätzen vermochte, zerstreute sich die Menge langsam. Die beiden Spitzel blieben stehen und sahen die Tausenden von Menschen vorbeiziehen, auf deren Gesichtern immer noch ein friedliches und glückseliges Lächeln lag. Dann, ohne daß sie sich hätten absprechen müssen, schlossen sie sich der Gruppe an, die Jesus folgte und zu der schon andere Heiden zählten, so daß sie nicht weiter auffallen würden.

Mitgerissen von dem Strom von Menschen, die in den Norden des Landes oder in ihre Dörfer am anderen Ufer des Meeres von Galiläa zurückkehrten, begaben sie sich nach Kapharnaum. Aduncus und Afranius hielten sich ganz bewußt am Ende des Zuges, doch selbst dort hörten sie die begeisterten Kommentare, die die Jünger Jesu zu diesem denkwürdigen Tag äußerten. Hin und wieder wurden auch sie selbst in die Unterhaltung mit hineingezogen, und der Spanier konnte das perfekte Aramäisch seines neuen Kollegen bewundern. Doch als es Abend wurde und die Müdigkeit sich allenthalben bemerkbar machte, wurden die Stimmen der Wanderer nach und nach leiser und verstummten schließlich ganz: Jeder dachte über das Gehörte nach, zog seine eigenen Schlüsse daraus und faßte gute Vorsätze.

Die beiden Polizisten nutzten die Gelegenheit, um sich näher kennenzulernen und die Lage zu analysieren. Aduncus dankte dem Afranius für die Achtung, die er ihm entgegenbrachte, und er zögerte auch nicht zu sagen: »Es stimmt, ich bekleidete in Rom ein wichtiges Amt, und meine Erfahrung reicht sehr weit zurück, doch hier in Judäa bist du der Experte. Deine Hilfe ist mir daher überaus willkommen, und ich glaube, daß es sowohl für Tiberius als auch für Pilatus am besten wäre, wenn wir zusammenarbeiteten.«

Der kleine Grieche dachte eine Weile nach und sagte dann: »Ich fürchte, es gibt da ein Problem.«

»Seianus?«

»Genau der.«

Aduncus zuckte die Schultern. »Nicht in diesem Fall. Pilatus wird ihm keine Mitteilung davon machen.«

»Wie kannst du dir sicher sein?« fragte Afranius verwundert. »Kennst du den Präfekten so gut?«

»Auf die eine oder andere Weise«, erklärte Aduncus, »erhält Tiberius auf Capri eine Abschrift aller Rapporte, die in Rom ankommen. Wenn Pilatus dem Seianus von meiner Anwesenheit hier berichten würde, die offiziell geheim ist, müßte Tiberius denken, daß der Präfekt von Judäa gegen den Kaiser handelt.«

»Aber Pilatus könnte direkt an Tiberius schreiben.«

»Dann würde der Kaiser denken, daß er dies getan hat, damit die Nachricht Seianus erreicht, der seinerseits eine Abschrift von allem erhält.«

»Und wenn Seianus ...«, begann der kleine Grieche, ohne den Satz zu Ende zu führen.

»Dann«, sagte Aduncus, der sofort begriffen hatte, »würde der Präfekt von Judäa beim neuen Kaiser in Ungnade fallen, weil er ihn nicht informiert hat. Und zu recht, wage ich hinzuzufügen, wenn man bedenkt, wieviel er ihm verdankt. Doch das wird nicht passieren, Afranius: Der Prätorianerpräfekt wird niemals Kaiser werden.«

»Woher willst du das wissen?«

Wieder zuckte Aduncus gleichgültig die Schultern. »Es ist ihm noch nicht einmal gelungen, mich umzubringen«, sagte er, »obwohl er es verschiedene Male versucht hat.«

In Kapharnaum war die Gruppe auf die Jünger Jesu zusammengeschrumpft, deren größter Teil im Freien schlief, weil sie inzwischen so zahlreich waren, daß sie nicht alle in den Häusern des Ortes Platz fanden. Afranius nahm Aduncus am

Ellbogen und führte ihn zu einem Innenhof, der, wie er sagte, dem Levi Matthäus gehörte. »Er ist einer der zwölf«, erklärte er, »die Jesus zu seinen Gesandten erwählt hat. Apostel, würden wir Griechen dazu sagen.«

Auch in jenem Hof bereiteten sich einige Jünger ihr Nachtlager, und Aduncus wunderte sich nicht, als einer von ihnen, mit dunkler Hautfarbe und hellen Haaren, zu ihnen kam und einige Worte mit Afranius wechselte, die er nicht verstand. Dann ging er sofort wieder, und der Grieche erklärte dem Spanier: »Wir haben hebräisch gesprochen, aus Vorsicht. So merkwürdig das klingen mag, verstehen doch die wenigsten Juden diese Sprache.«

»Hast du noch mehr Leute hier?«

»Noch ein paar«, gab Afranius zu, »aber ich werde ihre Zahl erhöhen. Sie müssen alles beobachten, was vor sich geht, mit unserem Apostel in Verbindung bleiben und darüber wachen, daß es den Zeloten nicht plötzlich in den Sinn kommt, der Verbreitung dieser Friedensbotschaft mit einem gezielten Dolchstoß ein Ende zu bereiten.«

»Sie sind unsere ärgsten Feinde, nicht wahr?«

»Nicht nur unsere, sondern auch die Feinde eines jeden Juden, der anders denkt als sie. Nach ihren vorangegangen, erfolglos gebliebenen Aufständen haben sie nun die Kampftechnik geändert und töten ihre Feinde einen nach dem anderen. Sie warten auf eine günstige Gelegenheit, sich dem Opfer inmitten einer Menschenmenge zu nähern, dann versenken sie ein Messer in seinem Rücken und verschwinden, noch bevor die Umstehenden etwas bemerkt haben. Deshalb nennen wir sie Sikarier, die Dolchmänner. Und einer der zwölf Apostel, ein gewisser Judas, der aus Karioth stammt, einem Ort nördlich von Hebron, ist selbst Zelot.«

Die zwei Männer entfernten sich vom Haus des Levi Matthäus und spazierten durch die engen Gassen. Sie kamen zu einer weiteren Häusergruppe, die ebenfalls einen Hof umschloß, aus dem der vielstimmige Lärm einer lebhaften Unterhaltung von Männern und Frauen schallte.

»Dies«, sagte Afranius und wies mit dem Finger darauf, »ist das Haus des Joseph, eines der Brüder Jesu. Seine ganze Familie lebt hier, obwohl Jesus und zwei weitere Brüder, Jakobus und Simon, die meiste Zeit in Galiläa unterwegs sind, um ihre frohe Botschaft zu verkünden. Manchmal werden sie sogar von ihrer Mutter begleitet.«

»Warum läßt Jesus denn diesen Judas von Karioth überhaupt in seine Nähe?«

»Er kann nicht anders. Judas ist ein Mann des Menachem, des Oberhauptes der Zeloten, und hätte Jesus sich gegen seine Anwesenheit und damit gegen seine Kontrolle gewehrt, hätten sie ihn sofort beseitigt. Besser also, ihn mitzunehmen in der Hoffnung, ihn eventuell für die neue Sache zu gewinnen. Auf der anderen Seite darf man nicht vergessen, daß hier alle mit den Zeloten zu tun haben oder hatten, es gibt keine Familie, in der nicht mindestens einer sich zu ihnen zählt, und die Familie des Nazaräers macht da keine Ausnahme. Du weißt sicherlich, daß sein Vater und Judas von Gamala ...«

»Ja, das weiß ich«, unterbrach ihn Aduncus, »und ich habe den Eindruck, daß es nicht ganz einfach sein wird, unseren Mann vor diesen Rasenden zu schützen. Aber es wäre wirklich schade, wenn er ermordet würde.«

Afranius blieb stehen und hielt auch den anderen auf, um ihn rundheraus zu fragen: »Du glaubst also auch, daß die Idee des Kaiphas gut ist und funktionieren könnte?«

»Ob ich sie für gut halte? Sie ist phantastisch. Oder fällt dir etwas ein, das für einen Herrscher günstiger wäre als ein allseits bekannter und geachteter Mann, der das Volk dazu aufruft, stillzuhalten, Geduld zu üben, weil es für die erlittenen Übergriffe im Jenseits entschädigt wird? Oder getrost die Steuern zu zahlen, und seien sie noch so hoch, weil sich im Hades, oder wie das auf hebräisch heißen mag, die Armut in Reichtum verwandelt. Davon könnten wir ein paar in Rom gebrauchen und müßten noch mehr nach Spanien, Gallien und Germanien aussenden.«

Daran gewöhnt, keinen Lärm zu machen, stieß Afranius ein leises Lachen aus, das sich in der Nacht verlor.

Doch Aduncus war noch nicht fertig. »Und außerdem«, sagte er, »kann man ja sehen, daß der Plan funktioniert. Ich fürchte nur, daß es über die Zeloten hinaus noch andere Interessen gibt, die sich dieser Operation entgegenstellen werden. Aber wir, Afranius, werden unser Möglichstes tun, damit sie gelingt. Wo werden wir schlafen?«

»Im Freien, fürchte ich, wie die anderen. Wir können nur hoffen, daß es nicht regnet«, sagte der kleine Grieche mit einem Blick in den wolkenverhangenen Himmel. »Es sei denn ...« Er zeigte auf eine Einzäunung, in der unter einer Überdachung ein paar Kühe schliefen. Sie nahmen den Tieren etwas Stroh weg, breiteten ihre Mäntel über diese improvisierte Bettstatt und wickelten sich darin ein. Kurz darauf hörten sie, wie der Regen sanft auf das Holzdach trommelte, ohne daß Kühe oder Menschen dadurch gestört wurden. Er dauerte nur kurz, und als er aufhörte, waren die Polizisten noch wach.

»Was wird er jetzt tun?« fragte Aduncus.

»Er muß nach Jerusalem gehen«, erwiderte der kleine Grieche, »und das heißt, der Gefahr entgegen. Hier in Galiläa ist er unter seinesgleichen und damit relativ sicher, doch die Verkündigung seiner frohen Botschaft – seines Evangeliums, wie wir Griechen sagen würden – darf sich nicht auf diesen Teil Palästinas beschränken und vor allem nicht die Hauptstadt ausklammern. Für die Juden ist Jerusalem das Zentrum des spirituellen Lebens, und einer ihrer Psalmen besagt: ›Denn ein einziger Tag in den Vorhöfen deines Heiligtums ist besser als tausend andere. Lieber an der Schwelle stehen im Haus meines Gottes, als wohnen in den Zelten der Frevler.‹«

»Könnten wir nicht versuchen, ihn aufzuhalten, zumindest für eine Weile?«

»Für kurze Zeit bestimmt, aber dann wird er gehen müssen. Versteh doch, er kann nicht umhin, sich dem zu stellen, denn dann würde er nur das Vertrauen jener verlieren, die ihn heute lobpreisen, und damit wäre auch unser Plan zum Scheitern verurteilt. Doch in Jerusalem wird er auf die Gesetzeslehrer treffen, die besser gerüstet sind als alle, mit denen er es bisher zu tun hatte, und auf viele Sadduzäer, die weniger weitsichtig sind als Kaiphas und um ihre Privilegien fürchten, und auf Pharisäer, die seine Lehre für höchst unorthodox halten werden, ganz zu schweigen von den Zeloten, die sich der Menge bedienen werden, die er im Tempel versammelt, um ihre Dolchstöße zu verteilen. Kurz gesagt, das werden die schwierigsten Momente sein, für ihn genauso wie für uns.«

»Ich erinnere mich«, sagte Aduncus, »als ich vor fast dreißig Jahren durch Jerusalem kam, dauerte der Tempelbau bereits seit zwanzig Jahren an, und kein Ende war in Sicht, doch schon damals war es ein beeindruckendes Bauwerk, und mir wurde berichtet, daß es nun ein riesiges und wundervolles Gebäude geworden sei.«

»Er ist immer noch nicht fertiggestellt«, sagte Afranius, »doch er ist wahrhaft imposant, wie alles, was Herodes der

Große erbauen ließ. Andererseits«, fügte der kleine Grieche mit von Selbstironie gedämpftem Stolz hinzu, »darf man auch nicht vergessen, daß dieser nichtsnutzige Schurke einen ausgeprägt hellenistischen Geschmack besaß.«

Dann wurde er sofort wieder ernst. »Doch ich sage es noch einmal, Aduncus, es ist nicht nur ein Tempel, und sei er noch so großartig. Den Juden ist er auch das, was den Römern das Forum und das Tribunal sind oder uns Griechen die Schule. Dort verhandeln sie ihre Rechtsfälle und ihre religiösen Streitfragen, und er ist auch das Symbol dessen, was ihnen an Freiheit geblieben ist, denn Rom hat in seiner Großmütigkeit in Glaubensfragen erlassen, daß nur Juden ihn betreten dürfen.«

»Willst du damit sagen, daß du und ich nicht hineindürfen, auch nicht im Notfall?«

Afranius schüttelte den Kopf. »Wir können bis zu einem bestimmten Punkt gelangen«, antwortete er, »aber nicht darüber hinaus, und es kann auch kein Versehen geben, weil an diesem Punkt ein Marmorblock mit einer Inschrift in Griechisch und Latein steht, die den Heiden den Zutritt untersagt. Die Wachen sind jüdische Soldaten, deren Hauptmann über das Öffnen und Schließen der Türen bestimmt und jedem den Eintritt verweigern kann, auch einem Juden, der schmutzige Schuhe hat oder sonstwie für unrein gehalten wird.«

In der Dunkelheit hörte man Aduncus seufzen. »Ich werde dieses Land verlassen, ohne irgend etwas davon verstanden zu haben«, sagte er. Und nach einer kurzen Pause fügte er hinzu: »Wenn ich es überhaupt jemals verlassen werde.«

Afranius lachte. »Du mußt nur daran denken, niemals den Tempel von Jerusalem zu betreten. Jede Überschreitung wird mit dem Tod bestraft, und der Umstand, daß du ein civis romanus bist, würde dich in diesem Fall nicht davor bewahren.«

Kapitel 16

Es ging nun rasch auf den Winter zu, und die Tage am Meer von Galiläa waren sonnig, aber schon merklich kühler. Der erste Schein der Morgenröte erhellte den Himmel, als Jesus das Haus seines Bruders Joseph verließ und zu Andreas und Simon Petrus ging. Die Zuneigung, die er seit ihrer gemeinsamen Zeit bei den Essenern für den ersteren hegte, war so groß wie eh und je, doch in Simon, der einige Jahre älter war als er selbst, fand er die Unterstützung des Erfahreneren, die er schon häufig als nützlich empfunden hatte, wenn es darum ging, die Begeisterung der vielen jungen Anhänger zu bremsen.

Der Weg war nicht weit, doch hatte er ihn noch nicht einmal zur Hälfte zurückgelegt, als Judas an seiner Seite auftauchte. Jesus lachte. »Du bist mir treuer als mein eigener Schatten«, sagte er.

Der Mann aus Karioth stimmte in das Lachen ein und nickte: »Doch im Gegensatz zu deinem Schatten«, sagte er, »wirst du mich selbst in der dunkelsten Nacht nicht verlieren.«

Die zwei Männer gingen zusammen weiter und folgten dem Weg bis zum See hinab, nachdem sie von der Frau des Petrus gehört hatten, daß die beiden Brüder bereits unten am Wasser waren und die Boote zum Fischen bereitmachten. Sie trafen auf Philippus, Thomas, Simon den Zelot und einige andere

Jünger, die zum Teil in den Booten, zum Teil am Ufer oder im flachen Wasser standen, doch als sie Jesus sahen, ließen alle von ihren Netzen ab und gingen ihm entgegen.

Die Nachricht von dem Treffen verbreitete sich schnell, und bald schon stießen auch die anderen Generäle und Soldaten des kleinen Heers dazu. In nur wenigen Minuten hatten sich rund hundert Menschen um Jesus geschart, mit Levi Matthäus in der ersten Reihe, der wie immer einen Stilus in der Hand hielt und auf seiner Wachstafel Notizen machte.

»Ich glaube, die Zeit ist nun gekommen, da wir uns trennen müssen.«

Auf Jesu Worte hin herrschte einen Moment lang völlige Stille, dann brachen die Umstehenden in Protestgeschrei aus. Doch der Nazaräer lachte und hob beschwichtigend die Hand. »Beruhigt euch, ich wollte sagen, daß nun der Moment gekommen ist, da ihr euch auf die Probe stellen müßt. In den vergangenen Monaten habe ich euch mit Andreas' Hilfe all das beigebracht, was ich bei den Meistern der Essener gelernt habe: Krankheiten zu heilen und Dämonen auszutreiben, und ihr habt täglich meine Lehre hören können, wenn ich zu den Menschen sprach. Nun ist der Moment gekommen, all das anzuwenden, was ihr gelernt habt, und zu zeigen, daß jeder einzelne von euch dasselbe tun kann, was ihr mich in unserer gemeinsamen Zeit habt tun sehen.«

Als sie diese Worte hörten, wurden einige angesichts der neuen Herausforderung von Furcht ergriffen, doch die meisten waren begeistert von dem Vorschlag. Freudenrufe und Fragen nach genaueren Anweisungen wurden laut: »Wohin sollen wir uns wenden? Soll jeder für sich allein losziehen? Oder gehen wir in kleinen Gruppen?«

»Ihr werdet jeweils zu zweit gehen«, sagte Jesus, »und ihr

werdet alle Städte in Galiläa, in Samaria und in Peräa aufsuchen. Heilt die Kranken, macht die Aussätzigen rein und treibt den Besessenen die Dämonen aus, doch verlangt keinen Lohn dafür und tragt auch kein Geld bei euch, kein Brot und kein zweites Hemd, sondern lediglich einen Wanderstab, auf den ihr euch stützen könnt, und ein Paar robuste Sandalen. Wo ihr auch eintretet, sagt auf der Schwelle: Friede diesem Haus! Aber wenn eine Stadt euch nicht aufnehmen will, schüttelt ihren Staub von euren Füßen und sagt der Bevölkerung, daß das Reich Gottes nahe ist und daß es ihrer Stadt an jenem Tag vielleicht schlimmer ergehen wird als Sodom. Das sollt ihr auf eurer Reise verkünden: daß das Reich Gottes nahe ist und daß sie umkehren mögen, um Einlaß zu finden.«

Freudig und voller Tatendrang begannen die Apostel und Jünger, sich zu zweit zusammenzutun und die Routen festzulegen, doch die klare und durchdringende Stimme Jesu hielt sie zurück: »Wartet«, rief er, »hört mir zuerst noch weiter zu!« Als wieder Ruhe eingekehrt war, sagte er: »Eure Begeisterung freut mich, doch ich will nicht, daß ihr mit leichtem Herz und leerem Kopf aufbrecht, ohne euch der Gefahren bewußt zu sein, denen ihr entgegengeht. Ihr dürft nicht glauben, daß schon alles erreicht ist, daß schon alle für unsere Idee gewonnen sind. In Wirklichkeit wagt ihr euch wie Schafe mitten unter Wölfe, und ihr müßt klug sein wie die Schlangen und arglos wie die Tauben, und ihr dürft euch nicht der Anklage aussetzen, andere Ziele zu verfolgen als die erklärten. Denkt daran: Eure ärgsten Feinde werden keineswegs die Heiden sein, die nicht glauben, oder die Samaritaner, die nur zur Hälfte glauben, sondern die Juden selbst, die den wahren Geist des Gesetzes vergessen haben, die verlorenen Schafe des Hauses Israel.«

Mit größerer Ruhe und Besonnenheit begannen sie nun, sich aufzuteilen. Rund zehn von ihnen, die Jesus noch nicht für erfahren genug in der Kunst des Heilens hielt, behielt er bei sich, zweiundsiebzig schickte er los. Außerdem blieben zwei der Apostel bei ihm.

»Mir scheint, daß dein Schatten dich nicht verlassen wird«, sagte Judas und zeigte mit dem Finger auf die Umrisse, die die Sonne hinter Jesu Rücken warf, »so daß auch ich es nicht fertigbringe.« Und Levi Matthäus murmelte mit Hinweis auf seine Tafel etwas darüber, daß kein einziges Wort des Nazaräers verlorengehen dürfe. Doch gab er mit Jesu Zustimmung einem der Jünger, die im Hof seines Hauses schliefen, den Rat, den schwierigen Versuch zu wagen und sich bis nach Caesarea Maritima durchzuschlagen, da dort die Juden durch die unmittelbare Nähe der römischen Besatzer stärker der Versuchung ausgesetzt waren, den rechten Weg zu verlassen.

Zur Mitte des Monats Kislew, als der Himmel über Galiläa schon fast jede Nacht Regenschauer brachte, fanden sie sich wieder ein. Mit ihren Heilölen und Aufgüssen hatten sie viele Kranke geheilt, mit ihren Händen die Krämpfe vieler Epileptiker gelöst, und mit ihren Austreibungen Dutzende Besessener von den Dämonenhorden befreit, die sie gefangenhielten.

In jenen Tagen der Rückkehr hallte ganz Kapharnaum von den wunderbaren Geschichten der erzielten Erfolge wider, von denen die Heimkehrenden, die eine solch außerordentliche Ernte selbst kaum fassen konnten, berichteten. Jesus hörte ihnen lächelnd zu, und Levi Matthäus machte lächelnd seine Aufzeichnungen, doch sein Stilus rutschte ihm vor Schreck aus der Hand, als Judas von Karioth, ebenfalls lächelnd, sagte: »Was spricht jetzt noch dagegen, nach Jerusalem zu gehen?«

Ein Zittern erfüllte die Luft, wurde stärker und entlud sich in einem Schrei: »Nach Jerusalem! Nach Jerusalem!«

Es waren die jungen unter ihnen, die dies riefen, entflammt von der Gewißheit, die Bekehrungen und den Ruhm zu mehren, doch mit ihnen waren auch viele der Apostel und die Brüder Jesu. Letzterer jedoch schien weniger enthusiastisch als die anderen, und er betrachtete nachdenklich sein Heer, das es kaum erwarten konnte, in die Schlacht zu ziehen. Neben ihm standen, nicht minder nachdenklich und besorgt, Petrus und Levi Matthäus.

Wie immer, wenn sie sich am Ufer des Sees trafen, saßen sie an einer weiträumigen Stelle im Schatten der Palmen, der bis zu den von den Wellen umspielten Kieseln reichte. Die Wintersonne glitzerte in den Tropfen, die ein kurzer Regen an den Wedeln hinterlassen hatte. Die ganze Natur erstrahlte, und alles war so friedlich, daß die Schreie der Männer, die für Jerusalem stimmten, wie eine Ruhestörung wirkten.

Jesus seufzte und sagte: »Wenn einer von euch einen Turm bauen will, setzt er sich dann nicht zuerst hin und rechnet, ob seine Mittel für das ganze Vorhaben ausreichen? Denn wenn ihr das Fundament gelegt habt, dann aber den Bau nicht fertigstellen könnt, sehen dies die Leute und verspotten euch.«

Ein verwirrtes Gemurmel folgte auf seine Worte. Sollte das wirklich heißen, was es besagte? Mahnte er sie wirklich zur Vorsicht, sollten sie ihren Gang nach Jerusalem aufschieben? Die Jünger zögerten noch, als erneut die Stimme des Mannes aus Karioth, des Judas, Sohn Simons, ertönte.

»Und dennoch«, sagte er und sah dabei Jesus direkt in die Augen, »muß sich dort erweisen, was bisher geleistet wurde, denn dort wohnen jene, die deine Botschaft des Friedens und der Unterwerfung noch nicht kennen, und nur dort können die Zweifel jener, die sie kennen, ausgeräumt werden. Jerusalem bedeutet Stadt des Friedens, doch um sie zu erobern und um das Himmelreich zu erobern, braucht es einen Krieg, auch wenn er nicht mit Gewalt, sondern mit deiner neuen Strategie geführt wird.«

Jesus erwiderte den Blick des Judas, als er antwortete: »Doch welcher König, der den Krieg gegen einen anderen König plant, denkt nicht vorher darüber nach, ob er mit seinen zehntausend Mann dem anderen standhalten kann, der ihm mit zwanzigtausend entgegentritt?«

In der Gruppe entstanden hier und da kleine Diskussionen, doch ohne Ergebnis: Die vorsichtige Haltung Jesu hatte fast alle verunsichert und viele enttäuscht, und nur der Respekt, den sie ihm entgegenbrachten, verhinderte eine offene Konfrontation. Die Versammlung löste sich auf, und jeder wandte sich betrübt seinen Angelegenheiten zu.

Jesus ging mit traurigem Gesicht nach Hause und setzte sich an den großen Eßtisch, den Kopf in die Hände gestützt. Maria, die mit der Schwiegertochter nähend am Fenster saß, blickte nicht von der Arbeit auf, sagte aber nach einigen Minuten des Schweigens leise: »Diesen Tisch hat dein Vater Joseph gezimmert vor fast vierzig Jahren.«

»Ich weiß«, sagte Jesus zerstreut, »du hast es mir erzählt.«

Maria ging nicht darauf ein. »Er hat ihn so groß gemacht«, sagte sie, »weil er, obwohl du noch nicht geboren warst, an eine große Familie dachte, die in Frieden um ihn versammelt wäre. Dann hat ihn jemand davon überzeugt, daß der richtige Weg der des Krieges sei, und er hat mutig für die Idee gekämpft, an die er glaubte, und ist schließlich sogar für sie gestorben.«

Vor Jesu Augen tauchte der schreckliche Anblick seines gekreuzigten Vaters auf, die Füße an beiden Seiten des Pfahls aus Olivenholz festgenagelt, die Arme grob mit einer Kordel an den Querbalken gebunden, die Beine durch Stockschläge gebrochen, um ihn an der Flucht zu hindern, da die Römer inmitten dieses Waldes aus Kreuzen keine Zeit hatten, sich zu vergewissern, daß alle Verurteilten vor Einbruch der Nacht tot waren. Er sah das Gesicht seines Vaters vor sich, im Todeskampf verzerrt und mühsam um jeden weiteren Atemzug ringend, der die Qual nur verlängern würde. Er sah seine Mutter vor sich, wie sie am Fuß des Kreuzes kauerte, den Kopf gesenkt, um soviel Leiden nicht mit ansehen zu müssen, hoffend und zugleich fürchtend, daß das Röcheln bald zu Ende wäre, daß sein Leben und ihre Liebe bald zu Ende wären, daß alles zu Ende wäre. Und er sah sich selbst, seine eigenen Hände, die sich im Mondschein nach oben reckten, um den endlich seelenlosen Körper zu stützen, den seine Mutter losband, und wie sie dann alle drei am Boden lagen, vereint in der letzten gemeinsamen Umarmung ihres Erdenlebens. Krieg, Krieg! hatte in jenem Moment sein Herz geschrien. Krieg! Vergeltung! Freiheit! Gerechtigkeit! Doch dann, ganz langsam und allmählich, war es anders geworden: Nun ließ ihn die Erinnerung an jenen armen, leblosen Körper, der ihn und seine Mutter zu Boden drückte, einzig den Frieden ersehnen.

»Er kämpfte mutig«, wiederholte Marias Stimme, »für die Idee, an die er glaubte. Welche Idee das war, ist nicht wichtig.«

Jesus hob den Kopf und sah seine Mutter an. »Aber ich«, sagte er hart, »bin noch nicht bereit.«

Maria nickte. »Das stimmt, warte, bis du soweit bist.«

Jakobus und Simon traten ein, gefolgt von Petrus, Andreas und Levi Matthäus. Sie setzten sich zu Jesus an den Tisch und warteten, daß er zu ihnen sprach, doch er fragte sie nur nach ihrer Meinung.

»Du hast recht«, antwortete sofort der Zöllner, »die Zeit ist noch nicht reif. In Jerusalem kennen sie dich nicht, sie haben nur Gerüchte über einen Galiläer gehört, der Wunder tut und das Reich Gottes verkündet. Das gemeine Volk würde dich wahrscheinlich anhören, doch für die Sadduzäer und Pharisäer bist du nicht mehr als ein Aufrührer, und wenn du nicht den Rückhalt eines schon gefestigten Ansehens hast, werden sie dich gar nicht erst zu Wort kommen lassen. Sie wollen keinen zweiten Johannes den Täufer in der Stadt.«

Jesus nickte. »Darin liegt zweifellos das Risiko, und es ist zugleich auch der Grund, der Judas dazu bewegt hat zu sprechen. Die Zeloten sind gegen das, was ich predige, doch würden sie mich ermorden, zögen sie den Zorn vieler Menschen auf sich. Sie würden es vorziehen, wenn die Sadduzäer oder die Heiden mich zum Schweigen brächten.«

Jakobus und Simon schwiegen, und die Hilflosigkeit war ihnen ins Gesicht geschrieben. Erst als der ältere Bruder sie dazu aufforderte, wagten sie zu sprechen.

»Es stimmt schon«, sagte Jakobus, »die Zeloten lieben dich nicht, und Menachem haßt dich geradezu. Doch man darf auch nicht vergessen, daß wir über lange Jahre dasselbe gedacht und verkündet haben wie sie, daß wir sogar die Gefangenschaft geteilt haben und daß Judas, unser Bruder, sich in diesem selben Moment bei ihnen in der Wüste aufhält.«

»Und nun«, fragte Jesus, »was ratet ihr also?«

»Mach dich auf nach Judäa«, sagte Simon, »damit sie auch dort deine Werke schauen können und deine Jünger werden. Wer gesehen werden will, agiert nicht im geheimen, und da du dieser Wundertaten fähig bist, lasse es die Welt wissen.«

Ein nachdenkliches Schweigen folgte ihren Worten, in dem

die zwei Brüder aufstanden und hinausgingen. Dann fragte Jesus die anderen drei: »Und ihr?«

Matthäus schüttelte den Kopf: Er war entschieden dagegen. Andreas versuchte, das Für und Wider abzuwägen: »Mittlerweile«, sagte er, »wird Johannes der Priester sicherlich mit vielen einflußreichen Leuten gesprochen und dir den Weg bereitet haben. Wenn nun nur eine kleine Gruppe ginge, ohne unnötig aufzufallen ...« Doch auch Petrus lehnte das Unternehmen entschieden ab: »Die Alten, die großen Priester und Schriftgelehrten würden alles tun, um dich aus dem Weg zu räumen, und das darf auf gar keinen Fall geschehen!«

Jesus verharrte einen Moment in Schweigen, und als er endlich sprach, schien es, als ob er es mehr zu sich selbst täte als zu den anderen: »Und dennoch«, sagte er, »hat Judas nicht ganz unrecht und meine Brüder auch nicht. Früher oder später muß ich dieses Schlangennest betreten, damit die Idee, an die ich glaube ...«

Er warf Maria einen Blick zu, die die ganze Zeit über schweigend ihre Näharbeit verfolgt hatte, und er glaubte, sie lächeln zu sehen. Da lächelte auch er und sagte: »Wir müssen uns beeilen, wenn wir zur Lichtfeier in Jerusalem sein wollen.«

Kapitel 17

»Bei den Gazellen und Hirschen auf der Flur beschwöre ich euch, Jerusalems Töchter: Stört die Liebe nicht auf, weckt sie nicht, bis es ihr selbst gefällt.«

Der Gesang, begleitet von einer Zither, war plötzlich aus einem fernen Winkel des Palastes erklungen, und die vier Männer, die den Umgang mit Macht und Grausamkeit gewohnt waren, verstummten und lauschten. Zwei von ihnen, Pilatus und Aduncus, verstanden kein Hebräisch, doch es genügten die Melodie und der bewegte Klang der Stimme, um sie zu fesseln, und Pilatus erbleichte, als Afranius ihnen leise die Sätze ins Griechische übersetzte. Sein Blick eilte zu der Tür, hinter der kraftlos Claudia ruhte. Die Kuren des griechischen Medicus hatten ihr keine Erleichterung verschafft, und auch andere Ärzte wußten keinen Rat mehr. So verbrachte sie mittlerweile die Tage auf dem Bett liegend, verweigerte fast jegliche Nahrung, wurde immer schwächer und durchsichtiger, immer abwesender, immer schöner.

»Ein wunderbarer Gesang«, sagte Herodes, »dein Vorsänger hat eine hervorragende Stimme.«

Der Präfekt schüttelte den Kopf. »Das ist nicht mein Vorsänger«, sagte er, »ich weiß selbst nicht, wer das singt und wo, aber ich habe ihm gewiß nicht die Erlaubnis dazu gegeben.«

Mit einer Handbewegung schickte er einen Wachposten hinaus, und kurz darauf verstummte der Gesang.

»Schade, es war wirklich wunderschön«, wiederholte Herodes. »Ich glaube, so geht es weiter: ›Eine Lilie unter Disteln ist meine Freundin unter den Mädchen.‹«

Afranius wollte etwas einwenden, doch Kaiphas kam ihm von der Tür aus zuvor, wo die Wachen strammstanden: »Du irrst, Tetrarch, es geht so: ›Steh auf, meine Freundin, meine Schöne, so komm doch!‹«

Auf diese Worte der Liebe, die ihn schmerzlich an sein Versagen erinnerten, spürte Pilatus in sich erneut all den Haß erwachen, den er gegen die Menschen hier hegte und der durch die völlige Unmöglichkeit der Vergeltung noch angestachelt wurde. Liebe! Frieden! Das Reich wollte Frieden. Tiberius wollte Frieden. Und selbst Seianus wollte Frieden. Würde denn jemals die Zeit der Rache kommen?

Zur Begrüßung des Hohenpriesters hob er wenig respektvoll eine seiner verbundenen Hände, die ihn schon wieder schmerzten. »Du kommst spät, Kaiphas. Es gab einmal eine Zeit, da ich meinem Ruf stets eine Todesdrohung folgen ließ und du schneller herbeieiltest.«

Der schwarzgekleidete Mann beugte das Haupt in falscher Ehrerbietung, die nur notdürftig den Zorn verbarg, der dem des Pilatus kaum nachstand. »Ich bitte um Vergebung, Präfekt, doch ich versichere dir, daß ich so schnell kam wie irgend möglich. Deine Nachricht erreichte mich mitten in den Vorbereitungen für das Tempelweihefest, und ich konnte nicht jählings alles verlassen, wollte ich nicht das Mißtrauen der Gemeindemitglieder auf mich ziehen.«

Tatsächlich mußte der Priester die ganze Nacht gereist sein, um am späten Vormittag hier zu sein: Man sah seinem Gesicht die Müdigkeit an, und die Vorhänge in der Kutsche hatten nicht verhindern können, daß der Schmutz der Straße sich in seinem langen Bart festsetzte. Er ließ sich auf einen breiten Stuhl neben Herodes fallen und bedachte Afranius mit einer grüßenden Geste. Da erst fiel ihm der Unbekannte auf, der ebenfalls anwesend war, und er blickte Pilatus fragend an.

»Ein Freund aus Rom«, antwortete der Präfekt, die gleiche Formulierung, die er auch dem Tetrarchen gegenüber benutzt hatte. »Und mehr als ein Freund«, fuhr er fort, »ein Experte für schwierige Situationen, dessen Rat uns sehr hilfreich sein wird.«

Aduncus nickte dankend für diese Vorstellung, und Kaiphas wandte sich mit einem Schulterzucken ab: Sollten sie doch so viele Spitzel schicken, wie sie wollten, diesmal standen schließlich alle auf einer Seite, und der Plan war vielversprechend, wenn auch die Lage alles andere als einfach, wie die vom Präfekten einberufene Versammlung bewies.

Ein Sklave kam mit Erfrischungen und Obst herein, an denen sich vor allem Kaiphas gütlich tat. Unter den ungeduldigen Blicken des Präfekten, der immer wieder von seinen Dokumenten aufsah, warteten sie, bis der Priester sich gestärkt hatte. Herodes, der annahm, daß es sich bei dem Römer um eine wichtige Persönlichkeit handelte, erkundigte sich bei Aduncus nach Neuigkeiten aus der Hauptstadt und nach der Gesundheit des Tiberius, für den er, wie er dem Gast in Erinnerung rief mit der Bitte, auch den Tiberius daran zu erinnern, so große Dankbarkeit und Respekt empfand, daß er nach ihm sogar die Stadt benannt hatte, in der er residierte. Aduncus antwortete ausweichend, wobei ihm die verschiedenen pikanten Details in den Sinn kamen, die er ihm über den Romaufenthalt seiner angebeteten Frau Herodias hätte berichten können, als sie noch die Frau seines Halbbruders Philippus war. Afranius hatte indessen eine Kette mit Bernsteinperlen hervorgezogen, die er mechanisch durch die Finger gleiten ließ, eine Übung, die ihm offensichtlich das Nachdenken erleichterte.

Als Pilatus den Eindruck hatte, der Priester habe nun genug gegessen und getrunken, warf er seine Aktenbündel auf den Tisch und schnaufte: »Und nun, Kaiphas, wollen wir von diesem Jesus sprechen.«

Bei der Nennung des Namens fuhr Antipas hoch: »Wie, von Jesus! Meinst du Jesus von Gamala? Jesus den Galiläer? *Meinen* Jesus?«

»Genau den, Tetrarch«, mischte sich Afranius arglistig ein, »genau den Jesus, der seit einigen Monaten nichts anderes tut, als deine Untertanen um sich zu versammeln, nur wenige Stadien oder gar Schritte von deinem Heim entfernt.«

»Du glaubst hoffentlich nicht, Grieche«, sagte Antipas mit einem Anfall wenn nicht von Würde, so doch von Hochmut, »daß du mir damit etwas Neues erzählst.«

Doch sofort gewann die weichliche Natur des Herrschers wieder die Oberhand. Er stand auf, trat an das große Fenster, das auf die Terrasse ging, und verharrte dort in wer weiß welchen Anblick versunken. »Ich wußte nicht genau, was ich davon halten sollte«, sagte er schließlich. »Ich hörte von all diesen an Wunder grenzenden Ereignissen, Kranke werden geheilt, Tote zum Leben erweckt, und wußte einfach nicht, was ich davon halten sollte. Die einen sagen: ›Elias ist erschienen.‹ Oder: ›Einer der antiken Propheten ist auferstanden.‹ Und andere behaupten: ›Johannes der Täufer ist von den Toten auferstanden.‹ Aber ich …«

Er drehte sich unvermittelt um, blickte mit Leidensmiene um sich und hob die Hände. »Aber dem Johannes«, sagte er, »habe ich den Kopf abschlagen lassen, das weiß ich genau. Wer kann das nur sein, von dem ich all diese Sachen höre?«

»Du wirst es vielleicht nicht glauben«, sagte Pilatus und machte sich nicht die Mühe, seine Verachtung für diesen Mann zu verbergen, »aber es handelt sich um einen Freund von dir.«

»Ein Freund von mir?« schrie Antipas mit kippender Stimme. »Glaubst du, ich wüßte nicht, daß er mich einen Fuchs nennt und alles tut, um mir nicht zu begegnen?«

»Das wundert mich gar nicht«, sagte Kaiphas, während er noch ein Stück Obst verzehrte, »an seiner Stelle täte ich dasselbe.«

»Aber wie macht er das?« fragte der Herrscher. »Wie schafft er es nur, jedesmal den Männern zu entwischen, die ich auf ihn ansetze? Wer warnt ihn?«

»Wir warnen ihn, Antipas«, sagte Pilatus. »Oder besser gesagt, die Männer von Afranius, die, sobald sie die Deinen kommen sehen, zu ihm hinlaufen und sagen: ›Geh fort, Jesus, bring dich in Sicherheit, Herodes will dich umbringen.‹«

Verwirrt sank Antipas auf seinen Stuhl und starrte sie mit offenem Mund an. Aduncus betrachtete belustigt und zugleich ein wenig angewidert diesen Mann, der für seine Faulheit und Unentschlossenheit berühmt war, der von seinem Vater lediglich die Passion zur Errichtung großer Bauwerke oder ganzer Städte und zur zügellosen Begierde geerbt hatte. Noch nicht einmal in der Grausamkeit, der leichtesten Übung unter den Lastern, bewies er die Größe seines Vaters, so daß ihm selbst ein dahergelaufener Prediger entging, der zu allem Überfluß noch Galiläer war.

Endlich kam Antipas wieder zu Atem. »Ein Freund von mir«, murmelte er.

Der Präfekt spürte, wie das Jucken an seinen Händen zunahm, als reagiere es auf den Haß und die Verachtung, die in seinem Inneren brodelten. Ärgerlich machte er die Handbewegung, mit der er stets seinen Sklaven mit dem Heilbad rief, und eine Wache verließ kurz den Raum, um seinen Befehl zu übermitteln.

»Sagen wir, einer deiner Verbündeten«, meinte Pilatus, während er seine Hände schon von den Leinenbinden befreite, »ein Mann, der dieselben Ziele verfolgt wie du – oder nein, besser gesagt, wie wir, wie du, ich und Kaiphas –, wenn auch aus völlig anderen Beweggründen. Doch warum erklärst du es ihm nicht, Hoherpriester? Ihr Juden versteht euch doch sicher besser untereinander.«

In aller Kürze berichtete Kaiphas dem Tetrarchen von ihrer Absicht, die Friedensbotschaft des Nazaräers dafür zu nutzen, die Gemüter zu besänftigen. Es lag auf der Hand, daß dieser Plan nicht in alle Winde gestreut werden durfte und daß man auch damit rechnen mußte, auf Widerstand und die gegenläufige Meinung derer zu stoßen, die ein friedliches Miteinander zwischen Eroberern und Eroberten für völlig ausgeschlossen hielten; doch bisher schien die Sache zu funktionieren, das Plazet aus Rom lag vor, und daher mußte alles getan werden, damit Jesus weiterhin in Ruhe seine frohe Botschaft verkünden konnte.

»Und das«, mischte sich Pilatus ein, »ist auch der Grund für unsere Zusammenkunft. Unser Mann könnte in Gefahr geraten, denn er hat sich entschlossen, nach Jerusalem zu gehen.«

Kaiphas sprang wutentbrannt auf. »Nein, nein, nicht das! Es ist noch zu früh, viel zu gefährlich! Wie konntet ihr das zulassen?«

Gespannt erwartete Aduncus die Reaktion des Präfekten auf diese Respektlosigkeit. Er sah, wie Pilatus erbleichte und seine Hände sich im Wasserbad zu Fäusten ballten. Ein langes Schweigen trat ein, und auch Kaiphas wurde fahl im Gesicht, erschrocken über seinen eigenen Ausbruch. Die wächserne Blässe überlagerte die Zeichen der Müdigkeit in seinem Gesicht, und zusammen mit seiner schwarzen Kopfbedeckung und dem Bart verlieh sie dem Hohenpriester des Jerusalemer Tempels das Aussehen einer grotesken Totenmaske.

Pilatus schien es bei dem Schrecken bewenden lassen zu wollen und richtete das Wort an Aduncus. »Erklär du es ihm«, sagte er, »erkläre ihm, wie wir das haben zulassen können.«

»Die Wahrheit ist, daß wir ihn nicht aufhalten können«, sagte der alte Polizist. »Wir möchten, daß er die Leute dazu bringt, in Frieden zu leben, und die Menschen müssen sehen, daß es eine solche Möglichkeit gibt, daß die kriegerischen Lösungen, die von den Zeloten und auch von den Essenern verfochten werden, nicht die einzigen und schon gar nicht die besten sind. Wenn wir ihn nun mit Gewalt zurückhielten, würde das bedeuten, das ganze Gebäude zum Einsturz zu bringen, alle würden sofort sagen, daß er sich etwas vormacht und daß die einzig mögliche Art, den Römern zu begegnen, jene der Zeloten ist: mit Dolch und Revolte. Deshalb haben wir immer eingegriffen, wenn die Männer des Tetrarchen ihn festnehmen wollten.«

»Ach was«, sagte Antipas mit einer wegwerfenden Geste, »in Wirklichkeit war ich nur neugierig und wollte mich einmal mit ihm unterhalten.«

»Daran zweifle ich nicht«, bemerkte der Präfekt ironisch, »doch angesichts der Ärgernisse, die deine letzte Unterhaltung mit Johannes dem Täufer nach sich gezogen hat, wollte ich lieber dafür sorgen, daß deine Neugier diesmal nicht befriedigt wird. Ab jetzt wird dich niemand mehr daran hindern, mit Jesus zu reden, doch du weißt nun, daß es ein freundschaftliches Gespräch sein muß, an dessen Ende dein Gegenüber seinen Kopf noch auf dem Halse trägt.«

Der Tetrarch zuckte verärgert die Achseln und spielte mit der Kette, die er um den Hals trug, um zu verstehen zu geben, daß man ihn beleidigt hatte und die Unterhaltung für ihn beendet war. Doch die anderen kümmerten sich nicht darum. Sie wußten, daß Antipas weiterhin aufmerksam zuhörte, um keine Gefahr zu laufen, gegen den Willen des judäischen Präfekten zu handeln. Er war ein schwacher Herrscher, das wußte er nur zu gut: jedes noch so kleine Aufflackern der Rebellion würde ihn verbrennen, doch noch gewisser war, daß jeder Ungehorsam gegenüber der Macht, die ihn auf den Thron gesetzt hatte, seinen Untergang bedeutete. Wenn ihn nicht vorher das Bündnis zwischen den Besatzern und der einflußreichsten Priesterfamilie Jerusalems, in deren Zangengriff er steckte, zerdrückte wie eine faule Nuß. Zum Trost dachte er an den Körper der Herodias und seufzte, und er seufzte abermals, als er an den tanzenden Leib der Salome dachte, ihrer Tochter.

»Natürlich«, fuhr Aduncus an Kaiphas gewandt fort, »haben Leute, die uns nahestehen, versucht, ihn davon abzubringen, doch ohne Erfolg. Ein Agent des Afranius ist nach Caesarea gekommen, um uns zu berichten, wie Jesus seine Apostel und Jünger durch das Land schickt, um sie auszubilden sozusagen, und als er nach Kapharnaum zurückkehrte, war die Entscheidung bereits gefallen. Er ist dann sofort wieder aufs Pferd gestiegen, um uns zu warnen.«

Der Priester fuhr sich mit den Händen durch den wirren Bart. »Das ist gefährlich«, sagte er, »sehr gefährlich.«

»Ich bin noch nicht fertig«, sagte Afranius. »Mein Mann hat uns berichtet, daß Jesus ursprünglich gar nicht die Absicht hatte, schon jetzt zum Weihefest nach Jerusalem zu gehen. Er hat ausdrücklich gesagt, daß er sich noch nicht bereit fühle, daß es zu früh sei.«

»Wahrscheinlich«, meinte Kaiphas, »wollte er bis zum Paschafest warten und solange seinen Ruhm mehren.«

»Wahrscheinlich«, stimmte Afranius zu, »doch irgend jemand hat ihn dazu gebracht, den Plan umzustoßen. Du kannst dir denken, wer.«

»Die Zeloten natürlich«, sagte Kaiphas.

Er überlegte kurz und wandte sich dann an Pilatus: »Ich verstehe nun den Anlaß für dieses Treffen. Antipas wird den Seinen befehlen, den Nazaräer in Frieden zu lassen, und dasselbe tust du mit den Kohorten deiner Garnison in Jerusalem; Afranius und sein römischer Freund beschützen ihn vor den Zeloten, und ich werde den Tempelwachen sagen, daß sie ein Auge zudrücken sollen, wenn er mit zu lauter Stimme predigt. Doch wichtiger noch ist ...«

Er stützte den Kopf in die Hände, die Augen hinter den Fingern verborgen, und es war unklar, ob er nachdachte oder ob der Schlaf ihn überwältigt hatte. Pilatus hielt dem Sklaven die Hände hin, der sie ihm vorsichtig mit dem Brot von Aleppo wusch, sie noch einmal abspülte und dann mit Leinenbinden umwickelte. Die sechste Stunde war bereits vorüber und hinter den luftigen Vorhängen, die vor den großen Fenstern hingen, sah man die Umrisse von Menschen, die auf der Terrasse das Mahl anrichteten, doch im Raum schien niemand an Essen zu denken.

»Wichtiger noch ist es«, setzte der Priester wieder an und schaute auf, »die Sadduzäer im Blick zu behalten. Und das wird nicht einfach sein, das wird wahrlich nicht einfach sein.«

Nun konnte der Präfekt sich nicht mehr zurückhalten. »Was zum Dämon sagst du da, Kaiphas«, schrie er und sprang auf, »es sind deine Leute, es ist dein Plan. Was hast du denn all die Monate getan, während ich ihn in die Tat umgesetzt habe?

Hast du zu Hause gesessen und die Einnahmen aus den Opfergaben gezählt, mit denen du und die Deinen euer Volk betrügt? Für wieviel hast du die Opferlämmer denn verkauft? Und die Turteltäubchen?«

Der Priester umklammerte die Armlehnen des Sessels, bis seine Fingerknöchel weiß hervortraten. Auch wenn sie gemeinsame politische Interessen hatten, war es doch immer eine Strafe, mit Pilatus zu verhandeln, um so mehr, wenn der Präfekt im Recht war. Doch auch er, Kaiphas, hatte nicht ganz unrecht, und so riß er sich zusammen, um mit ruhiger Stimme zu erklären: »Hör mir zu, Hegemon, und laß mich dir meine Gründe darlegen. Es ist wahr, die Idee stammt von mir, oder besser gesagt, von Hannas und mir, und es ist an uns, sie zu einem glücklichen Ende zu führen. Doch es war uns unmöglich, offen mit allen Mitgliedern unserer Partei zu reden, denn unsere Organisation ist nicht so streng, daß sie die erforderliche Diskretion garantieren könnte. Darüber hinaus wollen die meisten von uns wenig mit dem gemeinen Volk zu tun haben, mit dem Jesus sich umgibt, und noch weniger mit den Galiläern, die allgemein als ungebildete Tölpel gelten, mit fürchterlichem Akzent sprechen und zumeist noch besessene Unruhestifter sind.«

Pilatus wandte sich mit künstlich überraschter Miene an die anderen drei: »Hört ihr das? Der Hohepriester schlägt uns einen Plan vor, um den Frieden im Land zu sichern, einen wunderbaren Plan, wie er beteuert, obwohl er auf den Ideen eines ungebildeten und besessenen Tölpels gründet, und dann erzählt er uns, daß er nichts zum Gelingen dieses Plans beitragen kann, weil seine Patrizierfreunde nichts davon hören wollen. Dabei haben sie ganz recht, wer will sich schon auf so etwas einlassen? Nur ein Dummkopf wie der Präfekt von Judäa.«

Kaiphas schüttelte verzweifelt den Kopf. »Du darfst nicht glauben, daß ich untätig war, Hegemon«, beteuerte der Hohepriester. »Ich habe geredet, zugehört, ich habe gesät, und das eine oder andere habe ich auch geerntet, dort, wo die Erde am fruchtbarsten war. Ich habe nach oben gezielt, auf die Richter des Hohen Rats, und immer wieder wurde ich gut aufgenommen, zum Beispiel bei Nikodemus, dem Sohn des Gorion, den du kennst und der einer der reichsten Patrizier Jerusalems ist. Ein anderer, der sehr klar den politischen Nutzen dieser Friedensbotschaft erkennt, ist Joseph von Arimathäa, und natürlich der alte Gamaliel, ein Rabbi aus der Schule des Hillel, der darum, obwohl er Pharisäer ist, viele Ansichten mit Jesus teilt. Aber ich brauche Zeit, du mußt mir Zeit lassen.«

Der Präfekt erhob sich, schob seine Hände unter die Achseln, trat auf die Terrasse, setzte sich an die Tafel und leerte in einem Zug den Becher Wein, den der Sklave ihm reichte. Der Tetrarch und der Hohepriester wußten nicht, was tun, doch Afranius und Aduncus standen ruhig auf und gingen ebenfalls hinaus. Die drei nahmen von den Lammstücken und tauchten ihr Brot in einen Teller mit Kichererbsenmus, auf dem zwischen grünen Tupfern von gehackter Petersilie eine Spur goldenen Olivenöls glänzte: ein phönizisches Gericht, das zu den Lieblingsspeisen des Pilatus gehörte.

Nun kamen auch Herodes Antipas und Kaiphas herbei und bedienten sich mit Appetit an den verschiedenen Platten, und die Stimmung beruhigte sich so weit, daß Antipas es wagte, eine Frage an Pilatus zu richten: »Hegemon, dieser Vorsänger von dir ...«

Der Präfekt hob gleichgültig die Schultern, rief aber nebenbei mit einer Handbewegung eine Wache, damit diese den unbekannten Künstler suchen ginge. Wenige Minuten später erschallte aus einem fernen Winkel des Palastes wieder der Klang der Zither, und zum Erstaunen aller erhoben sich nun zwei Stimmen zum Gesang. Zuerst eine männliche, sehnsuchtsvoll: »Mach auf, meine Schwester und Freundin, meine Taube, du Makellose! Mein Kopf ist voll Tau, aus meinen Locken tropft die Nacht.« Dann die weibliche Stimme, fein und voller Schwermut: »Ich stand auf, dem Geliebten zu öffnen. Da tropften meine Hände von Myrrhe am Griff des Riegels. Ich öffnete meinem Geliebten: Doch der Geliebte war weg, verschwunden. Mir stockte der Atem: Er war weg. Ich suchte ihn, ich fand ihn nicht. Ich rief ihn, er antwortete nicht. Da fanden mich die Wächter bei ihrer Runde durch die Stadt; sie schlugen, sie verletzten mich. Den Mantel entrissen sie mir, die Wächter der Mauern. Ich beschwöre euch, Jerusalems Töchter: Wenn ihr meinen Geliebten findet, sagt ihm, ich bin krank vor Liebe.«

Die Stimme schwieg, und auch das leise Murmeln des Afranius, der die Verse für Pilatus und Aduncus ins Griechische übersetzt hatte, verstummte, doch die Worte schienen noch in der drückenden Stille des frühen Nachmittags nachzuhallen, und jeder bemühte sich, sie nicht als Botschaft aufzufassen.

Endlich sagte der Präfekt zu Kaiphas: »Ich werde nicht zur Lichtfeier nach Jerusalem kommen.«

Er dachte an Claudia, die zu schwach zum Reisen war und die er nicht allein in Caesarea zurücklassen wollte, doch er sagte: »Es ist besser, alle Spannungen zu vermeiden, und meine Anwesenheit könnte zu solchen führen.«

Kaiphas nickte. »Während der Feiern«, sagte er, »ist das religiöse Empfinden der Menschen noch sensibler und daher verletzbarer als sonst.«

»Und sie zögern nicht, Lämmer und Tauben zu opfern, nicht wahr?« fragte der Präfekt boshaft.

Kaiphas zuckte mit den Schultern. »Es stimmt, Hegemon, daß wir Sadduzäer die Exzesse des Eifers, wie ihn die Zeloten betreiben, nicht gerade schätzen, doch deshalb ist unser Glaube nicht weniger tief.«

»Und das, mein lieber Kaiphas«, gab Pilatus schlagfertig zurück, »bereitet mir eingedenk eurer Stellung die größere Sorge. Daß das Volk an Gott glaubt, ist normal und dem Staat zuträglich, doch wenn der Staat an ihn glaubt, ist das unverzeihlich.«

Kapitel 18

Sie gingen nicht alle. Die Ankunft einer so großen Gruppe in Jerusalem zu einem Fest, für das die mosaischen Gesetze nicht einmal die Pilgerfahrt in die Heilige Stadt vorschrieben, hätte nur unnötig Aufsehen erregt und wäre – wenn Jesus erst einmal begonnen hätte, seine Ideen zu verkünden – den Skeptikern unter den Sadduzäern sowie den Fanatikern unter den Pharisäern als schwerwiegende Provokation erschienen.

»Im Grunde«, sagte Jesus zu Petrus, »fürchte ich die Zeloten, die mich zu dieser Reise gezwungen haben, am wenigsten. Die Anwesenheit des Judas unter uns mag ja gefährlich sein und uns dem Haß der anderen Parteien aussetzen, doch zugleich gibt sie uns auch eine gewisse Sicherheit.«

So brachen also nur Jesus und die zwölf Apostel zusammen mit einigen Jüngern auf, die sich unter keinen Umständen von dem Unternehmen ausschließen ließen, sondern die Stadt sehen wollten, deren Name den Frieden beschwor, in deren Herzen jedoch endloser Haß und Engstirnigkeit nisteten und wo im Namen des rechten Glaubens heftige Kämpfe um Spitzfindigkeiten des Gesetzes ausgetragen wurden.

Jesus wußte, daß das Volk wenig mit den Sadduzäern und Pharisäern verband, doch er wußte auch, daß diese beiden Parteien die Macht unter sich aufteilten. Er wußte, daß für die Menschen die Bezeichnung Sadduzäer gleichbedeutend war mit Beutelschneider und daß die Pharisäer sich mit ihren pseudoreligiösen Veranstaltungen zum allgemeinen Gespött machten, doch über den Hohen Rat hielten sie die Gerichtsbarkeit in ihren Händen.

Während die großen Priester sich keinen Genuß versagten, erfanden die spitzfindigen Gesetzeslehrer augenfällige Frömmigkeitsbezeugungen, die sie zwangen, die Füße beim Gehen über den Boden zu schleifen oder die Lider gesenkt zu halten, um den Anblick der Frauen zu meiden. Doch ihnen gehörte das Geld, ihnen gehörte das Land, und sie bestimmten über das Zusammenleben mit den Besatzern. Was konnte schon ein Häuflein Galiläer ohne Geld und Kultur, verachtet von den Mächtigen und verlacht von den Armen, in diesem Schlangennest ausrichten? Doch Jesus wußte auch, daß Jerusalem das Zentrum des Judaismus war und daß nur dort der Kampf um das Himmelreich gewonnen oder verloren werden konnte.

Allmählich ließen sie das milde Klima Galiläas hinter sich und kamen in kühlere Gefilde. Sie trugen warme Wollmäntel und solides Schuhwerk aus Leder, und Johanna, die Frau eines Beamten des Herodes, hatte ihnen ein paar Maultiere geschenkt. Jeder andere hätte den Jordan überquert, um auf der Seite Peräas nach Süden zu ziehen und die Begegnung mit den Samaritanern zu meiden, doch Jesus und die Seinen pflegten mittlerweile engen freundschaftlichen Kontakt zu jenen Leuten und wurden freudig in ihren Häusern aufgenommen. Deshalb wanderten sie ohne Umwege nach Sichem, wo Josue kurz vor seinem Tod die Stämme Israels versammelt hatte, und von da aus nach Silo und Bethel.

Am Abend des vierten Tages, die Mauern Jerusalems waren nicht mehr fern, wurden sie von der Dunkelheit überrascht. Sie befanden sich unweit Bethaniens, doch als sie in das Dorf kamen, waren die Türen der Häuser verriegelt oder schlossen sich vor den Fremden. Nur eine blieb geöffnet, die Tür eines Hauses, aus dessen Fenstern warm das Licht herausschien.

Ein Mann saß neben der Tür, und als sie bei ihm waren, verstanden sie, warum er weder Dunkelheit noch Menschen scheute: Erstere verschaffte ihm Erleichterung, da sie zumindest zum Teil die fürchterlichen weißen Lepraflecken an seinem Körper verbarg, und letztere fürchteten die Ansteckung zu sehr, als daß sie ihm nahe gekommen wären oder sein Haus ausgeraubt hätten.

Auch unter den Aposteln konnten manche eine Bewegung des Abscheus nicht unterdrücken angesichts jener Krankheit, die in ihren Augen nicht nur physische Unreinheit bedeutete, doch sie überwanden ihren Ekel und folgten Jesus, der sich dem Mann sorglos genähert hatte und ihn nun fragte: »Wie heißt du? Und sage mir, bereitet dir deine Krankheit große Schmerzen?«

»Ich heiße Simon«, antwortete der andere voll Verwunderung. Und dann berichtete er in aller Kürze, welches Leid die Lepra ihm verursachte, so als sei es nicht weiter wichtig.

»Vielleicht kann ich etwas für dich tun«, sagte Jesus und wühlte suchend in seiner Umhängetasche, im Dunkeln jedoch ohne Erfolg.

»Martha, Martha!« schrie Simon und sprang auf. »Schnell, bring uns eine Laterne.«

Aus der Tür trat ein schlankes und aufgewecktes Mädchen von vielleicht zwanzig Jahren und hielt eine Lampe in die Höhe, damit Jesus etwas erkennen konnte. Nach und nach beförderte der Nazaräer verschiedene runde Holzbehältnisse ans Licht, bis er endlich das gesuchte in der Hand hielt und den Deckel abnahm. Eine dem Aussehen nach geschmeidige, helle Substanz befand sich darin, die einen scharfen Geruch verströmte, und Jesus tauchte die Finger hinein mit der Absicht, sie auf den Wunden des Simon zu verteilen.

Doch jener wich einen Schritt zurück. »Warte!« rief er aus. »Was hast du vor?«

»Fürchte dich nicht«, sagte Jesus, »das ist nur eine Salbe aus den Samen einer indischen Pflanze.«

»Die Salbe fürchte ich auch nicht«, erwiderte der andere lächelnd, »sondern vielmehr, daß du dich anstecken könntest, wenn du mir hilfst. Für mich ist das Risiko gering, ich habe so oder so nicht mehr lange zu leben.«

Jesus trat an ihn heran und begann, die Masse mit ruhigen Bewegungen auf Simons Gesicht zu verstreichen.

»In dem Land, aus dem die Pflanze kommt«, erklärte er, »wird diese Salbe dazu verwandt, deine Krankheit zu heilen, und häufig mit großem Erfolg. Doch du mußt mir versprechen, daß du, wenn du gesund wirst, nicht vergißt, dich den Priestern zu zeigen, damit sie es sehen, und zu deiner Läuterung das Opfer darzubringen, das Moses vorschreibt.«

Schnell war er fertig und sagte: »Und nun bitte ich dich, nicht als Lohn für die Behandlung, sondern als Zeichen deiner Großzügigkeit, mich und meine Begleiter in deinem Haus aufzunehmen. Etwas Brot und der Stall werden uns genügen.«

»Aber was redest du da!« rief der Aussätzige. »Nie hat mich jemand so behandelt wie du, und ich soll dich bei den Tieren schlafen lassen? Komm, kommt alle herein: Mein Haus ist nicht groß, doch wir werden etwas zusammenrücken, und an meinem Tisch und dem meiner Nichten und Neffen gibt es zum Glück immer noch eine gute Mahlzeit für Freunde.«

Mit diesen Worten ging er voraus und rief Martha zu, ihm mit der Lampe und ihren beiden Geschwistern, die von der

Schwelle aus voller Erstaunen die ganze Szene beobachtet hatten, zu folgen.

»Ich glaube, ich weiß, wer du bist«, sagte der Junge, als Jesus an ihm vorbeiging. »Seit einigen Monaten wird viel von einem Galiläer berichtet, der durch das Land zieht, das Himmelreich verkündet und die Kranken heilt und der von einer Gruppe von Jüngern begleitet wird, die es ebenfalls verstehen, Wundertaten zu vollbringen. Manche sagen sogar, er sei der Messias, von dem in den Schriften zu lesen ist. Bist du dieser Jesus von Gamala?«

Der Nazaräer sah ihn lächelnd an und legte ihm eine Hand auf die Schulter. »Das bin ich«, antwortete er, »und du bist Lazarus, wie ich gehört habe. Und wie heißt deine zweite Schwester hier, die mich anstarrt, als käme ich aus einer anderen Welt?«

Lazarus grinste. »Sie heißt Maria, die steckt mit dem Kopf immer irgendwo zwischen den Wolken.«

Dank der Tatkraft der älteren Schwester war der Tisch schnell gedeckt. Maria hingegen hatte sich zu Jesu Füßen niedergelassen und lauschte ihm, bis Martha schließlich die Schüsseln abstellte, herankam und sagte: »Herr, kümmert es dich nicht, daß Maria die ganze Arbeit mir überläßt? Sag ihr doch, sie soll mir helfen!«

Doch Jesus erwiderte: »Martha, Martha, du machst dir viele Sorgen und Mühen, doch manches ist wichtiger als anderes, und Maria hat das wichtigste von allem gewählt. Bitte mich also nicht, ihr zu sagen, daß sie dir helfen soll, vielmehr setze auch du dich zu uns und höre uns zu.«

Und angesichts des Überflusses an Speisen und Wein forderte Jesus seine Tischgefährten auf, keine irdischen Güter anzuhäufen, sondern geistige. »Sorgt euch nicht zu sehr um das, was ihr essen werdet«, sagte er, »noch darum, was ihr anzieht: Das Leben ist mehr wert als die Nahrung, und der Leib mehr als seine Kleidung. Seht die Vögel, sie säen nicht, sie ernten nicht, sie sammeln nicht das Korn in den Scheunen: Der himmlische Vater ernährt sie.«

Lazarus mischte sich ein: »Aber es sind ja nur Vögel!« rief er lachend.

»Das ist der Punkt«, gab Jesus zurück. »Seid ihr nicht viel mehr wert als sie? Und wer von euch kann, so sehr er es auch versuchen mag, seine Lebensspanne auch nur um eine Elle verlängern? Warum sich also viel Kummer um Kleider machen? Seht die Lilien auf dem Felde, wie sie wachsen: Sie arbeiten nicht und spinnen nicht wie Martha, und doch kann ich euch versichern, daß noch nicht einmal Salomo in seinem Glanz so prachtvoll gekleidet war wie sie. Nun, wenn Gott die Gräser des Feldes so kleidet, die heute oder morgen ins Feuer geworfen werden, um wie viel schöner wird er euch kleiden, ihr Kleingläubigen?«

Während die Apostel den letzten Ausdruck schon oft in ernstem Tonfall an das Volk oder auch an sie gerichtet von ihm gehört hatten, sprach er dieses Mal im Scherz und voller Zuneigung. Beim Essen sprang die Rede fröhlich hin und her unter Späßen und Gelächter, das noch anschwoll, als Levi Matthäus den Stilus hervorholte und begann, sich seine üblichen Notizen zu machen. Draußen herrschte eine kalte Jerusalemer Winternacht, doch im Haus regierte die Wärme und die Fröhlichkeit einer neu entstandenen Freundschaft.

Am nächsten Morgen rieb Jesus noch einmal die Wunden des Simon ein und ließ ihm den Rest der Salbe da. Anschließend mußte er es geschehen lassen, daß Maria ihm mit wohlriechendem Öl den Kopf salbte. Dann, während die

Nachbarn herankamen, um sich jedes Detail dieses ungewöhnlichen Zusammentreffens erzählen zu lassen, machten sich der Nazaräer und die Seinen wieder auf den Weg, um die letzten fünfzehn Stadien zurückzulegen, die sie noch von ihrem Ziel trennten.

Er ging voraus, Petrus rechts und Judas links von ihm, dann folgten die beiden Söhne des Zebedäus, die mit den anderen stets um die Plätze nahe bei Jesus wetteiferten, dann Simon der Zelot, Thomas genannt Didymus und die anderen. Den Schluß bildeten vier oder fünf Anhänger, die noch sehr jung waren und immer zu einem Scherz oder einer Rauferei aufgelegt und unter denen vor allem einer hervorstach, mehr noch wegen seiner ernsten Art als wegen der blonden Haare. Sie durchquerten einige Felder, kamen dann durch ein steiniges Gelände, wo majestätische Grabstätten aus dem Fels geschlagen waren, und erreichten schließlich den Ölberg, von dem aus man ganz Jerusalem überblicken konnte.

Wie geblendet standen sie vor dem Glanz der goldenen Dächer des Tempels. Es war einfach unmöglich für einen Juden, ganz gleich, wie sehr er das lasterhafte Leben in der Hauptstadt verachtete, vom Anblick des Gotteshauses nicht überwältigt zu werden. Jenes Gebäude, beruhend wie viele andere auf den großartigen Visionen des Herodes, von denen es die großartigste darstellte, war noch neu und in vielen Teilen gar nicht fertiggestellt. Es stand ganz in der Tradition seiner beiden Vorgänger: dem nicht minder großartigen Bau des Salomo, dessen Ruinen man auf dem Berg Moria sehen konnte, und jenem, der drei Jahrhunderte später, nach der Rückkehr aus Babylonien, errichtet worden war. Auch wenn er nicht mehr die Bundeslade beherbergte, die Moses auf Anweisung Jahwes angefertigt hatte, barg das Bauwerk des

Herodes doch die über tausendjährige Geschichte eines Volkes und seiner Beziehung zu Gott, bewahrte für jeden einzelnen die Erinnerung an jene tragischen und glorreichen Ereignisse, als sei sie seine eigene.

Sie stiegen in die Ebene hinab und umrundeten die Mauer bis zum Schaftor, das so genannt wurde, weil hier hindurch die Opferlämmer zum Tempel getrieben wurden. Auch jetzt begegneten sie einer solchen Herde, denn es war der erste von acht Festtagen des sogenannten Tempelweihe- oder Lichtfestes. Wie jedes Jahr feierten die Juden vom 25. Tag des Kislew an die Reinigung und Wiedereinweihung des Tempels durch Judas Makkabäus vor fast zweihundert Jahren – nachdem er durch den Seleukiden-König Antiochos IV. Epiphanes entweiht und geplündert worden war –, und während dieser acht Tage blieben alle Lampen in den Häusern entzündet.

Petrus packte Jesus am Ärmel, um ihn aufzuhalten, und die Gruppe trat zur Seite und ließ die Tiere vorbei. »Was ist los, Simon? Was willst du mir sagen?« fragte Jesus, als das Blöken sich in den Straßen der Stadt verlor.

Der Fischer schüttelte wortlos den Kopf, doch schließlich brachte er mit verlegenem Gesichtsausdruck hervor: »Ach nichts, ich wollte nur verhindern, daß wir zusammen mit den Opferlämmern in die Stadt einziehen.«

Die anderen brachen in Gelächter aus, und Jesus lachte lauter als alle. Dann umarmte er Petrus, um ihm Mut zu machen, und sie gingen weiter. Sie kamen an dem rechteckigen Wasserbecken zur Reinigung der Lämmer vorbei, das von vier Säulengängen umgeben war, während ein fünfter es mittendurch teilte. In diesen Gängen hielten sich immer eine große Zahl Kranker, Blinder, Lahmer und Verkrüppelter auf, die den Moment abwarteten, da sich das Wasser bewegte.

Dies geschah dadurch, daß das Becken von einer in unregelmäßigen Abständen einströmenden heißen Quelle gespeist wurde, doch man sagte – und diese Unglückseligen glaubten mit der ganzen Kraft ihrer Verzweiflung daran –, daß das Wasser im Becken von einem Engel des Herrn bewegt werde, der hin und wieder herabstieg, und daß der erste, der nach der Wasserbewegung eintauchte, von seinem Leiden geheilt würde, was immer es auch sei.

Levi Matthäus und Petrus schoben Jesus weiter, und Andreas erinnerte ihn daran, daß sie sich am besten unverzüglich auf die Suche nach Johannes dem Priester machten, doch Jesus schenkte ihnen keine Beachtung: Er blieb in den Säulengängen stehen, um mit den Kranken zu reden und ihr Leiden so gut wie möglich mit den Mitteln aus seinem Beutel zu lindern. Erst danach drangen sie in die Stadt vor, deren enge und gewundene Straßen sich immer mehr füllten.

Bald standen sie am Fuße der Burg Antonia, deren Eingang von vier Legionären bewacht wurde, die von beeindruckender Statur und mächtiger Muskelkraft waren, während einige Offiziere den Durchgang von den Türmen herab beobachteten. Tatsächlich diente die Burg als Hauptquartier der Besatzungsarmee und zugleich als Wachturm für den Tempel, den niemand betreten konnte, ohne vorher an diesem phantastischen Bauwerk vorbeigekommen zu sein, das gleichzeitig Festung, Palast, Kaserne und Gefängnis war.

Und endlich war da der Tempel, den jeder Jude nicht nur zu den Weltwundern zählte, sondern an ihre Spitze stellte. Unter der Bewachung von der Festung Antonia aus konnte er als Symbol eines unterjochten Volkes gelten, das jedoch frei genug war, um die Heiden aus den Mauern seines Heiligtums fernhalten zu dürfen. So wurde der Tempel zum Symbol eines

Volkes, dessen wahres Wesen nicht unterjocht werden konnte, und das römische Imperium erkannte dies in gewisser Weise an, indem es jenen Unterworfenen das judaische Privileg zugestand: keinen Militärdienst leisten zu müssen und vor allem nicht dem Kaiser huldigen zu müssen.

Um den Tempel herum wurde das Gedränge immer dichter. Menschenmassen strömten hinaus und hinein, Männer und Frauen jeweils getrennt. Kinder versuchten, reichen Fremden eine Münze zu entlocken, indem sie sich anboten, die Besucher durch das Wunderwerk zu führen, um sie dann vor dem dicken Marmorblock zurückzulassen, der den Enttäuschten unter Todesstrafe den Eintritt verweigerte. Das Stimmengewirr der Menschen mischte sich mit den Lauten der Tiere zu einem alles übertönenden Lärm, und ab und zu stahl sich ein Sonnenstrahl durch die grauen Winterwolken und entzündete die goldenen Schuppen des Daches.

Die Gruppe von Galiläern stand etwas verwirrt auf dem Platz, mal die Nase hoch in die Luft gereckt und den Mund geöffnet, mal mit weit aufgerissenen Augen das Hin und Her der Menschen bestaunend. Keinem von ihnen, die sie dreimal im Jahr zu den vorgeschriebenen Festen nach Jerusalem kamen, war dieser Anblick neu, und doch war er den ruhigen Wanderungen am See von Tiberias, der entspannten Atmosphäre der galiläischen Dörfer so fern, daß sie ein Gefühl tiefen Staunens nicht unterdrücken konnten. Und in dem Wissen, vor dem Bollwerk zu stehen, das sie erobern mußten, verwandelte sich das Staunen nun in etwas, das am nächsten wohl der Angst kam.

»Jesus! Jesus von Gamala!«

Auf den Schrei hin drehten sie sich um, gerade rechtzeitig, um einen jungen Mann zu sehen, der auf ihren Meister zustürzte. Rasch machte der Jünger mit den blonden Haaren einen Schritt nach vorn, um sich ihm in den Weg zu stellen, doch als er merkte, daß Jesus ihm die Hand entgegenstreckte, trat er zurück, damit die beiden sich in die Arme fallen konnten, eine herzliche Umarmung, der sich auch Andreas schnell anschloß.

»Ich wußte, daß du kommen würdest«, sagte Johannes. »Man spricht hier viel von dir, weißt du das? Und natürlich habe ich alles getan, damit es noch mehr wird. Ein paar Leute wollen dich kennenlernen, wichtige Leute. Wer sind deine Gefährten? Erzähle mir alles.«

Jesus stellte dem Johannes die Männer vor, die er zu seinen Aposteln gewählt hatte, doch das genügte nicht, um jenen die Verlegenheit zu nehmen, die der soziale Abstand zu diesem Mann aus der Priesterfamilie ihnen einflößte. Nur Judas behandelte ihn wenn nicht gleichrangig, so doch mit einer gewissen Gleichgültigkeit, denn der Glaube eines Jerusalemer Patriziers mußte zwangsläufig mit dem Makel des Kompromisses behaftete sein, den die Zeloten mehr als alles andere ablehnten.

Sie betraten den Tempel – jeder von ihnen zahlte zwei Schekel, wie das Gesetz es jährlich von allen Juden über vierzehn verlangte – und mischte sich unter die Menschen. In den Innenhöfen und Säulenhallen wimmelte es von Händlern mit ihren Ochsen, Schafen und Tauben und von Geldwechslern, auf deren Tischen sich Stater aus Gold und Schekel aus Silber, hellenistische Tetradrachmen und römische Denare stapelten. Die Gruppe näherte sich den Händlern, und zum Erstaunen aller zog Jesus sich das Tuch vom Kopf, schwang die Kordel, mit der er es festgebunden hatte, wie eine Peitsche und vertrieb, ohne selbst die Ruhe zu verlieren oder auch nur die

Stimme zu erheben, sämtliche Viehhändler mitsamt ihren Schafen und Rindern. Dann trat er zu den völlig verstörten Geldwechslern, fegte ihre Münzen auf die Erde und stieß einigen die Tische um. Zu den Taubenhändlern sagte er mit derselben Ruhe: »Tragt all das von hier fort und hört auf, aus dem Haus des Vaters einen Marktplatz zu machen.«

In dem Durcheinander, das nun folgte, zwischen fliehenden Tieren und protestierenden Händlern, zwischen Geldwechslern, die ihre Tische zusammenklappten, und jenen, die auf dem Boden knieten und ihre Münzen einsammelten, waren die Apostel und Jünger Jesu vielleicht die Erschrockensten und Ängstlichsten, ausgenommen Judas von Karioth, der ihn mit ganz neuem Blick ansah, in dem so etwas wie Bewunderung lag.

Johannes der Priester und der Jünger mit den blonden Haaren reagierten am schnellsten. Sie packten Jesus an den Armen und zogen ihn eilig auf den Ausgang des Tempels zu, doch es war schon zu spät: Angelockt durch den Lärm und alarmiert durch die ersten Fliehenden, waren die Tempelwachen herbeigeeilt.

Sie warfen sich auf den Nazaräer, um ihn festzunehmen, doch mit einer autoritären Handbewegung hielt er sie zurück. Dann erhob er zum ersten Mal, seit er den Tempel betreten hatte, die Stimme und rief: »Hört mich an! Ich werde nur noch kurze Zeit unter euch sein, dann kehre ich zu dem zurück, der mich geschickt hat. Ihr werdet mich suchen, aber mich nicht finden, und wo ich hingehe, könnt ihr mir nicht folgen.«

Die Wachen und die Menschen, die sich um ihn versammelt hatten, waren verwirrt. Der eine sagte: »Wohin soll er gehen, daß wir ihn nicht finden können?« Und ein anderer: »Vielleicht geht er zu denen, die sich unter den Heiden verstreut haben, um sie zu unterrichten?« Und ein dritter: »Was heißt das, wenn er sagt: Ihr werdet mich suchen, aber mich nicht finden, und wo ich hingehe, könnt ihr mir nicht folgen?«

Und obwohl sie seine Worte nicht verstanden, waren viele der Beistehenden doch auf seiner Seite, denn auch sie dachten, daß der Tempel zu einem Markt verkommen war, der nichts mehr mit der Heiligkeit des Ortes zu tun hatte, so daß die Wachen es vorzogen, die Sache mit einer strengen Ermahnung an Jesus, keine neuen Unruhen zu stiften, auf sich beruhen zu lassen, und abzogen.

Triumphierend verließ die Gruppe den Tempel, und vor allem Johannes der Priester hatte leuchtende Augen. »Du wirst sehen«, sagte er zu Jesus, »ganz Jerusalem wird nun von dir sprechen, und viele, die gehört haben, was du getan hast, werden dich lobpreisen. Ich habe schon eine Stimme in der Menge gehört, die sagte, wenn du dich so aufführen kannst, ohne verhaftet zu werden, mußt du der Messias sein. Laßt uns nun zu mir nach Hause gehen, dort könnt ihr euch stärken und ausruhen, und dann wird eine sehr bedeutende Person kommen, die mit dir reden will.«

So gingen sie alle zum Haus des Johannes, begleitet von einer Schar Kinder, die die Szene beobachtet hatten und ihn hochleben ließen und damit die Aufmerksamkeit der Vorübergehenden auf ihn lenkten. Der junge Priester führte seine Gäste in das obere Stockwerk, in einen großen Speiseraum mit Teppichen und Kissen. Er ließ ihnen Essen und Trinken servieren, bevor er die Apostel und Jünger hinausschickte, damit Jesus den erwarteten Gast empfangen konnte.

Nikodemus, ein Mann von ungefähr sechzig Jahren, war einer der Führer in der Partei der Pharisäer, und als solcher gehörte er zu den siebzig Richtern des Hohen Rates. Die Affektiertheit so vieler Pharisäer war ihm fremd, und er genoß den Ruf eines aufrechten Mannes mit großem Respekt für alle Menschen. Nachdem er sich in einem Stuhl niedergelassen hatte, auf dem ein dickes, mit Zedernblattmotiven besticktes Kissen lag, sagte er zu Jesus: »Rabbi, man sagt, daß du von Gott kommst, denn niemand kann die Wunder tun, die du tust, wenn nicht Gott mit ihm ist.«

Jesus antwortete ihm: »Die Wahrheit ist, Nikodemus, daß jemand, der nicht von neuem geboren wird, das Reich Gottes nicht sehen kann.«

Der andere schwieg einen Augenblick und dachte nach, dann fragte er: »Wie kann ein Mensch von neuem geboren werden, wenn er schon alt ist? Kann er vielleicht in den Schoß seiner Mutter zurückkriechen und ein zweites Mal geboren werden?«

Jesus lachte. »So schwierig ist es gar nicht«, sagte er, »es genügt, aus dem Wasser und dem Heiligen Geist wiedergeboren zu werden, das heißt aus der Taufe und dem Glauben an das, was ich predige. Was aus dem Fleisch entsteht, ist Fleisch, und was aus dem Geist entsteht, ist Geist. Deshalb habe ich dir gesagt: Ihr müßt neu geboren werden. Denn niemand steigt in den Himmel auf, der nicht aus dem Himmel kam.«

Nikodemus schüttelte fasziniert den Kopf: Er glaubte zu verstehen und verstand doch nicht, er hatte das Gefühl, die Worte Jesu, entzögen sich ihm, und dennoch glaubte er, in ihnen etwas Grundlegendes und Bedeutsames zu vernehmen, anders als die theosophischen Übungen, die er jeden Tag im Tempel hörte.

»Wärest du bereit«, fragte er, »dies vor den Weisen und den Menschen in den Säulengängen des Tempels zu wiederholen?«

Jesus sah ihn ungläubig an. »Ob ich dazu bereit bin, Nikodemus? Frage lieber, ob die Sadduzäer und Pharisäer bereit sind, mich dort reden zu lassen.«

Der alte Mann erhob sich, setzte sich den schwarzen Hut auf den Kopf und griff nach der Hand Jesu. »Komm«, sagte er, »wir wollen sie auf die Probe stellen.«

Sie stiegen die Stufen hinab und stießen zu der Gruppe, die unten auf sie wartete, und gemeinsam machten sie sich unverzüglich zum Tempel auf. Als sie ankamen, waren es noch etwa zwei Stunden bis zum Sonnenuntergang, und beim Anblick des Nikodemus, der dicht gefolgt wurde von einem Mann mit der Haarmähne eines Nazaräers, drängten die Menschen sich um sie. In der Säulenhalle des Salomo lauschte die Menge Jesus, der vor ihr wiederholte, was er dem alten Pharisäer gesagt hatte.

»Wenn ihr meinen Lehren folgt«, sagte er am Ende, »werdet ihr die Wahrheit erkennen, und die Wahrheit wird euch frei machen.«

Unter den Zuhörern wurde Protest laut. »Wir sind die Nachkommen Abrahams«, rief einer, »und waren niemals die Sklaven von irgend jemandem. Warum also sagst du, daß wir frei sein werden?«

Jesus suchte mit dem Blick diejenigen, die am lautesten protestierten, und sah sie fest an. »Wer sündigt«, sagte er dann langsam, »ist ein Sklave der Sünde.«

Da spaltete sich die Menge unter großem Lärmen. Manche sagten: »Er ist wirklich der Prophet! Er ist der Messias!« Doch andere erwiderten: »Soll der Messias etwa aus Galiläa kommen? Sagt die Schrift nicht, daß der Messias vom Stamme Davids ist und aus dem Dorf Bethlehem kommt, so wie David?«

Einige wünschten ihn in ihrer Begeisterung zu berühren, damit die göttliche Gnade auf sie übergehe, während andere handgreiflich gegen ihn werden wollten, doch niemandem gelang es, sich ihm zu nähern, denn seine Freunde, starke Fischer, bildeten eine sichere Mauer um ihn, und noch effizienter waren einige junge Männer, die sich aus der Menge lösten und sich dem Jünger mit den blonden Haaren zugesellten und die so aussahen, als wüßten sie die Fäuste einzusetzen.

Natürlich waren auch die Tempelwachen ein zweites Mal hinzugelaufen, doch sie wußten diesmal noch weniger, was sie tun sollten, vor allem da sie Nikodemus sahen, der ganz offensichtlich auf seiten des Nazaräers stand. So blieben sie am Rande stehen, unfähig, eine Entscheidung zu treffen, und eine Gruppe von Pharisäern fragte empört: »Warum nehmt ihr ihn nicht fest? Oder hat er euch vielleicht auch schon verführt? Gibt es auch nur einen Pharisäer, der das glaubt, was er sagt? Nein, nur diese Menge von Unseligen, die das Gesetz nicht verstehen!«

Da trat Nikodemus vor und sagte zu den Seinen: »Verurteilt unser Gesetz vielleicht einen Mann, ohne daß er angehört wurde und ohne zu wissen, wessen er sich schuldig gemacht hat?«

Doch jene waren so erzürnt ob der Gleichgültigkeit Jesu gegenüber ihrer Auslegung des Gesetzes, daß sie erwiderten: »Bist du etwa auch aus Galiläa? Lies in den Schriften nach, und du wirst sehen, daß kein Prophet aus Galiläa erwartet wird.«

Sie ließen Nikodemus stehen und mischten sich wieder unter die Menge, wo sie versuchten, mit ihrem Geschrei all jene zu übertönen, denen die neuen Ideen gefielen. Inmitten dieses Gewühls von Gläubigen, die hin und her gerissen waren zwischen Lobpreisung und Steinigung, leuchteten auch die Augen des Nazaräers vor Aufregung, und er sprach mit der durchdringenden Stentorstimme von damals, als er auf den Hügeln Kapharnaums predigte.

»Ihr behauptet von Gott, er sei euer Gott«, rief er, »doch in Wirklichkeit kennt ihr ihn gar nicht. Ich aber, ich kenne ihn, und ich beachte seine Worte!«

»Ja, ja!« schrien einige, doch die Pharisäer hatten an Zahl zugenommen und drängten sich immer dichter an Jesus heran. Sie wollten ihn mit Steinen schlagen, die sie in den Händen hielten, oder damit nach ihm werfen, wenn sie nur erst das Ziel richtig erkennen würden. Aus der Menge lösten sich weitere muskelbepackte Männer und bildeten einen Kreis um Jesus, sie machten einen entschlossenen und bedrohlichen Eindruck, und mit jedem Faustschlag, den sie verteilten, sank ein Pharisäer zu Boden oder schlich mit blutender Nase davon. Doch die Angreifer waren zahlreich und schienen schon die Oberhand zu gewinnen, als ein alter, groß und kräftig gebauter Mann sich wie ein Stier einen Weg durch die Menge bahnte. Er baute sich vor Jesus auf, um ihm mit seinem Körper Deckung zu geben, und mit einer geübten Handbewegung brachte er eine Klinge zum Vorschein, die in den letzten Sonnenstrahlen aufleuchtete.

Jesus legte ihm die Hand auf die Schulter, und als jener sich zu ihm umdrehte, sagte er: »Freund, ich predige den Frieden, ich bin bereit, für den Frieden zu sterben, und ich lehne Gewalt ab, selbst um mich zu verteidigen.«

Der alte Mann lächelte. »Freund«, antwortete er auf griechisch, »ich weiß, daß du den Frieden willst, und deshalb bin ich hier: Ich riskiere mein Leben, um dich zu verteidigen, wenn es sein muß, auch mit Gewalt.«

Kapitel 19

An Tiberius Julius Caesar, Imperator
Von Lucius Valerius Aduncus, in Judäa

Rapport 1
Kategorie: geheim
Datum: Monat Januar, im Jahr 783 nach der Gründung
Subjekt: Jesus von Gamala, genannt der Nazaräer
Urteil: unbedingt unterstützen

Nachdem er dies geschrieben hatte, legte Aduncus das elegante Schreibrohr, das Pilatus ihm geliehen hatte, neben das Fläschchen mit der Tinte aus Mennige und überlegte einige Augenblicke. Dann fuhr er fort:

Es war wohl die Macht der Gewohnheit, die mich den Rapport als geheim bezeichnen ließ, denn obschon erst wenige Tage in Judäa, war es mir unmöglich, unerkannt zu bleiben. Pontius Pilatus verfügt über eine sehr effiziente Geheimpolizei – dank der Intelligenz des Griechen, der sie leitet, ein gewisser Afranius, dem das Amt vom vorangegangenen Präfekten Valerius Gratus übertragen wurde. Was ich schreibe, wird daher auch Pilatus dir berichten, und ich brauche kaum zu erwähnen, wem er es noch mitteilen wird.

Nachdem dies gesagt ist und ich zugeben muß, daß ich im vor-

liegenden Fall deinen Befehlen nicht zur Gänze Folge leisten konnte, erlaube mir, die Vermutung zu äußern, daß es so besser war. Dieses Land und diese Menschen unterscheiden sich sehr vom übrigen Imperium, und es wäre mir unmöglich gewesen, die mir anvertraute Aufgabe allein zu erfüllen.

Ich sage dir sofort, daß ich einverstanden bin mit dem, was Pilatus dir schrieb. Bei den ewigen Unruhen, mit denen diese Provinz lebt (ausgenommen des von Herodes Philippus regierten Teils, wo die Juden jedoch eine Minderheit darstellen), kann die Friedensbotschaft und die Güte, die von Jesus von Gamala, genannt der Nazaräer, ausgehen, einen äußerst positiven Einfluß ausüben. Daher ist es durchaus der Mühe wert, diesen Prediger zu beschützen, der im Namen eines Reiches spricht, das zwar mächtiger sein soll als das Deine, dafür aber überirdisch ist und aus diesem Grund ungefährlich für das Imperium.

Dabei handelt es sich um keine leichte Aufgabe: Der Mann hat sich aus verschiedenen Gründen bei fast allen politischen Faktionen unbeliebt gemacht. Wahr ist aber auch, daß er zugleich einen immer größeren Rückhalt in der breiten Masse findet, und wie du dich erinnern wirst: Vox populi vox dei* *(wobei ich nicht erwarte, daß du dem zustimmst).*

Ich selbst bin Zeuge einiger Begegnungen des Jesus von Gamala mit der Menge geworden und war einigermaßen beeindruckt, wie ich dir gestehen muß, obwohl ich meinte, daß mich nach all den Jahren im Dienste des Imperiums nichts mehr so leicht in Erstaunen versetzen würde. Es ist unzweifelhaft seine Sprache, schlicht im Vergleich zur offiziellen Lehre, doch zugleich verworren genug, um der Phantasie derjenigen ausreichend Raum zur Auslegung zu geben, die den Messias erwarten. Er zielt auf die Einbildungskraft und weckt Begeisterung, und nebenbei

* lat.: Die Stimme des Volkes ist die Stimme der Götter.

verschaffen seine Fähigkeiten als Heiler ihm die Aura des Wundertäters, die diejenigen überzeugt, welche in ihm einen neuen Propheten sehen.

Leider sind seine Feinde machtvoll, so daß ich schon einmal persönlich zu seinem Schutz eingreifen mußte, mit nicht geringem Risiko sowohl für meine eigene Person als auch für das Gelingen des Plans. So war ich gezwungen, den Tempel von Jerusalem zu betreten, zu dem Fremden der Zugang unter Todesstrafe untersagt ist. Das schnelle Eingreifen des Joseph Kaiphas, welcher Hohepriester ist und, wie du dich sicher erinnerst, einer der Urheber unseres Plans, hat Schlimmeres verhindert.

Zusammenfassend soviel: Wir fahren fort, im verborgenen die Sache des Jesus von Gamala zu unterstützen, da wir alle überzeugt sind, daß sich nützliche Resultate daraus erzielen lassen. Persönlich möchte ich die Möglichkeit nicht ausschließen, nach erfolgreichem Abschluß des Unternehmens ähnliche Operationen auch in anderen Teilen des Imperiums einzuleiten.

Ich hoffe, die Nachrichten, die böse Zungen bis in das entfernte Judäa tragen, sind nur zum Teil wahr und du erfreust dich guter Gesundheit. Ich lasse mich nicht darüber aus, da ich sicher bin, daß andere Spione sich beeilen, dir alles mitzuteilen.

Ad multos annos!
Lucius Valerius Aduncus

Er rollte den Papyrus zusammen und verschloß ihn mit einigen Tropfen über der Flamme einer Kerze erwärmten Harzes, in die er das Siegel seines Ringes drückte. Dann winkte er einen Wachposten herbei und befahl ihm, einen Boten kommen zu lassen. »Brich sofort auf«, sagte er zu diesem, »bringe die Botschaft direkt nach Capri und überreiche sie niemand anderem als dem Kaiser persönlich. Ich muß wohl nicht betonen, daß es eilt.«

Sein Gegenüber, der im Kommen kaum gegrüßt hatte, ergriff die Rolle und verschwand, ohne ein Wort zu verlieren. Kurz darauf hörte man das Klappern von Pferdehufen, die von Schritt in Galopp fielen und sich schnell im Getöse der Brandung verloren.

Nun erhob sich Aduncus, reckte seine Glieder und trat ans Fenster. Der Winter in Caesarea war viel milder als der römische, mit zahlreichen Sonnentagen, so daß er gerade darüber nachdachte, ob er ans Wasser hinuntergehen sollte, um sich dort ein wenig die Knochen zu wärmen, als er eine merkwürdige Prozession den Strand entlangkommen sah. Ein Soldat von ungeheuren Körpermaßen – ein Zenturio, wie Aduncus aus der Ferne erkannte – marschierte mit einem Bündel auf den Armen voran, das eindeutig ein in weiße Leinentücher gewickelter menschlicher Körper war. Ihm folgte mit gesenktem Haupt und auf dem Rücken verschränkten Händen ein Mann, in dem er zu seiner Überraschung Pontius Pilatus erkannte, hinter sich zwei weitere Legionäre aus der Eskorte des Präfekten.

Der alte Polizist zog sich hinter die Vorhänge zurück, um nicht entdeckt zu werden und die anderen so in Verlegenheit zu bringen. Die Gruppe durchquerte langsam sein Blickfeld und verschwand im selben Moment, als an die Tür geklopft wurde. Afranius trat ein, in der erhobenen Hand hielt er eine Papyrusrolle.

»Das ist gerade aus Rom angekommen«, verkündete er, »doch ich lasse es dich zuerst lesen, aus zweierlei Gründen: weil du ein Ehrengast bist und weil es sich, egal, wie genial er auch sein mag, doch nur um einen Fälscher handelt. Nach griechischem Modell, versteht sich, obwohl er darauf besteht, daß einiges sogar auf seinem eigenen Mist gewachsen ist.«

Es war das zweite Buch der Fabeldichtungen des Phädrus, eines Mazedoniers, der als Freigelassener des Augustus nach Rom gekommen und Aduncus gut bekannt war. Er hatte stets die Bescheidenheit des Literaten gemocht, der im Gegensatz zu vielen anderen nicht gezögert hatte, einen anderen Schriftsteller – den Griechen Äsop, der einige Jahrhunderte zuvor gelebt hatte – als Quelle seiner Inspiration und Vorlage seiner Poesie zu benennen, in der Tiere und Pflanzen in der Nachahmung der menschlichen Schwächen miteinander wetteiferten.

Vor einiger Zeit hatte Aduncus ihn gegen Angriffe seitens des Seianus verteidigen müssen, der ihn scheinbar grundlos haßte – vielleicht, so behaupteten böse Zungen, weil er sich selbst in einem der sprechenden Tiere wiedererkannt hatte – und drohte, ihn vor das Tribunal zu zitieren. Im Gegenzug hatte der Schriftsteller ihm den ersten Band seiner Fabeln geschenkt, in dessen Prolog er, nachdem er offengelegt hatte, daß Äsop seine Quelle war, darauf hinwies, daß er den Leser zum Lachen bewegen und zugleich zur Besonnenheit mahnen wolle. Nun konnte Aduncus im Prolog des zweiten Buches lesen, daß Phädrus dieses Mal einige der Fabeln als seine eigene Erfindung ausgab.

»Was mich betrifft«, sagte Afranius heiter, »habe ich es seit geraumer Zeit aufgegeben, mich für die Hüter der Moral zu interessieren, seien sie nun komisch oder nicht, und zur Zerstreuung ziehe ich bei weitem Liebes- oder Abenteuerromane vor. Dieser hier, zum Beispiel, hat in Griechenland einen immensen Erfolg.«

Er zog einen zweiten Band hervor mit dem griechischen

Titel »Ninus-Roman« und erklärte: »Es ist die Liebesgeschichte zwischen dem König von Assyrien und der Prinzessin Semiramis. Gehen wir«, schlug der kleine Grieche dann munter vor. »Es ist ein wunderschöner Tag, und die Sonne scheint. Wir lassen uns zwei Stühle am Strand aufstellen und das Mahl draußen servieren, um ein paar angenehme Stunden zu verbringen.«

Aduncus schüttelte den Kopf. »Nicht am Strand«, sagte er.

Der andere begriff mit seinem üblichen Scharfsinn im Fluge. »Keine Sorge«, sagte er, »der Zenturio Marcus hat Claudia Procula in ihre Räume zurückgebracht, und der Präfekt wacht bei ihr.«

Der Spanier hätte gern mehr darüber erfahren, doch er wagte nicht zu fragen. So führten sie den Plan des Afranius aus und saßen kurze Zeit später bequem am Strand, mit einem Krug Massico-Wein, den der Präfekt aus Kampanien hatte liefern lassen, und einem großen Teller mit Schinkenstücken zwischen sich.

»Die Juden wissen einfach nicht, was sie sich entgehen lassen«, meinte Afranius, während er genüßlich das Fleisch kaute, und obgleich er es großzügig mit Wein hinunterspülte, fügte er hinzu: »Die Römer hingegen wissen nicht, was sie sich entgehen lassen, indem sie den Massico und den Falerner trinken, anstatt die Weine aus Rhodos und Chios.«

Nachdem sie das Frühstück beendet hatten, vertieften sie sich in die Lektüre, doch schon bald brach der Spanier in lautes Gelächter aus, als er die Geschichte eines Mannes las, der eine alte und eine junge Geliebte hatte und ganz kahl war, weil die erste ihm die schwarzen Haare ausriß, um ihn älter scheinen zu lassen, und die zweite die weißen, um ihn zu verjüngen.

Er lachte immer noch, als die Stimme des Pilatus ertönte:

»Ich hoffe, die Belustigung reicht aus, um auch mich zu erheitern.«

Ein Sklave stellte einen Stuhl für den Präfekten in den Sand, während ein anderer einen Teller mit Kichererbsenmus brachte, das er so sehr mochte. Im Schatten des riesenhaften Zenturios, der ununterbrochen über seine Unversehrtheit wachte, begann Pilatus lustlos zu essen, und Aduncus las ihm die Fabel des Phädrus vor, die ihm jedoch kaum mehr als ein flüchtiges Lächeln zu entlocken vermochte.

»Sehr witzig, der Mann«, sagte er, »aber nur so lange, bis Seianus ihn vor Gericht stellt. Und jetzt zu dir, Afranius: Du wirst es dir hoffentlich nicht zur Angewohnheit gemacht haben, nur noch zum Essen und Trinken in mein Haus zu kommen.«

Der kleine Grieche war kein Mann, der schnell beleidigt war oder sich einschüchtern ließ. »Du weißt sehr gut, daß dem nicht so ist, Hegemon. Es gibt einige Neuigkeiten, über die ich dich informieren möchte.«

»Zum Beispiel?«

»Vor allem, daß Jesus nach Galiläa zurückgekehrt ist und dort mit großen Ehren empfangen wurde. Viele, die zur Lichtfeier in Jerusalem waren, haben sein Auftreten im Tempel persönlich erlebt und begeistert davon erzählt, und nun strömen wahre Massen zusammen, wo immer Jesus predigt. Sie wollen ihn hören, und sie sind fest davon überzeugt, daß sie ihn nur berühren müssen, um von jeglicher Krankheit geheilt zu werden; sie kommen ihm so nahe, daß er schon mehr als einmal gezwungen war, von einem Boot aus zu den Leuten am Ufer zu sprechen.«

»Dann ist ja alles in Ordnung«, sagte Pilatus, doch man sah ihm an, daß er mit den Gedanken woanders war. Dann riß er sich zusammen. »Und unser Schutzprogramm?«

»Das dürfte mittlerweile perfekt funktionieren«, sagte Afranius, »auch in einer Situation, wie wir sie im Tempel hatten. Zum Glück hat unser Freund Aduncus sich nicht um das Zutrittsverbot für Ausländer gekümmert.«

»Zum Glück«, bestätigte der Präfekt, »aber die Sache darf sich nicht wiederholen. Kaiphas hatte alle Mühe, sie zu vertuschen, er war zu Recht erbost darüber, und auch ich müßte dir eigentlich zürnen und verstehe selbst nicht, warum ich es nicht tue.«

Mit diesen Worten schob er seine Hände unter die Achseln und drückte sie fest an den Leib. Er drückte so kräftig, daß seine Kieferknochen vor Anspannung hervortraten, und sofort machte der Zenturio mit dem verunstalteten Gesicht einen Schritt nach vorn. Ohne ihn anzusehen, winkte Pilatus ab, er brauchte nichts, niemand brauchte zu kommen.

»Doch du weißt selbst«, setzte Afranius wieder an, »daß diese Erfolge in Galiläa erst die Prüfung in Jerusalem bestehen müssen. Dort ist es, wo er alles aufs Spiel setzt, und wir mit ihm.«

»Wieviel Zeit bleibt uns?« fragte Aduncus.

Diesmal antwortete Pilatus: »Bis zum Paschafest im Frühling.«

»So ist es«, bestätigte der Grieche, »ihr wichtigstes Fest, mit dem sie das Ende der Sklaverei in Ägypten feiern. In jenen Tagen müssen alle Juden nach Jerusalem pilgern, du kannst dir das Durcheinander vorstellen: Was du bei der Lichtfeier gesehen hast, war nur ein müder Abklatsch davon.«

»Wer wird im einzelnen da sein?« fragte Aduncus.

»Alle hohen und bekannten Persönlichkeiten des Landes, angefangen bei mir und Herodes Antipas bis zu den Führern der Zeloten und der Räuberbanden, wie Menachem, der Sohn des Judas, und Jesus Barabbas, die sich in der Menge am sichersten verstecken können. Die Garnisonskohorte wird Tag und Nacht auf den Beinen sein und zu diesem Anlaß durch meine idumäischen Reiter verstärkt werden.«

Er hob den Blick zu dem Berg von Zenturio, über dessen verunstaltetes Gesicht ein Lächeln zu huschen schien. »Und natürlich durch Marcus«, sagte er.

»Und all diese Leute«, mischte sich Afranius nun wieder ein, »werden für die Opfergabe den Tempel aufsuchen. Du kannst dir vorstellen, was für ein Geschäft die Händler und die Sadduzäer machen, die den Markt kontrollieren.«

»Apropos«, sagte Aduncus, »laß uns kurz über Kaiphas und die Sadduzäer reden. Glaubst du wirklich, daß wir uns auf sie verlassen können?«

»Ja«, antwortete Pilatus, »Kaiphas und vor allem sein Schwager werden sie zu überzeugen wissen oder sie, im schlimmsten Fall, unter Kontrolle halten.«

»Und die Pharisäer?«

Diesmal antwortete Afranius. »Sie sind viele, und viele von ihnen sind geradezu fanatisch, so daß wir uns vor ihnen wirklich in acht nehmen müssen. Aber es befinden sich auch Anhänger von Rabbi Hillel unter ihnen, dessen Lehre der des Jesus sehr ähnlich ist. Dieser Nikodemus, der mit ihm gesprochen hat, zum Beispiel, oder Joseph von Arimathäa. Außerdem verfügen wir über eine wunderbare interne Informationsquelle: ein junger Mann namens Saulus, der sowohl Tarsiot ist als auch Römer und sowohl griechisch als auch nach rabbinischer Lehre erzogen wurde. Und der sowohl für den Hohen Rat als auch für uns spioniert. Und da er ein Schüler des alten Gamaliel ist, eines höchst angesehenen Pharisäers und Richters des Hohen Rats, ist er immer über alles bestens informiert.«

»Woran kann ich ihn erkennen, wenn ich ihn brauche?«

»Das ist leicht: Er ist trotz seines geringen Alters bereits kahl, hat krumme Beine und vor allem eine noch auffälligere Hakennase als du.«

»Bleiben noch die Zeloten«, sagte Pilatus.

»Die«, sagte Afranius, »müßte ich unter Kontrolle halten können. Mit dem Dolch ... meine Sikarier sind mehr wert als ihre.«

Es kamen keine weiteren Fragen. Pilatus zog die Hände unter den Armen hervor und befreite sie vorsichtig von den Verbänden, stützte seine beiden geschundenen, geschwollenen und stark geröteten Extremitäten auf die Beine und betrachtete sie.

»Vielleicht schadet dir ja die Sonne«, wagte Afranius zu sagen.

»Ich weiß«, erwiderte der Präfekt. »Die Sonne, welche anderen ihre Wunden heilt, schadet mir. Und ebenso das Wasser des Meeres, das viele zur Heilung verwenden, mir schadet es. Desgleichen die Heilsalben, mit der die Ägypter ihre Toten konservieren. Desgleichen das Pferdefett, mit dem sich die Schiiten ihre Haut einreiben. Desgleichen das Brot von Aleppo, mit dem sich die babylonischen Matronen waschen. Mir schadet alles, und nichts hilft mir.«

Er stand auf und ging langsam einige Schritte am Meer entlang, der riesenhafte Soldat immer wie ein Schatten hinter ihm. Einige Minuten später wurde sein Stuhl von dem griechischen Arzt in Beschlag genommen, der seine massige Gestalt schwer darauf fallen ließ und nach einem Stück Schinken auf dem Teller griff.

»Welcher Stimmung ist er?« fragte er.

»Wenn ich du wäre, würde ich verschwinden«, sagte Afranius nur.

Der andere zuckte die Achseln. »Meine Schuld ist es nicht«, sagte er, »ich kann da nichts mehr machen. Die wissenschaftlichen Ansätze des Hippokrates wurden mit religiösem Eifer befolgt.«

Er hielt einen Moment inne, um zu sehen, ob jemand über sein Wortspiel lachte, doch weder Afranius noch Aduncus taten ihm den Gefallen, und so fuhr er fort.

»Erstens: nicht schaden«, sagte er, indem er mit dem rechten Zeigefinger auf die Spitze des linken tippte. »Und ich habe dem Kranken in keiner Weise Übel zugefügt. Dann«, und er tippte auf seinen Mittelfinger, »die schädliche Materie, die schlechten Substanzen und Säfte austreiben. Auch das habe ich getan, doch sie haben sich neu formiert. Ich habe versucht, ihm mit Arzneien und Salben Erleichterung zu verschaffen, mit einer umfassenden inneren und äußeren Reinigung, mit Diäten und dem Brot von Aleppo.«

Nachdem er sich an den Ring- und den kleinen Finger getippt hatte, öffnete er die Arme in einer Geste des Bedauerns. »Nichts«, sagte er, »jeder Versuch, die rechte Mischung seiner vier Humores Blut, Schleim, gelbe und schwarze Galle wiederherzustellen, ist kläglich gescheitert. Bedeutet das etwa, daß ich ein schlechter Arzt bin? Ich glaube kaum. Heißt es dann, daß Hippokrates ein Scharlatan war? Aber keineswegs. Es bedeutet vielmehr schlicht und einfach, daß seine Gedanken ihm schaden. Und vor allem die Gedanken an die Juden.«

»Eine interessante Theorie«, sagte Aduncus, ohne die Ironie seiner Worte zu verbergen.

Der Arzt warf ihm seinerseits einen ironischen Blick zu. »Du glaubst mir nicht, Römer? Ich auch nicht. Aber frage deinen Jesus, und dann sprechen wir uns wieder. Diese Essener arbeiten wenig wissenschaftlich, aber sie haben interessante Theorien und noch interessantere Heilmethoden. Selbst ich habe manchmal ... Aber lassen wir das, das ist nur jüdische Hexerei, und wir Griechen sind Wissenschaftler, seit Hunderten von Jahren wissen wir, daß die Welt von unabänderlichen Naturgesetzen gelenkt wird und nicht von den Launen der Götter, und was euch Römer betrifft, hat euer Lukrez es sogar in Verse gefaßt. Zugegeben, wunderbare Verse, die mich bedauern lassen, daß er kein Grieche war. Keine Rede also von Mirakeln und Wunderwerken. Und dennoch, manchmal ...«

Er betrachtete die Gestalt des Pilatus, die immer kleiner wurde und vor den mächtigen Umrissen des Zenturios kaum mehr zu sehen war. Eine leichte Brise hatte sich erhoben und wirbelte kleine Sandwölkchen hinter ihnen auf.

»Aber was sorge ich mich um ihn?« meinte er dann. »Er ist ein verfluchter Römer, einer von diesen Provinzlern, die auch Hellas zur Provinz gemacht haben, und außerdem ein gnadenloser Hundesohn. Niemals habe ich so viele Kreuze in Palästina gesehen wie seit seiner Ankunft.«

Er wandte sich zu den anderen beiden. »Starke Worte, ich weiß, doch du«, er deutete auf Afranius, »wirst mich nicht anzeigen, weil du ein Grieche bist und ebenso denkst wie ich, und du«, zu Aduncus gewandt, »bist Spanier, soviel ich weiß, also auch Untertan der Besatzer, und du siehst aus wie jemand, der diese Lappalien für immer hinter sich gelassen hat.«

Mit Mühe hob er seinen schweren Körper aus dem Stuhl, indem er sich auf den Armlehnen abstützte. »Doch vor allem«, sagte er, als er das Gleichgewicht wiedergefunden hatte, »vor allem ist es mir egal, ob ihr mich anzeigt oder nicht. Denn meinen unfehlbaren Fluchtplan trage ich stets bei mir.«

Er brach in lautes Gelächter aus, und in sein Gesicht kehrte die ihm eigene Heiterkeit zurück. »Meinst du nicht auch, Grieche?« rief er. »Und du, Spanier?«

Er packte seinen Beutel, den er im Kommen auf den Boden hatte fallen lassen, und sah wieder in Richtung der beiden Figuren in der Ferne. »Bestellt ihm, daß ich gegangen bin, weil ich nicht mehr weiß, wie ich ihm noch helfen kann«, sagte er fröhlich, »und daß er herbeirufen soll, wen er möchte, am besten die Essener.«

Er war schon am Gehen, als er auf der Terrasse des Palastes eine weiße Gestalt erblickte, die sich auf die Balustrade stützte, eingehüllt in leichte Schleier, die sachte in der Brise wehten. »Sie hingegen«, murmelte er leise, »um sie mache ich mir Sorgen. Gedanken, auch bei ihr. Ich würde ... Hexerei, warum nicht? Jedes Mittel ist recht.«

Er warf sich den Beutel über die Schulter und erklomm mühsam den zum Palast hin ansteigenden Weg. Aduncus wandte sich Afranius zu und sah ihn wortlos an. Der zuckte mit den Schultern. »Wir sind alle in sie verliebt, Römer. Denn sie ist unsere Seele, glaube ich, das Bewußtsein unseres Selbst. Jeder von uns, Aduncus, würde alles dafür geben, sie zu heilen, aber wir können es nicht, denn wir sind ein Teil ihrer Krankheit.«

Kapitel 20

Dieses Mal war der Aufbruch vom Jubel aller begleitet, ausgenommen Judas von Karioth, dessen Gesichtsausdruck um so nachdenklicher wurde, je mehr sich die Botschaft Jesu beim Volk durchsetzte. Es waren mindestens hundert Menschen, die sieben Tage vor dem Paschafest Kapharnaum und das blühende Galiläa verließen und sich nach Jerusalem aufmachten, unter ihnen nicht wenige Frauen: die Mutter Jesu und eine ihrer Schwestern, ebenfalls mit Namen Maria, außerdem Johanna, die Frau des Chusa, und Salome, die Mutter von Johannes und Jakobus, sowie Maria von Magdala.

Jedes Jahr pilgerten die Juden zu diesem Fest, um den Auszug aus Ägypten zu feiern, als der Pharao den Bitten des Moses nachgab, nachdem das Land die zehnte Plage durchlitten hatte: die Tötung aller Erstgeborenen. Eine Woche lang verwandelte sich Jerusalem in einen wahren Bienenstock, und die Bewohner des ganzen Landes, Abkömmlinge aller zwölf Stämme Israels, trafen ein. Den Pilgern waren die Reisetage sehr vergnüglich: Ganze Familien und Dörfer machten sich auf den Weg und vertrieben sich die Zeit, indem sie die Geschichten ihres Volkes erzählten und Psalmen sangen, bis sie am Horizont den goldenen Schimmer des Tempels gewahrten.

Wie schon zur Lichtfeier wählten Jesus und seine Gefährten den Weg über Sichem, um dann durch Silus zu kommen, wo tausend Jahre zuvor die Bundeslade ihre erste Heimstatt gefunden und so die Stadt zum religiösen Zentrum des Volkes Israel gemacht hatte, und anschließend durch Bethel, dessen Namen – das Haus Gottes – auf den Patriarchen Jakob zurückging. Die Nächte waren mild, und neben den Lagerfeuern sprachen die Pilger über den stetig wachsenden Anklang, den ihre Botschaft fand. Jesus warnte vor einem übertriebenen Optimismus, doch auch er fühlte sich im Vergleich zur vorherigen Wanderung um vieles sicherer und zeigte dies auch. Es wurden immer mehr, die vom religiösen Gepränge der Pharisäer zu seiner Schlichtheit wechselten und ihr Hoffen auf einen gottgesandten Heerführer gegen die Erwartung eines den Frieden predigenden Messias eintauschten, und ununterbrochen trafen wohlwollende Botschaften aus dem ganzen Land ein.

Auch Pontius Pilatus brach frühzeitig von Caesarea auf, aber natürlich würde er keine sieben Tage brauchen. Seine Eskorte kam schnell voran, denn sie bestand aus dreihundert idumäischen Reitern, und auch er selbst saß auf einem wundervollen Tier, das ihm ein persischer Adliger geschenkt hatte. Claudia – der Präfekt von Judäa hatte seine Frau nicht zurücklassen wollen, die sich, obwohl körperlich einigermaßen stabil, geistig immer weiter aus dieser Welt zu entfernen schien – lag in einen bequemen Wagen gebettet, der von zwei Pferden gezogen wurde. In einem anderen Wagen reisten der griechische Arzt und einige Sklaven.

Dennoch kam ihre Fahrt recht bald ins Stocken. Obwohl die Gemahlin auf einer dicken Lage Kissen ruhte und obwohl die Räder des Karrens mit Lederstreifen beschlagen waren, um die Stöße abzufedern, schien jedes kleinste Rütteln im Innern einen Alptraum auszulösen, der sie aufschreien ließ und gegen den die mitreisende Sklavin keine Abhilfe wußte. Es hatte keinen Zweck: Schließlich mußte ein Reiter im Galopp zum Palast zurückpreschen, um nach einiger Zeit mit einer Sänfte sowie einigen Trägern wiederzukommen.

Pilatus seinerseits hatte schon bald festgestellt, daß seine Hände es ihm nicht erlauben würden, die Zügel bis nach Jerusalem zu halten, und so nahm er resigniert Claudias Platz in der Kutsche ein oder ging zu Fuß neben der Sänfte her, von deren Innern er den Blick nicht losreißen konnte. Hinter ihm folgte der Zenturio mit dem entstellten Gesicht, der ein mächtiges Schlachtroß an den Zügeln führte.

So bewegten sie sich langsam auf Jerusalem zu, vorbei an Antipatris, Lydda und Nikopolis. Sie kamen so langsam voran, daß sie am Ende des ersten Tages kaum fünfzig Stadien zurückgelegt hatten. Die Soldaten errichteten ein großes und bequemes Zelt für den Präfekten und seine Frau, dann bereitete sich jeder von ihnen ein Lager auf den langen roten Umhängen der Reiterei. Die Nachtwache wurde eingeteilt, da ohne eine Bewachung selbst diese große Gruppe nicht gegen Angriffe von Räubern gefeit war, dann entzündeten sie ein Lagerfeuer.

Um Claudia nicht zu stören, die völlig entkräftet im Halbschlaf lag, nahm Pilatus sein Mahl gemeinsam mit Aduncus und Afranius vor dem Zelt ein. »Morgen früh reitet ihr allein weiter«, sagte er zu ihnen, »denn bei dieser Reisegeschwindigkeit werden wir erst am Vorabend des Festes Jerusalem erreichen.«

Die beiden waren einverstanden, auch sie hatten es ihm schon vorschlagen wollen. Sie verabschiedeten sich vom Präfekten, und am nächsten Morgen, als das Lager erwachte, waren sie bereits aufgebrochen. So geschah es, daß die beiden

Polizisten vor Pilatus und auch vor Jesus die Hauptstadt erreichten. Afranius verfügte über ein Quartier nur wenige Schritte vom Tempel entfernt, wo er auch den Kollegen unterbrachte, dann machten sie sich gemeinsam daran, die Informanten aufzusuchen.

Von Bethel aus führte eine Straße geradewegs nach Jerusalem, doch während Jesus die Frauen und Jünger aufforderte, den kürzesten Weg zur Hauptstadt einzuschlagen, nahm er mit seinen zwölf Gefährten die Straße, die über Bethanien führte. Ihn drängte der Wunsch, seine Freunde wiederzusehen, Simon den Aussätzigen und dessen Neffen und Nichten, und außerdem wollte er sich der Hauptstadt aus östlicher Richtung nähern. Auf dem Ölberg würde er haltmachen, um von dort aus, umgeben von völliger Stille, den Widerschein der ersten Sonnenstrahlen auf den goldenen Platten des Tempeldaches und dem weißen Marmor seiner Mauern zu bewundern. Dort schlug das Herz seines Volkes, des Volkes, das er gewinnen wollte, um es friedvoll ins Himmelreich zu führen.

Im Haus seiner Freunde herrschte große Traurigkeit, denn Lazarus war sehr krank. Seit Tagen lag er in einem fiebrigen Schlaf, aus dem ihn nichts und niemand aufwecken konnte, und sie alle fürchteten, daß selbst ein Wunderheiler wie Jesus ihm nicht mehr würde helfen können. Doch einmal mehr bezwangen die innere Kraft des Nazaräers und seine Kräuter das Übel, und unter der Berührung seiner Hände, die er ihm auf die glühende Stirn legte, schlug Lazarus die Augen auf und ließ sich einen Tee einflößen. Dann fiel der junge Mann sofort wieder in einen tiefen Schlaf, der diesmal heilend war und aus dem er einige Stunden später schwach, aber fieberfrei und mit einem Lächeln auf den Lippen erwachte.

Noch am selben Abend konnte Lazarus wieder aufstehen

und sich eine Weile an den Tisch setzen. Martha servierte wie stets das Abendessen, während Maria ein Pfund Salböl von echter Narde nahm und Jesus damit die Füße salbte, die sie ihm dann mit ihrem Haar abtrocknete, und das ganze Haus war erfüllt vom Duft des Öls.

Da ertönte die harsche Stimme des Judas von Karioth: »Warum hat man dieses Öl nicht für dreihundert Denare verkauft und den Erlös den Armen gegeben?«

Jesus lächelte. »Bedenke«, sagte er, »daß dies bereits die ersten Salbungen für mein Begräbnis sind.«

Judas wollte gerade etwas erwidern, als einige Nachbarn in der Tür standen. Angelockt von der Nachricht, Jesus der Nazaräer sei im Dorfe, derselbe, der wenige Monate zuvor Simon von der Lepra geheilt hatte, sahen sie nun auch noch den Lazarus aufrecht am Tisch sitzen und begannen, wild durcheinanderzuschreien. »Schon wieder ein Wunder!« rief einer. »Und ein noch größeres als zuvor«, fügte ein anderer hinzu, »denn Lazarus war schon so gut wie tot, und Jesus hat ihn zum Leben erweckt!«

Am nächsten Tag setzten Jesus und die Apostel ihren Weg nach Jerusalem fort. Am Eingang des Dorfes Betfage, nahe dem Ölberg, sandte der Nazaräer Thomas und Thaddäus mit den Worten voraus: »Geht in das Dorf, das ihr dort seht, und vor dem ersten Haus werdet ihr eine Eselin mit ihrem Füllen angebunden finden. Bindet sie los und führt sie zu mir. Ihr Herr kennt mich, sagt ihm, daß sie für mich sind und daß ich sie ihm bald zurückbringen lasse.«

Die beiden taten, wie ihnen geheißen war. Sie führten die Eselin und ihr Füllen herbei, breiteten ihnen einige Mäntel über die Rücken und ließen Jesus aufsitzen. Die verbleibenden fünf Stadien bis zu den Toren Jerusalems legten sie in einem Strom von Menschen zurück, die alle in die Stadt zogen, und plötzlich rief jemand aus der Menge: »Aber das ist doch Jesus! Jesus, der Nazaräer!«

Da brach ein großes Geschrei los. Viele kannten ihn, und einige kamen aus Bethanien, wo Jesus, wie sie beschworen, am Tage zuvor einen gewissen Lazarus geheilt hat, der beinahe gestorben wäre. »Was redest du da«, ertönte lautstarker Widerspruch, »er war bereits tot, und Jesus hat ihn wieder zum Leben erweckt!«

Das Volk scharte sich um ihn, und wer weiter vorne, nahe der Mauern Jerusalems war, kehrte um, da das Gerücht bis zu ihm vorgedrungen war. Zahlreiche Menschen breiteten ihre Mäntel auf der Straße aus, während andere Palmzweige und Äste von Olivenbäumen abschnitten und den Weg damit bedeckten, und alle riefen mit lauter Stimme: »Hosanna dem Sohn Davids! Gesegnet sei er, der kommt im Namen des Herrn! Hosanna in der Höhe!«

Sie kamen durch die Mauer, und die ganze Stadt schien vor Erwartung zu beben. Wenn jemand über diesen Empfang staunte und fragte: »Wer ist das?«, so antworteten tausend Stimmen: »Es ist Jesus der Nazaräer, Jesus der Prophet!«

Die Menschenmenge war nun so groß, daß sie die gesamte Straße füllte, die am Fuße des Berges Moria und an den Ruinen vom Tempel des Salomo vorbeiführt. Die Einwohner Jerusalems eilten herbei, um dem Ereignis beizuwohnen, denn sie erinnerten sich daran, wie Jesus am Tempelweihefest den Tempelwachen und Pharisäern die Stirn geboten hatte. Doch auch von letzteren waren viele anwesend, die Anhänger des Hillel, die Jesus unterstützten und ihm das mitteilen oder ihn zumindest berühren wollten. Auch ein Priester war da, ein junger Mann, der sich unter Zuhilfenahme der Ellbogen laut schreiend einen Weg durch die Menge bahnte, bis er dem Nazaräer gegenüberstand. Dieser beugte sich vom Maultier herab, um seinen teuren Johannes zu umarmen, und als die Leute dieses Treffen zwischen einem Mann aus dem Volk und einem Patrizier sahen, brachen sie erneut in Begeisterungsrufe aus.

Doch ein noch größerer Aufschrei, ein wahrer Donner brach los, als die Leute sahen, wie sich ein alter Mann dem Reittier Jesu näherte, und in ihm den berühmtesten und angesehensten der Pharisäer erkannten: den greisen Gamaliel, Neffe des Hillel. Jeder in Jerusalem liebte ihn, da Gamaliel sich stets einen freien, offenen Geist bewahrt hatte, da er die Winkelzüge und die ostentative Frömmelei seiner Kollegen ablehnte und schließlich, da er in den Schriften bewandert war und zugleich den Wert der anderen Wissenschaften anerkannte. Und weil er sich dagegen verwahrte, mit einem Schleier vor dem Gesicht oder geschlossenen Augen umherzugehen, wie es andere Pharisäer taten, erzählten sich die Menschen lachend, daß der alte Gamaliel hin und wieder auch einen Blick auf eine Heidin riskierte. Vor ihm teilte sich die Menge, und der Alte gelangte mühelos an sein Ziel: er ergriff Jesu Hand und legte sie sich aufs Haupt, und wieder stieg aus unzähligen Kehlen ein Schrei in den Himmel auf.

Die Menschenmenge setzte sich nun langsam in Bewegung und zog an der Burg Antonia vorbei. Zu einer anderen Gelegenheit, zu jeder anderen Gelegenheit, wäre angesichts eines solch großen, lärmenden Menschenstroms ein starkes Manipel von Soldaten aus dem mächtigen Gebäude gestürmt, um die Ordnung wiederherzustellen und jeden Versuch eines Aufstands im Keim zu ersticken, doch dieses Mal rührten die Wachsoldaten sich nicht von der Stelle, die großen Portale, hinter denen nur vereinzelt das Wiehern der idumäischen Schlachtrösser zu vernehmen war, blieben verschlossen.

Auch Pilatus war an diesem Vormittag eingetroffen. Die ganze Nacht über hatte er die Pferde im Schritt der Sänftenträger trotten lassen, während er Claudias Schlaf hütete oder sich im Wagen ausruhte, und als der Tag anbrach und die rot schimmernden Mauern Jerusalems bereits in Sicht waren, hatte er die Hälfte seiner Reiter vorausgeschickt, um die Kohorte der Fußsoldaten zu verstärken, die in der Antonia stationiert waren.

Einige Stunden später schließlich hatte auch der Präfekt durch das Jaffator die Stadt betreten, mit den restlichen Idumäern und dem Zenturio Marcus, die ihn und Claudias Sänfte zum Palast des Herodes geleiteten, wo die Prokuratoren der Provinz Quartier fanden. Bei seinem Anblick zogen sich die Leute in die Häuser zurück oder setzten ihren Weg fort, ohne dem Repräsentanten der kaiserlichen Macht ihre Ehre zu erweisen. Pilatus hielt sich aufrecht im Sattel und würdigte niemanden eines Blickes. Er lenkte das Pferd mit den Knien, hielt die Zügel locker in der Hand, und dennoch mußte er die Zähne zusammenbeißen, um den Schmerz zu ertragen, und das ließ seinen von den Juden so gehaßten steinernen Gesichtsausdruck noch härter erscheinen.

Der Palast des Herodes in einer Ecke des Tempelvorplatzes war ein Gebäude mit großen Terrassen und Löwen aus weißem Marmor, die über den Aufgang wachten. Seitlich führte eine externe Treppe hinauf zu den drei Türmen, die der idumäische König einer seiner neun Frauen, Maria, ihrem Sohn Hippicus und dessen Freund Phasael gewidmet hatte. Von dort oben konnte er einen Gutteil der Monumente überblicken, mit denen Herodes Jerusalem geschmückt hatte, auch den oberen Teil der Festung Antonia und natürlich das goldene Dach des Tempels, doch der Blick reichte nicht bis hinab in die Straßen, die sich durch die Stadt wanden. Pilatus stieg vom Turm herab und ließ Aduncus und Afranius rufen, damit beide oder zumindest einer ihn in die Stadt begleiteten, doch niemand wußte, wo sie sich aufhielten.

Zum selben Zeitpunkt gelang es zwei der zahlreichen Nichtjuden, die nach Jerusalem gekommen waren, um das jüdische Fest mitzuerleben oder daran teilzunehmen – denn es mangelte nicht an Heiden, die zum Monotheismus übergetreten waren –, sich durch die Menschenmenge bis zu denjenigen durchzudrängeln, die Jesus am nächsten standen.

»Wie heißt du?« fragte höflich einer der beiden, dessen Gesichtszüge nicht jüdisch waren, doch dessen Aramäisch keinen fremdländischen Akzent aufwies.

»Ich bin Philippus«, antwortete der Apostel, »Philippus von Bethsaida.«

»Wir wollen mal sehen, ob du wirklich ein Freund von Jesus dem Nazaräer bist, den wir so sehr bewundern«, sagte nun der andere. »Wir möchten ihn sehen, möchten kurz mit ihm sprechen. Kannst du uns da helfen?«

Philippus teilte dies Andreas mit, und gemeinsam gingen sie zu Jesus, der sofort bereitwillig zustimmte, doch im gleichen Moment rückte die Menge von hinten nach, und zahlreiche Menschen schoben sich zwischen ihn und die beiden Heiden. Jesus konnte noch beobachten, daß der eine ihm etwas zurief, und den Mundbewegungen glaubte er entnehmen zu können, daß es um die Zeloten ging. Den anderen, einen hochgewachsenen und kräftigen Alten, meinte er schon einmal gesehen zu haben, doch im herrschenden Durcheinander konnte er sich nicht entsinnen, wo und wann das gewesen war. Erst nach einer Weile, als die beiden längst in dem Meer von Menschen verschwunden waren, erinnerte er sich an den alten Mann, der nicht gezögert hatte, zu seiner Verteidigung den Dolch zu ziehen.

»Es hat keinen Sinn«, sagte Afranius, »so kommen wir niemals an ihn heran. Aber keine Sorge: Unsere Männer sind in seiner Nähe, und auch wenn Jesus meine Warnung nicht verstanden hat, so haben sie es und wissen, wie sie sich zu verhalten haben.«

Aduncus schüttelte unzufrieden den Kopf, doch er sah ein, daß der andere recht hatte und daß sie nichts machen konnten. Mühsam kämpften sie sich gegen den Strom von Menschen, die von Westen in die Stadt drängten, zum Palast des Herodes durch, wo mittlerweile auch Pilatus eingetroffen sein mußte.

Sie trafen ihn, wie er verwundert seine Hände betrachtete, als seien diese geschundenen Glieder kein Teil mehr von ihm. Sein Leibsklave, der sie ihm mit frischen Tüchern verbinden mußte, erzitterte bei dem Gedanken daran, ihm Schmerz zuzufügen, doch der Präfekt sah aus, als ginge ihn all das nichts an, als sei ihm nicht nur der Anblick seiner Hände völlig fremd, sondern als spüre er auch die Schmerzen nicht mehr. Dennoch verriet sein Gesichtsausdruck nach Abschluß der Behandlung Erleichterung, und er ließ sich seufzend in einen Lehnstuhl fallen.

»Was geht dort draußen vor?« fragte er die beiden Agenten.

»Ein wahrer Triumph für unseren Mann«, antwortete Afranius, »du kannst zufrieden sein.«

Der Präfekt sah Aduncus an und sagte: »Deinem Gesicht nach zu urteilen, bist du weniger optimistisch als dein Kollege.«

Der alte Polizist zuckte die Achseln. »Ich weiß es selbst nicht«, sagte er, »es ist nur so ein Gefühl ..., eigentlich gibt es keinen Anlaß zur Sorge. Nur diese Zeloten ...«

Pilatus sprang auf. »Zeloten?« rief er.

Afranius nickte. »Es sind ihrer viele, und sie werden immer mehr. Meine Männer haben mich darauf hingewiesen, kaum daß wir ankamen. Die Sache ist besorgniserregend, das wohl, doch eigentlich ist das nichts Neues: Du weißt selbst, daß zu den Festen, die eine Pilgerfahrt vorschreiben, auch viele Menschen in der Hoffnung kommen, einen Aufstand anzetteln oder zumindest einen Handstreich gegen die Soldaten organisieren zu können. Aber wir haben sie unter Kontrolle, und ich glaube auch nicht, daß Jesus ihre Zielscheibe wäre. Dennoch ...«

Der kleine Polizist verlor sich in Gedanken, doch war es ein denkbar ungeeigneter Moment, dem Präfekten mit unvollendeten Sätzen zu kommen.

»Sprich, verdammter Grieche!« schnauzte Pilatus ihn an. »Red weiter, zum Dämon!«

»Sie scheinen etwas Großes zu planen«, gab Afranius zu, »sonst wäre Jesus Barabbas nicht hier.«

Beim Namen dieses Anführers verzog sich das Gesicht des Präfekten zu einer sarkastischen Grimasse. »Sehr gut«, sagte er, »sehr gut: Barabbas ist hier, der Räuberhauptmann persönlich ist nach Jerusalem gekommen, der Mörder weilt unter uns, aber wir sollen ganz unbesorgt sein. Bist du denn noch klar im Kopf, Afranius? Oder muß ich dich diesem Arzt aus deiner Heimat übergeben, damit er dir eine seiner nutzlosen Kuren verabreicht?«

Der andere schüttelte den Kopf. »Ich sagte dir bereits, daß wir alles unter Kontrolle haben. Sie könnten etwas versuchen, sie könnten auch jemanden erdolchen, doch wenn sie das tun, nehmen wir sie fest. Und was Jesus betrifft, noch einmal, ich glaube nicht, daß sie die Absicht haben, ihn umzubringen, schon gar nicht hier und jetzt: Das Volk feiert ihn wie einen König, und auch wenn ihnen das nicht paßt, werden sie doch nicht so dumm sein, sich gegen das Volk zu stellen.«

Es stimmte: Die Begeisterung der Menge, die in Jesus mittlerweile den Messias sah, begleitete ihn bis zum Tempel und steigerte sich sogar noch, als der Nazaräer unter dem schallenden Gelächter der Menschen und dem Gebrüll der Tiere erneut die Händler verjagte. Stunden vergingen, bevor wieder Ruhe einkehrte, und als die Gruppe der Galiläer bei den Häusern von Johannes dem Priester und anderen Verwandten und Freunden ankam, wo sie wohnen sollte, ging die Sonne bereits unter.

Während des Abendessens sprachen sie über die Ereignisse der vergangenen Stunden. Manche von ihnen waren enthusiastisch. »Jetzt haben wir es geschafft«, behauptete Jakobus, Sohn des Kleophas, und Nathaniel war der gleichen Ansicht: »Das Volk ist auf unserer Seite, es hat die Heuchelei der Schriftgelehrten und Pharisäer satt, die in den Synagogen und bei den Zusammenkünften zu beten vorgeben und sich in der Zwischenzeit die Häuser der Witwen einverleiben.« Auch Philippus und Thomas sprachen so und erinnerten daran, daß die Sadduzäer, die nicht an die Auferstehung glaubten, eigentlich einen Gott der Toten anbeteten und nicht den Gott der Lebenden, wie es jener von Abraham, Isaak und Jakob war.

Zurückhaltender schienen Levi Matthäus und Simon Petrus, die davor warnten, die Gefahr schon gebannt zu glauben, doch Andreas und Johannes der Priester vertrauten auf die Unterstützung des Gamaliel und betonten, daß heute sicherlich viele Pharisäer die Seite gewechselt hätten: Von nun an würden sie die wahre Reue und nicht den falschen Schein befürworten und einen Messias des Friedens anstelle eines Kriegerfürsten erwarten.

Doch einer schwieg, noch düsterer als sonst, und Jesus wandte sich mit einem Lächeln an ihn: »Und du, Judas, was denkst du? Und vor allem: Hast du vor, weiterhin Trübsal zu blasen, oder wirst du dich dazu durchringen können, dich mit uns zu freuen?«

Der Mann aus Karioth sah mit von Sorge gezeichnetem Gesicht auf. Er blickte Jesus fest in die Augen und begann nach einem langen Schweigen, das auf die ganze Gruppe übergriff, zu sprechen:

»Von uns allen«, sagte er, »bin ich als einziger unglücklich, mehr noch, ich bin der unglücklichste Mensch überhaupt. Ich höre dir zu, und ich weiß, daß du aufrichtig bist, und ich möchte dir glauben, doch ich kann nicht. Ich würde mein Leben geben, damit deine Worte Wirklichkeit würden, doch ich habe die Gewißheit, daß es unmöglich ist. Ich finde immer größeren Gefallen an dem, was du sagst, und jeden Tag hoffe ich, daß du mich überzeugst, doch dann kommt der Abend und bringt einen widrigen Wind mit sich. Ich weiß nicht, ob Menachem, der Sohn des Judas, recht hat, wenn er behauptet, das Reich Gottes müsse mit Blut auf dem Schlachtfeld erobert werden, ich weiß es nicht mehr. Das zumindest ist dir gelungen, in mir den Zweifel zu säen. Doch ich bin sicher, daß wir mit Frieden keinen Frieden schaffen werden, denn es wird immer jemanden geben, der unsere Art, uns zu unterwerfen, ausnutzen und uns zu Sklaven machen wird.«

Wieder herrschte Schweigen. Die Augen des Judas, dessen Blick nun ins Leere ging, glichen Steinen, während in denen des Nazaräers eine unermeßliche Traurigkeit lag, und auch auf den anderen lastete der Schatten dieses furchtbaren Zweifels.

»Und doch«, sagte Jesus schließlich, »weißt du, daß nur im Frieden die Hoffnung liegt, ihn wahrhaft zu schaffen.«

»Vielleicht«, gab Judas von Karioth zu, »doch frage ich mich, wieviel Zeit vergehen muß und welchen Preis unsere Leute dafür zahlen müssen. Wie oft noch müssen wir ins Exil nach Ägypten ziehen? Wie oft noch werden wir nach Babylonien verschleppt? Wie oft noch muß ein Sohn Israels zwei Meilen das Gepäck eines römischen Götzendieners tragen? Wie oft noch muß er nach deiner Lehre dem, der ihn auf die eine Wange geschlagen hat, die andere hinhalten? Deshalb, glaube ich, ist es besser zu kämpfen und zu töten und zu siegen und im Himmelreich an der Seite des Triumphators zu sitzen.«

Am nächsten Morgen wollte Jesus sich allein zum Tempel begeben, doch ein paar Jünger folgten ihm in einigem Abstand. Der Ort, an dem sich der Nazaräer am liebsten aufhielt, war die Säulenhalle des Salomo, wo drei Reihen von Säulen zwei Gänge bildeten; hier spazierte er entlang, den Blick zu der mit Schnitzereien verzierten Holzdecke erhoben oder auf das darunterliegende Kedron-Tal gerichtet. Die Seitenmauer des Tempels schloß mit dem Felsen ab, der steil in die Tiefe stürzte, so daß Jesus das Gefühl hatte, über einem Abgrund zu stehen, und nur das Auge überwand die Schlucht und traf gegenüber auf den Abhang, der mit den Grabsteinen berühmter Leute übersät war, mächtiger Männer, vielleicht antiker Propheten. Er dachte an die Worte des Judas und an die Wahrheit, die in ihnen steckte, doch zugleich dachte er, daß sich unter der Großartigkeit jener wundervollen Grabstätten nur Humus und Fäulnis befanden, und daraus zog er die tröstliche Bestätigung für das, was er die Menschen zu lehren versuchte. Wahrhaftig, vielleicht würden Jahrhunderte voll neuer Ungerechtigkeiten vergehen, doch er war sicher, daß dies der einzig richtige Weg war, die wahre Gerechtigkeit und den wahren Frieden zu erlangen.

Er drehte sich um. Viele Pilger und Leute aus Jerusalem waren in den Tempel gekommen und standen in der Säulenhalle, doch als sie Jesus so in Gedanken versunken sahen, respektierten sie seine Einkehr und sein Schweigen. Nun jedoch jubelten sie und baten ihn, seine Lehre darzulegen, doch er hatte kaum angefangen zu sprechen, als eine weitere Gruppe herankam, die ihn mit großer Herzlichkeit anredete.

»Wir sind froh, dich gefunden zu haben«, sagte einer von ihnen, »denn schon lange streiten wir um eine uns grundlegend erscheinende Frage, auf die wir keine befriedigende Antwort finden. Wir wissen, daß du aufrichtig redest und predigst und nicht auf das Äußere des Menschen achtest, sondern den wahren Weg Gottes lehrst. Sage uns: Ist es erlaubt oder nicht, dem Kaiser Steuern zu zahlen?«

Als Afranius Pilatus und Kaiphas von dieser Episode berichtete, konnte er sich ein Lachen nicht verkneifen. »Selbst vor diesem Rudel Füchse«, sagte er, »deren Schwänze und vor allem Zähne deutlich zu sehen waren, zögerte er keinen Moment. ›Zeigt mir einen Denar‹, hat er gesagt, und als einer von ihnen eine Münze aus der Tasche fischte, sagte er: ›Wessen Bild ist darauf? Und wessen Siegel?‹ Jene betrachteten die Münze, schauten sich gegenseitig an, dann wagte der Eigentümer der Münze eine Antwort: ›Das des Kaisers.‹ Man sah ihm dabei deutlich an, daß er irgendwelche Wunder erwartete, was weiß ich, daß die Münze verschwinden oder dem Gesicht des Tiberius plötzlich ein Bart wachsen würde. Aber Jesus sagte ganz ruhig zu ihm: ›Dann gebt dem Kaiser, was dem Kaiser gehört, und Gott, was Gott gehört.‹ Ich kann euch versichern, daß jene nicht mehr ein noch aus wußten und sich schließlich ihre Münze schnappten und verschwanden, mit eingeklemmten Fuchsschwänzen, während das Volk hinter ihnen her lachte.«

Auch Aduncus lächelte, nicht jedoch die anderen zwei. »Aus der Anschaulichkeit deiner Erzählung schließe ich«, sagte der Hohepriester, »daß du dem Geschehen beigewohnt hast. Hast du dich vielleicht beschneiden lassen?«

»Nein, Kaiphas«, antwortete der kleine Grieche, ohne sich die gute Laune verderben zu lassen, »und du weißt selbst, daß es nicht das erste Mal war, daß ich den Tempel betreten habe, und wenn ich einmal ertappt werden sollte, müßtest du mir helfen, möglichst diskret aus der Sache herauszukommen.«

Pilatus, der bisher geschwiegen hatte, machte eine verärgerte Geste. »Wir verlieren nur Zeit mit diesen Dummheiten«, sagte er, »zumal mit solch sinnlosen Dummheiten. Ich verstehe sehr wohl die Falle: Hätte er gesagt, daß sie zahlen müssen, hätte er sich die Zeloten zu Feinden gemacht, hätte er gesagt, daß nicht, wäre er der Aufwiegelei gegen die römische Regierung schuldig geworden. So hat er sowohl das eine als auch das andere vermieden, aber was zum Dämon bedeutet seine Antwort?«

»Ich glaube, das kann ich dir erklären«, mischte sich Aduncus ein. »Entscheidend ist der Ausdruck ›was dem Kaiser gehört‹. Wenn der Kaiser Münzen ausgibt, handelt es sich um Gaben aus seinem Eigentum, und sein Bild, das auf jede einzelne Münze geprägt ist, besagt, daß sie ihm gehört. Die Antwort Jesu bedeutet schlicht dies: daß die Münze Tiberius gehört und sie ihm deshalb zurückgegeben werden muß. Nicht mehr.«

»Aber dann hat er die Frage nicht beantwortet!« rief der Präfekt aus.

»Das stimmt«, gab Aduncus zu, »aber du selbst hast gesagt, daß jede Antwort falsch gewesen wäre.«

Pilatus und Kaiphas nickten zustimmend. »Und so«, sagte der letztere, »hat unser Mann einen weiteren Sieg errungen.«

Afranius nickte. »Und doch, Kaiphas«, fügte er mit dem Anflug eines Tadels in der Stimme hinzu, »zeigt uns die Episode auch, daß deine Leute es immer noch auf ihn abgesehen haben. Heute waren sie erfolglos, doch ist nicht gesagt, daß es immer so glatt geht. Du mußt etwas unternehmen, um die Situation besser unter Kontrolle zu halten.«

Der Hohepriester schüttelte den Kopf. »Mehr kann ich nicht tun. Es sind viele und nicht ausschließlich Sadduzäer, die um ihre Geschäfte fürchten und daher alles tun würden, damit der Nazaräer sie ihnen nicht verdirbt. Doch mittlerweile hat er das Volk auf seiner Seite, das Risiko erscheint mir also gering.«

»Es ist größer, als du denkst«, widersprach Afranius. »Heute ist er die Antwort schuldig geblieben, und doch sind dies seine wunden Punkte: die Haltung gegenüber den jüdischen und den römischen Gesetzen. Dort werden sie ihn wieder angreifen. Es sei denn ...«

»Spanne uns nicht wieder auf die Folter, verdammter Grieche!« rief der Präfekt erbost. »Du sagst jetzt sofort, was du im Sinn hast.«

»Was ich im Sinn habe«, sagte Afranius bedächtig, »ist ein Prozeß.«

Kapitel 21

Den ganzen Tag über lehrte Jesus im Tempel, und vom frühen Morgen an kam das Volk, um ihm zuzuhören. Als es Nacht wurde, stieg er einen Pfad zum Ölberg hinauf, der auf einer kleinen Lichtung mündete, wo eine Olivenpresse und unzählige Amphoren standen. Dort blieb er viele Stunden. Er sah die kleinen Lichter, die dort unten in den Fenstern blinkten, den Widerschein des Mondes auf dem goldenen Dach des Tempels und die strahlend weißen, schlanken Figuren der drei Türme, die vom Palast des Herodes emporragten: Dort unten lag das Jerusalem Davids und Salomos, lag die Stadt, in deren gewundenen und ein wenig schmutzigen Senken Herodes seine großartigen Bauwerke errichtet hatte, obwohl sie sich nicht nach Schönheit sehnte. Wird es jemals, so fragte er sich, das Jerusalem Jesu geben, die friedliche und reine Stadt, den Vorhof zum Himmelreich? Nicht weit von ihm, dort in der Dunkelheit, sprachen die Apostel und Jünger über die Ereignisse des vergangenen Tages und blickten gespannt dem Morgen entgegen, während die Feiern zum Paschafest näher rückten.

In tiefster Nacht traf Pilatus in Begleitung von Afranius und Aduncus sowie des Zenturios im Hause des Kaiphas auf Herodes Antipas und Hannas. Er begrüßte den Schwager des Hohenpriesters voll Respekt, wie es demjenigen gebührt, der die wahre Macht, wenn auch nicht ihre Insignien in den Händen hält. Dann reichte er dem Herodes und dem Hausherrn gleichgültig die Hand. Sein einziger Wunsch war, in seinen Palast zurückzukehren, mit einer Heilsalbe seine schmerzenden Hände zu pflegen und sich neben die in einem Mondstrahl schlummernde Claudia zu legen. Doch diese Versammlung war von großer Bedeutung, und er selbst hatte sie einberufen. Es ging darum, Jesus den Nazaräer ein für allemal vor den Klauen habgieriger Sadduzäer und fanatischer Pharisäer zu schützen, damit ihr so vielversprechendes Unternehmen zu einem erfolgreichen Ende geführt würde.

Eine lang anhaltende Periode des Friedens, dachte der Präfekt, damit Tiberius und Seianus mit mir zufrieden sind und mich zurückkehren lassen, mich mit einem hohen Amt in Rom belohnen und mich vor allem endlich von diesen Fanatikern erlösen. Doch zuerst, dachte der Präfekt, zuerst werde ich selbst ein Wort mit diesem Galiläer wechseln, denn wenn die Natur weder für mich noch für Claudia ein Gegenmittel bereithält, wenn die Wissenschaft nichts ausrichten kann, dann vielleicht die Magie …

Er ließ sich auf einen großen, mit weichen Kissen gepolsterten Stuhl fallen und griff nach dem Wein, den ein Sklave des Kaiphas ihm reichte. »Die Idee«, sagte er, »stammte von Hannas …« Er machte eine entschuldigende Geste in Richtung des Gastgebers und fuhr fort: »Von Hannas und Kaiphas, besser gesagt, und wir haben sie für gut befunden. Wir setzten sie in die Praxis um, und sie hat positive Ergebnisse erzielt. Nun scheint es aber, als gebe es noch einige Unsicherheiten, und wir sind hier, um eine Lösung zu finden.«

Der greise Priester fuhr sich mit den Fingern durch den langen, fast weißen Bart und nickte zustimmend. »Es ist wahr«, sagte er, »es gibt noch Personen, die zu unserem Kreis gehören und doch nicht erkannt haben, welche Vorteile uns allen aus den Lehren des Nazaräers erwachsen können. Sie glauben, es sei besser, einen einzelnen Mann zu opfern, als die Interessen vieler aufs Spiel zu setzen, und sie wollen nicht begreifen, daß die Botschaft Jesu lediglich ihre eigenen kleinen, schmutzigen Geschäfte gefährdet. Unser eigentliches Ziel jedoch ist Stabilität, und dazu muß das jüdische Volk sich zu einem friedlichen Zusammenleben mit den Römern bereit finden.«

Er nickte leicht zu Pilatus hinüber, bevor er fortfuhr: »Doch obwohl tatsächlich ich es war, von dem die Idee stammt, muß ich gestehen, daß ich ratlos bin, wie diese letzte Hürde zu überwinden ist.«

Auch Herodes wäre viel lieber in seinem Palast gewesen, um neben Herodias sitzend die Tänze der Salome zu bewundern. Er schnaufte gelangweilt und sagte: »Ist das nicht alles ein wenig übertrieben? Welche Schwierigkeiten können uns ein paar Händler und ein Grüppchen philosophierender Gesetzeslehrer schon bereiten?«

»Nicht viele, wahrscheinlich«, gab Kaiphas zu, »doch auch ich denke wie der Präfekt, daß sie in jedem Fall ein zu großes Risiko darstellen. Es muß etwas unternommen werden, und ich glaube, die von unserem Freund Afranius ersonnene Kriegslist könnte zum Ziel führen.«

Ein schneller Blick in die Runde zeigte Herodes, daß er der einzige war, der nichts von dem Plan wußte, doch er zuckte gleichgültig mit den Schultern. »Weiter«, meinte er, »klärt mich rasch auf, damit wir diese Versammlung beenden können.«

Alle Blicke richteten sich nun auf Afranius, und der kleine Grieche hob an: »Die Position dieses Jesus ist nicht sehr stabil«, sagte er, »da die Haltung der religiösen und militärischen Mächte ihm gegenüber zwiespältig ist. Seine Botschaft weicht deutlich von der offiziellen Lehre ab, und das geht gegen den Hohen Rat. Man spricht von ihm als dem Messias, als dem vom Herrn gesalbten König, und das scheint sich gegen die Herrschaft des römischen Kaisers zu richten. Es ist ein leichtes, sei es in guter oder in böser Absicht, ihn an diesen beiden Flanken zu treffen. Nehmen wir nun einmal an ...«

Einmal mehr gab Afranius seiner Vorliebe für Kunstpausen nach, doch ein wütender Blick des Pilatus genügte, um ihn eilig fortfahren zu lassen.

»Nehmen wir an, der Hohe Rat entschlösse sich dazu, die Sache klarzustellen, und desgleichen der Präfekt von Judäa. Sowohl der eine als auch der andere würden Jesus von Gamala, genannt der Nazaräer, verhören und über ihn richten, und ebenso, wenn nötig, der Tetrarch von Galiläa, und alle drei kämen zu dem Urteil, daß nichts in seinem Handeln gegen das Gesetz des Herrn und des Kaisers verstößt. Dann ...«

Dieses Mal hatte der kleine Grieche nicht gezögert, sondern war von einer brüsken Geste des Herodes unterbrochen worden. »Dann«, sagte der Tetrarch, »ist Jesus vor aller Augen legitimiert, und niemand darf mehr an seiner Gesetzestreue zweifeln. Er kündet weiter von Frieden und Gerechtigkeit, die uns im Himmelreich erwartet, das Volk hört ihm immer überzeugter zu, und in unseren irdischen Regionen kehrt endlich Ruhe ein. Sehr gut. Es gibt allerdings noch ein Problem, das alles andere als gering ist.«

»Und das wäre?« fragte Pilatus.

»Die Zeloten«, antwortete Herodes. »Sie werden sich ganz sicher nicht mit zwei vorgeblichen Urteilen abspeisen lassen. Im Gegenteil: Die Tatsache, daß Jesus die Zustimmung der Sadduzäer und der Römer bekommt, wird sie noch mehr gegen ihn aufbringen. Was habt ihr dazu zu sagen?«

»Um die Zeloten«, sagte Afranius, »kümmere ich mich.«

Wieder ließ der Tetrarch den Blick über die Anwesenden schweifen, und wieder war es offensichtlich, daß alles bereits entschieden war. Man hatte ihn nicht etwa dazu gerufen, weil man seine Zustimmung brauchte, sondern nur, um ihn zu informieren: damit er wußte, wie er sich im Falle eines Prozesses zu verhalten hätte. Er stand auf.

»Wenn das so ist«, sagte er, »dann sind wir uns einig und können die Versammlung aufheben.«

Die Nacht zwischen dem 14. und 15. Nisan war nahe. Jede Familie würde ein Lamm opfern, wie es die Juden zu Zeiten des Exils in Ägypten getan hatten, als sie mit dem Blut die Türpfosten ihrer Häuser bestrichen, damit Jahwe sie erkannte und ihre Erstgeborenen verschonte. In jener Nacht würden alle festliche Kleidung anlegen, die rituellen Waschungen vornehmen, sie würden der Stimme des Familienoberhauptes und seiner Geschichte vom Auszug aus Ägypten lauschen, sie würden Psalmen singen und die Lämmer und ungesäuertes Brot essen und vier Kelche Wein dazu trinken.

Am Vorabend des Festes traten einige Apostel, die mit Jesus auf dem Ölberg waren, zu ihm und fragten: »Wo sollen wir das Paschamahl für dich bereiten?«

Jesus antwortete: »Geht in die Stadt zu Johannes dem Priester und sagt ihm, daß wir zu ihm kommen. Er wird euch einen großen Raum im oberen Stock zeigen, wo Teppiche und Kissen bereitliegen. Dort könnt ihr für uns decken.«

Die Apostel gingen und fanden alles, wie Jesus gesagt hatte, und sie bereiteten das Paschamahl. Sie feierten es ohne Frauen, den strengen Regeln der Essener gemäß, so daß sie mit dem Hausherrn, des Nazaräers liebstem Jünger, vierzehn waren. Während sie aßen, wurde laut an die Tür geklopft, und gleich darauf kam ein Sklave herauf und sagte, daß man Judas von Karioth suche. Der Apostel stand eilig auf und ging hinaus, und als er kurze Zeit später zurückkehrte, war er blaß und nahm wortlos seinen Platz an der Tafel wieder ein.

Doch sein Schweigen sprang auf die anderen über und bald herrschte Totenstille an der Tafel. Aller Blicke waren auf Judas gerichtet, und Jesus, der seinen Apostel und Bewacher aufmerksam ansah, begriff, daß er in trübe und sorgenvolle Gedanken versunken war. Betrafen sie vielleicht ihn? Hatte der Bewacher etwa die Oberhand über den Apostel gewonnen? Er fragte ihn: »Kann in einer Nacht wie dieser, Judas, etwas Böses geschehen?«

Der Mann aus Karioth hob langsam den Kopf und sah Jesus in die Augen. »Es hat eine Erhebung gegeben«, sagte er, »doch sie ist bereits niedergeschlagen. Du brauchst dir keine Sorgen zu machen.«

Doch die Fröhlichkeit war dahin. Das Mahl endete, der Hymnus wurde gesungen, und alle standen auf, um wie in jeder Nacht auf den Ölberg zurückzukehren. Einige Jünger, die draußen gewartet hatten, schlossen sich ihnen an. Schweigend liefen sie durch die Straßen und Gassen, begleitet vom Klang der Psalmen, der aus vielen Häusern erscholl. Simon der Zelot trat an Judas heran, der am Ende der Gruppe ging, und fragte ihn: »Unsere Freunde?«

Der Mann aus Karioth sah ihn an, und ein spöttisches Lächeln umspielte seine Lippen. »Nicht unsere, Simon, sondern meine. Du hast sie verlassen, hast du das schon vergessen?«

Der andere senkte das Haupt und ging etwas schneller, doch dann ließ er sich zu seinem früheren Gefährten zurückfallen und fragte erneut: »Was ist passiert?«

»Sie haben einen römischen Soldaten getötet«, sagte Judas,

»aber sie wurden aus nächster Nähe beobachtet. Drei von ihnen wurden festgenommen.«

»Wer?« fragte Simon,

»Gestas und Dismas. Morgen werden sie gekreuzigt.«

»Du sagtest, es seien drei gewesen.«

Judas blieb stehen, hob die Augen zum Himmel, als suche er dort eine Lösung für den Kummer, der auf ihm lastete. »Das ist das Problem«, sagte er, »denn diese beiden sind Freunde, doch der dritte ist mehr als das: Er ist einer unserer Anführer und von größter Wichtigkeit.«

Simon legte ihm eine Hand auf den Arm und drückte ihn fest. »Doch nicht etwa Barabbas?«

»Genau der«, antwortete Judas, »morgen werden sie auch ihn kreuzigen.«

In der Zwischenzeit waren sie im Garten von Gethsemane angelangt, dem Ort auf dem Ölberg, den Jesus am meisten liebte. Die Nacht war ruhig und sternenklar, und auch die Stadt Jerusalem schien friedlich und schweigend und von kleinen Lichtern übersät unter ihnen zu liegen, doch der Nazaräer war unruhig.

Er sagte zu den Aposteln und Jüngern: »Wartet hier, während ich bete.«

Und er nahm nur Petrus und die beiden Söhne des Zebedäus mit sich und ging zu der Lichtung, wo die Ölkelter und die Amphoren standen. Er wollte beten, doch es gelang ihm nicht, und mit jedem Moment wuchs seine Traurigkeit, und so wandte er sich an die drei Apostel und sagte zu ihnen: »Meine Seele ist zu Tode betrübt. Bleibt hier, ich bitte euch, und wacht mit mir.«

Er ging einige Schritte weiter, warf sich zu Boden und begann zu beten: »Mein Vater, wenn es möglich ist, laß diesen

Kelch an mir vorübergehen; doch nicht, was ich will, sondern was du willst, soll geschehen.«

Er blieb eine Weile im Gebet versunken, doch er fühlte sich so einsam, daß er zu den anderen zurückkehrte. Er fand sie schlafend, ermüdet vom Tag und vom Wein. Er legte Petrus eine Hand auf die Schulter und schüttelte ihn sanft, bis der Fischer die Augen aufschlug.

»Konntet ihr nicht einmal eine Stunde mit mir wachen?« fragte Jesus. »Auf, wacht und betet, damit ihr nicht in Versuchung geratet. Der Geist ist willig, doch das Fleisch ist schwach.«

Dann entfernte er sich zum zweiten Mal und betete. »Mein Vater, wenn dieser Kelch an mir nicht vorübergehen kann, ohne daß ich ihn trinke, geschehe dein Wille.«

Mit stetig wachsender Unruhe ging er zu seinen Freunden zurück und fand sie wiederum fast alle schlafend. Noch einmal wollte er sie wecken, als dies an seiner Stelle der Lärm einer großen Zahl Menschen tat, die an den Seitenhängen den Berg heraufkamen. Schon bald erreichte der Schein ihrer Fackeln die Gruppe um Jesus, und der Klang ihrer Schritte und Stimmen schwoll an und mischte sich mit dem metallischen Klirren ihrer Waffen.

Die Apostel waren aufgesprungen und drängten sich erschrocken um den Nazaräer. Einer von ihnen, Levi Matthäus, zerrte ihn verzweifelt am Arm, um ihn wegzuziehen, doch vergeblich. Nur Judas hielt sich zögernd ein wenig abseits, bis er plötzlich einen Entschluß gefaßt zu haben schien: Die Hände an den Kopf gepreßt, warf er Jesus einen kurzen Blick zu und verschwand dann mit raschen Schritten in der Dunkelheit.

Die Herannahenden kamen nun in Sichtweite, eine mit

Knüppeln und Schwertern bewaffnete Schar von Männern. »Das sind die Tempelwachen!« rief Petrus aus. »Die Leute der Priester«, schrie Simon der Zelot, »aber die mit den Schwertern sind römische Legionäre!«

Einer der Männer, der der Anführer der Gruppe zu sein schien, blieb vor Jesus stehen und sagte: »Sei gegrüßt, Rabbi.«

»Freund«, entgegnete der Nazaräer, »warum bist du gekommen?«

Statt einer Antwort bedeutete der andere den Seinen mit einer Kopfbewegung, heranzukommen. In diesem Moment zog der Jünger mit den blonden Haaren ein Schwert unter der Tunika hervor und warf sich mit einem Schrei auf den Mann: »Lauf weg, Jesus, fliehe!«

Doch Jesus tat das Gegenteil: Mit einer schnellen Bewegung packte er den jungen Mann am Handgelenk, um ihn am Streich zu hindern. »Steck dein Schwert in die Scheide«, forderte er ihn streng auf, »denn alle, die zum Schwert greifen, werden durch das Schwert umkommen. Wenn Gott wollte, daß unser Sieg mit Gewalt errungen würde, glaubst du nicht, daß er mir dann sofort zwölf Legionen von Engeln schicken würde? Doch so ist es nicht, und die Schrift muß sich erfüllen.«

Er ließ die Hand des Jüngers los und wandte sich an die Schar: »Mit Schwertern und Knüppeln seid ihr ausgezogen, um mich festzunehmen wie einen Räuber. Tag für Tag saß ich im Tempel und lehrte, und ihr habt mich nicht verhaftet.«

Doch jene schwiegen. Sie umstellten ihn, banden ihm die Hände und führten ihn ab, während seine Jünger die Flucht ergriffen.

Die Legionäre kehrten in die Burg Antonia zurück und ließen Jesus in den Händen der Tempelwachen, die ihn in das Haus des Hannas schafften, wo Kaiphas und viele Richter des

Hohen Rates versammelt waren. Sie bildeten die höchste geistige wie weltliche Autorität der Juden. Sie waren die Aristokratie Jerusalems, Priester und Laien: siebzig Richter und der Hohepriester, der sie ernannte, und wenn dreiundzwanzig von ihnen anwesend waren, konnte ein Urteil gefällt werden. Als Jesus in den Saal gestoßen wurde, befanden sich dort mindestens dreißig von ihnen. Sie diskutierten lebhaft, und als Jesus mit gebundenen Händen vorgeführt wurde, rief Nikodemus, der Sohn des Gorion, an Kaiphas gewandt aus: »Warum habt ihr diesen Mann festgenommen? Wie lautet die Anklage?«

Einer der Sadduzäer trat einen Schritt vor: »Ich klage ihn an!« schrie er. »Ich klage ihn an, Ärgernis im Tempel zu erregen und sich als Sohn Gottes auszugeben!«

Doch ein anderer Richter, Joseph von Arimathäa, überging den Ankläger und drehte sich zu Kaiphas und Hannas, die in seiner Nähe saßen: »Das könnt ihr nicht tun«, rief er aus, »ihr wißt sehr gut, daß es gegen das Gesetz ist.«

Der greise Hannas zuckte mit den Schultern. »Was soll daran gegen das Gesetz sein?« fragte er mit einem ironischen Lächeln.

»Und außerdem«, meinte Kaiphas, »sind nicht wir beide es, die diesen Mann anklagen, sondern die Massen dort draußen, die sich über ihn beschweren und meinen, daß seine Lehre gegen unser Gesetz und gegen das der Römer verstößt. Doch wollen wir hören, was er selbst dazu sagt.«

Er trat zu Jesus und fragte ihn: »Wie lautet deine Lehre, was predigst du deinen Jüngern?«

Jesus entgegnete: »Ich habe offen vor aller Welt gesprochen. Ich habe immer in der Synagoge und im Tempel gelehrt, wo alle Juden zusammenkommen, und habe nichts im geheimen gesagt. Warum fragst du mich? Frag doch die, die mich gehört haben, was ich zu ihnen gesagt habe: Sie wissen, was ich gelehrt habe.«

Auf diese Antwort hin schlug einer von den Knechten, der dabeistand, ihm ins Gesicht und sagte: »Redest du so mit dem Hohenpriester?«

Der Nazaräer hob die Hände und strich sich über die Wange, dann entgegnete er ruhig: »Wenn es unrecht war, was ich gesagt habe, dann weise es nach. Wenn es aber recht war, warum schlägst du mich?«

Die Gegner Jesu erhoben daraufhin ein großes Geschrei und unterstellten ihm Dreistigkeit und Unsittlichkeit, doch obwohl sie viel Lärm machten, war ihre Zahl gering. Da erhob sich der greise Gamaliel, und augenblicklich trat Schweigen ein. Der Rabbi der Pharisäer stellte sich neben Jesus und legte ihm eine Hand auf die Schulter. »Nikodemus und Joseph von Arimathäa haben recht, Kaiphas«, sagte er mit strenger Stimme, »nicht nur, daß es keine echte Anklage gibt, dies alles verstößt gegen das Gesetz.«

Er sah zu Nikodemus und Joseph hinüber, die zustimmend nickten, dann zu Hannas und Kaiphas, die keine Miene verzogen, und schließlich zu der Gruppe von Anklägern, die verlegen schienen. »Unser Gesetz besagt«, begann er wieder, »daß am Sabbat nicht gerichtet werden darf, auch nicht an Festtagen oder am Abend davor oder in der Nacht, und mir scheint, daß wir gegen all diese Vorschriften verstoßen. Das Gesetz besagt auch, daß die Verhandlung öffentlich und im Atrium des Tempels zu führen ist, dem Beth-Din, doch wir befinden uns im Hause des Hannas, der noch nicht einmal der höchste der Priester ist, und anwesend sind nur Richter. Es gibt keine geschädigte Partei, abgesehen vielleicht von niederen privaten Interessen, und ich sehe keine Zeugen der Anklage. Und als würde all das noch nicht genügen, verbietet die Tradition der Pharisäer demjenigen, der vier oder mehr Becher Wein getrunken hat, Recht zu sprechen, und wir alle hier kommen vom Paschamahl. Was also soll dies für ein Prozeß sein?«

Kaiphas erhob sich eilig und rief mit einer Handbewegung die Wachen herbei. »Kein Prozeß«, sagte er, »nur ein Verhör, um zu klären, ob über diesen Mann ein Prozeß geführt werden muß oder nicht. Es scheint mir nunmehr klar, daß wir keine wirklichen Anklagen gegen ihn vorbringen können, und diejenigen unter uns, die ihm Schaden zufügen wollten, tun in Zukunft gut daran, dies zu unterlassen. Und dennoch ...«

Auf ein Zeichen von ihm führten die Wachen Jesus hinaus, und Kaiphas fuhr fort: »Dennoch frage ich mich, ob das gleiche auch für die Römer gilt. Dieser Mann scheint für sich einen messianischen Anspruch zu erheben, der unseren Lehren entspricht, den jene jedoch als gefährlich einstufen könnten, und ich bin der Meinung, daß es in unserem eigenen Interesse liegt, uns mit den Besatzern gut zu stellen.«

Die Gegner des Nazaräers sahen in dieser Aussage eine Möglichkeit, doch noch ihr Ziel zu erreichen, und sie schrien: »Bringen wir ihn vor Pilatus, damit er über ihn urteilt!« Die drei Richter, die auf seiner Seite waren, machten ein paar Einwände, ohne jedoch weiter zu insistieren, und die anderen beschlossen, das Problem dem Pilatus zu überlassen.

Der Tag war schon angebrochen, als Jesus zum Prätorium geführt wurde. Hierher hatte sich Pilatus am Abend zuvor begeben und Claudia mitgenommen, um sie nicht allein zurückzulassen. Gemeinsam mit dem Zenturio Marcus war er neben der Sänfte hergegangen, in der sie ruhte, und als Claudia in einen unruhigen Schlaf gefallen war, hatte er lange bei ihr gewacht. Hin und wieder stieg ein unterdrückter Laut aus ihren Alpträumen auf, und Pilatus glaubte die Worte Kreuz und Tod zu verstehen. Sie haßt mich, dachte er, selbst im Schlaf. Er glaubte das Wort Galiläer zu verstehen und schüttelte den Kopf. Dieser Mann, dachte er, beherrscht schon jeden meiner Gedanken.

Im Morgengrauen hörte er die Stimmen der Richter vom Hohen Rat, die um Gehör baten, und er ging hinaus und fand sich wenige Minuten später vor Jesus von Gamala wieder. Das also, dachte er, ist er. Dieser Zauberer könnte vielleicht ... Er betrachtete ihn genauer: ein ganz normaler Mann von mittlerer Größe, mit wild wachsendem Bart und langen, zerzausten Haaren, der müde aussah und in dessen Augen ein wachsames Leuchten glomm, das der Angst nicht fern war. Dieser Zauberer könnte vielleicht ... Traurig schüttelte er den Kopf.

Fragend wandte er sich an die Priester: »Welche Anklage erhebt ihr gegen diesen Mann?«

»Er behauptet, der König der Juden zu sein«, antworteten jene. »Wir bringen ihn zu dir, damit du über ihn richtest.«

Pilatus ließ Jesus in das Prätorium treten. »Bist du der König der Juden?« fragte er ihn.

Der Galiläer zuckte die Achseln. »Das sagst du«, antwortete er.

Pilatus sprach: »Bin ich etwa Jude? Dein eigenes Volk und die großen Priester haben dich an mich ausgeliefert. Was hast du getan?«

Da erwiderte Jesus: »Mein Reich ist nicht von dieser Welt. Wenn es von dieser Welt wäre, würden meine Leute kämpfen, damit ich den Juden und dir nicht ausgeliefert würde. Aber mein Reich ist nicht von hier.«

Ein ganz beliebiger Mann, mit müdem Gesicht und einem Blick voller Angst, Angst vor den Soldaten, die ihn umgaben, vor dem mißgestalteten Riesen Marcus, der ihn überragte, vor der Gefahr, der er ausgesetzt war. Wie war es möglich, daß er und Kaiphas und Afranius und Aduncus so sehr auf diesen Mann gezählt hatten? Und doch, seitdem Jesus begonnen hatte, im Land zu predigen, hatte die Lage sich beruhigt, die Unruhen hatten nachgelassen, die Leute schienen den Römern gegenüber aufgeschlossener zu sein, und auch die Übergriffe der Zeloten waren weniger geworden. Und nun, da Barabbas festgenommen worden war – Afranius hatte doch recht, mußte er gestehen –, würde die Situation sich auch in dieser Hinsicht entspannen.

Er raffte sich auf. »Nun«, sagte er ironisch, »du bist also ein König.«

Jesus entgegnete: »Du sagst es, ich bin ein König. Dazu bin ich geboren und dazu in die Welt gekommen, daß ich für die Wahrheit Zeugnis ablege.«

Pilatus hob die Schultern. »Was ist Wahrheit?« fragte er verächtlich.

Darauf verließ er wieder das Prätorium und stellte sich vor die Juden: »Ich kann in ihm keine Schuld finden. Aber weil er Galiläer ist und folglich der Gerichtsbarkeit des Herodes untersteht, bringt ihn zu ihm.«

So machte sich der Zug wieder auf, Jesus zwischen den Soldaten, dahinter die wenigen Sadduzäer mit der wenn auch schwindenden Hoffnung, ihn verurteilen zu können. Noch enttäuschender ward ihnen der Empfang, den Herodes dem Jesus bereitete. Als er ihn erblickte, zeigte sich der Tetrarch sehr zufrieden, da er ihm schon lange einmal zu begegnen wünschte. Nach allem, was er über ihn gehört hatte, hoffte er, ihn einmal ein Wunder vollbringen zu sehen. So stellte er ihm viele Fragen, von denen Jesus jedoch keine einzige beantwortete: Er fand keine Worte für den Mann, der seinen Vetter hatte köpfen lassen. Da befahl ihm Herodes, um seinen Spaß mit ihm zu treiben, über die einfache Tunika ein auffälliges Seidengewand zu ziehen, und schickte ihn dem Pilatus zurück.

Um den Prozeß zu einem Ende zu führen, ließ der Präfekt Jesus auf den Innenhof der Burg Antonia treten, den die Juden Gabbatha oder Steinpflaster nannten, weil er mit großen Steinplatten ausgelegt war. In den vergangenen Stunden hatte sich in der Stadt die Nachricht verbreitet, daß Jesus festgenommen und vor Gericht gestellt worden war, und es war den Leuten gestattet, wie zu solchen Gelegenheiten üblich, jenen Hof zu betreten, der rund zweitausend Menschen faßte. Eine dreifache Reihe von Legionären hielt die Menge in Schach, damit sie nicht die Tribüne erklomm, die den Platz beherrschte, eine breite, steinerne Bühne, die man über zwei Treppenaufgänge aus weißem Marmor erreichte. Oben stand der Legionslegat in seiner leuchtendroten Uniform mit den goldenen Abzeichen auf der Brust und am Gürtel, mit Schuhen, die unter den Knien geschnürt waren, und langem, purpurfarbenem Mantel. Er wachte über die Menge, stets bereit, den Befehl zu erteilen, sie zu zerstreuen. Hinter ihm standen leicht erhöht, so daß sie den gesamten Platz überblicken konnten, Afranius und Aduncus.

Zwei Legionäre, gefolgt von dem entstellten Zenturio, führten Jesus zur Mitte der Tribüne. Der Präfekt folgte mit einigen Schritten Abstand, blieb hinter dem Gefangenen stehen und setzte sich dann auf ein Podest. Er hatte erwartet, daß die Menge, die dem Nazaräer in den vergangenen Tagen so begeistert zugejubelt hatte, bei seinem Anblick in empörtes Geschrei ausbrechen würde, doch über dem Platz lag tiefes Schweigen. Die Sonne, die schon hoch am Himmel stand, blitzte bedrohlich auf den goldenen Löwenköpfen, die die Lederrüstung des Legaten schmückten, und in den Lanzenspitzen der Legionäre, doch die Einwohner Jerusalems hatten sich noch nie leicht einschüchtern lassen, und Pilatus spürte eine gewisse Unruhe in sich aufsteigen: Obwohl er schon viele Dutzend Male diese Tribüne betreten und Hunderte von Todesurteilen verkündet hatte, waren diese zweitausend Menschen, die schweigend auf Jesus starrten, eine völlig neue Erfahrung für ihn.

Instinktiv suchte er Afranius' Blick und entdeckte, daß das Gesicht des kleinen Griechen aschfahl geworden war. Auch Aduncus neben ihm war dies nicht entgangen, und besorgt ließ er seinen Blick über die Menge schweifen. Der Präfekt erhob sich, kreuzte die Hände auf dem Rücken und begann, langsam über die Tribüne zu schlendern, als warte er noch auf etwas oder jemanden. Unauffällig lenkte er seine Schritte in die Nähe des Griechen. »Was ist los?« zischte er ihm über die Schulter hinweg zu.

»Es sind keine Frauen da«, hörte er hinter sich die alarmierte Stimme des anderen.

Pilatus drehte sich wieder zu der Menge um: Wahrhaftig, es waren keine Frauen da. Und die Männer sahen anders aus als die Leute aus Jerusalem, jene Handwerker und Händler, Rabbis und Priester. Diese hier hatten stark gebräunte Gesichter, mager und ausgehöhlt und mit harten Zügen. Er machte einige Schritte, um Afranius ansehen zu können. Mit den Augen stellte er ihm eine Frage, die jener mit einem kurzen Nicken beantwortete.

Zeloten, dachte der Präfekt, ausschließlich Zeloten. Warum sind sie hier? Warum haben sie nicht das gemeine Volk hereingelassen? Dieser wahnsinnige Afranius, der immer so überzeugt von sich scheint, das wird er mir büßen. Sie wollen Barabbas befreien, wenn die Reihe an ihm ist, keine Frage, aber das wird ihnen nicht gelingen: Dort unten befinden sich dreihundert bis an die Zähne bewaffnete Soldaten, weitere dreihundert stehen bereit zum Ausfall, und die Reiterei könnte in wenigen Augenblicken hier sein und ein Blutbad anrichten. Ruhig, dachte er, ganz ruhig. Verfluchte Juden, dachte er. Der Schmerz an den Händen, der ihn einige Stunden in Frieden gelassen hatte, brach plötzlich um so ärger wieder über ihn herein.

Er trat erneut an die Seite des Nazaräers, der mit gesenktem Kopf in der Sonne stand, grotesk anzusehen in dem glänzenden Gewand und so geschwächt vor Müdigkeit, daß er immer wieder schwankte und der riesige Zenturio ihn von hinten mit starker Hand stützen mußte. Pilatus betrachtete den Legaten und sah, daß dieser die Lage erfaßt hatte und bereit war, einzugreifen, und die gleiche Botschaft erkannte er im Blick des Zenturios. Also gut, dachte er, bringen wir diesen Fall zu einem raschen Ende, um uns dann Wichtigerem zuzuwenden: dem Barabbas. Wenn es ein Blutbad gibt, dann haben sie es nicht anders gewollt.

Er trat an den Rand der Tribüne. »Dieser Mann«, rief er auf aramäisch, »Jesus von Gamala, genannt der Nazaräer, wurde mir von den Richtern des Hohen Rates übergeben, da über ihn das Gerücht geht, er lasse sich König nennen. Ich habe ihn verhört und für unschuldig befunden. Deshalb entbinde ich ihn von jedem Verdacht. Er ist frei.«

Keine Freudenschreie, kein Applaus, kein Jubel: Die Menge nahm die Nachricht schweigend auf, alle Augen blieben auf die Bühne gerichtet.

Sie warten auf Barabbas, dachte Pilatus. Er warf dem Legionslegat einen Blick zu und sah, daß dieser bereits die Hand auf dem Schwertgriff hatte, sah, daß Aduncus verschwunden war, und begriff, daß er die Reiterei verständigte; nur Afranius stand noch dort, unbeweglich, und sein Gesicht wurde immer blasser. Verfluchter Grieche, dachte er, verfluchte Juden. Also gut, jetzt wollen wir mal sehen.

Mit einer Handbewegung befahl er dem Zenturio, den Nazaräer fortzuführen, doch im selben Moment trat ein Mann aus der ersten Reihe der Menge vor und schrie: »Hegemon!«

Pilatus sah ihn an. Es war ein junger Mann mit langen schwarzen Haaren, dessen Augen funkelten, als habe er Fieber. »Was willst du?« fragte er. »Wie heißt du?«

»Ich bin Judas von Karioth, und ich habe eine Anzeige zu machen. Jener Mann, Jesus von Gamala, ist ein gefährlicher Räuber, der gegen die Sicherheit des Reiches intrigiert.«

KAPITEL 22

Aduncus eilte durch das Gewirr der engen Gassen und erkannte bald das unauffällige Haus wieder, in dem Afranius und er ihre geheime Unterkunft hatten. Er stieg die dunkle Treppe hinauf, und auf ein leises Klopfzeichen hin, das er mit dem Griechen vereinbart hatte, wurde er sofort eingelassen; die Person, die ihm aufgemacht hatte – wer weiß, ob Mann oder Frau –, zog sich so schnell wieder zurück, daß er nur eine gebräunte, feingliedrige Hand und lange schwarze Haare erkennen konnte. Er öffnete die nächste Tür und befand sich in einem großen, luxuriös eingerichteten Raum mit kostbaren Teppichen, kunstvoll verzierten Möbeln und sauber geflochtenen Körben, aus denen Rollen von Papyrus und Pergament hervorschauten. Die Wände waren mit artigen Bildern von Mädchen und Knaben geschmückt.

Doch den schönsten Anblick bot das große Fenster, das nach Osten ging. Durch den Rahmen aus weißem Marmor sah man auf das goldene Dach des Tempels, das die nachmittäglichen Sonnenstrahlen in glänzenden Blitzen zurückwarf: sie drangen in den Raum ein und erweckten die Figuren an den Wänden zum Leben, entrissen den Stapeln von Büchern vielfache Versprechen und zauberten ein Lächeln auf das Gesicht des Mannes, der entspannt auf der Liege ruhte. In der rechten Hand hielt er einen goldenen Kelch, und wenn er trank, schien er der Sonne zuzuprosten.

Aduncus trat näher, und Afranius hob, ohne sich umzudrehen, noch einmal den Kelch. »Ist es nicht phantastisch?« fragte er. »Und das verdanken sie uns allein. Auch wenn der König, der ihn dem jüdischen Volk erbauen ließ, Halbjude war, so sind doch der Gedanke, der ihn kreiert hat, und der Schwung, mit dem er gezeichnet wurde, beide hellenisch. Empfindest du da nicht auch ein wenig Stolz, Barbar?«

Der alte Polizist antwortete nicht, und der Grieche drehte den Kopf, um ihn anzusehen. »Sie wollten Barabbas, nicht wahr?« fragte er.

Aduncus nickte.

»Der Präfekt ist im Unrecht«, meinte der andere daraufhin lächelnd, »wenn er meinen Freund, den Arzt, kritisiert: Einige seiner Arzneien haben eine todsichere Wirkung.«

Der Spanier setzte sich neben ihn. »War das wirklich notwendig, Afranius?«

Der Grieche lachte. »Mehr als das, mein Freund, es war unausweichlich. Leute wie du und ich leben immer auf der Schwelle der Mächtigen und vermögen es dennoch niemals, ihr Haus zu betreten. Unser Leben ist leichter als das vieler anderer, doch es verliert jegliche Bedeutung, sobald wir uns als weniger nützlich erweisen oder versagen. Dann ist der Moment gekommen, uns von diesem süßen Übel zu kurieren.«

Er leerte den Kelch und fuhr sich mit der Zunge über die Lippen. »Auf der anderen Seite«, fuhr er dann mit schwächerer Stimme fort, »ist dieses Ende in uns selbst angelegt. Wo mag deines sein, spanischer Freund?«

Aduncus schossen die Bilder von Julia durch den Kopf, die ins Exil aufbricht, von Ovid, der ins Exil aufbricht. Er zuckte die Achseln. »Meines, griechischer Freund, ist schon vor geraumer Zeit gekommen.«

Der andere nickte mit zusammengekniffenen Augen und bedeutete Aduncus dann mit einer schwachen Bewegung seiner linken Hand, sich zu entfernen. Der alte Polizist erhob sich, nahm Afranius den Kelch aus den Fingern und drückte die schon erkaltete Hand. Als er hinausging, kam eine braunhäutige Gestalt – wer weiß, ob Mann oder Frau – herein und kniete neben dem kleinen Griechen nieder.

Er war zu spät gekommen, einmal mehr, und wenn er nun nicht auch noch die letzte Verabredung verpassen wollte, mußte er sich ungeachtet seines Alters und seiner Müdigkeit sputen. Keuchend eilte er auf den großen Tempelplatz zurück und dann zur Burg Antonia, sich stets im Schatten haltend, um der brennenden Sonne zu entgehen. Unter diesem unbarmherzigen Gestirn, fern des gnädigen Halbdunkels der Gassen, würde in Kürze Jesus der Nazaräer – der Mann, der dieser Provinz den Frieden hätte bringen können, der Mann, auf den sie gesetzt hatten, weil sein Himmelreich ihr Erdenreich nicht behelligte –, würde dieser Mann seinem Urteil entgegengehen, das keiner der Mächtigen gewollt hatte.

Ist das nicht Ironie des Schicksals? fragte sich Aduncus. Ist es nicht fast komisch zu nennen? Zum Sterben komisch, dachte er, nicht nur für Jesus, sondern auch für einen jener Mächtigen, nein: für einen von denen, die stets auf der Schwelle der Mächtigen stehen und die ihn lediglich beschützen wollten.

Doch auch für die wahrhaft Mächtigen, für jene, die über Provinzen und Reiche regierten, welch eine Schmach! Und während er durch die Gassen Jerusalems hetzte, durchlebte der alte Polizist noch einmal die Szene, die sich auf dem Gabbatha abgespielt hatte, sah jenen geheimnisvollen Juden, Judas von Karioth, der vortrat und Jesus als Aufrührer bezichtigte, und den Präfekten von Judäa, der bleich wurde und sich in geringschätzigem Ton zu retten versuchte: »Ich habe jenen Mann verhört und keine Schuld an ihm gefunden, ebensowenig wie der Tetrarch Herodes, der ihn mir zurückgeschickt hat.«

Doch Judas blieb ungerührt, trat noch einen Schritt vor und erwiderte: »Nach deinem Gesetz muß dieser Mann sterben.«

Jenes Wort war es gewesen, das Pilatus wahrhaft erschreckt hatte: sterben. Bis zu diesem Moment konnte alles noch als großes Mißverständnis gelten, konnte alles zu einer Lösung gebracht werden, nicht aber mehr nach diesem Wort: sterben.

Der Präfekt hatte verzweifelt nach einem Ausweg gesucht, nach einer Möglichkeit, die Anklage abzuwehren. Er hatte sich an Jesus gewandt, da er der einzige Zeuge zu seinen Gunsten war, den er aufrufen konnte. Der Galiläer hielt sich nur mühsam auf den Beinen, suchte immer wieder Halt bei dem Zenturio, der in seiner Nähe blieb, doch war sein Blick wieder klar.

Pilatus sagte: »Man klagt dich der Aufwiegelei an: Was hast du dazu zu sagen?«

Jesus schüttelte kaum merklich den Kopf und schwieg. Er sah nicht den Präfekten an, sondern Judas, unten auf dem Platz, und einen Augenblick lang senkte der Zelot die Augen. Doch nur einen Augenblick.

»Du sprichst nicht mit mir?« fragte Pilatus barsch. »Weißt du denn nicht, daß ich die Macht habe, dich freizulassen oder ans Kreuz zu schlagen?«

Der Nazaräer schüttelte den Kopf: »Du hättest keine Macht über mich, wenn es dir nicht von oben gegeben wäre; darum liegt größere Schuld bei dem, der mich dir ausgeliefert hat.«

»Es reicht nun!« schrie Pilatus zu allen und niemandem. »Dieser Mann hat nichts getan, wofür er den Tod verdient, deshalb werde ich ihn freilassen!«

Da brach die Menge endlich ihr Schweigen. Ein mächtiger Schrei entrang sich den Kehlen der zweitausend Männer, ein Schrei der Anklage und der Verurteilung. »Er ist schuldig!« riefen einige. Und andere: »Wenn du ihn freiläßt, bist du kein Freund des Kaisers!« Und wieder andere: »Wer sich selbst als König ausgibt, lehnt sich gegen den Kaiser auf!« Und alle zusammen: »Kreuzige ihn! Kreuzige ihn!«

Die Menge kam nun bedrohlich näher und drängte gegen die erste Reihe der Soldaten. Der Legionslegat sah Pilatus an und erwartete von ihm das Zeichen, weitere Soldaten und Reiter zu rufen, um das ganze Gesindel vom Platz zu fegen, doch Pilatus wußte, daß dieses Zeichen seinen Untergang bedeutet hätte. Unzählige Zeloten wären umgekommen, fast alle, doch diese Männer waren gewiß bewaffnet und hätten ihr Leben teuer verkauft: Dutzende, Hunderte von Legionären wären gefallen, und vielleicht hätte die Nachricht der Auseinandersetzung in der Stadt eine weitere verlustreiche Erhebung ausgelöst. Wie hätte er diese Nachricht Tiberius und Seianus überbringen sollen, die sich in diesem einen Falle einig waren und nur den Frieden wollten? Wie hätte er das Massaker an Tausenden von Menschen rechtfertigen sollen, das einzig aus seiner Weigerung erwachsen war, einen einzigen Menschen zu verurteilen, dazu noch einen Gefangenen, in dem die Juden selbst einen Aufrührer gegen die Gesetze des Reiches sahen?

Und doch machte er noch einen Versuch. Mit einer weit ausladenden Geste brachte er die Menge zum Schweigen und wandte sich dann erneut an Judas: »Und du, Jude, verlangst also, daß ich einen Mann kreuzige, weil er sich als euer König ausgibt und gegen den Kaiser ist?«

Doch der Zelot war auf diese Falle vorbereitet, und seine

Stimme hatte einen sarkastischen Unterton, als er sagte: »Wir haben keinen König außer dem Kaiser!«

Der alte Polizist hielt im Schatten eines Torbogens inne, um Atem zu schöpfen und seinen Herzschlag wieder zur Ruhe kommen zu lassen. Er nahm sich das Tuch vom Kopf, das ihn vor der Sonne schützte, und wischte sich den Schweiß von Stirn und Hals. Dann nahm er seinen anstrengenden Marsch wieder auf, denn er wollte zurück bei Pilatus sein, ehe es zu spät war.

Er fand den Präfekten auf der Tribüne des Gabbatha sitzend, über seine Niederlage nachgrübelnd und in eine Stille versunken, von der er nicht wußte, ob sie real war oder nur in seinem Kopf existierte. Vor ihm standen mit dem Rücken zu ihm die drei Verurteilten: Jesus von Gamala und die beiden Zeloten, die am Tag zuvor gemeinsam mit Barabbas festgenommen worden waren. Der hingegen stieg gerade die Stufen herab, die von der Bühne auf den mit Steinplatten gepflasterten Hof führten. Unten öffneten die Soldaten ihre Mauer, um ihn durchzulassen, doch er blieb einen Moment stehen und hob die Augen zur Tribüne. Mit einer Handbewegung verabschiedete er sich von seinen Freunden, doch als sein Blick auf den Nazaräer traf, wandte er ihn schnell ab, schüttelte den Kopf und verschwand in der Menge.

Die Tore des Hofes öffneten sich, und die Menschen strömten langsam nach draußen, wo sich eine noch größere Menge versammelt hatte, deren Lärmen Pilatus endlich in die Wirklichkeit zurückholte. Die Fragen derjenigen, die vor der Festung warteten, die Antworten derer, die herauskamen, die Proteste, die Anklagen, das Wehklagen der Frauen, die zornigen Schreie der Freunde Jesu und all der Menschen, die ihn lieben gelernt und Vertrauen zu ihm gefaßt hatten, die

Verzweiflung, als sie von seinem Schicksal erfuhren: alles vermischte sich zu einem unbändigen, einstimmigen Aufschrei. Manche verfluchten die Römer und den blutrünstigen Präfekten, der wieder einmal jüdisches Blut vergoß, doch andere erkannten Barabbas und begriffen, was geschehen war. Manch einer warf sich, von verzweifeltem Zorn gepackt, auf die Zeloten, wilde Raufereien brachen los, Messer blitzten auf, doch dann griffen die Legionäre ein, um die Unruhen zu beenden, und schlugen mit den Griffen ihrer Lanzen und den Breitseiten ihrer Schwerter hart auf die Kämpfenden ein. Da flohen die Leute, und nach und nach ebbte das Getöse ab, und die Tore der Burg Antonia schlossen sich wieder.

Der Präfekt saß immer noch auf der Tribüne, den halb kahlen Kopf ungeschützt der Sonne ausgesetzt, und starrte auf einen kurzen Papyrusstreifen, den er in der verbundenen Hand hielt. Mit zitternden Fingern hatte Claudia in unsicheren Buchstaben daraufgeschrieben: »Laß die Hände von diesem Mann. Ich hatte seinetwegen heute einen schrecklichen Traum.«

Als Pilatus die Nachricht las, die ein Sklave ihm überreicht hatte, wurde ihm schwarz vor Augen. Nun ist es aus, hatte er gedacht, nun ist tatsächlich alles verloren: Ich spreche gerade das Todesurteil über meine letzte Hoffnung, die einzige Frau wiederzugewinnen, die ich liebe, den einzigen Menschen, den ich liebe.

Kurz zuvor hatten die Wachen die drei festgenommenen Zeloten auf die Tribüne geführt, um ihre Prozesse zu Ende zu bringen. Pilatus hatte sie zum Tod am Kreuze verurteilt, als erneut der Ruf des Judas ertönte: »Das Paschafest steht bevor, und es ist Brauch, daß ein Gefangener freigelassen wird, für den das Volk um Gnade bittet.«

Der Präfekt hatte sich müde erhoben, um sich der Farce seiner Niederlage voll und ganz zu stellen. »Und wem soll ich nach eurem Willen die Freiheit schenken?« hatte er gefragt und ironisch hinzugefügt: »Jesus, schuldig, Messias genannt zu werden, oder Barabbas, schuldig der Aufwiegelei und des Mordes?«

Da war wie aus einer Kehle der Ruf erschollen: »Barabbas! Gib uns Barabbas!«

An diesem Punkt hatte Pilatus sich hilfesuchend zu Afranius umgedreht, doch der kleine Grieche hatte die Tribüne bereits verlassen. Nur der Legionslegat war noch da, der nervös den Knauf seines Schwertes knetete, sowie Aduncus, der leicht und wie aus seniler Schwäche mit dem Kopf wackelte, um dann plötzlich seinerseits zu verschwinden. Blieb noch er, wie zum Hohn all der immensen Macht beraubt, die das Reich ihm anvertraut hatte, und es blieben, von den Wachen umstellt, jene vier, die mit dem Rücken zu ihm standen: drei davon in grobe, zerrissene Tuniken gehüllt und der vierte in ein groteskes, purpurfarbenes Seidengewand, das in der Sonne glänzte. Das Gewand eines Königs, war es dem Präfekten durch den Kopf geschossen, des Königs der Juden. Auf sein Zeichen hatten die Wachen dem Barabbas die Hände losgebunden.

Nun, unter der sengenden Sonne der siebten Stunde, befanden sich noch ein paar der Hauptdarsteller dieses tragischen Stückes auf der Bühne, doch der Zuschauerraum war leer, die Handlung auf die wenigen Bewegungen der Soldaten beschränkt, die Dialoge auf die kurzen Befehle des verunstalteten Zenturios. Da die Gefahr gebannt war, hatte der Legionslegat sich entfernt und ihm die Aufgabe übertragen, die Gefangenen ihrem Schicksal zuzuführen.

Auf ein Zeichen des Offiziers hin führten die Soldaten die Gefangenen über eine der Marmortreppen hinab, während Aduncus die andere gerade heraufstieg und sich neben Pilatus niederließ. Die beiden Männer blickten der Schar nach, die sich formierte, um die Verurteilten auf den Golgotha zu eskortieren, jenen Hügel in Form eines Schädels, der sich fast im Zentrum Jerusalems erhob. Dismas und Gestas waren blaß, doch hielten sie ihre Köpfe hoch erhoben: Die Aussicht auf den Opfertod als Preis dafür, niemand anderen als Jahwe ihren Herrn nennen zu müssen, war seit langem fester Bestandteil ihres Lebens.

Jesus versuchte seinerseits, den abgerissenen Faden seiner immer verworreneren Gedanken wiederzufinden. Warum hatte sich innerhalb weniger Stunden das Blatt gewendet? Warum hatte sich der Lauf der Dinge, der bis zum vorigen Tag noch der Kraft von Liebe und Vernunft zu gehorchen schien, urplötzlich gegen ihn gekehrt? Aber vielleicht, dachte er verwirrt, war alles von Anbeginn an vorgezeichnet gewesen, vielleicht war alles nur Einbildung gewesen, ein Innehalten der Zeit, die nun weiterlief und die zerbrechlichen Boote des guten Willens hinwegfegte, kaum daß die üblichen Kräfte wieder am Werk waren: der Haß, die Gewalt oder einfach der Zufall. Oder aber, dachte er, es gibt keinen anderen Weg, es gibt keinen anderen Weg …

Ein Legionär riß ihm das glänzende Gewand vom Leib und lud ihm und den beiden Zeloten die schweren, rauhen Querbalken auf die Schultern, die an die schon aufgerichteten Pfähle auf dem Golgotha genagelt würden. Man stellte sie hintereinander auf, und der Zenturio hob die Hand zum Befehl, die Tore der Burg Antonia erneut zu öffnen.

»Bist du dir sicher?« fragte Aduncus den Pilatus.

Er hatte nicht mit dem Ausdruck gerechnet, den er nun auf dem Gesicht des Präfekten gewahrte: ein Ausdruck großen Zorns, sicher, doch nicht minder großer Angst. Wovor? fragte sich der alte Polizist. Tiberius? Seianus? Das schien ihm unwahrscheinlich: Der Prokurator einer Provinz, zumal einer den Blicken der Vorgesetzten so fernen, fand immer einen Grund für ein Todesurteil, selbst wenn es die ihm erteilte Machtbefugnis überstieg. Doch es blieb keine Zeit, in der Seele des Präfekten zu forschen.

»Halte diese Männer noch einen Moment zurück«, sagte Aduncus.

Wieder reagierte Pilatus höchst unerwartet. Er sprang auf, und während er seine Faust in Richtung der drei Unglücklichen schüttelte, schrie er: »Aber warum machen wir uns all die Mühe? Wer ist er denn letzten Endes schon? Nur einer dieser zahllosen Verrückten, die die Welt verändern wollen. Schon bald wird er vergessen sein, wird man zweifeln, ob er jemals gelebt hat!«

Auch Aduncus erhob sich und trat vor den Präfekten. »Auf diese Art wird unser Plan mißlingen. Ganz anders jedoch, wenn wir dafür sorgen, daß die Leute nicht vergessen, was er gesagt hat, und weiterhin an ihn glauben. Denn dann wird die Frage, ob er wirklich gelebt hat oder nicht, zweitrangig werden.«

Der Präfekt atmete schwer. Er war Soldat und wußte, wie man in der Hitze des Gefechts kühles Blut bewahrte. »Was schlägst du also vor?« fragte er.

»Kannst du deinem Zenturio vertrauen?«

»Voll und ganz.«

»Ruf ihn herbei«, sagte Aduncus.

Es genügte eine Kopfbewegung des Pilatus, und der riesenhafte Offizier kam geschwind und ohne sichtliche Anstrengung die Treppe herauf. Der alte Polizist sprach mit ihm und gab ihm etwas, das er aus seinem Beutel gefischt hatte. Der Zenturio hörte ohne Anzeichen der Überraschung zu, er sah lediglich zu dem Mann hinüber, dem er unbedingten Gehorsam über alle Grenzen von Pflicht und Gesetz hinaus geschworen hatte, und als dieser ihm zunickte, nahm er den Gegenstand, den Aduncus ihm hinhielt, und schob ihn in seinen Gürtel. Dann ging er wieder die Stufen hinab. Mit der Spitze seines Schwertes berührte er die Schulter des vordersten Zeloten und befahl: »Los.«

Vor der Burg stießen sie auf eine Gruppe von Aposteln und Jüngern Jesu, die sich um Maria, Salome und Maria von Magdala drängten. Sie reihten sich hinter dem kleinen Zug ein, der von der Gestalt des Zenturios um einen Kopf überragt wurde, und folgten ihm in Richtung Golgotha. Entlang der Straße, in den Toren der Häuser oder verborgen hinter den Fenstern, folgten ihnen die Blicke der Menschen, doch niemand wagte es, sich zu zeigen. Das Volk fürchtete die Soldaten, fürchtete die Zeloten, fürchtete die Tempelpriester, fürchtete überhaupt alle, denn es wußte, daß alle gegen es waren. Doch begannen die Leute nach und nach, sich dem Marsch der Verurteilten anzuschließen, der schließlich zu einer wahren Prozession anschwoll. Die Frauen schlugen sich auf die Brust und beklagten Jesu Schicksal, und er fand noch einmal die Kraft, gegen die ihn überkommende Ohnmacht anzukämpfen und das Wort an sie zu richten: »Ihr Frauen Jerusalems«, sagte er mit schwacher Stimme, »weint nicht über mich, sondern über euch und eure Kinder.«

Um die achte Stunde erreichten sie die Schädelhöhe. Die Soldaten nahmen die Querbalken von den geschundenen

Schultern der Gefangenen und nagelten sie an drei Pfähle, dann zogen sie den Verurteilten die Gewänder aus und ließen ihnen nur ein Lendentuch. Sie hießen sie auf ein paar Steine steigen, damit sie in der richtigen Höhe waren, um ihnen die Arme an die Querbalken binden zu können. Schließlich schlugen sie mit großen Nägeln die Füße an den Pfosten, jeden auf einer Seite, und jeder Schlag wurde begleitet von einem Schmerzensschrei. Alles dauerte nur wenige Minuten, die Prozedur war einfach und die Erfahrung groß.

Wenige Meter entfernt, am Fuße des Hügels, knieten schluchzend die Frauen, und die Jünger hielten voll Verzweiflung die Köpfe in den Händen verborgen, doch ein großer und kräftiger Mann, der fast an den Zenturio heranreichte, bahnte sich einen Weg durch die Gruppe und gab den Wachen ein Schild, das sie über dem Kopf des Nazaräers an das Holz nageln sollten. Darauf stand auf hebräisch, griechisch und latein geschrieben: Der König der Juden. Obwohl der Mann augenblicklich wieder verschwand, hatten doch viele der umstehenden Juden in ihm den Menachem, Sohn des Judas, wiedererkannt.

Die Soldaten hatten Jesus an den Pfosten in der Mitte geschlagen, Gestas hing zu seiner Rechten und Dismas zu seiner Linken, und wie gewöhnlich hatten sie die Kleider der Verurteilten unter sich aufgeteilt. Zu ihrem Erstaunen stellten sie fest, daß entgegen den Bräuchen der Essener die Tunika des Galiläers keine Nähte hatte, und sie beschlossen, darum zu würfeln.

Auf so grausame Art an den Kreuzen aufgehängt, klagten die drei Männer mit lautem Wehgeschrei, doch so schlimm der Schmerz auch war, reichte er nicht aus, ihnen das Bewußtsein zu rauben. Sie ließen den Kopf auf die Brust hängen, doch hin und wieder richteten sie sich auf, rissen den Mund weit auf und rangen nach Luft. Sie fühlten, wie sie in dieser Position langsam erstickten, und um den Lungen Raum zu geben, versuchten sie immer wieder, sich hochzuziehen und den Rücken zu strecken, doch der Druck wirkte unvermeidlich auf die gemarterten Füße und entriß den Sterbenden einen neuen Schmerzensschrei.

Die neunte Stunde war nahe, als der Himmel sich plötzlich verdunkelte und ein stürmischer Wind Wüstensand herantrug. Die Menschen zitterten vor Angst und flüsterten sich gegenseitig zu, das sei eine weitere Wundertat des Nazaräers, doch den Verurteilten wirbelte der Sand in die trockenen und aufgerissenen Münder und bedeutete eine Folter mehr. Dismas und Gestas röchelten, und Jesus war kaum noch bei Bewußtsein, doch plötzlich hob er den Kopf und sagte: »Ich habe Durst.«

Da trat der entstellte Zenturio vor. Er tränkte einen Schwamm mit der Flüssigkeit aus dem kleinen Behältnis, das er im Gürtel trug, und drückte ihn Jesus an den Mund. Jener saugte gierig daran, dann verdrehte er die Augen und rief: »Nun ist alles zu Ende!« Und sein Kopf sank auf die Brust.

Dann hörte man das trockene Krachen der Stöcke, mit denen die Soldaten den beiden Zeloten die Beine zerschlugen, um sie vom Kreuz nehmen zu können, ohne ihren Tod abwarten zu müssen. Sie gingen auch zum dritten Verurteilten, doch der Zenturio hielt sie zurück: Er ergriff eine Lanze und stieß sie Jesus in die Seite, bis Blut herausquoll, doch Jesus rührte sich nicht. »Ihn nicht«, sagte der Offizier, »er ist schon tot, rührt ihn nicht an.« Und er schickte einen von ihnen los, damit er Pilatus benachrichtigte.

Der Himmel war wieder klar, als der Soldat die Burg Antonia erreichte. In eben jenem Moment befahlen Joseph von Arimathäa und Nikodemus der Wache, sie dem Präfekten zu melden. Sie wurden sofort vorgelassen, gemeinsam mit dem Boten, doch keiner der drei wagte es, Pilatus anzusprechen, der sich in Gesellschaft eines anderen Römers befand, den sie nicht kannten.

»Sprecht«, forderte der Präfekt sie mit müder, aber freundlicher Stimme auf.

Joseph von Arimathäa faßte Mut. »Heute ist Rüsttag«, sagte er, »der Vortag des Sabbat, der die Paschawoche einleitet. Unser Gesetz schreibt vor, daß an diesem Tag alle Verurteilten würdevoll begraben werden müssen, und der Sabbat beginnt heute abend, sobald der zweite Abendstern aufgeht. Wir sind gekommen, um dich zu bitten, uns Jesus den Nazaräer vom Kreuze nehmen zu lassen.«

Statt einer Antwort drehte sich Pilatus zu dem alten Mann, der neben ihm stand. »Genau wie du gesagt hast. Wo hast du das alles nur gelernt?«

»Afranius war ein ausgezeichneter Lehrmeister«, sagte Aduncus, »ihm verdankst du das.«

Der Präfekt wandte sich an den Boten: »Deine Nachricht?« fragte er.

»Der Zenturio Marcus läßt dich wissen, daß Jesus der Nazaräer tot ist.«

»Ihr habt es gehört«, sagte Pilatus zu den beiden Mitgliedern des Hohen Rates. »Ihr könnt gehen. Dieser Mann hier wird euch begleiten, und der Zenturio wird euch den Leichnam aushändigen.«

Joseph von Arimathäa und Nikodemus bedankten sich aufrichtig, erstaunt über soviel Nachgiebigkeit, und eilten hinaus. Pilatus und Aduncus sahen ihnen nach. »Nehmt ihn und bringt ihn fort«, murmelte der Präfekt, »daß er der Sicht der Lebenden genommen sei und alle glauben können, er sei von den Toten auferstanden.«

Er drehte sich zu dem alten Polizisten. »Ich habe also getan, was du wolltest. Ich hatte keine andere Wahl, glaube ich. Sonst hätte ich niemals mehr ... Doch das ist ohne Bedeutung. Was wird nun geschehen? Hat Afranius dich das auch gelehrt?«

Aduncus zuckte die Schultern. »Was kann er jetzt noch tun? Wie du gesagt hast, verschwindet er für immer. Und so werden die Leute glauben, daß am Ende der Unterwerfung, die er predigte, tatsächlich Auferstehung und Gerechtigkeit warten.«

Ein Sklave kam mit einer silbernen Schüssel herein. Pilatus reichte ihm die Hände, um sich die Verbände abnehmen zu lassen, und tauchte sie dann in das heilende Naß. Er betrachtete seine geschundenen Finger, die in der Flüssigkeit badeten, und ballte sie dann, ungeachtet des Schmerzes, zu Fäusten. »Manchmal«, sagte er, »kann Schwäche sich in Stärke verwandeln.«

Aduncus nickte. »Das ist wahr, Pilatus, und Stärke kann sich in Macht verwandeln. Doch diese wird der unseren gleich oder zumindest doch auf unserer Seite sein.«

»Ich weiß nicht«, sagte Pilatus und schüttelte den Kopf, »ich bin mir nicht sicher. Vielleicht haben wir einen Fehler gemacht. Doch nun ...«

Mit einer müden Geste verabschiedete er Aduncus, der hinausging. Es war ein langer Tag gewesen. Der alte Polizist überlegte, daß er jetzt ein wenig ausruhen wollte, um am nächsten Tag aufzubrechen und in sein Haus in Cordoba zurückzukehren, wo er geboren war. Er träumte davon, dort ein Stück Unschuld wiederzufinden, die ihm erlauben würde, in Frieden zu sterben, doch er wußte, daß dies unmöglich war. Wenn er Glück hätte, würde das Schiff, das ihn zurückbringen sollte, Schiffbruch erleiden, damit ihm wenigstens die Enttäuschung dieses letzten Traumes erspart bliebe.

Pilatus tauchte erneut seine Hände in das Wasser, dann hielt er sie dem Sklaven hin, der sie abtupfte und verband. Wieder allein, setzte er sich an den Schreibtisch, nahm ein Papyrusblatt und ein Schreibrohr zur Hand und schrieb:

An Tiberius Julius Caesar, Imperator
Von Pontius Pilatus, Präfekt

Rapport 751
Kategorie: streng geheim
Datum: Monat April, Jahr 783 nach der Gründung
Subjekt: Jesus von Gamala, genannt der Nazaräer
Urteil: Entwicklung abwarten

Unser Agent in Judäa …

Er hielt inne, denn eigentlich wußte er nicht, was er schreiben sollte. Viel Zeit würde vergehen, ehe man sagen konnte, ob jenes Unternehmen ein Erfolg oder ein Desaster gewesen war, und außerdem, vielleicht aufgrund seiner Müdigkeit und der Schmerzen in seinen Händen, war es ihm mittlerweile herzlich gleichgültig, was Tiberius und Seianus davon hielten. Sollten sie denken, was sie wollten, wenn sie ihm nur gewähren würden, dieser verhaßten Provinz und ihren unbeugsamen Bewohnern den Rücken zu kehren.

In diesem Moment wehte durch das Fenster eine leichte Brise herein, die nach Frühling duftete, der Atem einer Erde, die zu ihm zu sprechen versuchte. Da stand der Präfekt von Judäa von seinem Schreibtisch auf, trat auf die Terrasse und erhob den Blick zum Himmel von Jerusalem, der sich kobaltblau verfärbte.

Es wird eine klare Nacht werden, dachte er. Eine Vollmondnacht.

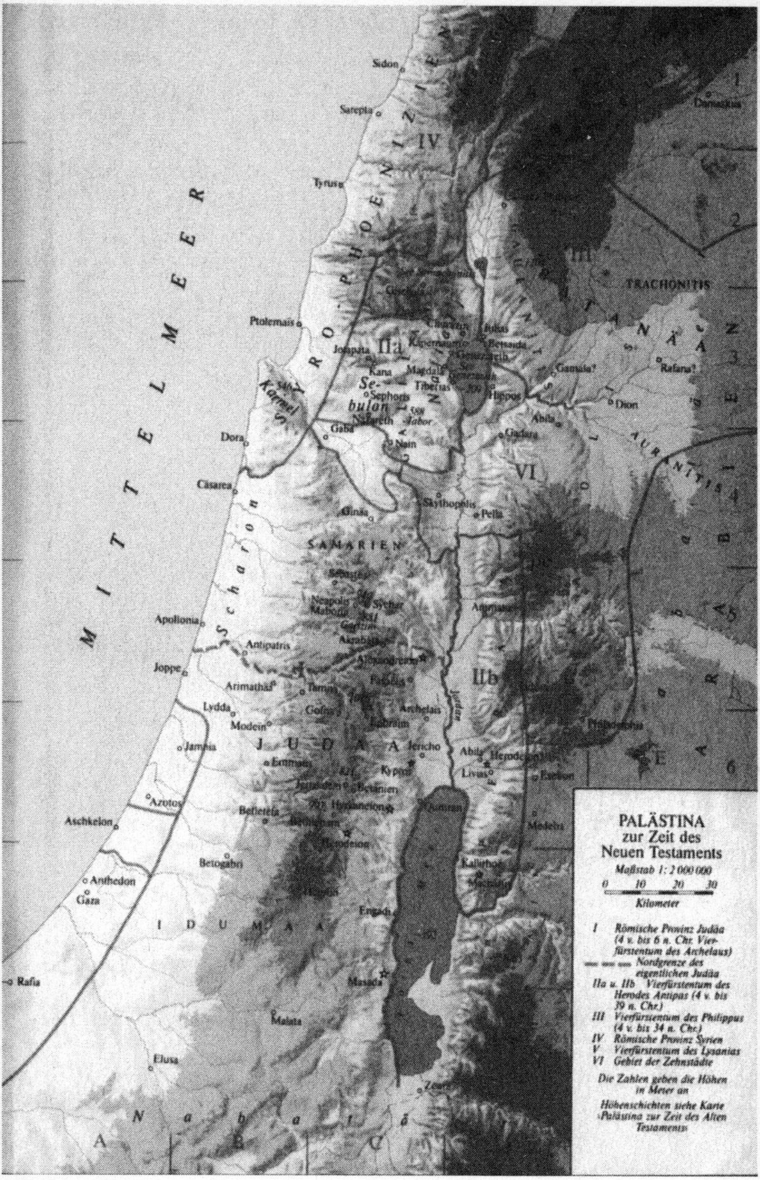
PALÄSTINA
zur Zeit des
Neuen Testaments
Maßstab 1: 2 000 000
0 10 20 30
Kilometer
I Römische Provinz Judäa (4 v. bis 6 n. Chr. Vierfürstentum des Archelaus)
Nordgrenze des eigentlichen Judäa
IIa u. IIb Vierfürstentum des Herodes Antipas (4 v. bis 39 n. Chr.)
III Vierfürstentum des Philippus (4 v. bis 34 n. Chr.)
IV Römische Provinz Syrien
V Vierfürstentum des Lysanias
VI Gebiet der Zehnstädte
Die Zahlen geben die Höhen in Meter an
Höhenschichten siehe Karte »Palästina zur Zeit des Alten Testaments«
MITTELMEER
PHOENIZIEN
SAMARIEN
JUDÄA
IDUMÄA
TRACHONITIS
AURANITIS
Nabatäa
Scharon
Karmel
Sebulon
Sidon
Sarepta
Tyrus
Damaskus
Ptolemais
Jotapata
Kana
Sephoris
Nazareth
Tabor
Nain
Gaba
Dora
Cäsarea
Skythopolis
Pella
Gadara
Abila
Hippos
Gamala
Dion
Rafana
Tiberias
Magdala
Kapernaum
Chorazin
Betsaida
Julias
Apollonia
Antipatris
Joppe
Arimathäa
Lydda
Modein
Jamnia
Emmaus
Jerusalem
Betanien
Jericho
Kypros
Archelais
Ephraim
Azotos
Aschkelon
Betlehem
Herodeion
Betogabri
Anthedon
Gaza
Engedi
Masada
Malata
Elusa
Rafia
Qumran
Abila
Livias
Esebon
Medeba
Kallirhoe
Machärus
Philadelphia
Zoara
IV
IIa
IIb
III
VI
A
B
C
1
2
3
4
5
6

STREIFZÜGE MIT BÜCHERN UND AUTOREN
aufbau VERLAGSGRUPPE
Neue Promenade
13 | WINTER 2001/2002
Sebastian HAFFNER
Boris AKUNIN
Ein neuer Serienheld ermittelt im Dienste Seiner Majestät
Susann COKAL
Donna W. Cross, die Autorin der »Päpstin«, über eine Frau, die Geschichte schreibt
Kleiner Mann, ganz groß? Dem deutschen Mimen zum 100. Geburtstag. Von Michael Verhoeven
HEINZ RÜHMANN

Für glückliche Ohren
ÜBER 6 MONATE PLATZ 1 DER HÖRBUCH-BESTSELLER-LISTE
FRIEDRICH DER GROSSE
Christian Graf von Krockow
DONNA W. CROSS
Mäuseken Wackelohr
Hans Fallada/Peter Brasch
Ob groß oder klein: Der Audio Verlag macht alle Ohren froh. Mit Stimmen, Themen und Autoren, die begeistern; mit Lesungen und Hörspielen, Features und Tondokumenten zum Genießen und Entdecken.
DER>AUDIO<VERLAG D>A<V
Mehr hören. Mehr erleben.
Infos, Hörproben und Katalog: www.der-audio-verlag.de
Kostenloser Kundenprospekt: PF 193, 10105 Berlin

Boris Akunin

Fandorin

Roman

Aus dem Russischen
von Andreas Tretner

289 Seiten
Band 1760
ISBN 3-7466-1760-X

Moskau 1876: Im Alexandergarten erschießt sich aus unerklärlichem Grund ein Student. Der 19jährige Fandorin, begabt, unwiderstehlich und als Detektiv frisch im Dienst Seiner Kaiserlichen Majestät, wird stutzig – hinterlassen doch alle Opfer ein ansehnliches Vermögen. Fandorins unerschrockene Ermittlungen führen in rasantem Tempo von Moskau über Berlin und London nach St. Petersburg, vom Selbstmord eines Studenten zur Aufdeckung einer Weltverschwörung.

»Boris Akunin ist ein kriminell guter Schriftsteller neuen Typs. Die Liebhaber gebildeter Unterhaltung haben ihren Autor gefunden.«

F.A.Z.

AtV

Aufbau Taschenbuch Verlag

Fred Vargas

Der untröstliche Witwer von Montparnasse

Kriminalroman

Aus dem Französischen von Tobias Scheffel

278 Seiten
Band 1511
ISBN 3-7466-1511-9

Mathias, Marc und Lucien, die der Zufall zu Kriminalisten gemacht hat, haben ihren nächsten Fall am Hals. Ihr Freund Louis Kehlweiler, Ex-Inspektor beim Pariser Innenministerium, der mit seinen alten Visitenkarten noch immer heimlich recherchiert, versteckt einen mutmaßlichen Frauenmörder in ihrem Haus. Was zunächst reine Gefälligkeit gegenüber der netten alten Hure Marthe war, die nicht an die Schuld des jungen Clément glaubt, wird ein Wettlauf mit der Zeit. Denn schon am nächsten Morgen steht das Phantombild des Mörders in allen Zeitungen.

»Fangen Sie dieses Buch an, Sie können es nicht mehr aus der Hand legen. Die Frage, in welches Schubfach man es tun soll, ist müßig. Vargas ist einzig in ihrer Art.« *LE NOUVEL OBSERVATEUR*

»Ihre Figuren sind Zweifler, nie Eroberer. Ihre einzige Waffe ist ihr Humor, der aus den geschliffenen Dialogen sprüht.«
LIBÉRATION

AtV
Aufbau Taschenbuch Verlag

Nino Filastò

Alptraum mit Signora

Ein Avvocato Scalzi Roman

Aus dem Italienischen
von Bianca Röhle

380 Seiten
Band 1600
ISBN 3-7466-1600-X

Florenz – lichte Stadt der Kunst und Stadt düsterer Geheimnisse. Zwei brutale Morde sind an Menschen geschehen, die einem Maler Modell gesessen haben. Wer ist dieser geniale Fälscher, der malt wie die Künstler des Quattrocento, der das antike Geheimnis ihrer Farben kennt, der ein lebendes Modell braucht – und der dieses Modell am Ende umbringt? Ein neuer, geradezu unheimlicher Fall für Avvocato Scalzi, bei dem ein weltberühmtes Bild des Renaissancemalers Paolo Uccello zur dramatischen Person wird.

»Ein erstklassiger Krimi, außergewöhnlich gut geschrieben, spannend, hintergründig, atmosphärisch dicht, voller Geschichte und Geschichten. Und ... molto italiano.«

WDR

»Ein scharfsinnig komponierter Krimi, in dem alles lebensecht italienisch wirkt – die raffiniert gefälschten Bilder inbegriffen.«

Brigitte

AtV
Aufbau Taschenbuch Verlag

Peter Tremayne
Der Tote am Steinkreuz
Historischer Kriminalroman

Aus dem Englischen
von Friedrich Baadke

387 Seiten
Band 1527
ISBN 3-7466-1527-5

Als man Schwester Fidelma, eine irische Nonne königlichen Geblüts, nach Araglin ruft, um die Morde am dortigen Fürsten und seiner Schwester aufzuklären, scheint über die Schuldigen kein Zweifel zu bestehen. Doch schon auf dem Weg in die Berge geraten sie und ihr Begleiter, der angelsächsische Mönch Eadulf, in einen Hinterhalt. Sehr schnell stößt Fidelma auf eine Vielzahl von Widersprüchen und Intrigen. Noch mehr Morde geschehen, man versucht sogar, Fidelma und Eadulf zu vergiften. Wer steckt hinter all dem Bösen, das das romantische Tal zu beherrschen scheint?

Ein historischer Kriminalroman, der im Irland des 7. Jahrhunderts spielt, als eine Frau von der Herkunft und Bildung Schwester Fidelmas noch über Macht und Einfluß verfügte.

AtV
Aufbau Taschenbuch Verlag

Eva Maaser

Das Puppenkind

Kriminalroman

Originalausgabe

304 Seiten
Band 1636
ISBN 3-7466-1636-0

In der Fußgängerzone von Steinfurt wird in einem abgestellten Kinderwagen eine Babyleiche gefunden, die einer Puppe täuschend ähnelt. Wie sich herausstellt, ist das Kind fachgerecht präpariert worden. Zeugen haben eine Frau am Wagen gesehen.

Zusätzliche Brisanz erhält der Fall, als ein Baby entführt wird und die Ermittler davon ausgehen müssen, daß sich die Täterin eine neue Puppe schaffen will. Kommissar Rohleff und sein Team ermitteln fieberhaft, um das Leben dieses Kindes zu retten.

»Das Puppenkind« ist der erste Fall einer neuen Krimiserie.

AtV
Aufbau Taschenbuch Verlag